文春文庫

帝国の弔砲

佐々木 譲

文藝春秋

目次

ロシア帝国地図

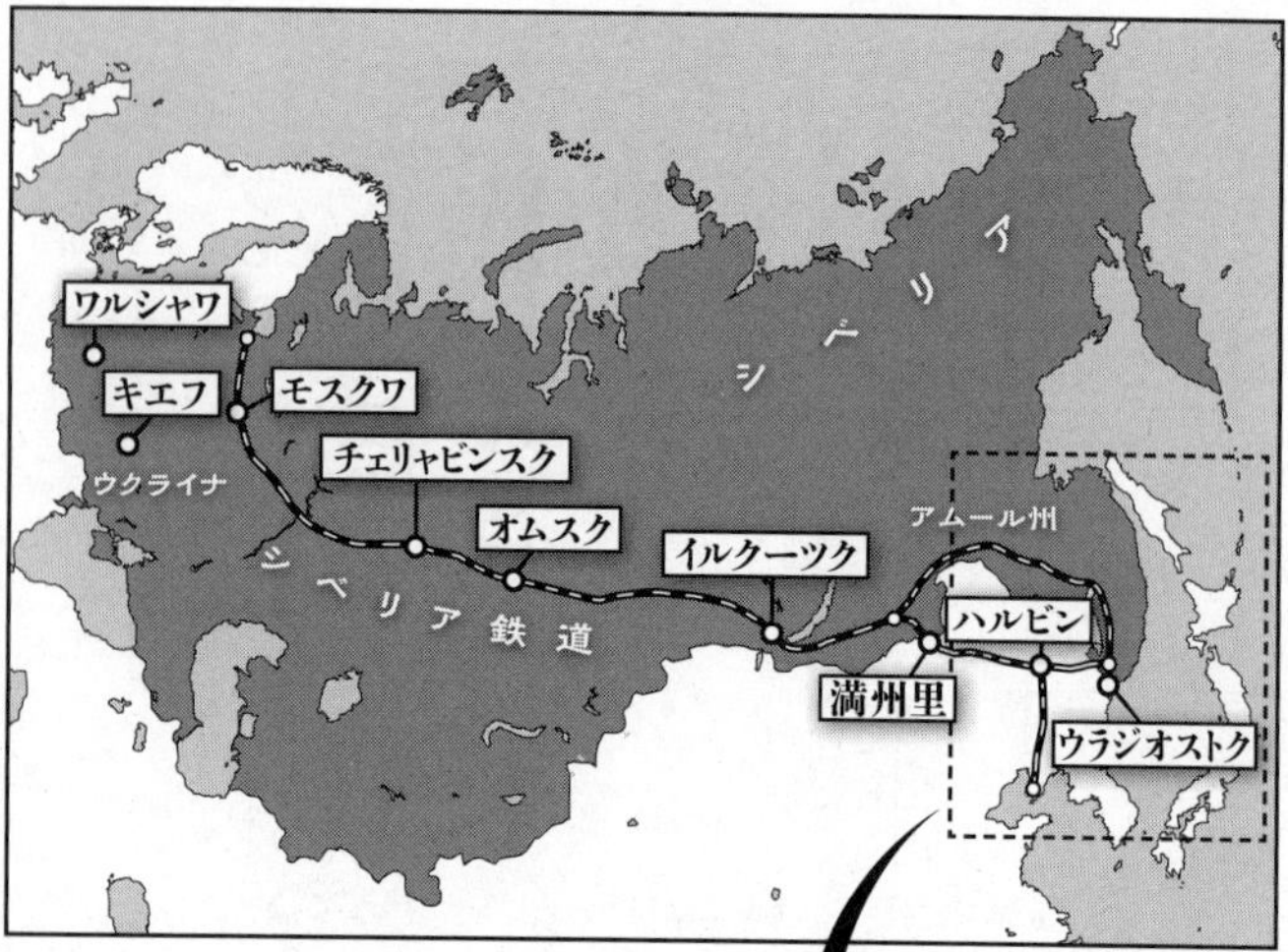
ワルシャワ
キエフ
モスクワ
ウクライナ
チェリャビンスク
オムスク
シベリア
シベリア鉄道
イルクーツク
アムール州
ハルビン
満州里
ウラジオストク

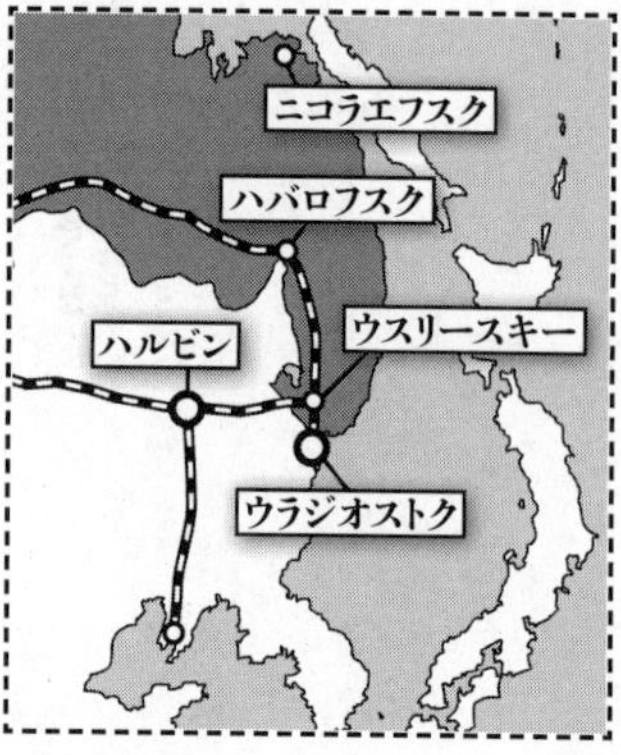
ニコラエフスク
ハバロフスク
ウスリースキー
ハルビン
ウラジオストク

おもな登場人物

小條登志矢　ロシアに移民した小條夫妻の次男。兄は入也《イリヤ》、妹は伊々菜《イイナ》。
小條仁吉　盛岡出身。妻の早苗とロシア沿海州に開拓農民として入植する。
ニカノール　流刑地から脱獄してきた徒刑囚。
マリコフ　帝室鉄道少年工科学校で蒸気機関学を教える教師。
リューダ　マリコフの長女。
サポフスキー　社会民主労働党の活動家。
シンジロー・アダチ　日系移民の足立家の次男。
ティム　登志矢と同じ連隊に配属された新兵。
ペトレンコ　登志矢の分隊の下士官。軍曹。
ジェリドフ　小隊長。少尉。
ラジンスキー　ジェリドフの後任。少尉。
リク　登志矢と同じ分隊の二等兵。
フェルディナント　オーストリア・ハンガリー帝国の皇族。
オーリャ　パルチザンの女兵士。
サチ　登志矢の内妻。

初出「オール讀物」
入植地の裁き　二〇一九年三・四月号
収容所八号棟　二〇一九年九・十月号
少年工科学校　二〇一九年十一月号
連隊の喇叭　二〇一九年十二月号
選抜小隊　二〇二〇年一月号
勇者の帰還　二〇二〇年二月号
革命の年　二〇二〇年三・四月号
復員列車　二〇二〇年五月号
パルチザンの森　二〇二〇年六月号
四月の蜂起　二〇二〇年七月号

単行本　二〇二一年二月　文藝春秋刊

DTP制作　言語社

帝国の弔砲

プロローグ

川の上流から接近してきたタグボートは、ちょうど勝鬨橋《かちどき》にかかろうとしていた。登志矢《としや》は堤の上に腰を下ろし、煙草を喫《す》いながら、そのタグボートと、ボートが曳《ひ》く二艘《そう》の艀《はしけ》を見つめていた。艀の積み荷の上にはゴム引きの幌がかけられているが、隅田川下流に住む者なら、艀に載っているのは戦車の車体だと知っている。帝国陸軍の零式戦車の車体が運ばれていくのだ。すぐ上流、石川島の石川島自動車工場で組み立てられたものだ。

登志矢の左手にかかる勝鬨橋は、一年前に完成したばかりだ。去年開催された東京オリンピックと万国博覧会に合わせ、都心と万博会場の晴海を結ぶために造られたのだ。いま橋は中央部を、万歳するときの両手のように跳ね上げている。その可動部分を、タグボートは通り抜けようとしていた。

昼前、十時過ぎである。その日二度目の橋が跳開《ちょうかい》するこの時刻、登志矢は仕事の手を休め、月島の路地を五十メートルばかり歩いて、ここで一服するのを習慣にしていた。すでに太陽は真上にある。梅雨が明けたばかりの季節ではあったが、東京湾から吹き込んでくる風のおかげで、このあたりはさほど暑気は過酷ではなかった。

タグボートが勝鬨橋にさしかかった。戦車の車体は次に竹芝桟橋で輸送船に積み替えられ、満州の旅順《りよじゆん》港に向かうらしい。車体はそこで下ろされ、満州国砲兵工廠《ほうへいこうしよう》の組立工場に運ばれて砲や機関銃が積まれ、戦車として完成する。そのあと関東軍の戦車連隊に配置されるのだ。

このところ、その車体を載せた艀の通過が増えていた。半年前は、せいぜい一週間に一両程度だったけれども、いまはこのとおり一日に最低でも二両は運ばれていく。

自分も、戦場で戦車を間近に見たことがあった。あの当時、亀甲砲車と呼ばれていた扁平な型のもので、砲塔はなく、砲は前方百二十度程度しか回転しなかった。塹壕《ざんごう》陣地の戦場では、あの手の砲車はずいぶん頼もしく強力な兵器と見えた。もっとも敵陣にあの形の砲車が出現したときは、逆に恐怖に身も縮んだものだったが。

考えたら、あれはもう二十四、五年も前のことになる。ポーランド西部、それにウクライナのガリツィアの戦線だった。

二十五年、と登志矢はその年月を思った。あれからずいぶん時が過ぎた。眠っていろ、と命じられたのは、それから六年後だ。眠ることを受け入れたときから数えるなら、十九年経つ。命じた男は眠っているべき期間をはっきりは言わなかった。十年、あるいは二十年。だけど三十年にはならないだろう、と言った。彼にも、正確な予測はつかなかったのだ。

零式戦車の車体を載せた艀が勝鬨橋の南に去って行ってから、登志矢は立ち上がった。自分の作業場に戻るのだ。

堤から下りて作業場を兼ねた自宅に戻ったとき、家にはサチはいなかった。近所に買い物にでも行ったのだろう。七月の下町だ。玄関の戸は開け放してある。登志矢は土間から茶の間に上がり、堀に面した作業場に出た。登志矢の作業場の外の岸壁には、小型の漁船が係留されていた。焼玉《やきだま》機関の修理を頼まれた船だ。ここでこの仕事を始めて、もう五年になった。その前は向島で同じように焼玉機関整備の仕事をしていた。そこでは六年だ。

仕事を再開してからほどなくして、サチが帰ってきた。お昼は冷や麦にしようと茶の間から声をかけてくる。登志矢は、ああ、と短く答えた。

すると家の表のほうで、男の声があった。

「福島《ふくしま》さん」

「はい」とサチの応《こた》える声が聞こえた。

「電報です」

「はい」と、サチがもう一度言って、下駄を引っ掛けて戸口に出たのがわかった。

福島というのは、母方の姓だ。東京にやってきたときから、その苗字を使っている。

登志矢は、頼まれていた焼玉機関の修理の手を止めて、ボロ布で油を拭き取った。

隅田川から月島に引き込まれた小さな堀の岸壁だ。堀の両岸には東京湾で漁をする漁師たちの家が並んでいる。登志矢は、この岸壁に接した小さな町家を借りて、小型焼玉機関の整備仕事を引き受けていた。

　登志矢は船から岸壁に上がると、工具や機械の並ぶ小さな作業場を抜けてゴム長靴を脱ぎ、茶の間に入った。サチは玄関口から受け取った電報を手にして、茶の間に戻ってきた。

　サチが折り畳まれた電報を渡してきた。

　少し不安げな顔で、登志矢を見つめてくる。

　ふつうの家で、電報が届くことなど稀《まれ》だ。たいがいの場合、それはいい報《しら》せなどではない。

　登志矢は畳まれた電報用紙を受け取ると、その場で開いて読んだ。

　カタカナで七文字だ。

「チチキトク　サブ」

　サチが登志矢を見上げて訊《き》いた。

「召集？」

　軍に再召集されたのかと訊いたのだ。中国での戦争が長引き、このところ予備役も再召集されているという話を聞くようになった。四十歳を超えた日本男児にも、再び兵役が命じられてもおかしくはないご時世なのだ。ただし登志矢は日本男児ではなかった。その心配は絶対にないのだが。

登志矢はサチに答えた。

「違う」

「何か悪いこと？」

「いや」

サチはさっと電報用紙をひったくって目を落とした。

「登志さん、お父さん、まだ生きていたの？」

登志矢は電報をサチから取り返すと、首を振った。

「ほんとの父親のことじゃない」

「でも、誰かが亡くなるのね？」

「どうして？」

「誰かが死ぬんだ、という顔をしている」

登志矢は見抜かれたかと驚いて否定した。

「違うって」

茶の間の箪笥《たんす》の上の置き時計を見た。午前十一時二十五分だった。電報はたぶん今朝発信されたのだ。

視線を、茶の間の卓の上に移した。今朝読んだ新聞がふたつ折りの状態で置かれている。一面の見出しはこうだった。

「独軍莫斯科《モスクワ》四百㎞に迫る」

「ス市で猛攻　赤軍十万孤立」

ドイツが独ソ中立条約を破ってソ連に侵攻を開始しほぼ一カ月、ドイツ軍は破竹の勢いでソ連内陸深くへ進撃している。レニングラード西方およそ三百キロメートルのソ連の防衛線はすでに突破され、ドイツ軍はレニングラード南方からこの旧首都に、明日にも手をかける勢いだった。この一カ月あまり新聞を読んできた登志矢は、赤軍はどうしたのだと疑問を感じるだけだった。それほどに赤軍は非力でもろい軍隊だったか？

登志矢は作業場にもう一度下りると、物干し紐から手拭いを取って、隅の流し場に立った。すぐに向かわねばならなかった。このような場合に決められている場所へ。

作業着代わりのアンダーシャツを脱ぎ、濡らした手拭いで手早く上体の汗を拭き取った。

茶の間から、サチが登志矢を見つめている。不安そうだ。電報が告げたものは、異常事態だ。チチキトク。普通なら緊急に故郷に帰ることを意味するが、その場合でも葬儀が終われば帰省者はもとの居場所に戻ってくる。でも、帰れ、と指示するわけでもないこの電報は、それ以上の悪い事態の出来《しゅったい》を語っている。サチが不安を感じて当然だ。三年半、一緒に暮らしてきたのだ。この間《かん》ずっと登志矢の身元に疑念を募らせてきたろうし、もともと勘のいい女だ。サチは、このあと自分たちのあいだに来ることを予期している。

登志矢はサチに何も説明することなく新しいアンダーシャツに取り替え、その上に開襟シャツを着た。ズボンも替えた。

外出用の雑嚢《ざつのう》を肩にかけて、麦のパナマ帽をかぶった。

玄関を出ようとしたとき、サチがやっと声を出した。

「帰ってくるよね？」

登志矢はサチの目を見ることができなかった。

「ああ」とだけ、短く答えて、登志矢は月島の漁師町の路地に出た。このあと、月島の渡し船で築地に渡るのだ。勝鬨橋を使うよりも近道になる。登志矢は振り返らずに路地を抜けた。


築地本願寺前から路面電車に乗り、銀座四丁目交差点に向かった。この時刻であれば、接触場所は三越百貨店の銀座店なのだ。電報で時刻を指定されていないということは、あたうかぎり速やかに来いということだった。相手はすでに着いているかもしれない。

四丁目交差点で電車を下りて、交差点の対角線上にある服部時計店の大時計を見た。午後一時三十分になっていた。

登志矢は交通整理の巡査の指示に従って、一時期ロシアの軍人の名をとってマカロフ通りと呼ばれたこともある晴海通りを渡った。いちおうは渡るときに尾行に注意したけれども、ついてはいない。東京で暮らすようになって十九年になるが、まだ絶対に日本の警察や情報組織に身元が露顕してはいないという自信があった。自分は口下手でひとづきあいの悪い、いささか世間知に欠けた焼玉機関修理工だ。近所のひとたちも、登志矢が何か隠して東京の片隅にひっそり生きているのだとは想像してはいまい。ただ、サチはすでに勘づいている。登志矢には大きな隠し事があるとわかっている。

平日の昼過ぎだが、三越前の歩道にはひとが多かった。登志矢は三越の前を通り過ぎ、履物店と傘屋のあいだの中通りに折れた。それから身体の向きを変えて、いま折れた角へと向かった。歩いてくる登志矢の姿を見て狼狽《ろうばい》する者もなかったし、さっと顔をそむけた者もなかった。尾行はないのだ。

登志矢は再び銀座通りに出て、南側の入り口から百貨店の中に入った。内側のガラス戸を抜けてから、また立ち止まって振り返り、尾行を警戒した。尾行していると見える者はなかった。

登志矢はエレベーターには乗らず南寄りの階段に向かうと、できるだけ足音を立てぬように上の階へと上がった。紳士服のフロアでいったん売り場に入った。このご時世でも金持ちはいるもので、贅沢品の販売も禁止され、商品の数も少なくなった売り場全体に、二十人くらいの裕福そうな中年男たちが散らばっていた。

奥の文房具売り場に、細身で長身の白人男がいた。白っぽい背広服に、パナマ帽姿だ。鞄も持っていない。てぶらだった。

下顎のふくらんだスラブ男。会うときは、彼の本名ではなく、ハヤブサ、という意味のロシア語、サプサン、という秘匿名で呼ぶことになっている。しかし彼の日本人協力者のあいだでは、日本語ふうに、サブさん、とも呼ばれているらしかった。登志矢の意識の中では彼は、ハヤブサではなくハトだった。伝書鳩。もちろん登志矢は、前の二代の〈隼〉もいまのそれも、直接そんなふうに呼んだことはない。

〈隼〉は売り場のガラスケースをあいだにして、年配の店員と何か話していた。目が合うと、〈隼〉は小さくうなずいた。少し待っていてくれ、という意味だ。待っている場所も、指示されたようなものだった。このフロアではなくて、屋上。いつもよりも少しこみいった指示があるのかもしれない。たいがいはこのフロアで五分ほど話すだけで、用件は済んでしまうのだ。

登志矢は北寄りの階段を使って、六階を通り過ぎ、屋上に出た。この屋上の隅には、子供用の遊具を並べた小さな広場があり、洋食も出る食堂があって、北側には小さな祠《ほこら》がある。子供連れの家族や、和装の中年女性らが十人ばかり目に入った。真夏の直射日光を避けて、みな大きなパラソルの下にいる。

登志矢は都心の空に目をやった。夏の空に、七個か八個の阻塞《そさい》気球が上がっている。宮城《きゅうじょう》や連隊本部などへの航空機攻撃を防ぐためのものだ。さほど軍事的意味はないとも聞いているが、去年長崎が中国軍の渡洋爆撃で空襲を受けた後、東京にも上がるようになったのだ。でもじっさいには、都民に対して防空態勢は万全なのだと示すためのものだろう。

登志矢は祠の横にあるベンチに腰を下ろした。そこにもパラソルがあって、日陰ができている。

ほどなくして、〈隼〉が姿を見せた。三年前に、前任者から引き継ぎを受けた男だ。歳は登志矢よりも二歳上と聞いていた。

モスクワから登志矢に指示を出していた男が、三年半前に自分の役職が変わるので以降は後任者の指示を受けるように、と直筆の手紙を書いて寄越した。それから半年後に、東京の伝書鳩、〈隼〉も交替したのだ。

モスクワの男とはその後、音信不通となった。つい最近、消息を知ったとき、彼はメキシコにいたのだとわかった。首都で何者かに襲われて殺されたのだという。詳しい事情は、いまの三代目〈隼〉からは何も教えられていない。登志矢も訊いたことはなかった。

〈隼〉は、屋上を見渡してから、登志矢に視線を据えることなく近づいてきた。登志矢はベンチの右端に腰をずらした。

引き継ぎを受けて以来、この〈隼〉とは年に二回は定期的に会って、眠りに必要なカネを受け取る。きょうのように、呼び出されて会うことも、年に一度はあった。小さな任務を指示されるのだ。旅行とか、何かの撮影とか、届けものとか、けっして最後の任務にはなりえない水準のものだ。だから登志矢も、それは自分の義務の中に含まれたものとして受けてきた。

〈隼〉はベンチの左端に腰を下ろし、正面に顔を向けてロシア語で言った。

「いよいよだ。緊急だが、これが最後の任務になる」

登志矢は言った。

「もう東京にいる必要はなくなるんですね」

「むしろいられなくなるだろう。未練はあるか？」

その言葉で問われるなら、答ははっきりしていた。

「いいえ」

〈隼〉は上着の内ポケットから一枚の写真を取り出して、登志矢に右手で渡してきた。

登志矢はその写真を受け取った。

男の顔写真だ。ネクタイを締めた壮年男。口髭を生やしており、目は大きく精力的な印象がある。真正面から撮られたもので、もともとは身分証明書などに使われていたものかもしれない。

「誰か知っているか？」

登志矢は、その人物の肩書を口に出した。

「……ですね？」

そうだ、と〈隼〉は言って、写真の人物の名前を出した。

「これが目標だ。グーシと呼ぶようにしてくれ」

グーシとはロシア語で鵞鳥《がちょう》のことだ。ロシアでは、ひとを鵞鳥と呼ぶ場合、その人間は身勝手で攻撃的、しかも小狡《こずる》いという意味になる。

登志矢は確かめた。

「いつ？」

「明日じゅうに。遅くとも、明後日の朝までに」

「ずいぶん急なんですね」

「事態が動いた。事情はわかっているか？」

「新聞で読む程度のことなら」

「説明している時間もないが、できるな？」

「全力を尽くす、ということしか言えませんが、もっと情報が欲しい」

「明日の昼までに、こいつの明日の行動予定を探って伝える。決行時刻はお前が選べ。期限は明後日の朝だ」

「協力者はいるんですか？」

「こちらからは出さない。あんたが、事情を知らない者を使うのはかまわん」

「せめて明日の夜、この男がどこにいるかぐらいはわかりませんか？」

「夜は新橋だ。愛人の家にいる。所番地も明日の昼までに伝える」

「その後のことは？」

「大連に行け。そこから先は、向こうに支援するルートがある」

「縄があるんですね」

〈隼〉は横目で登志矢を見て微笑した。

「そんな言葉を知っているのか」

「そんな言葉が使われていた世界も」

〈隼〉はまた真顔になった。

「失敗した場合は、わかっているな」

男の言葉には、とくに威圧や脅《おど》しの調子はない。むしろ事務的にも聞こえる言葉だった。手続きの順番をただ確認しただけだ、というような。

登志矢もつとめて無機的に答えた。

「ええ」

「わたしと会うのは、これが最後だ。あとは、逃げることも、あんたの才覚まかせになる」

「承知しました」

〈隼〉は腕時計を見た。

「もう行かねばならない。今夜か明日の朝、また使いが行く。日本人を使う。家にいてくれ。そして」

何か言葉が続きそうだったが、男は口をつぐんでしまった。

「何です？」と登志矢は先を促した。

「あの女は、邪魔にならないだろうな？」

サチのことだ。

質問に戸惑いながらも、登志矢は答えた。

「大丈夫です」

「三分経ってから、ここを出てくれ」

男は立ち上がった。

登志矢は男から受け取った写真を雑嚢に入れた新聞のあいだにはさみ、男が階段室のほうに消えるのを見守った。


銀座と東京駅周辺で少し用事をすませ、自宅に戻ったのは、午後の六時すぎだった。まだ日は落ちてはおらず、空も明るかった。サチは夕食も取らずに待っていた。

茶の間に上がると、サチが訊いた。

「故郷《くに》に帰るの？」

「どうして？」

「お父さんが危篤なら、帰るんでしょう？」

「いや、帰れとは言ってきていない」

「故郷は盛岡だったよね」

「ああ」

「ほんとうに帰らなくてもいいの？」

「いい」

「もしかして、電話した？　亡くなったの？」

「いいや」

「何か上《うわ》の空だけど」

「べつに」登志矢はサチを見つめて言った。「晩飯は、外にしないか」

　サチはとまどいを見せた。

「どうしたの？」

「うなぎでも食べないか」

　サチの目に、脅《おび》えが表れてきた。登志矢がきょうの午後に決めたことを、見透かしているかのような目だ。それとも、この家にやってきて以来、サチの鋭敏さに登志矢はしばしば驚いたものだった。自分は内心の思いが顔に出すぎる質《たち》なのか？

　サチは登志矢を真正面から見つめて言った。

「登志さんが出て行くの？　あたしが出るの？」

　登志矢は観念して言った。

「おれが、故郷に帰ることになる」

「やっぱり」

　サチの目にみるみるうちに涙があふれてきた。登志矢は、泣くな、と止めることはできなかった。泣いてもらうしかない。泣いて、この別離を受け入れてもらうしかないのだ。この場を取りなす言葉もないし、約束をすることもできない。

「すまない」言葉にできるのは、詫びだけだ。「すまない」

「いい」サチは、手拭いをまぶちに当てながら、少し嗚咽《おえつ》まじりに言った。「こうなることはわかっていた。登志さんはいつかあたしと別れてどこかに行ってしまうひとだって。あたしが勝手に転がりこんだのだもの、こういう別れがくるかもしれないとは、胸のどこかで承知していた」

「ほんとうにすまない。だけど、どうしようもないんだ」

「謝らなくてもいい。登志さんは、あたしを騙《だま》したわけじゃない。あたしのせい。あたしが押しかけて、迷惑に感じていたのも知っていた。いつかこいつを置いて出ていくんだと、登志さんはその日のことをずっと想像していたでしょ。そのときこの女は、どんなに哀れに見えるのかと、それをずっと考えて苦しんでいたでしょ」

そのとおりだ。サチの言うとおりだ。おれはこの日が来る前に、十分に苦しんできた。

目を伏せ、黙ったままでいると、サチが洟《はな》をすすってから、言葉の調子を変えて言った。

「うなぎ、うれしい。お酒も少し飲んでいい？」

自分は赦《ゆる》されたのだろうか。いまの言葉には、赦す、の意味があるのだろうか。

登志矢はサチを見つめなおすと、昨日までの会話と変わらぬ調子になるよう意識して言った。

「食べに行こう。店では、このことは口にしないでいてもらえるか」

「それほど子供じゃない」

登志矢は、サチと並んで路地を出た。月島川を渡り、月島二丁目の鰻屋に向かうつもりだった。向かう途中から、サチは登志矢の腕を取り、しなだれかかってきた。店で食べているあいだも、帰り道でも、サチはもうこの話題を持ち出してくることはなかった。

その夜、登志矢はサチを求め、サチも無言で応じて交わった。登志矢にとって、サチの身体のすべてを慈しみ、いとおしく感じながらの情交となった。サチは最後まで、意味ある言葉を一切《いっく》口にしなかった。終わったあと、サチは呼吸を整えながらしばらく、登志矢の胸に顔を当てたままだった。熱いものが、登志矢の胸に広がった。火照《ほて》りが収まってから、登志矢はサチの裸身から自分の身体を離し、目をつぶった。

翌朝、サチが起き出した気配で、目を覚ました。

外はもう明るいようだ。作業場のほうには雨戸の隙間から陽光が差し込んでいるのがわかる。

登志矢は、昨夜のうちに何度も頭の中で吟味していたきょうの手順を、もう一度思い起こした。あの〈隼〉は、きょうの昼までに日本人の使いをやると言っていた。詳しい情報を伝えると。だから昼までは、このうちにいて、必要なことをすませてしまう。頼まれていた焼玉機関は、あとほんの小一時間、締めるべき場所を締めて汚れを落とせばいい。

情報を聞いてから準備にかかる。下見と、その後のことの手配だ。そして、午後の四時には、近くまで行って待機ということになる。夜は新橋にいるとのことだったから、移動にさほど時間がかかるわけでもない。むしろ待機場所を探すことが、容易ではないかもしれない。

期限は明日の朝と指定されたから、今夜首尾よく行かなかった場合は、明日の朝、実行だ。このときは、目標の周囲にはひとも多く、目撃者も出る。それ自体は成功したとしても、その場から逃げることはかなり難しくなる。道具を変える必要があるかもしれない。

成功するにせよ、失敗するにせよ、自分の任務はこれで終わる。東京に住み続ける理由はなくなる。自分は五年住んだこの住居と仕事場を兼ねた貸家を出る。引っ越すのではない。去るのだ。身ひとつで。

身ひとつで。

その言葉を意識しようとして、また胸に刺すような痛みがあった。身ひとつで。自分にそれができるか？　何の痛痒《つうよう》も、躊躇《ちゅうちょ》も、恥じることもなしに、きっぱりと、できるか。

答は出ていなかった。

サチが朝食の用意をととのえて、作業場の登志矢に声をかけてきた。登志矢は、作業場の棚から使っていない工具箱を取り出し、古びた工具類の下から、信玄袋を取り出した。その信玄袋を持って茶の間に入り、卓の前にサチと向かい合って座った。

サチが上目づかいに言った。

「これが最後の食事なんでしょう？　粗末なものでごめんなさい」

「十分だ」と登志矢は言った。サチが、そのようにわかってくれているなら、あとに続く言葉も口にしやすい。「気づいているように、おれはここにはもう戻って来ない。遠くに行くつもりだけど、行けるかどうかも、じつは今夜になってみないとわからない」

「あたしも、前にいた長屋に戻ります。あちらで暮らします。登志さんと暮らした三年半は、忘れない」

「今月分の家賃は払ってある。まだ住んでいられる」登志矢は信玄袋を卓の上に置いた。「少しカネが入っている。手を荒らさずにすむような、小さな商いができるかもしれない」

サチは不思議そうに信玄袋を見て訊いた。

「どういうおカネなのか、訊いていいですか？」

登志矢は言葉を選びながら答えた。

「ひとさまの懐からくすねたものじゃない。こういうふうに生きる代償として、手にしてきたカネだ。サチが使うぶんには、何の差し障りもない。おれがどうやって手に入れたか、考える必要はない」

「こういうふうに生きるって、どういうことです？」

「堅気《かたぎ》の暮らしをしないことだ。将来を考えず、サチと所帯を持つことも、世間さまに役に立つこともしないで生きるってことだ」

「登志さんは、堅気です。やくざ者じゃない」

「やくざじゃないが、堅気でもないんだ」

「そうですね」サチはまた信玄袋に目をやった。「あまりたくさん働いているわけでもないのに、そんなにおカネを貯めることができて、ときどきふいに旅行に出たりする。堅気じゃないですよね」

それからはもう食事のあいだじゅう、ふたりのあいだには言葉はなかった。

登志矢は朝食を食べ終えると、また作業場に出た。

こんどは古いブリキ缶を、棚の下からひっぱり出した。一升ばかりの重油でも入れた缶に見える。しかし中に入っているのは、ただの酒だ。その缶をひっくり返すと、隠しの蓋《ふた》がある。その蓋をネジ回しを使って開け、ボロ布を取り出した。ボロ布を広げると、そこに現れたのは、小型の半自動拳銃だった。あの〈隼〉の故国の製造ではなく、この国の同盟国製だ。登志矢は別のボロ布で薄く塗ってあったグリスを拭き取ると、手早く弾倉を抜き、またもとに戻して三回引き金の具合を確かめた。まだ一度もじっさいに使ったことのない拳銃だが、手入れは怠らなかった。不具合はなかった。登志矢は同じボロ布で包んであった紙箱から実包《じつぽう》を取り出して、弾倉に詰めた。七発装弾できる拳銃だった。詰め終えると、弾倉を再び銃把《じゆうは》の底から挿入し、もう一度ボロ布にくるんで雑嚢の底に収めた。

焼玉機関の修理の仕上げもいよいよ終わろうというころ、サチが声をかけてきた。

「登志さん、お客さんが来てる」

〈隼〉の使いがもう？

茶の間を通って戸口に出てみると、表に立っているのは、痩せた初老の日本人だった。帽子を脱いで手に持っている。ごま塩頭で、丸いメガネ、白いシャツの腕まくり。勤め人ふうに見えるが、いまはもう勤めを辞めた男なのかもしれない。これがあの男の使いだろうか。だとしたら、意外にやってくるのが早かったが。

「福島さんだね」と、初老の男は言った。「ボイラーの修理をやってくれると聞いた。サブさんから」

〈隼〉の使いだ。

路地には、近所のひとの姿がひとつあった。

登志矢は言った。

「ボイラーはできないんですが。話だけ伺いますよ」

「話せる場所はあるかな」

「渡し場のそばはいかがです？」

その初老の男を路地の先へと促すと、サチに声をかけた。

「すぐに戻ってくる」

サチは茶の間で振り返った。小声で、行ってらっしゃいとでも言ったのだろう。

もっともサチは、午前九時には働いている洗濯屋に出てしまうのだ。昼に一度帰ってきて登志矢と昼食を食べ、それからまた夕方四時くらいまで洗濯屋に行くのが日課だった。

月島の渡し場近く、登志矢がいつも一服する場所まで案内して、堤の上に並んで腰を下ろした。

初老の男は、前方の隅田川に目を向けたまま言った。

「そのグーシのことだ」

つまりこんどの目標のことだ。

初老の男は続けた。

「グーシは、きょういっぱいいろいろ要人たちと会う予定のようだ。サブさんとこの大使は、午後に会見を申し込んだが断られている。この情勢なのに大使と会うことを逃げた。そのことで逆に、日本政府の中がどんなことになっているかわかる」

「どういうことなんです?」

男は言った。

「下手な言質《げんち》を取られたくないということだろう。今夜は枢密院議長と第一ホテルで会食。明日の午前中には、陸軍大臣と会って、午後に海軍大臣。三時にはまた宮中参内らしい」

「また、というのは?」

「先日も、天皇に面会しているんだ。情勢を、サブさんから聞いたろう?」

「詳しくは聞いていません。モスクワにもレニングラードにも、ドイツ軍が迫っている件ですか」

「新聞も大きく報じているが」

「わかっているな、とだけ言われましたが」

「グーシが、先月下旬、天皇に上奏したときの中身がわかった。ドイツに呼応してソ連領に一気に攻め込めと進言したんだ。ソ連は東西二面の侵攻に耐えられない。一カ月で対ソ戦は終わると」

「日ソ中立条約があるじゃありませんか」

「天皇もそれをそいつに指摘した。その男は言ったという。事態は変わった、日ソ中立条約よりも、日独伊三国同盟が優先すると」

登志矢は聞きながら思った。

こうした情報は、政府内部や宮中にいる誰かを協力者としていなければ、取り得ないものではないだろうか。〈隼〉たちの情報網は、想像以上に大きくて、目は細かいようだ。

そうしてわかることがある。この丸メガネの男は、ただの企業の事務職の定年退職者ではない。この国の官僚機構とか、大学などに勤務していた男なのではないだろうか。言葉の端々から、少し以前であれば治安維持法で検挙されていてもおかしくはないような見識と、歴史認識を持っているように感じられる。彼は、当局の捜査の網からこぼれた「その筋の」男なのかもしれない。

登志矢は訊いた。

「天皇の返事は？」

「何もなかった。しかし関東軍は、特種演習と称して満州で国境近くに大動員をかけた。演習なんかじゃない。侵攻準備だ。いつでも国境を破って侵攻することができる」

「海軍は南進の腹積もりでしょう？　この国も、同時に三つの戦線では戦争はできないでしょうに」

「先日までの情勢なら、その通りだ。中国で泥沼。そこに南進しても北進でも、三年でこの国は滅ぶだろうと見えていたな」

「なのにどうしてグーシみたいな思いつきが出てくるんです？」

「ドイツ軍の進撃が止まらない。もうモスクワにもレニングラードにも手をかける勢いだ。だから、いま参戦すれば、終戦のとき占領地はそのままこの国の領土となると見えるんだろう。つまり、革命干渉戦争のときに奪いそこねた東シベリアが、手に入るんだ」

あの時代のことがよみがえった。頭の中を記憶が映画の断片のように回り始めた。音も聞こえる。銃声、砲声、爆発、阿鼻叫喚《あびきょうかん》。匂いもだ。硝煙の匂い。血と肉の匂い。それが焼ける匂い。村や町が炎上する匂い。あの歴史が、もう一度同じ土地で繰り返されるということか。

「だから」と男。「陸軍と関東軍は、なんとか海軍を説得しようと躍起だ。この男も、三日前に陸軍大臣や関東軍の参謀たちと会談をもって、また北進を強硬に主張し始めている」

「ドイツはソ連に勝ちますか？」

ひと呼吸置いてから、男は答えた。

「いま日本が参戦すれば、可能かもしれない。ソ連は、先の大戦の後に独立した旧植民地を、再び植民地とした。いったん独立したウクライナを併合し、ポーランドをドイツと分け合った。この事態は、そんな強欲さの報いだとも言えるのさ。ドイツはそれらの国で義勇軍を編制している。義勇軍の士気は高いだろう」

かなり皮肉な、投げやりな調子があった。強欲さの報い？〈隼〉の協力者なのに、ソ連邦の全面的な支持者、礼賛者ではないのか？

登志矢は言った。

「赤軍も強大だと思っていましたが」

「三年前の軍の大粛清で、戦争や軍事がわかる将軍も佐官も消えた。軍は素人《しろうと》が動かしている」

ちょうどその時期に、モスクワのその男は消息不明となったのだった。

登志矢は訊いた。

「総理は、グーシの提言に賛同しているのですか？」

「ついこのあいだまでは、なんとかこのグーシを内閣から追い出そうとしていた。だけど、このところやはりドイツ軍の進撃速度に幻惑されてきている」

男の言葉を少し考えてから、登志矢は訊いた。

「この男よりも、陸軍大臣か関東軍の参謀を目標にしたほうが、効果があるのでは？」

「グーシは、いまの内閣でいちばん影響力のある男だ。内閣の中にも、外にもだ。それに、軍人には接近も難しい。狙撃手なら別だが。さいわいこの男は、隙だらけだ。豪胆な野人を気取っている」

「今夜、新橋の愛人のうちに行くとか」

「このところは、その愛人のうちに入りびたりだ。役所からの迎えの車も、そのうちに行く。黒塀を回した、目立たない家だ。もとは待合だった。さほど大きくはない二階家だ」

「警備はないんですね？」

「本宅のほうは、警備されている。こっちにはいない」

「不用心過ぎませんか」

「もう世の中には、アカも皇道派もいないから安心だ、ということなんだろう」

男の嘲《あざけ》るような口調に、登志矢は思わず少し頬を緩めた。

「家の中には、その愛人だけですか」

「女中がひとりいる」

「書生とか庭師などの男はいないのですか」

「さすがに愛人宅に書生を置くほど無恥じゃないだろう。それに、庭の広い屋敷とは違う。町と番地を言うから、覚えてくれ」

男が言ったその愛人宅の所番地を頭に入れた。新橋に近い兼房町《けんぼうちょう》。烏森《からすもり》神社の少し北のあたりだろうか。

　男が言った。

「伝えられるだけのことは話した。何か質問はあるかな」

「いえ」

男は、知っている情報すべてを伝えたのだろう。わからない部分はあるが、それはこの男も知らないのだ。訊いても仕方あるまい。

　男は言った。

「あのサブさんとは別の人物から聞いた。東京にいるきょうまでのあいだ、あんたは必ずしも眠っていたわけではないんだそうだな」

　何の話題だ？　眠っていたわけではない？　登志矢は、話をそらしてみた。

「いろいろ小さな仕事がありましたよ。眠りっぱなしじゃあなかった」

「あんたは任務ではない危ないことも、いくつもこなしてきたとか。あんたが東京に住むようになって最初の八年のあいだに、三人の陸軍将校が不審死したり、事故死したりしているとか」

男は登志矢の反応を見つめてくる。目には登志矢に対する共感か、あるいは敬意めいた色があるようにも見えた。

男は続けた。

「その死んだ三人の将校には、共通点があるそうだ」

「ほう?」と、登志矢はなおとぼけた。

「三人とも、革命干渉戦争のとき、つまりシベリア出兵時、一九二〇年の沿海州で、パルチザン狩りで戦功のあった将校たちらしいじゃないか」

彼らにはその件がすっかり把握されていたのだ。登志矢にとって、眠ることを承諾したとき、すでに意図していたこと。自分の身内や愛する者たちの直接の殺害責任者に対する、私的な報復。当然ながら誰にも了解を取ることもなくひそかに計画し実行し成功した、三件の復讐殺人。そのことが把握されていたということは、たぶんこの「眠り」のあいだじゅう、自分は監視されていたということでもあるのだろう。

男は言った。

「そのことが問題になっているわけじゃない。むしろ、称賛されているよ。それを成功させたあんたの腕についても、見立てに間違いはなかったという評価だそうだ」

勝鬨橋の北寄りをくぐって、小型の船が近づいてくる。ポンポン蒸気ではなく、ヂーゼル機関の船のようだ。小型の艀を一艘曳いていた。

その船が目の前を通過していってから、男が訊いた。

「まったく個人的な興味なんだが。その三人の将校は、あんたとどういう関わりがあったんだ？　もし差し支えなければ」

登志矢は答に躊躇した。それを明かして、それが警察当局に伝わるということはないだろうか。〈隼〉の使いだというこの男の身元について、自分は何ひとつ知らないのだ。敵方のスパイの可能性も、決してゼロではない。

思い直した。だとしたら、自分はとうに殺人罪で逮捕されていたろう。この男がこれだけの事情を知っているのだから。

登志矢はひと呼吸置いてから答えた。

「ひとりはわたしの女房を、拷問したうえで蒸気機関車の罐《かま》で焼いた。ひとりは恩師の娘とその子、そしてご亭主を、パルチザン協力者として銃殺した。もうひとりは、わたしの父と兄と妹を、パルチザンのリーダーを匿《かくま》い逃がしたとして、銃剣で刺し殺した」

男は目をみひらいて登志矢を見つめてきた。

「すまない。そこまでの事情だとは、想像していなかった」

「いいんです」

月島の渡し船が、正面から近づいてきた。

男は言った。

「わたしはあれで戻る」

男が立ち上がり、登志矢も横に並んで立つと、男が訊いてきた。

「あんたはこれからどうするんだ?」

登志矢は答えた。

「うちに戻ってから、仕事の準備ですよ」

「そうじゃない。この任務を終えた後という意味だ。あんたは三度成功しているが、こんどは対象が大物だ。後のことが難しいぞ」

「東京を出ますよ」

大連に行け、と〈隼〉から指示された。つまり、東京を出たあと門司《もじ》港に向かえばいいのだ。大連行きの連絡船が出ている。満州国に行くのに旅券はいらない。国内旅行の簡易さで、あの街に行くことができる。そこから先は、〈隼〉はソ連へ脱出させるつもりでいる。

「うらやましい。あんたはどこにでも行ける」男の声の調子が変わった。少し嘆きが混じったような声。「奥さんも若くて元気なようだ。わたしは、身体の悪い老妻と、一度倒れた父親がいて、先に何が見えていようと、この国で生きていくしかない。若いころからの友人たちほとんどすべてが牢獄に入ってしまった国で」

登志矢は思わず言った。

「むしろ幸運なんです。まだ自由なんですから」

男は登志矢の言葉に反応せずに言った。

「うまくやってくれ。わたしはここであんたのことを忘れる。わたしのことも、忘れてくれ」

拷問にもなんとか耐えて、自分のことは口にしないでくれ、という意味の求めだ。じっさい、当局に検挙されてしまったら、自分の記憶に蓋をすることも、口にはしないという決意も虚《むな》しいものになるしかないが。

男は堤を下りると月島の渡し場へと歩いていった。

渡し船が築地側に渡って行くのを眺めながら、登志矢は昨夜のサチとのやりとりを思い起こしていた。

彼女は言ったのだった。

あたしが勝手に転がりこんだのだもの、こういう別れがくるかもしれないとは、胸のどこかで承知していた……

サチが押しかけたと言うのは、三年半前の、みぞれが降った寒い冬の夜のことだ。

サチは登志矢を上目づかいに見つめ、乞うような目で訊いてきたのだ。

登志さんのうちに入れてもらっちゃだめですか？

それはふたり目の〈隼〉から小さな指示を受けて、それをすませて旅行から帰ってきた夜のことだった。危険というほどの仕事ではなかったが、それでも準備のあいだから緊張はしたし、首尾よくすませて広島から東京に戻ってきたときも、気持ちは高ぶっていた。ささくれだっていた、と言ったほうが正確だろうか。気持ちを鎮めるための手立てが何か必要だった。あまり酒を飲まない登志矢には、酒を飲むという手は適当ではなかった。

小田原町の渡し場から月島に渡って自宅に戻ったとき、灯の少ない路地の玄関の前にサチがいた。

「洗濯物を」と、風呂敷包を胸に抱えていた。

サチは言った。「渡さなければと思って。昨日届けにきたけど留守だったから」

「待っていたのか?」と登志矢は驚いた。「こんな時間なのに」

もう九時近い。漁師と工員の多い町だから、たいがいの家は眠りに入っている。表の通りにもひと通りは少なかった。

サチが言った。

「ついでがあったし、明日は昼まで来られないから、きょうのうちにと思って」

サチは、月島の洗濯屋で雑役係《ざつえき》として働いていた。独り身の工員や漁師たちの洗濯や衣類の繕《つくろ》い、家の掃除などを引き受けていたのだ。夜は夜で酒場の下働きもしていた。住んでいるのは、月島の晴海側だった。

登志矢は月島に引っ越してきた直後から、その洗濯屋に、洗濯や家事雑事全般を頼むようになっていた。最初のうちは洗濯屋の年配の女性が仕事場までやってきていたが、一年ほどしてサチに交替したのだ。あとになって思ったが、その交替はそれまでの年配女性の企《たくら》みであったのかもしれない。

その女性は、サチのことを言っていた。働きもので、気立てのいい子だよ。愚痴も言わないし、陰口をきいたりもしない。大晦日に借間を追い出されたような身の上なのに、まっすぐに育った女さ。それから、本題はこちらだったと思い出したかのようにつけ加えた。仕事ぶりはきちんとしてるよ。

初めて仕事を頼むようになったころ、サチは三十前で、器量は悪くはなかったが、化粧もせず、身なりは貧しかった。いつも少しやつれて見えた。涙顔でやってきたこともある。何かつらいことがあったのだろうが、そのときのサチの顔に、登志矢は動揺したのだった。

以前は京橋の大工と所帯を持っていたことがあるという。埼玉の川口の出だが、父親が亡くなったあと、母親に連れられて東京にやってきて、母親と一緒に隅田川の東の方々で暮らした。相当に貧しい暮らしであったことは、サチとの会話の端々から想像がついた。ろくに学校にも行っておらず、漢字はあまり読めなかった。そこのところは、東京に住み始めたころの登志矢も似たようなものだったが、登志矢はその後懸命に文字を覚えて、いまはサチよりも読み書きはできる。

サチと知り合うまで、登志矢は周囲にはつとめてぶっきらぼうに、無愛想に接していた。女に関心があるとか、嫁を欲しがっているとか、そのように誤解されることのないよう、細心の注意を払って生きてきた。女がいる場所からも距離を置いていた。あまり仕事好きには見えぬように、引き受ける仕事の量はほどほどにして、怠け者で、かつかつの暮らしをしていると装っていた。

ただ、サチに洗濯や雑事を頼むようになってから、サチが登志矢に関心を持っているようだとは気づいていた。それとなく家族のことや、出身地のことを訊ねてくる。奥さんはどこにいるのと訊かれたこともある。歳も離れているし、暮らしぶりを乏しく見せているから、最初のうちは、自分が関心の対象となることなどあるはずはない、と思おうとした。ただ、自分の言葉がときにていねいで、いたわりのこもったものになることも意識していた。

仕事を頼むようになって三カ月ほど経って、サチに訊かれた。正月はどう過ごすのかと。

登志矢は、移らねばならない、とこのとき思った。これまでもそうしてきたように、地元の住人と親しくなりすぎたら、引っ越すのだ。身元の詮索がそれ以上進まぬように。最後の任務を実行するときに足手まといになるものができぬように。登志矢はその正月を浅草の安宿で過ごした。

サチが洗濯物を持って待っていた夜は、それからさらに二月後だった。

ちょうど月締めの手間賃を支払う日だったので、請求額とは別に心付けを渡した。サチは言った。多すぎます、と。二度手間をさせたから、と登志矢が言うと、サチは言った。

「受け取れないですよ、登志さん。いつもと同じだけいただければ」

「かまわない。取っておいてくれ」路地を振り返ったけれど、暗いし、みぞれのせいで足元も悪い。「そこまで送って行こうか」

サチは、不要だと首を振った。

登志矢は錠をはずして戸を開け、洗濯物だけを土間に置いて振り返った。表通りの途中まで送っていくつもりだった。サチは、開いた戸の向こうで、真正面から登志矢に向かい合っていた。戸口をふさぐ格好とも見える。

サチが、少し声を震わせながら言った。

「登志さん、あたし、今夜ここにいちゃいけませんか？」

その寒い夜、だめだ帰れ、と追い返すことは自分にはできなかった。非情になりきれなかった。これは大きな過失となると確信しながら、登志矢はうなずき、首を傾けて茶の間に上がるようにサチをうながしたのだった。

それ以来、もう三年半一緒に暮らしている。誰が見たって、登志矢はサチと内縁の関係にある。近所の住人たちも、ふたりを夫婦扱いだ。最初のうちは、できるだけつれなくしたし、迷惑だとも意思表示した。一緒に暮らせば不幸になるぞと、朝帰りしたり、小言を言うなりの意地の悪い振る舞いもしてみた。

しかしサチは出ていかなかった。冷たくサチを退けるときも、サチはむしろ登志矢に対して憐憫《れんびん》の目を見せるのだった。あなたが苦労してきたのはわかっている、だから自分は我慢できる、そばにいることができると語るように。ひと月も経ったころには登志矢もついに、彼女を追い出すことを諦めたのだ。

「眠り」の時間がこれほどに延びて、自分が人恋しさに負けそうになっていたのは確かだ。孤独であることを強いられた自分の使命が苦しく、くじけそうになっていたのだ。東京で眠り始めた当初も、似たようなことがなかったわけではないが、そのときはきわめて非情に、冷淡に、その女を振り切ってきた。それが可能だった。でもサチに対しては、それができなかった。

〈隼〉からの使いの男を見送ってうちに戻ると、サチが茶の間で繕いものをしているところだった。登志矢に気づくと、脅えの感じられる目で見つめてくる。

登志矢は茶の間に上がり、作業場の上がり框《かまち》に腰を下ろして言った。

「サチ、昨晩のことを忘れて、聞いてくれ」

サチが首を傾《かし》げた。

「頼みたいことがある」

サチは瞬《まばた》きしている。頼みの中身に想像がつかないのだ。当然だ。自分だって、いまあの男と話しているあいだに思いついたことだ。

路面電車で新橋駅近くの桜田本郷町停留所を下りたのは、それから三時間後だ。

兼房町を目指すのだ。新橋の烏森神社の北方向。以前は待合だったという家を確認する。待合であれば、通用口があるはずだ。どのくらいの大きさの建物かわかれば、目標のグーシの使う部屋の見当がつく。風呂に近い階下の端に、その男が愛人と過ごす部屋があるのではないか。

　市電の通る通りを兼房町へ歩き、その家を見つけた。市電通りから一本西に入った、中通りに面した二階家だ。〈隼〉の言っていたとおり、黒塀を巡らしている。一般の民家とは少し趣が違った。庭はさほど広くはないようだ。並びには、料亭が一軒、旅館が一軒ある。向かい側は、下宿屋らしかった。中通りの通行は少ない。夜はいっそう少なくなるだろう。

　その家の札を確かめた。愛人の苗字らしきふた文字。

　通用口は、裏手の路地に面していた。くぐり戸がある。もとは待合だから、この家には大きな厨房はない。通用口の内側に小さめの台所があって、その隣りが女中部屋だろう。薪《まき》を運ぶ必要上、風呂はその奥、建物南側か。煙突の位置から、登志矢は風呂の焚口と竈《かまど》の位置の見当をつけた。犬が飼われている気配はなかった。

　便所の位置も確認できた。内部を想像するに、並んだ客間の外側に外廊下があり、その端にあるのが客用の上便所、台所側にあるのが下便所だ。グーシはおそらく上便所に近い客間で眠る。

　その一角をひとまわりして、考えた。夜も会食があるとのことだから、グーシがこの家に到着するのは、八時過ぎだろう。公用車はたぶん中通りに入ってきて、門の前でグーシを下ろす。門はすぐに内側から開くだろう。待ち伏せするには、その中通りには潜伏する手頃な場所がない。中に入ったと思える時刻を見計らい、裏手から侵入して、グーシがいると想像できる部屋を目指す。塀を巡らした家の利点は、侵入者が中に入ってしまえば、外からは異常が気づかれないことだ。もと待合という施設の性格上、黒塀は不可欠なのだろうが、自分にも都合がよかった。

グーシが到着したとき、食事は終えているわけだから、グーシはすぐに風呂に入るだろう。それから寝室だ。

登志矢はその家を離れた後、土橋や新橋駅までの道をじっさいに歩いて頭にたたき込んだ。このご時世で、夜は大通り以外は暗い。いまのうちに、裏通りまで含めて撤収路を覚えておかねばならなかった。

少し暗くなるのを待ってから、登志矢は新橋駅前から、兼房町に戻った。中通りに入ってから、左右に目をやった。ひと通りはない。

登志矢は手早く白いシャツを脱いだ。下に着ているのは、黒い長袖のアンダーシャツだ。さらに薄手の編み物の帽子を取り出してかぶった。自分で目の部分だけ開けた覆面用の帽子だ。ズボンはきょうは朝から黒い作業用のものだ。

黒塀を乗り越えて、そっと庭に降り立った。建物と塀とのあいだは、ひとひとりがやっと通れる程度の幅だ。少しのあいだ建物に身体をつけて、中の物音に聞き耳を立てた。女が何か言っているのが聞こえた。これに応える若い女の声。いま家の中には、愛人と女中がいるだけなのだろう。

通用門の施錠は厳重だった。ということは、通用口の施錠は省かれているかもしれない。通用口の引き戸にそっと手をかけてみると、動いた。施錠されていない。登志矢は引き戸を戻した。

八時を少し回った時刻。グーシが帰ってくるのは、そろそろだ。登志矢は建物の外壁に背を預け、膝を折ってしゃがみ込んだ。ときどき顔に蚊が止まったが、手のひらで打つわけにはいかなかったから、上から押しつぶした。

やがて家の中から声が聞こえてきた。自動車が発進していく音も。自動車が着いて停まったところは、確認できなかったが、まちがいない、グーシがこの家に帰ってきたのだ。

登志矢は雑嚢から拳銃を取り出して、左手に持った。

五分ほど経ったころだ。登志矢の鼻が湯の香を感じ取った。

男の声が洩れてくる。いい具合だ、と言ったように聞こえた。グーシが風呂場に入ったのだ。愛人は一緒に入って背中を流すだろうか。耳を澄ましたが、風呂場からは女の声は聞こえてこない。

グーシはひとりだ。

登志矢は拳銃の薬室に最初の一弾をこめると、安全装置を解除した。スライドさせるときの音は意外に大きく響いたので、その少しのあいだ、息を殺して動かなかった。

十秒数えてから通用口の前に移動した。通用門の内側には閂《かんぬき》がかかっている。登志矢はその閂をはずしてから、通用口の引き戸に力をこめた。引き戸を右手に滑らせると、カラカラと金属音がしたが、すんなりと開いた。女中か愛人がその音を耳にしたかもしれないが、かまうことではない。勝手に入ると、右方向に中廊下が伸びている。風呂は右手のはずだ。

土足で廊下に上がり、湯と表示のある引き戸を開けた。脱衣場だった。籐籠《とうかご》に浴衣《ゆかた》が丸めて入れてある。

奥に曇りガラスの戸があった。

「どうした?」と、戸の向こうから男の声がする。

登志矢は棚の湯上げタオルを手にとって右手の拳銃をくるむと、曇りガラスの戸を開けた。右手に檜《ひのき》の浴槽があって、男がこちらに顔を向け、胸まで湯につかっていた。両手は浴槽のふちにかけている。写真の人物、グーシだ。

グーシは、驚いた目を向けて訊いた。

「誰だ?」

不遜とも言える調子だった。

登志矢は確認した。

「松平洋介《まつだいらようすけ》だな」

男は瞬きした。彼のその目に恐怖はなかった。ただ、怒りか腹立ちめいた感情が見える。入浴を邪魔されたことに憤慨しているだけかもしれない。どうであれ、自分が松平洋介であることを否定していなかった。

登志矢は右手を突き出して、引き金を引いた。くぐもった破裂音がして、男の左胸に穴が開いた。タオルの先からかすかに煙が上がった。登志矢は浴室の中に一歩踏み込むと、胸と頭にもう一発ずつ撃ち込んだ。三発目の音は、かなり大きく聞こえた。外務大臣の松平洋介は、ずぶずぶと湯の中に沈んでいった。湯に赤いものが広がっていく。致命傷は負わせたことだろう。

浴室の外のほうから、女の声がする。

「どうしました？」

登志矢はタオルを脱衣場の床に落とすと、中廊下に出た。右手に和服姿の女がいる。三十歳ぐらいの、小柄な女だった。

女は悲鳴を上げ、立ちすくんだ。

登志矢は女にはかまわずに勝手に出て通用口を抜け、通用門を手前に引いて裏手の路地に飛び出した。

拳銃を雑嚢に収め、毛糸の帽子も脱いで、雑嚢の中に丸めた。路地の出口に木製のゴミ箱がある。黒い長袖のシャツはそのゴミ箱の中に突っ込み、白いシャツの袖に腕を通した。

中通りに出ると、多少のひと影がある。新橋の歓楽街からは少し離れている場所だから、遊び客たちではない。地元の堅気たちだ。

軍帽をかぶると、白いシャツに雑嚢を袈裟懸《けさが》けにした登志矢の姿は、もう中通りの夜の景色の中に溶け込んだ。

あとにしてきた松平洋介の愛人宅のほうで声が聞こえた。

「誰か、誰か」と、女が叫んでいる。

外務大臣が泊まる家だから、電話は引かれているだろう。いま通報して、もっとも近い警察署から巡査が駆け付けるまで五分ぐらいか。あるいはもっとかかるかもしれない。

そのあいだに自分は、土橋に行き着いている。土橋の船溜まりで、昼間のうちに予約しておいた川涼みの船に乗るのだ。船は外濠川を日本橋に向かうことになっている。日本橋で船を下りたあとは……

登志矢は足を少しだけ速めた。

入植地の裁き

登志矢は、ロシアの沿海州に入植した日本人開拓農民の次男として、一八九五年に生まれた。

この年は、日本の暦で言えば、明治二十八年となる。滋賀県大津でロシア帝国の皇太子ニコライが警備の巡査に斬りつけられた事件から四年後のことである。

一八九一年のその事件のとき、ニコライはシベリア鉄道建設工事の起工式をウラジオストクで執り行うため、ロシア帝国海軍の戦艦で地球を半周、日本に立ち寄っていたのだった。

ロシア帝国皇太子襲撃事件は、大日本帝国政府を戦慄《せんりつ》させ、震撼《しんかん》させた。ロシアと戦争になる、ロシアの植民地になるという、ありうる事態に恐怖させたのだ。戦争回避のために、天皇が直接、ニコライを見舞ったし、謝罪のため皇族を特使として派遣するとの申し出も行われた。その申し出がロシア帝室から丁重に断られたあと、政府は東シベリア開発への協力を提案し、これは受け入れられた。

まず一万二千人の労働者が、シベリア鉄道建設工事に送られた。さらに三万戸の開拓農民が沿海州の未開地に入ることになった。当面の入植にかかる費用はすべて日本政府が引き受けるという条件である。途中開墾を放棄したりせずに、同じ土地で農業を続けていれば、三年たったところで入植者たちはロシア国籍を取れるという制度だった。

翌年四月、開拓農民の第一陣二百戸がウラジオストクに上陸、ロシア政府の指定する内陸の入植地に赴いた。開拓農民は日本政府の募集に応じて集められたもので、大半が東北か中部地方の寒村の、貧しい農民とその家族だった。応募者たちは、開墾した農地はその農民のものになる、というロシア政府の保証に何よりの魅力を感じたのだった。

沿海州の開拓地に赴いた農民第一陣の中に、盛岡が故郷の小條仁吉《こじょうにきち》と、その妻早苗《さなえ》の夫婦もあった。

夫婦は沿海地方への入植後六年のあいだに三人の子供をもうけた。夫婦は子供たちにそれぞれ、ロシア人にも通じる名をつけた。長男が入也《いりや》、次男が登志矢、長女が伊々菜《いいな》、だった。

秋蒔《ま》き小麦の播種《はしゅ》が終わったばかりという時期だった。

まだまだ陽は高く、目にまばゆいほどの明るい初秋の午後だ。大気は乾いており、平原のはるか遠くまで鮮明に望むことができた。ただ、耕作地を取り囲む柏の森が、ほんのわずかだけ色あせてきたようにも見えた。ときおり北西から吹く風に、涼しさを感じることもある。

そんな季節だ。

　登志矢は、母屋の裏手、木柵の内側でふと耳を澄ました。柏の森に伸びる畑の端のほうで、藪《やぶ》を漕ぐような、大地を踏みしめるような音が聞こえたのだ。

　登志矢は首をめぐらして、音のした方角に目をやった。登志矢の家は、村落の東の端にある。十二年前は無人の原野だった。両親の入植時、道はできており、州政府が入植者のために建てたばかりの丸太小屋があったが、農地としては開墾されていなかったという。入植者は割り当てられた小屋に住み、疎林《そりん》を拓《ひら》いて耕地を作った。

　三方に丘があって、西方向だけが開けている。耕作地はところどころに防風林をはさみつつ、西にある村の中心部へと続いている。

　いま父は、兄の入也と一緒に、納屋の脇に薪《たきぎ》を積み上げている。何日か前に村の製材所から、半ローコチ（約二十五センチ）の長さで玉切りされた薪が、馬車で届いていたのだ。父はこの数日、当座必要な分だけ、その薪を燃えやすい大きさに割っていた。

　母は妹の伊々菜に手伝わせて、母屋で小麦の粉をこねていた。きょうは石窯《いしがま》に火を入れて、およそ十日分の麺包《フレーブ》を焼く日なのだ。

　庭の隅の石窯にはすでに薪がくべられていて、父は薪割りの手をときおり休めては、石窯の蓋《ふた》を開けて燃え具合をみている。

　登志矢は、きょうは学校から帰ってきたあと、何も仕事を言いつけられていない。八歳なので、できることは限られている。まだ危ないからと、馬の世話もさせてはもらえないのだ。だからさっきから退屈し、初夏に刈り取った麦の穂を集めては、なんとなく編んだり結んだりを繰り返している。

畑の先を見つめていると、柏の森の中からふいに馬に乗ったひとたちが現れた。四人いる。空《から》の馬を一頭曳《ひ》いていた。つまり、ひとが四人。馬は五頭だ。

そこには道はない。彼らは、入植地の北に拡がる森を無理に突っ切って、この耕作地に出てきたのだ。登志矢は少しのあいだその様子を見つめていた。

彼らは、播種の終わった小麦の畑の中に馬を乗り入れてきた。こちらに向かってくる。

登志矢は庭に向かって駆けながら大声を出した。

「父さん、父さん。ひとが来るよ」

庭の真ん中まで駆けたとき、納屋から父と兄が姿を見せた。父は怪訝《けげん》そうだ。この集落の誰かが訪ねて来るとき、登志矢もいちいち父親に報告したりはしない。

「誰が？」

登志矢は北の方角を指さした。

父は北に視線を向けると、木柵に近づいた。兄も父の横で木柵の横木に足をかけた。

馬に乗るひとたちはもう畑の真ん中あたりまで来ていた。四人とも黒っぽい軍服のような上衣を着て、短い鍔《つば》の帽子をかぶっている。男が四人だ。

母も妹の伊々菜も、男たちに気がついたようだ。前掛けをつけたままの姿で庭に出てきた。

男たちは木柵のすぐ外までやってきた。みな腰のベルトに、拳銃の革ケースをつけていた。

父親は無言だ。登志矢は、父親が緊張していることに気づいた。馬の男たちを歓迎していない。何かいやなことが起こると予想しているようだ。

登志矢はもう父親には話しかけないことにした。黙って、邪魔をしないように見守るだけだ。

木柵まで十数歩のところで、先頭にいる男が帽子に手をやって大声であいさつしてきた。

「こんにちは」

「こんにちは」と、父親が警戒気味の声で応《こた》えた。

男たちは木柵までくると、馬を止めた。

あいさつしてきた男が言った。

「日本人かい」

「そうだ」と父親。

「北の監獄の者だ。囚人がひとり逃げたんだ。追っている」

この入植地の北方には、流刑地があるという。強制移住囚、追放囚が住む地域だが、監獄もあって、そこには重罪犯の徒刑囚が収容されている。徒刑囚は、夏は道路の建設に、冬は鉄道の枕木用のナラの伐採に従事していると聞いていた。

父親が、不思議そうに訊《き》いた。

「西に逃げたんじゃないのか？」

「違う。珍しく、南に向かったんだ。不審な男を見なかったかな。五日前に脱獄したんで、昨日あたり、この辺を通ったんじゃないかと思うが」

「誰も見ていない」

「ここには、何軒の開拓農家があるんだ？」

「全部で六軒」

「どこかで、何か変わったことはないか？」

「いいや。何も」

「ほかの家々にも、教えてやってくれ」

「ああ」

「用心してくれ。腹を空かせている。襲うかもしれない。馬にも、気をつけろ」

「危ない囚人なのか？」

「凶悪犯だ。ならず者を殺したならず者さ」

「どんな理由で？」

「自分の妹を慰み者にされたから、というのが理由だったらしい」獄吏《ごくり》はつけ加えた。

「服の背中には、囚人の印が染めてある。黄色いダイヤの印。知っているかい？」

「ああ」

「髭面《ひげづら》で、髪も伸びている。歳は三十五だ」

「わかった」

男は、首を西の方角に向けた。

「カメンスクの村は、あっちかい？」

「ああ。ここから二露里《ヴェルスタ》（約二キロ）だ」

「畑の中を、すまなかったな。森を抜けたら、畑だったんだ。このうちに、まっすぐ向かってしまった」

「種を蒔いたばかりだ」

「脱獄囚が農家で悪さをする前に、捕まえたかったんでな」

父は黙っていた。

獄吏たちは父親に軽く頭を下げると、再び馬を歩かせ、木柵に沿って村に通じる道へと進んでいった。

道沿いに、五軒の農家がある。そのうち二軒は、登志矢の両親と一緒に、同じ岩手から移住してきた農家だった。

登志矢の家を含め六軒の農家の集落のほぼ中央に、共同の井戸とポンプがあった。見ていると、男たちは井戸の脇で馬を止め、水を飲ませてから再び道に出ていった。

兄の入也が父親に言った。

「あいつら、麦を踏みつぶしていったよ」

父親が木柵から離れて言った。

「仕方がない」

母が父の横顔を見ながら言った。

「ちょうどいい。一服しない？」

そうだなと、父がうなずいた。

登志矢は、何が起こっているのか、よくわからないままだった。父に、もっと詳しく教えてもらいたかった。監獄や、脱獄といった言葉の意味。聞き取れるし、なんとなく意味は知ってはいるものの、自分が覚えたもので正しいのかどうか、登志矢はわからない。でも父は、母屋の中でやすんでいるあいだ、あの監獄の男たちのことを話題にはしなかった。

一服のあと、石窯にフレーブの種を入れて焼いた。途中、ひとつひとつのフレーブをひっくり返した。丸いかたちのフレーブが六個焼き上がった。父がもう一度石窯の中に薪を入れて中の温度を上げ、十分に窯が熱くなったところで、窯の中の薪を周囲によけ、またフレーブ種を入れて焼いた。少し日が陰ってきたころに、十二個のフレーブが焼けた。

母がよく言っていた。入植したときこの地方では米は売られておらず、食事と言えば近所の農家のようにフレーブを食べるか、燕麦《えんばく》の粥《かゆ》を食べるしかなかった。米を食べられないことが悲しかったけれど、いつしかフレーブの味にも食感にも慣れた。五年前に父が石窯を作ってからは、かなりおいしいフレーブを焼けるようになった。いまは正月だけ米飯《べいはん》を食べるけれども、昔ほどには米飯をなつかしむことはないと。

登志矢は生まれたときからフレーブと燕麦の粥で育った。米飯が年に一度のごちそうでも、それで十分だった。

フレーブを焼き終えて父が後片付けをしているときだ。村から馬に乗った男が集落へやってきて、今年の世話人を受け持っている農家を訪ねていった。馬の男が去ったあとに、世話人が登志矢の家に顔を見せた。

「明日の日曜、お昼に村に来いってことだ。寄合所で、裁判がある」

集落の世話人は、もともとこの国の西の地方で、大地主の家で使われていたという男だ。祖父の代までは農奴《のうど》だったという。入植者募集があったときに、故郷を捨ててこの土地に移住してきたのだ。

父がその世話人に確かめた。

「誰の、何の？」

「イヴァン・セルゲーイェヴィチ」と世話人は言った。父称をつけて答えたということは、世話人はイヴァンのことを、名前を呼び捨てにできる人物ではないと考えているということだ。

父は、姓も確かめた。

「イヴァン・グリズノフ？」

「そう」

「あのひとは、訴えたほうじゃないのかい？」

「その件とはべつなんだ」

「何をしたんだ？」

「喧嘩だ。居酒屋で暴れて、地主の雇い人に怪我を負わせた。こんどが二度目だから、村長も厳しく当たるよ」

「行かなきゃならないのか？」

「裁判に立ち会うことは、村人の務めだからな」

「わかった」

世話人が去っていった後、登志矢は父に訊いた。

「イヴァン・グリズノフって、南の沢のひとだっけ？」

「そうだ」

「あのひとは昔、囚人だったんだってね。追放囚だったけど、自由になったあと、この地方に入植したって聞いたよ」

「そうだ。苦労したひとだ」父は母に言った。「古いフレーブを出してくれ。それに漬け物を少し」

それから父は兄の入也に言った。

「桶に水を入れてこい」

母が訊いた。

「どうするの？」

「炭焼き小屋の様子を見てくる」

「きょう、炭を焼いた？」

「いいや」

登志矢はなんとなく、さっきの四人の男たちと関係があることかなと思った。炭焼き小屋は、畑の北の向こう、森の中にあるのだ。

登志矢は父に言った。

「ぼくも一緒に行っていい？　桶はぼくが持つ」

父は少しのあいだ登志矢を見つめてから、うなずいた。

「ああ」

登志矢は、父と兄について母屋を出ると、小麦畑と燕麦畑のあいだの休耕地を歩いて森に向かった。

炭焼き小屋は、森の中のさほど深くない場所にあった。でこぼこの激しい森の中の、自然の斜面を生かして、泥で固めた炭を焼く窯が作られている。そのそばには、生木《なまき》を乾燥させるための、屋根だけの小屋。窯と小屋の周囲の立ち木はとうに伐《き》られ、炭となって、丸い空き地ができていた。馬の男たちがまっすぐ北から耕作地に出てきたのだとしたら、たぶん森の中のその空き地には気づいていない。

踏み分け道を少し歩いて、登志矢たちは空き地に出た。小屋の屋根の下で、ひとりの男が丸太に腰掛けている。登志矢は驚いた。これって、もしかしてその囚人なの？

長い髪で、髭も伸ばした男だった。年齢の見当はつかない。上着もズボンも汚れていた。男は登志矢たちが現れたのを見ても、驚いた様子を見せなかった。ぐったりとして、立ち上がる元気もないようだった。

父は、男に近づきながら言った。

「そこの農家の者だよ。さっき、森を抜けて監獄の男たちが来た」

男は、父を見つめて、無表情に言った。

「脱獄してきた。突き出すかい？」

父は黙ったままで男を見つめた。男も、父の視線を受け止めて見つめ返した。登志矢は息を止め、身体を硬くした。

ひと呼吸するほどの間《ま》のあとに父が言った。

「いいや。うちに迷惑をかけなければ、何もしない」

父は男の前に立つと、フレーブとキャベツの漬け物を入れた木の皿を差し出した。

登志矢は自分が持っていた桶を、男の前に置いた。

男は言った。

「カネは持っていない」

「商売をしているんじゃない。食べたらいい」

「あんたは、ずっとこの土地のひとなのか?」

「どういう意味だ?」

「顔だちが」男は、この地方の先住民の名を挙げた。まだ本格的な開拓が始まる前、その先住民がこの土地の森で狩猟生活を送っていた。「……なのかなと思った」

「ヤポンスキー。移住者だ」

「そうか。この地方には多いらしいな。初めて見る」

「うちの飯を食えるかい?」

「ありがたくいただく」

男は皿からフレーブを取り上げると、端を千切って食べ始めた。かなり腹が空いていたのだろうと思える食べ方だった。フレーブを千切るとき、男の指は激しく震えた。男は桶から両手で水をすくい、水を飲んではまたフレーブを食べ、ときおり漬け物を口に入れた。

少し落ち着いた様子が見えてから、父が訊いた。

「ふつう脱獄囚は、西に向かうものだと聞いていた」

「ああ」と、フレーブを口に入れたまま男は答えた。「西方向には、縄がある。縄づたいに、首都にでも古都にでも逃げて行ける」

登志矢は、縄、というのが何のことかわからなかった。これもあとで父親に訊いてみよう。いまは、自分が質問したり口をはさんでいいところじゃないはずだ。

男は続けた。

「でも、追手も西に向かう。おれは、いったんこの国を出るつもりなんだ。だから、南に逃げた」

「どこまで行くつもりなんだ？」

「ウラジオストクさ。外国行きの船に乗る。あそこまでの街道は、通れそうか？」

「いくつもの村や町を通る」

「いちばん近い町はどこだろう？」

「ビヤンカだ。五十露里くらい。鉄道の駅がある」それから父はつけ加えた。「代書屋もある」

男はまたフレーブを頬張った。

父は、小枝を拾って西方向を示した。

「とうに知っているかと思うが、真西に向かえば、ウスリー街道があり、鉄道があって、その向こうがウスリー川だ。ウスリー川を筏《いかだ》で下れば、アムール川に入ってニコラエフスクに出る。ウスリー川を渡ってどんどん西に行くと、松花江《しょうかこう》だ。ハルビンに行ける」

登志矢も知っている地名がいくつも出てきた。松花江やハルビンの地名も、学校で教えられていた。中国東北地方にロシアは鉄道を敷設して、沿海州地方とロシアの中央部とを結んでいる。ハルビンはその鉄道沿線の中でももっとも大きな、ロシア人が多く住む都市だという。

やがて、男の食べ方がゆっくりしてきた。満腹になってきたようだ。

男はフレーブを半分ほどたいらげてから言った。

「お礼に、薪割りでもさせてくれないか。さっきまで、薪割りの音が聞こえていた」

父は微笑した。

「あの獄吏たちが消えたと、はっきりしてからでいい」

「できるだけ早く出て行く」

「連中、まだ二、三日は捜索を続けるんじゃないか」

「じゃあ、あと何日かここにいさせてもらっていいかな」

「森を出るな。食べ物は持ってきてやる」

男はうなずいた。

炭焼き小屋を後にして、森を出てから登志矢は父に訊いた。

「あのひとを助けるんだね？」

「ああ」と父は答えた。「世の中は、お互いさまだからな」

「でも、悪いことをした人なんでしょう？　囚人って」

もとより子供の身で、父がしようとしていることをとがめるつもりはなかった。ただ、父があの脱獄囚を助ける理由を知りたかった。子供の自分には、お上《かみ》はけっして逆らってはならないものと思えている。学校の教師がそう言う。そのお上に、父がわざわざ楯突くようなことをする理由を。

父は言った。

「ひとの道にはずれたことをしたわけじゃない」

「ならず者を殺したって、さっきの男のひとたちが言っていたよ」

「その理由も聞いた。ひとを殺したことは罪だけれど、お天道さんに顔を向けられなくなるような罪でもない。うちには何の迷惑もかけていない」

うまく呑み込めなかった。

兄が、登志矢の疑問を引き取るように訊いた。

「ろくに知らないひとなのに、父さんは信用してるみたいだ」

「そのひとがどんな人間に嫌われているのか、それがわかれば十分だ」

登志矢はもうひとつ訊いた。

「縄って、なに？」

「あれは」父は難しい顔になった。「そのうちわかってくる」

木柵の向こうに、母親と妹の姿が見えた。ふたりとも、少し心配そうだ。

父が大きな声で言った。

「大丈夫だ。さ、焼きたてのフレーブを食べさせてくれ」

すぐに、と母親は応え、妹を連れて母屋に入っていった。登志矢たちも、木柵に沿って歩き、門扉を開いて庭の中に入った。

食事のとき、脱獄囚の話題がひとしきり続いたあとに、母親が話題にしたのは、明日の日曜日にあるという裁判のことだった。監獄に送ったり流刑にするような重い犯罪でなければ、村で起こった犯罪については、村の納税者の中から選ばれた村長が裁く。罪の種類と重さ次第で、村長は賠償や罰金、軽労働などの刑を犯罪人に言い渡すことができる。いちばん重い刑は笞《むち》打ち二十回である。笞打ちの刑を科すことができるのは、その被告が同じ犯罪を二度犯したときだけだった。

子供たちのあいだの会話では、笞で二十回も打たれると、そのとき気を失うほどに痛いだけではなく、ひと月ぐらいは便所に行くのもつらいことになるのだとか。傷が治るまでは、ふつうに働くことも無理なのだという。そんなふうに聞いていたから、登志矢は笞打ちの刑のことを考えるたびに、背筋が冷えて身震いしてしまうのだった。

母親は、不審そうに父に言った。

「イヴァン・セルゲーイェヴィチが居酒屋で暴れたって、いつものことではないの？」

父が言った。

「クルティシェフの雇い人を傷つけたなら、ただではすまない」

クルティシェフというのは、このあたりに広い地所を持つ大地主だ。郡役場のある町に住んでおり、春と秋の年二回しか村に姿を見せない。ふだんは差配人が、地主に代わって村の農地を管理している。

この地方では、入植したものの開拓がうまくゆかず、土地を手放す農家も少なくなかった。そんな離農農家の土地を次々と買い足して、いまは村の農地の三分の一がそのクルティシェフ一族の所有となっている。農地を手放した農民の多くは、そのまま自分の小屋に住み、差配人に使われていた。

差配人は、イーゴリ・アナトリエヴィチ・セミャーノフという男だった。若いときから地主のクルティシェフのもとで働いており、十年前に別の村からやってきた。五十がらみの、猪首《いくび》の男だ。冷酷で意地が悪いと子供たちは噂している。たぶん大人たちの言葉の受け売りだろうが。

セミャーノフは、本来選挙で選ばれる村長には自分の息のかかった農民を立てて、事実上、村を支配していた。もちろん独立農民たちは、差配人セミャーノフが村を牛耳《ぎゅうじ》っていることを苦々しく思っている。とくにこの数年は、彼が横暴で利己的すぎると、独立農民たちは感じていた。村の共有財産を独占的に使ったり、公益になるのかどうか見極めがたい普請《ふしん》にまで村人を駆り出したりといったことが理由だ。それはたぶん地主クルティシェフの意向を受けてのことではなく、セミャーノフの独断でやっていることだろうとも話されている。

「娘さんのことがあるから」と、母親がいくらか言いにくそうに言った。妹のほうをちらりと見た。「イヴァン・セルゲーイェヴィチが荒れたって、おかしくはないように思う」

登志矢は、イヴァン・グリズノフの娘のことで、大人たちが話しているのを何度か聞いた。学校でも、年長の子供たちが噂している。なんでも彼の娘ダーリヤは二年前、差配人のセミャーノフの家に女中奉公に行ったが、結婚しないままに赤ん坊を生んで、実家に戻った。赤ん坊の父親は、差配人の次男ダビドなのだという。

登志矢は、なぜダーリヤがそのままセミャーノフの家で暮らさずに実家に戻ったのか、理由がよくわからない。ただみなが、ダーリヤが可哀相だと言う。イヴァン・グリズノフは、そのことで差配人とは険悪な仲になっているとか。何か、大人にしかわからない複雑な事情があるのだろうと登志矢は考えている。

母が父に訊いた。

「イヴァンは、笞打ちなの？」

父が首を振った。

「あの親爺《おやじ》さんには、みな同情している。酒を飲んで、セミャーノフの手下と喧嘩になったぐらいで、笞打ちにするのは無茶だ」

「でも、村長は差配人さんの言いなりでしょう？」

「道理が通じるとは、思えない」

「イヴァンの畑は、クルティシェフさんの地所にはさまれている。差配人は、イヴァンを追い出して、地所を地続きにしたいんだと聞いているけど」

「そうしたいだろうな。農作業がいろいろしやすくなる。でもあの親爺さんは、自分が拓いた土地だと売ろうとしない」

「差配人は、十分おカネを出すと言ったんでしょう？」

「土地代なんて、ひと冬、酒を飲んで暮らせば消える。親爺さんだって、それは知っている」

「イヴァンのおじさんは、差配人とはいろいろ厄介を抱えているのね」

「だから、裁判が心配だ」

「行くの？」

「行く。日曜日だ。村人の大半は朝、教会に行く。うちも、昼にはみなにあいさつしておいたほうがいいだろう。先日の小麦の播種のときには、世話になったひとも多いんだ」

「怖いものを子供たちに見せるのは、嫌だわ」

「もしそういうことになったら、子供たちを広場から離してくれ」

「ええ」

登志矢は安堵《あんど》した。自分がもし笞打ち刑を見なければならなくなったとしたら、恐怖で小便を漏らしそうだとも思っていたのだ。見ないですむなら、そのほうがうれしい。残酷なものを見るのが好きだという子供は、まわりにも何人かいないではないが、自分は苦手だった。

その夜、登志矢は怖い夢を見た。馬に乗った獄吏たちが、大平原の真ん中で逃げる脱獄囚を捕まえ、さんざんに笞打つ夢だ。最初の笞は痛くは感じなかった。ふたつ目の笞もだ。しかし獄吏が代わり、三つ目の笞が背中に打ちつけられたとき、登志矢は悲鳴を上げていた。その自分の悲鳴で目を覚ました。

翌日、日曜の朝、父が登志矢に、炭焼き小屋まで一緒に来いと言った。またフレーブと水を持っていくのだ。登志矢は父に従って畑を突っ切り、森の中の炭焼き小屋まで行った。

男は礼を言ってから、不思議そうに父を見つめて訊いた。

「何か心配ごとでも？」

父は、我に返ったような顔で答えた。

「裁判がある。村のひとりが、差配人の手下に暴行したらしい」

「その何が心配なんだ？」

父は、ためらいがちに言った。

「公正な裁きにはならないと、わかっているんだ」

「どうして？」

父は男が腰掛けている細い丸太の上に並んで腰掛けると、自分の考えをまとめるかのような口調で話し出した。昨夜、母と話していた内容にもう少し村の事情を補いつつだ。

父が話し終えると、男が訊いた。

「笞打ちとなれば、どうする？」

「ひどい話だと思うけれども、黙っているしかないな」

「あんたが、そのイヴァン・セルゲーイェヴィチの立場だったら、土地を売って村を出ていくかい？」

父は男を見つめた。呆《あき》れた、という顔だ。父は首を振って言った。

「おれは開墾入植だ。畑がいまのかたちになるまで、五年かかった。満足に作物ができるようになったのは、この五、六年ぐらいのことだ。身内同様に思える友人もできた。やっとこの村が、自分の故郷だと思えるようになったんだ。この苦労と冥利は、土地代には替えられない」

男が父の顔を見つめたまま黙り込んだ。

父は立ち上がった。

「さ、登志矢。村に行くぞ」

森を出て家に戻ると、父は兄に手伝わせて馬に荷車をつけた。村までは登志矢が歩いて通えるほどの距離だけれども、家族で村に出るときは、馬車を使うのがふつうだった。何かしら買い物をすることもあるからだ。きょう、父はルパシカの上に灰色の上衣を着た。母はサラファンだ。子供たちは普段着のままだった。

村は、登志矢たちの住む河岸段丘の上から、一本道を広い谷へと下った先にある。全体で戸数は百二十あまりという小さな村だった。村の中心部には正教会の礼拝堂が建ち、その前に広場がある。広場の東側に寄合所、西側には駅逓《えきてい》の建物があった。駅逓は郵便局と宿、居酒屋と商店を兼ねている。駅逓の裏手には、蒸気機関を持った製粉所と製材所があった。学校があるのは、寄合所の南側だ。その広場の外の道沿いに、農家が建つ。

クルティシェフの地所は主に村の南側に固まっている。

　村に着いたときはもう昼を過ぎていたので、道にも広場にも、かなりのひとが出ていた。子供たちも多い。ひとの声が広場周辺に満ちていた。大人の男たちは、互いにあいさつしながら、寄合所の建物の中に入っていく。まだ裁判は始まっていないのだろう。

　父はみなを広場の端で馬車から下ろすと、馬車を駅逓裏手の空き地に入れた。

　父と親しい農民が近づいてきた。小さな目で、熊のような鼻を持っている男だ。うちにも何度か来ていた。マカールという男で、父は彼のことを親しくマーカと呼んでいる。

マーカが父に言った。

「仁吉《ニキータ》、脱獄囚がこっちに逃げた話は知っているかい？」

　父が答えた。

「昨日、追手がうちの畑を通っていったよ」

「南じゃ大がかりな検問が始まっているようだ」

「そんなに大物なのか？」

「ひと殺しだけど、流刑地で無政府主義者に感化されたんだとか。政治犯の脱獄に手を貸して、自分も逃げた。ただのひと殺しより始末が悪いということなんだろう」

　ふと、広場が静まった。誰もが声を止めたのだ。登志矢は、何が起こったのか確かめようと広場を見渡した。

　黒い上着を着て黒い帽子をかぶった男が、ゆっくりと寄合所に向かっていくところだった。そのすぐうしろに、中年の女性。それから若い女。女は赤ん坊を抱いていた。イヴァン・グリズノフとその家族のようだ。イヴァンの家族は、寄合所の前で別れ、イヴァンだけが中に入っていった。何人かの女性が、残ったグリズノフ家の者たちに近寄って話しかけた。また広場にざわめきが戻ってきた。

「行ってくる」と父は母に言った。「きょうはすんなりとは終わらないかもしれない」

村会に出る資格があるのは、家長だけなのだ。終わるまで、ほかの家族は外で待つことになる。父は話しかけてきたマーカと一緒に広場を横切って、寄合所の入り口へと向かった。

また広場が静まった。その場にいる村人すべての視線が、広場の南に向いた。

こんどは、恰幅《かっぷく》のいい中年男が、広場に入ってきたのだった。乗馬靴に乗馬ズボン、丈の長い上着姿だ。クルティシェフの差配人、イーゴリ・セミャーノフだ。セミャーノフが寄合所に入ると、入れ代わりに男がひとり出てきて、入り口の前で鐘を鳴らした。いよいよ裁判が始まるようだ。

裁判は長く続いた。中天にあった太陽が、少し傾いたころまでだ。

広場で立ったまま判決が出るのを待っていた村人たちも、かなり焦《じ》れてきたころ、入り口の扉が開いた。男たちが中から出てきて、寄合所正面の板張りのテラスの左右に散った。

やがてセミャーノフが現れ、ついでうなだれたイヴァン・グリズノフが出てきた。男ふたりが彼を両側から支えている。歩くこともできないほどに、衝撃を受けているようだ。

父が登志矢たちのもとに戻ってきた。いまいましげな顔だった。怒りのせいか、こめかみのあたりに血管が浮かんでいる。

父は、家族の誰の目も見ずに言った。

「連中、むりやりあの親爺さんを犯罪者にしてしまった」

誰のことを言っているのか、想像がついた。差配人と、その配下の者たち。そして村長ということなのだろう。

父は馬囲いの木柵に背を預けて、荒い息を吐いた。

寄合所から最後に出てきたのは、村長と書記役の若い男だった。村長はもう六十歳を超えたという、細身で長身の農民だ。書記は帳面を手にしている。

村長が階段の前に立つと、広場は静まり返った。

村長は広場の村人たちを見渡してから、大きな声で言った。

「イヴァン・セルゲーイェヴィチ・グリズノフによる、ステパン・ウラジーミロヴィチ・ヤブリンスキーへの暴行事件について、判決が出た。イヴァン・セルゲーイェヴィチは暴行の事実を否定したが、現場に居合わせた三人の目撃者の証言から、暴行は事実だと認定した。村長であるわたしは、皇帝より委《ゆだ》ねられた権限により、イヴァン・セルゲーイェヴィチによる暴行傷害事件がこの二年で二度目であることを重くみて、彼に笞打ち二十回の判決を下した」

広場に、ため息のような声が流れた。判決を歓迎する声は聞こえなかった。クルティシェフの地所で働く者の中には、その判決を喜ぶ者もいたはずだが、彼らは声を出さなかったようだ。

村長が続けた。

「笞打ちはこの場で、ただちに執行される」

村長が左右の男たちに合図した。すぐに寄合所の前にベンチが持ち出された。

登志矢は、駅逓の馬囲いの木柵の上に腰掛けてここまでの様子を見ていたが、母親が登志矢の足を軽く叩いて言った。

「来なさい」

妙に不機嫌そうな声だった。

兄も登志矢に並んでいるのだが、母は兄には何も言わなかった。

「兄さんは？」と登志矢は母に訊いた。

「兄さんはいいの。もう大きいから」

父は黙ったままだ。母と登志矢とのいまのやりとりが、耳に入っていないのかもしれない。父はたぶんまだ裁判の経緯について怒ったままだ。

妹は顔を馬囲いの中のほうに向けている。悲しげだった。

登志矢は木柵から降りなかった。イヴァン・グリズノフが、木のベンチの前に引き立てられたのだ。

「背中を出して」と村長が言った。

イヴァンの両横にいた男たちが、イヴァンの上着とルパシカを脱がせた。背中がむき出しになったとき、近くにいた女性たちが悲鳴のような声を上げた。ざわめきが、沼に小石を投げたときのように広場に拡がった。

登志矢は何が起こったのかわからなかった。イヴァンが上半身裸で、背中をむき出しにしている。悲鳴は、彼の背中を見た女性たちがまず発したようだった。

「何があったの？」と登志矢は兄に訊いた。

兄が言った。

「背中に、笞の傷痕があるみたいだ」

「どうして？」

「わからない」

母が、寄合所のほうに顔を向けて言った。

「イヴァンのおじさんは、追放囚だった。昔、笞打ち刑を受けたのかもしれない」

イヴァン・グリズノフはベンチに腹這いにさせられた。両腕をベンチの下に回して、手を組んだようだ。顔を広場のほうに向けたが、表情まではわからない。

村長が首を左右にめぐらして言った。

「誰か、笞打ちを引き受ける者は？」

同じ村人に対して、それができる者などいるだろうか。指名されれば別だろうが、自分から志願する者が。

テラスの端のほうで声があった。

「おれがやる」

喉がつぶれているかのような、耳障りな声。

その場のすべての者の視線が、その声の主に向いた。差配人のイーゴリ・セミャーノフだった。

彼は階段を下りながら言った。

「うちの者を傷つけられたんだ。いやなことだけど、おれが引き受けるさ」

彼は上着を脱ぐと、自分の配下の者らしき若い男に渡した。

ベンチを運んできた男のひとりが、木の枝のようなものをセミャーノフに差し出した。それが笞代わりなのだろう。

寄合所の正面にいた村人の一部は、あとずさりした。ベンチの前に広く空間ができた。

セミャーノフは木の枝を受け取ると、両手でしごき、さっと振った。空気を切った音が聞こえたような気がした。いや、広場ではいましわぶきひとつしない。じっさいに聞こえたのだろう。

「イヴァン・セルゲーイェヴィチ」と村長は礼儀正しくイヴァンの親爺さんに呼びかけた。「覚悟はいいか?」

イヴァンの返事は聞こえなかった。

村長はセミャーノフに言った。

「やってくれ。二十回だ」

セミャーノフがうれしそうに木の枝を振り上げ、その先をくるくると回してから振り下ろした。

ピシッと鋭い音が響いた。登志矢の身体はびくりと収縮した。息が止まった。まるで自分が笞打たれたかのような気分だった。ベンチのすぐ前で笞刑《ちけい》を見守っていたひとたちの一部は顔をそむけた。イヴァンは声を上げなかった。

「一回」と村長が数えた。

セミャーノフがこんどは最初よりも大きく木の枝を振りかざして、イヴァンの背中に叩きつけた。

こんどはうめき声が聞こえた。

「二回」と村長が言った。

セミャーノフがまた笞を振り上げた。

もう耐えられなかった。登志矢は目をつぶり、顔をしかめて横を向いた。

ピシリッと、また鋭く何かを叩く音。同時に響いてきたのは、うめき声というよりは悲鳴に近いものだった。

「三回」と村長の声が聞こえる。

広場の村人たちが、少しずつその場を離れようとしているのがわかる。

「四回」

「五回」

「六回」と、笞の打ち方が速くなっている。悲鳴は連続している。イヴァンは悲鳴のあとに息もつけないまま、次の激痛を受けている。

「七回」

「八回」

早く終わってほしいと願うけれども、まだ笞打ちは続く。

薄目を開けて周りを見た。父はもう寄合所のほうに顔を向けてはいない。後ろ向きとなり、唇をきつく結んで馬囲いの中のほうに目をやっている。妹の伊々菜は母の肩に顔を埋《うず》めている。母は赤ん坊を守るかのように妹の背を抱いていた。木柵の上の兄だけは、不快な臭気をこらえているかのような顔で、笞刑を凝視している。

「九回」

「十回」

「十一回」

悲鳴が聞こえなくなった。

「十二回」

村長の声のあと、広場がざわつきだした。すぐそばで笞刑を見ていた村人たちが、何かささやきだしている。

「十三回」と村長の声。すぐに彼が続けた。「ちょっと待て。様子を見ろ」

ざわめきが大きくなっている。男たちがあわてた声を出していた。

「気を失ってる」

「水をかけろ」

「正気に戻せ」

セミャーノフの声が聞こえてきた。

「芝居だ。途中でやめさせようとしてるんだ。横面を張ってやれ」

誰か男が、当惑の声を上げた。

「死んでる。死んでるぞ、もう！」

広場の女性たちが悲鳴を上げた。

声も聞こえる。

「お父さん！　お父さん！」

「あなた！」

村長が狼狽《ろうばい》している。

「中止だ。中止だ！　寄合所の中に運べ！」

その声にかぶって、セミャーノフが怒鳴っているのが聞こえた。

「嘘だ！　死んでない。これくらいで死ぬもんか！」

広場は大混乱となっている。その場から立ち去ろうとする者がいれば、寄合所に近づこうとしている者もいた。泣き声を上げているのは、イヴァン・グリズノフの妻とその娘だろう。いや、彼女たちに同情して、親しい女たちも泣いているのかもしれない。

裁判の始まる前に父に話しかけてきたマーカが、また父に向かって歩いてきた。

「あいつら、殺してしまったよ」

父が腹立たしげに言った。

「村長の分際で、ひとひとり死刑にしてしまったってことだ。ただじゃあすまない」

「イヴァン・セルゲーイェヴィチは持病を抱えていた、ということにでもするだろう」

「そんな言い分が通るなら、次はおれたちだぞ」

「え?」

「これで地主は、イヴァンの地所を手に入れることができる。差配人は、また同じことをやる。欲しい土地の農民にいやがらせをして喧嘩を吹っ掛け、手を出させて裁判にかけるんだ。殺さなくても、追放できれば十分だ」

マーカは混乱の続く広場のほうに顔を向けて言った。

「たしかにセミャーノフなら、繰り返すな」

父が訊いた。

「繰り返させるかい?」

マーカはまた父に向き直り、唇をへの字に曲げて首を振った。

その夜、晩の飯が終わったころに、登志矢の家に集落の男たちが訪ねてきた。きょうのイヴァン・グリズノフの死について、みな父と語りたいことがあるようだった。自分たち独立した入植者の明日も不安になってきたということかもしれない。部屋の中央のテーブルを、父を含め七人の男たちが囲んだ。母はお茶を出し、ときどき話の中に入った。登志矢ら子供たちは、それぞれの寝床で黙って大人たちの話を聞いた。

この家は、入植するときすでに用意されていた丸太小屋だ。この国の農家の造りそのままである。暖炉のある居間と、広めの入り口の間がある。居間は台所を兼ねており、夜は寝室となった。壁際のベンチが、家族それぞれの寝床となっている。東と南の壁には、小さなガラス窓がふたつ設けられていた。まだ身体の小さい登志矢は、東の窓のそばの棚が自分の寝床だった。

「こんどのことを見過ごせば、クルティシェフは」と、父と同じ日本からの入植組の男が言った。「同じことをやる。村の土地全部を自分のものにするんじゃないか」

顎鬚《あごひげ》を長く伸ばした男が、首を振って言った。

「クルティシェフは、こんなことを指示していないんじゃないか。セミャーノフが勝手にやっていることなんじゃないだろうか」

「指示はしていなくても、黙認している。悪いのはクルティシェフだよ」

「いや」とべつの顎鬚の男。「セミャーノフがやってくる前は、こんなことはなかった。

それまでは、クルティシェフは農家を追い出して土地を広げていたわけじゃない」

父が言った。

「地主と差配人とは分けて考えよう。セミャーノフが、邪魔な農民をひとり殺したことについて、きちんと法で裁いてもらうべきだ。ひとを殺しているんだから、村長が判断できることじゃない。郷役場に訴えるのがいいと思う」

「セミャーノフは、自分は笞打ち役を引き受けただけだと弁解するぞ。笞打ち十二回で死んでしまったのは、イヴァン・セルゲーイェヴィチの身体の具合のせいだと」

「村長は、死ぬ前に笞打ちを止めなけりゃならなかった。村長には、誰かを死刑にする権限はない」

「つまり、村長のほうが罪が重いかな」

「村長はセミャーノフの飼い犬みたいなものだ。あの裁判だって、セミャーノフの筋書きどおりに進んだんだ」

「そもそもセミャーノフの手下が、居酒屋でイヴァンの娘のことを汚い言葉で嘲笑《あざわら》ったんだ。イヴァンが怒らないほうがおかしい」

「ふたりは同罪か」

「だから、郷役場に訴えるなんてことは、村長が許さないな。村会を飛び越えて、村の問題を解決することになるんだ」

「村会にはかれば、郷役場への訴えは却下される。反対が何人もいる。全会一致にはならない」

登志矢は父から聞いていた。村会で何か決めるときは、絶対に満場一致でなければならないのだという。一戸でも反対があれば、村会はものごとを決めることができない。この国の慣習だ。

「ひとがひとり死んでいるんだ」と父が言った。「明日は我が身かもしれない。村会にはからずに、郷役場に訴えよう。村長と差配人の罪を、裁いてもらおう」

父と同郷の男が言った。

「訴えが退けられたら、訴えた者に風当たりがくる。へたをすると、村八分になる」

べつの男が言った。

「いや。イヴァンと同じことになる。セミャーノフの手下は、無頼漢揃いだ。こちらが何もしなくても、犯罪者にされてしまう。下手をすれば流刑だ」

日本人入植者のもうひとりも言った。

「もしこれで不作になったりしたら、おれたちはクルティシェフさんに土地を買ってもらうことになるかもしれない。いま差配人とまずくなってもなあ」

また別の男が言った。

「きょうの笞刑の顚末《てんまつ》については、すぐに郷役場にも伝わる。村の誰が訴えても同じことだ。様子を見ないか?」

「郷役場に噂が伝わる前に」と父。「村長が報告するだろう。責任逃れのでたらめな報告になるのははっきりしている。だから、村の誰かが訴えるしかない」

「誰が？」

「おれが、そのひとりになってもいい。ただ、ひとりだけでは無理だ」

誰も、自分が加わる、とは言わなかった。母が不安そうに父を見たが、父は微笑してうなずいた。心配いらない、と言ったかのようだった。

登志矢は自分の寝床の横のガラスのはまった窓で、何か黒い影が動いたように思った。大人たちに気づかれぬよう、そっとガラス窓に目を近づけ、外をのぞいた。月明かりのせいで、あの脱獄囚が丸太の外壁にもたれているのがわかった。家の外から、窓ガラスごしに男たちの話を聞いていたのだろう。どれだけはっきりと聞こえたかはわからないけれども。

男も登志矢に気づいた。彼は右手の指を口元に当てた。黙っていてくれ、ということだ。登志矢はうなずいて、窓ガラスから顔を離した。

父と同郷の男が、ふいに窓のほうに顔を向けて言った。

「誰かくる」

登志矢は驚いてもう一度ガラス窓に目を向けた。男の姿は消えている。

道の方角から、馬の蹄《ひづめ》の音が聞こえてきた。馬は一頭だけで、馬車は曳いていないようだ。登志矢の家に向かっている。

門の前まで来て、その馬に乗る男が言った。

「ニキータ、マカールだ。入っていいか？」

あの熊のような鼻の男だ。

父が入り口から出て行って、すぐにマーカと一緒に戻ってきた。

マーカは、ここで寄合が行われていることに驚いた様子を見せなかった。

「今夜はあちこちで、イヴァン・セルゲーイェヴィチのことを話してる。女たちは、通夜に顔を出している」

父がマーカに訊いた。

「マーカ、お前の近所では、どういう話になった？」

「放ってはおけない。明日、葬儀のあとに村長と談判しようということになった」

「全員で？」

「いいや。いま、世話人はおれなんだ。おれがひとりで」

押しつけられた、という意味がこめられているように登志矢には聞こえた。

父が微笑して言った。

「ひとりじゃない。おれと、ふたりになった」

その朝も、登志矢は炭焼き小屋まで、男のために食べ物を持っていった。

男は、登志矢の手からフレーブの入った籠を受け取ると、訊いてきた。

「きょう、父さんは村長や差配人に文句をつけるのか？」

登志矢は答えた。

「文句かどうかは知らないけど、イヴァンさんのことを郷役場に話すべきだって言うみたいだ」

「みんなで？」

「ううん、ひとり」すぐに答え直した。「村のひとがもうひとり、父さんと一緒にするって」

「差配人ってのは、どんな男なんだ？」

「あまりよく知らない」

「お前の友達はどう言っている？」

少し考えてから、登志矢は言葉を選びつつ答えた。

「地主さんの農園で働いているうちの子は、あまりよく言わない」

「たとえば」

「みんな仕事がきつくて苦しんでいるって。これじゃあまるで農奴みたいだって、お父さんやお母さんは言っているらしい」

「文句をつけられたら、そいつはどうすると思う？」

「ひとに？」

「人間のことだよ。何かべつのもののことを考えたか？」

登志矢は思い出したことがあった。でも、けっして心地よいものではなかった出来事だ。目撃したその夜も、一昨夜のように自分はうなされたような気がする。登志矢はなんとかその記憶を言葉にした。

「わかんないけど、あのひとが馬車の馬をいじめているところを見たよ」

「どんなふうに？」

「もう立てなくなっている馬を、差配人さんは棒で殴った。何度も」

「馬はどうなった？」

「死んだ」

男は顔を歪《ゆが》め、首を振って言った。

「世の中には、絶対に許しちゃいけないことがふたつある」

「どんなこと？」

「弱い者をいじめることと、貧しい者から盗むことだ」

セミャーノフはどちらだろう、と登志矢は考えた。ひとつ目なのは確実だ。でも、ふたつ目もそうかもしれない。

男が登志矢を見つめた。少しうらやましげにも見える目だった。

「お父さんは、正しいひとだな」

「大好きだよ」と登志矢は言った。

「坊主、お前の名前は？」

「登志矢。周りのひとたちは、トーシャって呼ぶ」

「洗礼名は、ハリトーンなのか？」

「ううん。日本の名前が登志矢。おじさんの名前は？」

「ニカノール。カーナだ」

「もう行くね。学校があるんだ」

「ああ」

登志矢はニカノールと名乗った男に手を振って、炭焼き小屋をあとにした。


炭焼き小屋から戻ると、登志矢はいつものように学校に向かった。父は昼過ぎに村に出るという。昼から教会でイヴァン・グリズノフの葬儀があり、そのあと教会の裏手の墓地に遺骸を埋葬するのだ。ずっと立ち会うとのことだった。学校は昼までだから、終わったところで墓地のほうにも行ってみよう。教会でのお葬式は、たぶんひとりで一杯になる。自分は行かないほうがいいだろう。

学校でも、子供たちの話題は昨日の笞刑のことばかりだった。間近で笞打ちを見ていた子が何人もいた。みな、興奮して語っている。

男の子のひとりが、登志矢に言った。

「トーシャ、お前の父さん、郷役場に差配人さんを訴えるんだって？」

その場の子供たち全員が自分を見つめた。中には、咎《とが》めるような目の子供もいた。

そのことが、もう朝には村のいくつかの家庭には伝わっていたのか？　それが驚きだった。べつに父は、昨日の集まりのことを秘密にしたわけでもないが。

「よく知らない」と登志矢は言った。「でも、イヴァンさんを死なせてしまったことはおかしいとは言っているよ」

登志矢はそこで、会話の輪から離れた。

昼で学校は終わった。登志矢は寄合所の建物の横を通って広場に出た。もう教会での葬儀は終わったようだった。広場を突っ切るように、登志矢は墓地のほうへと歩いた。すれ違った女性が、横手の駅逓の馬囲いのほうを気にしている。登志矢もそちらに視線を向けた。

木柵にもたれかかって、ニカノールがいた。登志矢を見つめてくる。服もそのままだ。背中に黄色いダイヤの印が染められた囚人服。登志矢は驚いて、周囲を気にしながらニカノールに近づいた。

ニカノールのほうが先に言った。

「心配するな。ここには警察も看守もいない」

「でも」

「父さんは墓地かな」

「たぶん」

「おれの後ろに、製材所の貯木場があるだろう?」

ニカノールは登志矢に身体を向けたままだ。登志矢は男の後ろを見た。たしかにそこには、製材所の貯木場があって、大人の背ほどの高さで、丸太の山がいくつもできている。製材された角材も、倉庫の壁に多く立てかけられていた。子供たちは、製材所の中には入るなと言われている。丸太や角材が崩れて大怪我をする心配があるからだ。じっさい、以前貯木場で遊んでいた子供がひとり、倒れてきた角材の下敷きになって死んだ。

登志矢は言った。

「あるけど、どうして？」

「あちらに馬が二頭つながれている。荷馬車も置いてある。クルティシェフの農場の馬具には、何か印はついているか？」

「Kの字。下に横棒」

「やっぱりそうか」それからニカノールは続けた。「男が何人か、丸太の山の陰にいる。見えないか」

ふたり見えた。丸太の山の後ろに立っている。丸太の山の陰から、墓地の方向を見ていた。昨日、イヴァンさんを両側からはさんでいた男たちだ。ふたりとも、何か棒のようなものを持っている、と思ったが、すぐにそれが猟銃だとわかった。

手下のひとりが、猟銃をもうひとりに渡して貯木場から出てきた。彼は駅逓の馬囲いの外側から、小走りに墓地のほうへと向かっていった。

登志矢は言った。

「ひとり、出ていったよ」

ニカノールは、後ろを見ずに言った。

「父さんのところに行って言うんだ。差配人が父さんを呼びにくる。でも行くなって。村長と話をしていろと」

「セミャーノフさんが父さんを呼ぶの？」

「ああ。ひとりで来いと言ってくるはずだ」

「どうしてわかるの？」

「ならず者は、ならず者のすることがわかる」

「ニカノールさんは、ならず者なの？」

「おれのことは、カーナと呼べばいい。おれは、ひとを殺したならず者だ。獄吏たちはそう言っていなかったか？」

登志矢は思わず一歩あとじさってしまったかもしれない。ひとを殺したと獄吏が言ったのは、ほんとうだったのだ。自分はそれを信じられずにいた。

「父さんは、カーナのことを、そんなふうに言っていなかった」

「早く行け。埋葬が終わる前に」

登志矢はぱっと身体をひねって駆け出した。男は本気で言っている。何か真剣に、やろうと心に決めていることがある。それが感じ取れる。ニカノールの言うとおりにすべきだ。

教会の裏手の、木立に囲まれた墓地に駆けた。墓地に通じる小道の向こうから、ひとが歩いてきている。埋葬はもしかすると、もう終わりかけているのかもしれない。

ひとの列に逆らうように駆けた。教会の横で、男を追い越した。銃をもうひとりに渡して貯木場を出ていった、あの手下だった。

埋葬場所に出た。ひとの輪があって、その中心で棺桶に土がかけられている。ひとりずつ順に、掘られた土の山から平たい鍬《くわ》で土を取り、穴の中に落としているのだ。穴の向こう側で、父が昨日やってきたマーカと並んで作業の様子を見つめている。少し離れた場所で、黒い服の司祭と村長が、沈鬱そうな顔で並んで立っていた。

ひとの輪をかき分けるようにして、登志矢は父の前に出た。

「父さん」と、登志矢は父を見上げた。駆けてきたせいで、息が荒いままだ。「ニカノールさんから、父さんに伝えろと言われた」

「誰に?」と父が首を傾けた。「炭焼き小屋のひとか?」

「うん」

「ニカノールって名前だったのか」

「カーナと呼んでくれって」登志矢はちらりと振り返った。あの差配人の手下も、もう埋葬の穴のそばまで来ている。「カーナさんが言った。セミャーノフが、父さんを呼び出しにくる。ひとりで来いと。でも、絶対に行くなって。村長さんと話をしていろと」

「それを、あのひとが?」

「うん。駅逓のところにいた。それを父さんに伝えろって」

　そこに、セミャーノフの手下が近づいてきた。若くて、細い口髭を生やしている。少しにやついていた。

「コジョウ、ダビド・セミャーノフだ。親爺からの伝言を持ってきた」

　登志矢は振り返って、その男を見た。手下だと思ったけれども、差配人の息子だったのだ。

「なんだ？」と父がダビドに身体を向けた。

「昨日のことで、あんたにはどうしてもわかって欲しいことがあるって。ふたりきりで話をしたいから、来てくれないかってさ」

「農場に？」

「いや、製材所だ。いま用事であそこに来ているんだ」

　登志矢は父の上着の裾を引いて言った。

「父さん」

　父が登志矢の肩に手を置いた。力がこめられるのがわかった。黙っていろ、という意味かもしれない。

　父がダビドに言った。

「わかった。ひとりで行く。少しだけ待っていてくれ」

「父さん」と、登志矢はもう一度言った。こんどは懇願するような調子になった。

　ダビドは、にやついたまま埋葬の場から離れていった。

父が登志矢に言った。

「大丈夫だ。まず村長と話をする」

それから父は、マーカに顔を向けた。

「一緒に、いいか？」

「ああ」

ふたりは、司祭と並んで立っている村長のほうへと歩いていった。

登志矢は、あらためて小道を駆け出した。父はたぶん、ニカノールの言うことを聞いてくれたのだ。村長との話が終わったあとも、ひとりで製材所に行くことはないだろう。でも、ニカノールはどうする？　囚人服を着たままで村にいて、どうなる？

ダビドを教会の脇で追い越した。登志矢はさらに駆けた。

行く手に駅逓の馬囲いが見えてきたが、ニカノールの姿はない。

どこ？　すでにこの村を立ち去ったのだろうか。西か南へ逃げただろうか。

いや、と思い直した。ニカノールは、何か思い切ったことをすると決意しているように見えた。父親にあれだけのことを伝言して、そのまま行ってしまうようには思えなかった。ここで何かするつもりだ。それがどんなことなのか、子供の自分には想像もできないけれど。

馬囲いの外側を回って、貯木場に向かった。丸太は、二、三十本ずつがひと山で、山は縦に三つ並んでいる。その列が、並行して四本あった。列のあいだに、馬車が入っていけるだけの幅の通路がある。登志矢は手前の丸太の列を通りすぎ、次の通路をそっと覗いた。列の真ん中あたりに、男がいた。セミャーノフの手下だ。地面に尻をつき、足を伸ばして、丸太に背中を預けていた。右の手首のあたりを、左手で押さえている。苦しげな顔だった。怪我をしているようだ。血は出ていない。手首の骨が折れたのだろうか。男のそばに銃は見当たらない。登志矢はその通路には入らず、次の通路へと移動した。

あわてたような声が聞こえる。

「待ってくれ。カネならやる。あのヤポンスキーからは、いくらもらったんだ？　あいつの倍のカネを出す」

セミャーノフだ。

丸太の陰から覗くと、その通路の真ん中のあたりにセミャーノフがいた。こちらに背中を向けている。昨日と同じく、上着に乗馬用のズボン、乗馬靴だった。

セミャーノフの向こうに、ニカノールがいる。銃を構えていた。二発連射できる鳥撃ち銃だ。手下から奪ったものだろう。上下に並んだ銃口は、ぴたりとセミャーノフの胸に向いていた。ニカノールとセミャーノフとのあいだの距離は、せいぜい十歩ほどだ。

もう一挺の銃はどこだろう？　登志矢はいぶかった。さっきダビドが手下に渡していた銃。ニカノールはそれも奪った？　それとも、このひとたちがもう一挺銃を持っていたとは気づいていない？

ニカノールがセミャーノフに言った。

「カネなんてもらっていない。誰に頼まれたわけでもない」

「何が望みだ？　何が欲しい？　仕事ならやる。うちで働け」

「脱獄囚だよ」

「書類ぐらいなんとかしてやる。逃がしてやってもいいぞ。おれを殺しても、何の得にもならない。そうだろ？」

「ひとを殺すときに、損得は考えない。お前は考えるのか？」

「おれはひと殺しじゃない。そんなクズじゃない」

「おれはひと殺しなんだ。そうだ、おれはクズだよな」

「あ、いや、違う」セミャーノフが狼狽した。「そういう意味じゃない。違う」

「面倒だ。そのひとことで、話はおしまいだ」

「どうするんだ？」

「ひざまずけ」

「撃つのか？」

「お前がひとつ誓ってくれるなら、撃ったりはしない。ただ、お前には何か悔いることはないのか、主に許しを請うことはないのか、聞きたいんだ」

セミャーノフは、あきらめたかのように地面に両膝をついた。

そのとき、登志矢は丸太を伝わって響いてくる音に気づいた。誰かが、丸太の山に登っている？　怪訝《けげん》に思い、登志矢は思わずその場から離れ、丸太の山の上が見える場所まで退いた。ダビドがいた。銃を持っている。ニカノールの右手の丸太の山の上だ。

　ニカノールも登志矢の姿に気づいた。ニカノールは銃を構えたまま、登志矢の視線の先に目を向けた。

　ダビドが丸太の山の天辺で、さっと銃を構えた。ニカノールが横に跳んだ。ダビドが銃を放った。破裂音があって、ニカノールの後ろの丸太の表面でぱっと木っ端《こぱ》が飛んだ。ほとんど同時に、不安定な姿勢のままニカノールもダビドに向けて撃った。ダビドが二発目を放った。ニカノールの足元の地面で土埃《つちぼこり》が上がった。ニカノールは地面に横に転がってから、撃ち返した。これでふたりとも、弾を撃ち尽くした。

　ひざまずいていたセミャーノフが立ち上がり、ニカノールに向けて飛びかかった。ニカノールは銃を横に振った。銃身がセミャーノフの顔に当たって、ごつりと鈍い音がした。しかしセミャーノフはそのままニカノールの身体の上に覆いかぶさった。ニカノールがセミャーノフを下から蹴り上げた。セミャーノフは手を離さない。ふたりはからみあって立ち上がり、丸太の山にぶつかった。そのとき丸太の山の上から、ダビドがずりと落ちてきた。上着の腹のあたりが真っ赤だった。弾が当たっていたのだ。

　ダビドの身体が、互いにもつれ合っているニカノールたちにぶつかった。セミャーノフが息子の身体を突き飛ばした。

　ニカノールは、セミャーノフの身体を頭で突き、ひるんだセミャーノフから自分の身体を引き剝がした。セミャーノフはダビドともつれ合うように、丸太の山の端に倒れ込んだ。セミャーノフの背中が、丸太の山を押さえていた短い杭《くい》にぶつかった。杭が少し傾いた。

ニカノールが立ち上がり、鳥撃ち銃の銃身を持って、銃床でその杭を横殴りした。杭はほとんど地面に並行になるほどに横になった。ぎしりと音がした。ニカノールがその場から飛びのいた。最下段の丸太が、地面の上でずるりと滑り、崩れ止めの杭を倒した。丸太の山は、それ自体の重みで陥没するように崩れ出した。

一本の丸太がほかの丸太とぶつかって撥《は》ね上げられた。セミャーノフとダビドが、その丸太になぎ倒された。ゴツンゴツンという響きが急速に大きくなっていった。丸太の山のひとつが崩れ落ち、セミャーノフ父子を吞み込んだ。悲鳴が聞こえたが、一瞬だけだ。すぐにその悲鳴も、崩落の音にかき消された。

通路に転がった丸太が、反対側の丸太の山にぶつかった。その山も大きな音を立てて崩れ出した。バリバリと木の繊維が破壊される音が響いた。木片まじりの埃が大きく立ち昇り、拡がっていった。

登志矢は崩れ落ちる丸太の山から離れ、呆然とセミャーノフたちが消えたあたりを見つめた。彼らはもうすっかり丸太の下だ。その向こうに、ニカノールが立っている。傷は受けていないようだ。

広場のほうで、村人たちが驚きの声を上げている。

登志矢は貯木場の奥から回り込んで、ニカノールのもとに駆けつけた。

ニカノールは駅逓の馬囲いの外で、すでに馬にまたがっていた。

馬のすぐ横まで駆けると、ニカノールが「トーシャ」と呼びかけてきた。

「うん、カーナ」

ニカノールが言った。

「父さんに謝っておいてくれ」

「何を謝るの？」

「飯のお礼に、薪を割る約束だった。やっていない」

「行ってしまうの？」

「いられない。お前の母さんにも、きちんとお礼を言えなかった。フレーブはうまかったと」

村人たちが、貯木場のほうに向かってきている。おずおずと、まだ崩落が続くのを恐れているかのように。そこで何が起こっているのか、知るのを怖がっているかのように。

ニカノールは、馬の首を横に回すと、靴を軽く腹に当てた。馬は並歩《なみあし》で歩きだしたが、ニカノールがもう一度腹を押すと、速歩《はやあし》に変わった。

背後で父の声が聞こえた。

「登志矢！　登志矢！」

ニカノールは、貯木場の先で西の街道に向かう道に入って、馬を駆歩《かけあし》にした。蹄の音が軽快になった。ニカノールを乗せた馬は街道に入ると、襲歩《しゅうほ》となった。みるみるうちにニカノールの姿は小さくなっていった。

いつのまにか父が横に立っていた。

父が登志矢の肩を抱き寄せてから訊いた。

「カーナは大丈夫だったのか？」

「うん。だけど、行ってしまった」と登志矢は、もう芥子粒《けしつぶ》よりも小さくなっている馬上のニカノールの姿を見つめながら答えた。

「差配人は？」

「丸太の下。ダビドも」

父が登志矢の肩を抱く手にさらに力をこめた。

「父さん」登志矢は父の顔を見上げた。「カーナは、逃げられる？」

「ああ」と父は答えた。「もう誰も、あのひとの自由を奪えない」

もう一度、街道の先に視線を向けた。

いま目を離していたほんの一瞬の隙に、もうニカノールの姿は見えなくなっていた。

一九〇三年の九月、登志矢が八歳のときのことだった。

もう二度とあのひとには、と登志矢は自分に言い聞かせた。会うことはないのだ。あのひとは、行ってしまったのだ。遠くへ。ずっと遠くへ。自分の想像を超えた先まで。

収容所八号棟

一本道の村の方角から、荷馬車が向かってくる。蹄《ひづめ》の音から、馬をだく足で急がせているとわかる。

登志矢は共同井戸で水を汲《く》み上げる手を止めて、道の先を見つめた。井戸の脇の洗濯場には、集落の女性たちも三人いる。彼女たちも談笑をやめた。

村から入植地のはずれのこの集落まで、荷馬車を急がせる用事なんてそうあるものではない。

何かあったのだろうか？

やがて荷馬車が近づいてきて、乗っているのが誰かわかった。この集落の、内田弥平《うちだやへい》だ。弥平が馭者台《ぎょしゃだい》で手綱を取り、その横に弥平の女房、きみが腰掛けている。弥平が共同井戸の周りにいる住民たちに向かって叫んだ。

「追放だ！」

追放？　どういう意味だろう？　何のことだろう。

女性たちが顔を見合わせた。

登志矢は弥平の荷馬車を見つめた。

弥平はまた叫んだ。

「追放だ。日本人は、追い出される！」

共同井戸に近い農家から、ひとが出てきた。みな蹄の音を耳にしたのだろう。あるいは声も聞こえたか。何かただならぬことが起こったと思って当然だった。

ひとりふたりと、集落の住民が共同井戸のそばに集まってきた。亭主に女房に、子供たちも出てきていた。十五人ぐらいが、もう井戸の前に出て、荷馬車の到着を待っている。みな怪訝そうな、同時に不安そうな顔だった。

弥平が馬の手綱を引いて、荷馬車を共同井戸の横で止めた。

住民たちが荷馬車に近づいて訊《き》いた。

「追放だって？」

「戦争がどうかなったのか？」

集落で最年長の、島爺《しまじい》が訊いた。

「日本との戦争なら、もう終わるはずだろう？」

「違う」と内田弥平が首を振った。「逆だ。戦争が拡がったようだ」

登志矢は驚いた。二月に始まったロシア帝国と大日本帝国との戦争はもう片づくのではなかったか。軍事力に圧倒的に差がある。一瞬にして勝負がつく、と大人たちが話していた。いや、学校でも、町のロシア人たちも、そう言っていた。

そもそもは、ロシアが清《しん》国の東北部に軍を置くことや、朝鮮王国に対して影響力を強めていることに、日本政府は強い危機感を持ったということらしかった。これは国の存亡の危機、このままではいずれ日本は植民地とされると。去年は、ロシアの勢力圏拡大をめぐって、外交的な交渉が続いたらしいが、それも決裂した。

そうして三カ月ほど前か、大胆にも日本政府は日本海軍に、ロシア帝国が清から租借している遼東半島の旅順港を攻撃させた。さらにウラジオストクの砲台にも砲撃を加えている。ただ、そのころは、たしか大人たちの話でも、戦争という言葉は出ていなかった。武力衝突が起こった、攻撃があった、という程度のことではなかったろうか。そのうちに日本政府がロシア帝国に宣戦を布告、ようやく戦争という言葉が使われるようになった。日本陸軍は朝鮮の仁川《インチヨン》という海岸に上陸して、朝鮮と清国との国境を目指し北上している、というのは最近聞いた話だった。

しかし、何百露里《ヴエルスタ》か千露里も彼方でのことだ。日本とは通商も止まったはずだが、入植地では生活に何の影響も出ていなかった。登志矢も、そしてこの入植地の日本人家族の誰も、ほとんどそのことが自分たちの暮らしに影響してくるとは考えていない。

どの一家も戦争が始まるずっと前にこの地に入植したのだし、帝国の市民のひとりとして、ロシア人とは仲良くやってきたのだ。開戦後も入植者たちが、出身が日本だからと差別されたり、迫害を受けたこともなかった。戦争は、まるで現実味のない遠方で、軍隊がやっていることだった。自分たちにはこれっぽっちの関わりもないことだ。

新聞を購読しているはずの学校長だって、そのことを頻繁に話題にしているわけではなかった。だから登志矢を含め集落の日本人入植者は、いま日本との戦争がどうなっているのか、よくは知らなかったのだ。

後ろで父の声がした。

「戦争がどうしたって？」

振り返ると、父が立っていた。畑仕事を中断して駆けてきたのだろう。

登志矢は答えた。

「わからない。戦争が拡がったって、内田のおじさんがいま言っていた」

父は、弥平の荷馬車を囲む大人たちの輪の中に入っていった。

弥平の声が聞こえてくる。

「戦争が大きくなったんで、日本人たちが追放されるようなことを耳にした」

「追放だって？」

「帰国しろってのか？」

「詳しいことは知らない。教えてくれた知り合いも、今朝耳にしたってだけなんだ」

輪の中にいた住民のひとりが言った。

「兵隊だ！」

その場の全員が、道の西に目を向けた。いま弥平が戻ってきた方角だ。一本道の先に、たしかに馬に乗った兵隊らしき男たちが見える。全部で四騎だ。

兵隊が向かってくる。

住民たちが見守っていると、兵隊たちは軽速歩《けいはやあし》でやってきて、井戸の手前まで来て馬を止めた。弥平は荷馬車を動かしてその場を空けた。

中年の古参兵らしき兵士が、馬の上から言った。

「近隣の日本人戸主を全員集めてくれ。言い渡したいことがある」

兵隊たちはみな馬を下りて、馬を井戸の脇の柵につないだ。

この入植地には、日本人の農家が六戸ある。その戸主全員が揃ったのは、兵隊たちが煙草を一本喫《す》い終えるころだった。戸主ばかりではなく、集落の女や子供たちもほとんどが井戸の周りに集まった。登志矢の母も、兄の入也も妹の伊々菜もここに来ている。

古参兵は、集まった集落の面々の顔を見渡してから、少し勿体《もったい》をつけて言った。

「皇帝陛下の命により、この地の日本人入植者をすべて収容所に送る。明日の朝、日本人は村の寄合所に集合し、次の命令を待つこと」

思いがけない言葉に、その場がざわつき、住民たちは互いに顔を見合わせた。ロシア語の不自由な大人も少なくなかった。そうした日本人たちは、ロシア語の得意な者に、兵隊が何を言ったかを訊き始めた。

古参兵は言った。

「陛下の命令だから、おれに不服を申し立てても無駄だ。言われたとおり、明日の朝、収容所に行く用意をして、家族全員、村の寄合所に集まれ。従わなければ、厳罰が下る」

登志矢の父が言った。

「何が起こったのか、説明してくれ」

古参兵は登志矢の父親に顔を向けた。

「お前たちの国との戦争だ」

「戦場は中国だろう？」

「どこであれ、戦争中だ。帝国内の日本人は、敵性住民ということになった。だから隔離する」

「いつまでだ？」

「知らない」

「戦争が終わるまで？」

「知らないって」

「いつかはここに戻れるんだな？」

「解放されるのは、来週や再来週の話じゃない。解放後、ここに戻れるかどうかは知らない」

「収容は、女も子供もか？」

「日本人全員だよ」

集落の面々が、登志矢の父と古参兵とのやりとりを聞こうと、輪を縮めてきた。

父が言った。

「おれたちは移民だが、この土地を一から拓《ひら》いて、税金だって納めてきた。土地のロシア人とも仲良くやっている。それでも敵国人扱いなのか？」

「お前の故郷はどこだ？」

父は言葉に詰まった。故郷を問われれば、父は日本の出身地を答えるしかないだろう。

「ほら」と古参兵は勝ち誇ったような顔になった。「お前たちは、根っからの帝国民とは違う」

父に代わって、島爺が訊いた。

「収容所って、どこにあるんだ？」

「北だろう。お前たちを」と、古参兵は鉄道駅のある町の名を出した。郡役場のある町だ。「あの町まで護送することになっている。お前たちはたぶん、列車で運ばれる」

「収容されているあいだ、畑は誰が世話をするんだ？　春蒔《ま》きの小麦を蒔いたばかりだ」

「知るか。村が決めるだろう」

また父が訊いた。

「財産はみんな置いていけと？」

「土地も家も、皇帝が賜《たまわ》ったものだ。それを返していけということだ」

「馬も馬車も農具も、働いて買ってきたものだ。補償はしてもらえるのか？」

「聞いていない」

「収容所には、何を持って行けるんだ？」

「自分で持ち運べるものだけだ」

「そんな」

父の声は、登志矢が初めて聞くほどに悲しげで痛々しかった。思わず登志矢は父の横顔を見つめた。目がうるんでいる。

「そんな」と、父がまた言った。こんどの声は、まるでため息そのもののように聞こえた。

島爺が訊いた。

「収容所では、働くことになるのか？　食事はもらえるのか？」

古参兵は答えた。

「知らないが、遊んでいられるとは思わないほうがいい」

「家族一緒に収容されるんだな？」

「知らない」

古参兵は自分の馬にまたがると、集落の住民たちを見渡してから、いくらか同情のこもった声で言った。

「収容が長くなることを考えておけ。冬の衣類をできるだけたくさん持つんだ。手に職のある者は、その道具類も持ったほうがいい」

古参兵は部下の三人の兵隊たちに目で合図をすると、縦列を作っていま来た道を村の方角へと戻っていった。

兵隊たちが遠ざかると、大人たちは父や島爺の周りに集まった。

「戦争がどうにかなったんだろうか？」と、入植日本人の中では若手の男が言った。

「これまで戦場は中国だった。こんど皇帝は、日本軍の帝国本土上陸を心配しだしたってことじゃないのか？」

弥平が言った。

「帝国極東艦隊は、上陸など許すものか。近づく前に、日本海軍は壊滅する」

「それだ」と、若手の男。「極東艦隊が、日本海軍にやられたんじゃないのか？　州都や軍港が守りきれないと、日本人住民のことを心配し始めたんだ」

集落でいちばん子だくさんの男が訊いた。

「日本人の農民の何を心配する？」

「この地方だけでも、日本人は二万人以上いる。軍隊の後ろに、日本人が二万人いるとなれば、安心して戦えない。間諜《かんちょう》がやってきて、橋を落とせ、停車場を焼け、鉄道の軌道をはずせと指示していくかもしれないんだ」

島爺が言った。

「憶測はあとまわしでいい。明日の朝、村に行くとなれば、すぐにも支度《したく》を始めなければ」

子だくさんの男が言った。

「いまのうちに、馬やら農具やらを金に換えられないかな」

「買い叩かれるだけだ」

弥平が言った。

「おれたちは、何も悪いことはしていない。収容所に送られるぐらいなら、逃げたほうがよくはないか」

子だくさんの男が訊いた。

「どこに逃げるっていうんだ？　日本人が隠れ住めるような場所は、山の中しかねえだろう」

「鉄道に沿って州都まで行き、日本行きの船で密航する」

「戦争しているときに、船は通《かよ》っていない」

父が言った。

「皇帝は日本人入植者をいずれ解放するつもりだ。だから追放じゃなくて、収容所なんだ。むちゃくちゃだとは思うが、ここは従ったほうがいい」

「支度しよう」と島爺。

住民たちは無言のまま、共同井戸のそばからひとりずつ離れていった。父はその場にたたずんだまま動かない。

登志矢は父を見た。

父は悔しげな顔をして首を振り、母や登志矢の兄妹たちの顔を見渡してから言った。

「ここでの暮らしは終わったな。もう戻ることはない。そう考えたほうがいい。気持ちを切り換えよう」

兄が訊いた。

「収容所で、どうなるの？」

「わからない。だけど、永遠に収容されているはずもない。生き延びよう。うちの者みんな助け合ってだ。さ、うちに帰って支度をしよう」

「ぼくも戦争に行くの？」

「いや、そんなことはないだろう」それから、少し弱々しげにつけ加えた。「たぶん」

帝暦で五月半ばのことになる。明日は、もう日も高く上ったころに、この入植地を出発することになるのだ。

母がうるんだ目で言った。

「いまある小麦粉で、フレーブを焼く。持てるだけ持っていきましょう。お父さん、窯《かま》をお願い」

「ああ」と父は応《こた》えて、妹の手を引いて家のほうに歩き始めた。登志矢たちも続いた。

その夜は、鶏をつぶしての鍋料理となった。食べながら、両親が昔話を聴かせてくれた。盛岡という土地でふたりが出会い、結婚し、移民することを決めた顚末《てんまつ》。州都ウラジオストクに上陸し、この村に行くよう指示されて、ほかの日本人移民と一緒に入植したころの経緯。割り当てられた丸太小屋が珍しく、それがとても広く感じられて、うれしくてたまらなかったという思い出話。まだ馬もいないのに、原生林の開墾に汗を流した最初の夏の記憶。

両親の話は、だからまだまだ自分たちには希望がある、という結論だった。愛する者がそばにいるなら、自分たちは逆境でも生きて行けるし、よりよい未来を手にしていけるということだ。収容所に入れられるぐらいのことなら、自分たちは耐えられる。

両親の表情を見つめて、登志矢はそれを素直に信じることができた。夜中に母の、すすり泣きの声を聞いたときもだ。

翌日、登志矢は馬に飼い葉をやり、水桶に水を満たして、馬を外の馬囲いに入れてやった。朝食を終えると、みな厚着して背負子《しょいこ》を担い、肩に雑嚢《ざつのう》をかけ、両手に包みを持って家を出た。共同井戸の周りに、もう日本人入植者家族全員が揃っていた。これから村まで小一時間歩くのだった。

村に着くと、寄合所の前に集められた。昨日の古参兵が紙を持って、ひと家族ずつ点呼を取った。日本人入植者の名簿はすでに用意されていたのだ。収容所に向かう日本人は、三十一人だった。そのうち赤ん坊が四人だ。

この地方の大地主クルティシェフの代理人だという男が、馬や農具をそっくり買うという。値段を聞くと、馬のひと冬ぶんの飼い葉代程度の額だった。住人たちは憤然としたが、代わりの買い手がいるわけでもない。向こうの言い値で売るしかなかった。全員が馬を売ったという書類に署名して、事実上この土地のすべての財産を放棄した。署名を終えたときには、何人かの大人たちが泣いていた。

「出発するぞ」と、馬の上から古参兵が声をかけてきた。登志矢たちは寄合所の前の広場で、荷を持ち直して立ち上がった。

鉄道駅のある郡府ニコラまでは、歩いて四日かかるのだった。途中、大きな川を渡し船で渡る。

登志矢はもちろん、その町まで行ったことはない。いや、兄もだ。父だって、入植して以来行ったことはないという。

出発する前、父が話してくれた。

「鉄道が通っていて、駅がある。石畳の大通りがあって、広場には塔のある聖堂が建っていた。箱馬車も走っていた。当時は電燈はなかったけれど、いまは発電所もできて、電燈がついているはずだ。父さんたちが通ってきたころよりも、ずっと賑やかになっているとは思うけど」

登志矢は、その町を早く見たいと思った。その街並みや石畳の大通りや広場や駅を。電燈の明かりを。窓のすべてに電燈の明かりのつく大きな建物を。いや、なにより蒸気機関車を、列車を。

でもそれを口にはしなかった。自分たちはいま家を追われ、収容所に向かうというのに、そんなことを期待しているなんて、不真面目だと叱られかねないという気がしたのだ。

兄の入也が父に訊いた。

「ぼくたちは、そこからまだ遠くに連れて行かれるんでしょう?」

「ずっと内陸だろう」と父は答えた。「流刑地の、徒刑囚がいるようなところだ」

登志矢はそれを聞いて、去年のあの事件を思い出した。脱獄囚のニカノールが、大地主の差配人とその息子を殺して去っていったこと。彼は無事に逃げおおせたのだろうか。


町へ向かう隊列の先頭は、馬に乗る古参兵だ。それから徒歩の日本人が続き、最後尾にも騎乗する兵士。そして隊列の両側にも兵士がついた。ほぼ四露里ごとに休憩があった。夜は、途中の村の寄合所でやすんだ。


一行が郡府ニコラに着いたのは、四日目の午後のことだった。

郡府は平原の中、東側から見て小さな丘陵地を背後にして築かれているようだった。近づいていくと、まだ遠くからでも目に入ってきたのは、正教会のタマネギのかたちのドーム屋根だった。初夏の陽光をはね返している。街道は、その聖堂のある広場にまっすぐ向かっているらしかった。しかし、一行は町には入らず、市街地の外側にある道路を通って、町の南側のはずれにある空き地へとつれて行かれた。木の囲いのある空き地で、たぶん家畜などを一時入れておくためのものだろう。

空き地ではべつの兵隊たちが待っていた。自分たちを集落から護送してきた兵隊たちは、ここで交替するのだという。

古参兵が、一行に言った。

「おれたちを恨まないでくれ。帝国が始めた戦争じゃないんだからな」

交替した兵隊たちは、日本人たちに、空き地から出るな、と言い渡してきた。

空き地には大きなテントがふた張り、設置されていた。ひと張りのほうは、べつの入植地から連れてこられたという十家族ばかりの日本人たちが使っていた。早速父たちは、自分たちがどうなるのか、どこに行くのか、その別の日本人たちと話をしにいった。

空き地の西側には鉄道の線路があった。ウラジオストクから、ハバロフスクを経由してモスクワまで続くシベリア鉄道だ。このあたりは並行する大河の名を取って、ウスリー鉄道と呼ばれている。

登志矢は、兵隊の顔を窺《うかが》いながら、ほかの子供たちと一緒に木の柵をくぐって、線路に近づいてみた。兵隊たちは咎《とが》めなかった。子供たちが線路や鉄道に興味を示すのは、当然だと思ってくれているようだ。登志矢たちは線路の脇で列車がやって来るのを待った。列車が近づくと、鉄のレールに振動音が伝わってくるのだと聞いたことがある。登志矢たちは何度も何度もレールの脇で横になり、耳をレールに当てたが、列車が接近する気配はなかった。

夕刻、レールに耳を当てていると、「まだまだだ」と、男の子の声がした。

上体を起こすと、登志矢よりも一、二歳年上かと見える男の子がいた。ジャガイモに目鼻をつけたような顔だちをしている。

そのジャガイモ顔の少年は言った。

「朝にはウラジオストク行きの列車が、夕方にはハバロフスク行きの列車が通る。お昼の前と後に、貨物列車が二本だ」

「きょうはもう来ない？」

「もう少し暗くなったら、南からやってくる」

「それだけ？」

「臨時で走るときもある。このごろは、兵隊をよく運んでいる」

「あんたは」と登志矢は、鉄道の運行について詳しいその少年に訊いた。「どうしてそんなに知ってるの？」

ジャガイモ顔の少年は答えた。

「おれの村は、鉄道線路の近くにあったから」自慢げだった。「汽車だけじゃない。滑《かっ》空船《くうせん》が飛んでいるのを見たこともある。ウスリー川の浮揚艇《ふようてい》も見たぞ」

登志矢たちは、思わず感嘆の声を上げた。子供たちのあいだで話に聞いている滑空船とか浮揚艇って、ほんとにあるんだ！　いままで登志矢たちは、それは夢物語の中の乗り物、あるいはまだ実際には作られていない乗り物じゃないかと思っていたのだ。自分は見た、という大人に会ったこともなかった。

登志矢よりも年下の子が訊いた。

「ほんとうに空を飛ぶの？」

「飛ぶさ。翼を広げて、風に乗って、トンビみたいにゆっくり飛ぶんだ」

「浮揚艇が水に浮くのも、ほんとう?」

「嘘なんてつくもんか。蒸気機関で、水の上、ひと肘ぐらいのところに浮かぶ。ミズスマシみたいに走る」

　ほどなくして、レールに耳を当てていた子供のひとりが叫んだ。

「汽車が来るよ。音がしてきた」

　登志矢たちも音を確かめた。ほんとうだ。音は少しずつ大きくなってくる。ガタン、ガタンと、レールの継ぎ目で、重そうな音を立てている。

　子供たちは木の柵の内側に戻り、横板に腕を置いて、操車場のある方角に目を向けた。列車が通過するようだと聞いて、大人たちも柵の前に集まってきた。

　機関車の音が聞こえてくる。シュッシュッという音を立てて、重そうにレールを鳴らして蒸気機関車が接近してきた。もくもくと黒い煙を吐いている。レールと木柵とのあいだには四、五サージェン(約十メートル)の距離があったけれども、登志矢は思わず木柵から退いていた。

　それは黒く巨大な、鉄の機械だった。禍々《まがまが》しくも感じられるほどに威圧的で、行く手にあるものすべてを蹴散らし、粉砕してしまうような圧倒的な質量を持っていた。しかも、速かった。みるみるうちに空き地に達しようとしていた。蒸気機関の後ろには、最後尾が見えないほどの数の車両がつながっているのだ。登志矢は機関車が三十サージェンほどに接近してきたとき、あらためてもう十歩ほどあとじさりした。

蒸気機関車の先端、円形の頭の部分に、大きな紋章が掲げられている。双頭の鷲だ。帝国の印。つまり軍の列車だ。

ジャガイモ顔の少年が、登志矢の隣りで漏らした。

「装甲列車だ」

「え」と登志矢は少年を見た。「何？」

「装甲列車。軍隊を乗せている。砲車や機関銃座を持った車両を牽《ひ》いているんだ」

蒸気機関車は、登志矢の目の前を通過してゆく。鉄の角棒が、三つの動輪を連結し、回転させていた。角棒に引っ張られ、多くの車両を従えて、蒸気機関車はまるで歯を食いしばって走っているかのように見えた。

蒸気機関車って、こんなふうに動いているんだ！

その瞬間、登志矢は自分たちが収容所に送られる途中であることを忘れていた。

蒸気機関車は次第に速度を上げて、空き地を通過していった。機関車が牽いているのは、数十両の真っ黒に塗装された車両だった。車両は鉄板で覆われており、無数の鋲《びょう》が打たれていた。どの車両にも窓がない、と見えたが、すぐに窓は鉄の扉を閉じているのだとわかった。つまりその車両は、戦闘用だ。窓は、明かり取り用というよりは、銃眼と呼ぶものではないのか。そしてジャガイモ顔の少年が言ったように、何両かおきに砲身を見せた砲車があり、機関銃を備えた車両があった。

後尾近くの数両の車両は無蓋車《むがいしゃ》だった。載せた荷にゴム引きのシートがかぶせてある。大砲かもしれない。最後尾の車両も無蓋車で、後方に向けて機関銃が据えられていた。四人か五人の兵士がその車両に乗っていて、目の前を通過するとき登志矢たちに視線を向けてきた。

機関車が牽いていた車両は、全部で二十両ほどだったろうか。姿は見えなかったけれど、列車にはたぶん数百の兵士も乗っていたのだろう。

その列車が遠ざかり、小さな点となるまで登志矢は見つめていた。

父がいつのまにか登志矢の横にいて、あきれたような口調で言った。

「まるで大きな軍艦が通っていったみたいだったな」

登志矢は言った。

「装甲列車って言うんだって。臨時列車だって聞いた」

「帝国は、大軍を南に動かしているんだ」

「それって、どういうことなの？」

「戦争は、ほんとうに近いところまで来ているのかもしれないってことだ」

父の言葉は、ならば自分たちが収容されるのも無理はないのか、というあきらめのように聞こえた。

翌日、また登志矢が線路のそばにいるときに、ジャガイモ顔の少年がふいに叫んだ。

「滑空船だ！」

えっと登志矢はジャガイモ顔の子を見た。彼は町の西方向の空を指さしている。見ると、中空にトンビのように風に逆らって浮かぶ物体があった。表面が陽光を一瞬はね返して光った。遠くだけれども、帆を左右に広げた帆船のように見えた。もっとも登志矢は、帆船だって学校にある本の挿絵でしか見たことはないのだが。

ジャガイモ顔の少年が教えてくれた。

「新型だよ。滑空時間が長くなっているんだ」

登志矢は訊いた。

「どのぐらい飛んでいられるの？」

「あの新型は二時間以上だ。最初の型は、十分間だけだったんだけど」

「どうやって飛ぶんだろう？」

「羽根を畳むと、大きな砲弾みたいな形になるんだ。畳んだ状態で列車に載せて、一直線のところを走るときに羽根を広げる。船は風を受けて列車から離れて飛ぶんだ。浮かび上がってからは、羽根を動かして自由自在に飛ぶ」

「どうやって地面に戻るの？」

「広場にゆっくりと、大きな鷲が舞い降りるように降りる。羽根を畳んで、馬で運んでまた専用の貨車に載せる。その繰り返しさ」

べつの子が訊いた。

「何人乗れるの？」

「よく知らないけど、五、六人じゃないのかな」

兵士が子供たちの後ろから大声で言った。

「晩飯の時刻だ。テントに戻れ！」

遅れたら、食べそこねる。登志矢は何度も振り返りながらテントに行くしかなかった。晩御飯をさっと食べて空き地に飛び出したときは、もうその滑空船は見えなかった。代わりに、家々の窓に電燈の黄色い明かりが灯り出していた。


郡府ニコラでの滞在は三日目となった。北東の入植地からまた日本人が四十人ほど護送されてきて、空き地のテントに入った。テントはぎゅう詰めとなった。黒パンと薄いスープが配給されたが、四日も歩き詰めだった登志矢たちにとっては、けっして十分な量ではなかった。家族が固まって食事をしているとき、母が持参してきたフレーブを少しずつ足してくれた。そのフレーブでようやくひもじさを忘れることができた。

翌日、朝になってから、次の移動の準備が指示された。列車に乗るのだという。貨物列車がお昼に到着するので、まず歩いて操車場に行き、そこで貨物列車に乗り込むということだった。

町の中を見ることができる！

登志矢はそれを喜んだけれど、やはり口にはしなかった。集められた子供たちの中には、無邪気にはしゃぐものが多かったけれど。

左手に鉄道線路を見ながら、町のはずれから中心部へと歩いた。道には砂利《じゃり》が敷いてあり、荷馬車や箱馬車がときおり通っていた。

最初は庭のある一戸建ての住宅が並ぶ町だった。やがて二階建ての建物が増え、ついで庭のない共同住宅と見える建物が、隙間なく建ち並ぶようになってきた。共同住宅の一階には、さまざまな種類の商店が看板を出している。村には、駅逓《えきてい》を兼ねた商店が一軒あるだけだったから、どの店の店構えも登志矢には物珍しかった。

町のところどころに小さな広場があって、広場には屋台が出ていた。野菜や果物を売っている店が多かった。漬け物を売っている屋台もあった。甘い匂いを漂わせているのは、飴のような菓子を売っている屋台だった。

やがて町並みは、共同住宅ではなく、何かの事務所だろうかと思えるような建物ばかりとなっていった。二階建ての三角屋根で、それぞれ独立しており、商店などは入っていない。町の中心部にかなり近づいてきたのだ。線路の反対側には、倉庫らしき建物が並んでいる。どれも煉瓦《れんが》造りだった。

前方に操車場が見えてきた。幾条もの線路が並行して敷かれている。その操車場の先に見える煉瓦造りの建物は駅なのだろうか。いま操車場の右端には、貨物列車が停まっている。蒸気機関車は前方にあるようだ。

道からはずれ、兵隊たちは一行を操車場の中に誘導した。列車に沿って歩いていくと、有蓋の貨車は引き戸が開かれて、中にひとが乗っているとわかった。貨車の外に降りている者もいるが、みな日本人と見えた。

一両の空の貨車の横で、一行は止められた。兵士のひとりが、登志矢たちにその貨車に乗るように指示した。集落ごとに貨車が一両割り当てられるようだ。

島爺が兵士に訊いた。

「すぐ出発なのか？」

「そうだ」と兵士は答えた。「お前たちが乗り込んだら、出発だ」

その窓のない貨車に、登志矢たちの一行は乗った。大人たちは壁に背をもたれさせて腰を下ろした。さほどぎゅう詰めでもなかった。子供たちは車両の中心に固まった。初めて乗る汽車に、子供たちはすこしはしゃいでいた。やがて引き戸が閉じられ、ガチャリという音がした。たぶん外から施錠されたのだ。車両の中はほとんど真っ暗になった。わずかに鉄板や板の隙間から、外の光が入ってくるだけだ。子供たちも口をつぐみ、自分の両親のもとへと寄って身体をつけた。

列車が発車したのは、それからかなり経ってからだ。竈《かまど》に鍋をかけてからジャガイモがゆで上がるくらいの時間、どうしたのだろうと不安を抱えながら待って、とくに合図もないまま、列車はがたんと揺れ、動き出したのだった。外を見たいと願ったけれども、それはかなえられなかった。列車は次第に速度を上げ、荷馬車でも体験したことがないと感じられるような速度に達したところで一定になった。そのあと、何度か列車は止まったり、徐行したり、逆に動いたり、ふいに引っ張られたりした。たぶん本線から支線に入ったり、向きを変えたり、車両の一部をはずしたり、機関車を換えたりしたのだ。一度、白樺《しらかば》の疎林《そりん》の中で休憩があったあと、また出発した。そこから先は、ゆっくりとした速度だった。坂道にかかっているのかもしれない。あるいは機関車が小型のものとなったかだ。

休憩したときから体感で二時間ほど経ったころだ。列車は少しずつ前のめりになるような感覚で速度を落としだし、やがて止まった。外からの音が聞こえてこないので、町の駅などに止まったようではなかった。板の隙間から覗こうとしてみても、外の様子はわからなかった。

それからしばらくして、引き戸が開いた。さっと外光が中に満ちて、登志矢はまぶしさに目を細めた。

兵士が外から言った。

「降りろ」

目的地に着いたのだろうか。

大人たちはゆっくりと立ち上がった。登志矢も父の後ろから外を見た。

ナラの森の中に拓かれた平坦地だった。線路の脇に広い貯木場がある。製材所もあった。人家は二十戸ばかりか。鉄道の右手方向には、山が見える。気温はあの入植地よりも少し冷涼と感じられた。

線路のそばに駅がある。いや、停車場ではない。蒸気機関車の給水施設があるだけだ。

水のタンクの横腹には、「東132」と記されている。ここがなんという土地なのかはわからなかった。

貨車から全員が降ろされて、列車の脇に並ばされてわかった。

列車に乗せられた日本人の数は、二百人ほどだったのだ。みな登志矢たちの家族同様、厚着をし、背中には背負子、肩から雑嚢を掛けている。大人たちはさらに両手に荷を提げていた。

ここで待っていた兵士の数は、十人ほどだった。下士官に率いられている。

道路が線路と並行して伸びているが、すぐにその道路は線路を進行方向の右手に渡っていた。

ほんの少しの時間、背伸びしたり、用を足したり、男たちは煙草を喫ったりすることができた。

父は兵隊に、ここがどこなのかを訊いた。

兵士の答は、「東132」と素っ気ないものだった。

すぐに出発だった。

一行は兵隊たちに前後をはさまれて道を進み、鉄道の線路を渡って、東の方角にある森の中に入った。給水所から四露里ほどあるいて、小さな谷間に出た。川の向こうに、丸太の木柵で囲まれた無数の兵舎のような建物群があった。

下士官がその施設を指で示して言った。

「ここにお前たちを収容する」

長さ十サージェンほどの橋の真正面が、収容所の正門だった。ここだけは、門も門衛の番所も監視塔も煉瓦造りだった。門扉は、厚板に鉄板をクロスに打ちつけた、みるからに頑丈そうなものだった。

橋を渡りながら、父が小声で言った。

「徒刑囚の監獄だな。囚人たちはたぶん森でナラを切り出したり、道を拓いたり、鉄道を敷設していたんだ。いま、中は空っぽなんだろう」

正門を入るとそこは中庭で、監獄の事務所や兵舎、それに炊事場らしき建物があった。獄舎はもうひとつ内側の敷地に並んでいた。

内側の獄舎の並ぶ敷地に入って、また整列させられた。登志矢は獄舎を見た。丸太作りではなかった。きちんと製材した柱や板を使っている。だから収容棟はどれも、小さな寄合所か学校ほどの大きさに見える。何組もの家族が、一緒にこの建物で暮らすのだろう。奥のほうから、日本人たちが出てきて、少し距離を置いて到着したばかりの収容者を見つめてくる。彼らはすでに何日か前に収容されていた者たちのようだ。

下士官が点呼を取り、獄舎を割り当てていった。家族は一緒に入れたが、同じ集落の者が全員同じ獄舎になるわけではなかった。登志矢の家族は、郡府のずっと南にある入植地から来たというひとたちと同じ獄舎に入ることになった。八号、と数字がつけられている棟だ。

下士官は言った。

「獄舎ごとに世話人を決めろ。食事の支給やさまざまな指示は、世話人を通じて行う」

登志矢たちは、自分たちの入る八号棟へ向かった。正面側から見て一列裏手の、西端の建物だ。獄舎は五棟ずつ全部で四列あった。

割り当てられたほかの家族と一緒に、八号の収容棟に入った。

中央に廊下があって、その真ん中あたりに鋳鉄《ちゆうてつ》製のストーブがある。左右には部屋が四つずつだ。どの部屋にもドアはなく、中には二段式の寝台が縦に二台ずつ、四台設置されている。中央の隙間の奥の壁に、はめ殺しの小さなガラス窓があった。収容棟の中に厠《かわや》はない。屋外にあるのだろう。廊下を振り返ってみると、出入り口の内側にブリキのバケツが置いてあった。あれは夜間用の便器だ。つまり、収容棟は夜のあいだは外から施錠されるのだ。護送列車がそうであったように。

一緒になったグループの中に、丸刈りで赤ら顔の中年男がいた。声が大きく、初めて見たときからずっとにやにやと笑っている。というか、目を細め、口の端を持ち上げている。一見すると微笑しているように見えるが、ときおり目の光が荒《すさ》んだ。

グループの全員が収容棟の中に入ってから、その丸刈りの男が言った。

「そんじゃあ、部屋を割り当てるぞ。奥からまず」

丸刈りの男は、同じ入植地から来たらしき家族の苗字を言って、部屋を指示していった。

ストーブの真横の部屋は、その丸刈りの男の家族だ。足立《あだち》、という名前だとわかった。

「火の管理は、世話人のおれがやんなきゃならないからな」と、足立が言った。

父が言った。

「ちょっと待ってくれ。世話人をまだ決めていないだろう」

丸刈りの男は、いっそう口を横に開いた。

「おれだよ。ずっとそういう役だった」

「収容されたんだ。ここで決めないか？」

「あんたの名前は」足立という男は、紙切れに目を落として言った。「なんと読むんだ？　おれはロシア語文字は苦手だ」

「コジョウだ。おれは小條仁吉」

「小條さん、あんた、おれが世話人をやるってことに反対だってのか？」

口元はそのままだけれども、足立の目にあるものは敵意の光だった。

父は言った。

「反対も何もない。まだあんたを知らない。世話人になってもらっていいのか、判断しようがない」

「決めろと言われたのを聞いていたろう？」

「決めよう。まだ決まっていないんだから」

「だからおれがやるってことに、文句があるのかい？　おれは、自分の集落でも世話人やってたんだ」

「おれはべつの集落の者だし、あんたを知らないんだ。あんたに部屋の割り振りをしてくれとも頼んでいない」

足立は一歩前に出てきた。父よりも足立のほうが少しだけ背が高かった。足立はすぐ上から父の顔をにらみつける格好となった。

「おれが割り振りするのが、気に入らないって言ってくれたんですかね？」

妙に丁寧な言葉になったが、登志矢にはそれはむしろ脅しのように聞こえた。

父は言った。

「世話人を決め、割り振りもひとりひとりの事情を聞いてからみなで決めよう」

建物の中は沈黙している。みな息を殺し、身を硬くして成り行きを見守っている。誰かがとりなしに入るような雰囲気ではなかった。この足立は、入植地でもよその家族に対してはずっと同じ調子だったのではないだろうか。自分が力で上に立つ、異議は認めない、と。

父が足立を睨《にら》み返したので、足立は自分の集落の面々を見渡して言った。

「この仁吉さんは、よそ者だからな。事情を知らない。みんな、おれが世話人ってことでいいだろ？　部屋の割り振りをおれがするっていうことでも」

問われた面々は、ためらいがちに小さくうなずいた。

足立はさらに訊いた。

たっていいから」

「駄目だっていう者がいたら、いまこの場で言ってくれ。話は聞くし、代わってもらっ

誰も反応しなかった。みな押し黙って突っ立ったままだ。

足立は父に顔を向け直して言った。

「これで何か文句はありますかね？」

「あんたが世話人になったのはわかった。部屋の割り振りは？」

「おれは事情を全部知ってる。あんたの家族は」足立は出入り口のすぐ左側の部屋を示した。「そこだ」

ブリキのバケツのすぐ脇だ。ドアの開き方を考えると、冬のあいだはひとが出入りするたびに、寒気が吹き込むだろう。

世話人の選出と、部屋の割り振りが終わった。それぞれの家族が、指定された自分たちの部屋に入っていった。登志矢の家族も、出入り口に近い自分たちの部屋に入って、それぞれの寝台を決めた。八人分の寝台がある部屋に五人家族だったから、少し余裕があった。

父が子供たちに言った。

「ここの棟のひとたちとは仲良くするんだぞ。子供とも大人ともだ。この先長いこと一緒にここで暮らしていくんだから」

妹が、心配そうに言った。

「お父さんも仲良くしてね」

父は微笑して妹にうなずいた。

荷をおろすと、両親に連れられ、一緒に暮らすことになった別の集落の家族の部屋を一軒一軒訪ねてあいさつした。足立のうちもだ。足立の家は、子供は男の子ばかり三人という家族だった。長男は十七歳で、父親とそっくりの顔をしていた。にやにやと笑うときはとくに。イッペイという名だった。次男の名はシンジローで、兄よりも乱暴な少年だった。

あいさつをすませると、父は自分の集落の仲間たちのところに出かけていった。これからどうなるのか、どのように暮らすのがよいのか、いろいろ聞いてくるとのことだった。収容所にはすでに百人近い日本人が来ていたから、そのひとたちからもいろいろ助言を受けられるだろう。そのあいだ、登志矢は兄や妹と一緒に、収容所の中を見てまわった。

厠は東と西に二カ所ずつあった。男女別で、掘った溝に板を渡しただけのものだ。仕切りなどはとくにない。

ポンプの設置された水場も二カ所あった。そこが洗面場であり、洗濯場ということにもなるのだった。

子供の遊び場はなかった。ただ、内門の前の空き地は地面をつき固めてあった。そこでなら、缶蹴りとか、陣取り遊びはできるかもしれない。

木柵に沿って右回りに収容所の中を歩き、八号棟の前まで戻ってきた。子供たちもかなりの数いるとわかった。空いている収容棟はまだ半分以上あるから、ここにはもっとひとも増え、子供たちも増えるのだろう。

登志矢はふと思った。学校はできるのだろうか。自分は村の学校で学ぶのが好きだったのだが、ここではあの喜びを望むことはできないのだろうか。

その日の夕食は、黒パンとジャガイモが少し入ったスープだった。それぞれの棟の世話人と、各戸からひとりずつの運び役が一緒に、内門を出て炊事場まで、人数分の重さのパンと、バケツに入ったスープを取りにいくのだ。

八号棟では、世話人である足立が食事を分配した。父は、切り分けられたパンを受け取るとき、自分の家族の分のパンの量が明らかに少ないと見たようだ。

「うちは五人だ」と父は足立に言った。

そばにいたほかの家族は、みなすっとそっぽを向いた。

足立が、大げさな調子で言った。

「ここには秤《はかり》もないんだ。厳密なことは無理だなあ。あんたなら、絶対に不公平にならないようにパンを切れるかい?」

「これはいくらなんでも、少なすぎるだろう」

足立が、自分の家族のための分のパンを、父の前に置いた。

「うちは食い盛りのでかい男の子が三人だ。不公平だって言うんなら、うちの分をやるよ。好きなだけ持っていってくれ」

　そんなふうに言われたら、父も引き下がるしかなかった。ずるい言い方だな、と登志矢は思った。どこが、なぜなのか、自分でもうまく言葉にできなかったが、この足立の言い分はずるい。それは確かだ。

　収容所に千人強の日本人が収容されて満杯となったあと、大人の男は道路建設の工事に駆り出されることになった。列車を降ろされたあの駅から北東方向に道を延ばすのだという。現場まで一時間歩き、夕方まで仕事をして、日没前に収容所に戻る。毎日少しずつ現場は遠くなる。通えないほどに現場が遠くなれば、あとはどこかから徒刑囚たちが連れてこられて、工事を引き継ぐらしい。

　また、収容所の仕事の手伝い人も募集された。パン焼きの経験のある者、ロシアの料理が作れる者、床屋、裁縫師、靴職人などだ。

　父はどの仕事の経験もなかったので、道路工事に出るのだった。母はパン焼きに応募して採用となった。

　その工事が始まる前に、父はほかの収容者の中で、子供たちの教育のことを心配する大人に声をかけて、学校を作れないか相談した。ロシア兵に教師を頼むわけにはいかないから、労役に出ない病弱な男性とか、女性たちの中から教師ができる人物を探して、子供たちにロシア語の読み書きや算数を教えるのだ。収容がいつまでのことかは見当もつかないが、子供たちを読み書きも簡単な算数もできないまま、解放後の社会に出すわけにはいかないということだった。

その件で父が代表のひとりとなり、収容所長と相談することになった。所長は、いったん予備役となっていたという中年の将校だった。プロトニコフという名だ。

プロトニコフ所長は話を聞いてから、言った。

「いいだろう。学校開設を許す。ひと棟空ける。ただし、日本語と日本の歴史を教えることは禁じる」

父は言った。

「紙とか、鉛筆とか、文房具を少しいただくわけにはまいりませんか?」

「当てはないが、上と相談してみよう」

「ロシア人の教師にロシア語を教わるなら最高なのですが」

「虫がよすぎる」

一週間後、収容所の中に学校が開設された。ロシア語と地理、歴史を教えるのは、杖をついている初老の男だった。日本では中学に途中まで通ったという。算数を教えるのは、三十代の女性で、算盤《そろばん》を習ったことがあるという。

登志矢にとって、収容所の日々は意外なまでに退屈しなかった。子供の数が多くて、遊び相手が無限にいるせいかもしれない。あのジャガイモ顔の少年もそのひとりだが、違う環境で生きてきた子供たちの話を聞くのも楽しかった。

ただ、割り当てのパンの不公平は一向に改められなかった。道路建設作業に出るようになってから三週間目ぐらいに、父はとうとうプロトニコフ所長に直談判した。学校開設をめぐる交渉を重ねたおかげで、父は所長に直接話ができる関係になっていた。

　父はプロトニコフに言った。

「棟の世話人と折り合いが悪く、食事の配給ではずっと苛《いじ》められてきました。別の棟に入れてもらうことはできませんか？」

　プロトニコフは難しい顔をして言った。

「日本人同士のいさかいにまで、口を出すつもりはない。自分たちで解決できないのか？」

「班分けは、日本人がやったことではありません。日本人で決めてかまわないということでしょうか？」

「どうするんだ？」

「部屋に空きがある棟の世話人と相談します。向こうが了解してくれるなら、移ります」

「もう話をつけているのか」

「はい、ある棟の世話人に、許可をもらえたら、棟を移りたいと伝えてあります」

「収容者が勝手に居場所を移るようなことは困る。寄宿学校だって、それは許されまい？」

「このままでは、わたしの一家は衰弱してしまいます」

「わたしが、あの足立という男に注意するのはどうだ?」

「足立は、わたしに密告されたと、いっそうわたしを恨むようになるでしょう。棟を替われないなら、その先は地獄となります」

「そうなったときは、下士官を通じて話に来い」

父はいったん引き下がった。

その翌日から、足立を通じて配給されるパンの量が明らかに変わった。これが本来の配給量なのだとしたら、と、登志矢は思った。これまでは、ずいぶん横取りされていたのだ。

父からは、もしかしたら棟を移ることになるかもしれないと教えられていたが、その許可は下りないままに夏が過ぎた。

九月に入って、プロトニコフ所長は異動していった。別の収容所ができたのか、それとも全く別の任務についたのか。まさかあの年齢で前線に出ることになったとは思えなかったが、父はプロトニコフの交替を少し気にかけている様子があった。

秋が次第に深まって、ずいぶん涼しくなってきたころだ。夕食が配給される直前、父も母も部屋に帰ってきていたときに、突然下士官と兵士ふたりが登志矢たちの部屋に入ってきた。

「すぐに部屋を出ろ」と下士官は厳しい調子で命じた。

「どうしたんです?」と、父が訊いた。

　下士官は母を指さして言った。

「お前の女房が、調理場からパンを盗んでいると告発があった」

　母が驚いて言った。

「そんなこと、していません！」

「部屋の中をあらためる。出ろ」

　廊下に出ると、棟のほかの収容者たちもみな廊下に出てきて、成り行きを見始めた。

　兵士たちは寝台の藁《わら》の下まで探って、とうとう黒パンの塊を見つけた。一斤分はあろうかというパンだった。

「知らない！」母は叫んだ。「盗んだりしない」

　下士官は、兵士ふたりに命じた。

「亭主も女房も、引き立てろ」

　父は言った。

「密告は嘘だ。わたしたちを嫌う人間が、でたらめを伝えたんだ」

「じゃあ、どうしてお前たちの部屋からパンが出てくる？」

「うちの者がいないときに、誰かが隠したんだ」

「食べずに、そんなことのためにパンを使ったというのか？」

　取り調べは、新任の所長が直接担当した。彼は父の言い分に取り合わなかった。じっさいにそこにパンがあり、母はパンを持ち出せる場所にいたのだ。

その日のうちに処分が決まった。

父も母も、収容所の端にある懲罰房に一週間入るのだ。その間、水と通常の支給量の半分のパンしか与えられない。

収容者全員が居並ぶ中、両親は手を縛られて懲罰房へと引き立てられ、放りこまれた。

一週間後、懲罰房から引き出されたとき、母のほうはかなり衰弱していて、そのまま起き上がれなくなった。父はなんとか作業に復帰した。十一月の半ば、収容所にその冬何度目かの雪が降った日、それまでずっと寝込んでいた母が、息を引き取った。

収容所の中のささやかな葬儀に顔を出してくれたのは、かつての集落の住民たちと、あとわずかな日本人だけだった。

収容所の外で薪《まき》を燃やしての火葬となった。薪がすっかり燃え尽きた後、地面に残った骨を拾い、墓地に埋めてから、登志矢は兄妹と一緒に、思い切り泣いた。

翌年の秋、登志矢たちの収容所生活も一年と三カ月を過ぎたという頃だ。とつぜん収容所の日本人たちが広場に集められた。重大な発表があるという。

誰かがまた食料を盗んだか？　それとも脱走者が出たか？

所長は、もったいをつけずに言った。

「戦争が終わった。お前たちは、自由となる。帝国の領土内で、あらためて働くことができる」

日本人の長老格の老人が訊いた。

「戦争はどうなったのか、詳しく教えていただけますか？」

所長は少し頬をゆるめて言った。

「帝国は日本海軍を壊滅させて戦争に勝利した。アメリカの仲介で講和条約が結ばれて、戦争は終わったんだ。日本は軍事権、外交権を帝国に委《ゆだ》ねることを了承し、二国は同盟を結んだ。日本は帝国統監府のもとで存続する」

大人たちのあいだに、驚きの声が走った。

「負けた？」

「軍事権、外交権を委ねるって？」

「属国になったということか？」

所長は言った。

「帝国の勝利を喜べ。お前たちの故国が始めた戦争は、高いものについたんだ」

登志矢は、父を見た。自由になり、解放されて、このあとどうするのか、何か目処《めど》はあるのだろうか。

父の顔を見て、何もないとわかった。父にも、何をするかという希望も、どこに行くかという当てもないのだ。

すべてはこれから、世の中がどうなっているのか事情を把握してから考えるしかないようだ。

登志矢は自分自身について考えた。おれはいま何歳になったのだろう？

十歳だ。

何ができる年齢だろう？

少年工科学校

講堂に、校長の声が響いた。

「では発表する。次に名を挙げる者は、後でわたしの机まで来るように」

講堂の椅子に腰掛ける百二十名あまりの生徒たちは、あらためて背を伸ばした。成績優秀で卒業する生徒三名が呼ばれるのだ。

登志矢は息を呑んで、校長の次の言葉を待った。

帝室鉄道少年工科学校の卒業式だった。

この学校は、帝室鉄道で働きながら、蒸気機関や車両、軌道、通信施設などの整備技術の初歩を学ぶ。物理学や工学の基礎の授業もある。全寮制で、学費は無料の学校だった。

ウラジオストクの帝室ウスリー鉄道機関区と車両基地は、ウラジオストク市街から見て北側の山の向こう側の谷、ペルヴァヤ・レーチカにある。一の川という意味の地名で、工場地帯だ。帝室鉄道少年工科学校は車両基地の敷地内、機関区の一角にあった。

登志矢は、午後の早い時刻までは教室で学び、夕方から数時間は機関区で働く生活を続けてきた。三年間のそんな補助職員と工科学校生徒との二重生活が、いよいよ終わる。卒業すると、自動的に帝室鉄道の三級鉄道技能士となるのだった。

卒業時、成績優秀な三人の生徒には褒美が与えられる。北の都会ハバロフスクまでの卒業旅行だ。ハバロフスクでは、地方最大の鉄道駅や車両整備基地、鉄工所や河川用船舶の造船所を見学する。浮揚艇《ふようてい》や滑空船《かっくうせん》の整備工場も訪ねる。ハバロフスクまでは、ウスリー鉄道で丸二日の距離。帰路は途中で別の鉄道路線に入り、州のもうひとつの港町ナホトカに移動し、船でウラジオストクに帰るのだった。

この旅行のほか、最優秀の卒業生ひとりには、腕時計が与えられる。しかし登志矢には、腕時計よりも卒業旅行のほうが魅力的だった。そんな遠くまでの旅行はこれまでしたことがないのだ。だからなんとか優秀卒業生三人の中に入りたかった。

この卒業式まで、まだその三人が誰なのかは、知らされていない。ただ、最優秀の生徒はもう決まったようなものだ。誰もがその優秀さを認め、しかも実技の腕も確かな生徒がいる。セリョージャだ。彼は寮でも生徒代表だ。父親は造船所の溶接工だと聞いている。彼が最優秀の卒業生として、腕時計をもらうことは確実だ。

そのあとのふたりについては、七、八人の名が挙がっている。友人たちは、登志矢も含まれている、と請け合ってくれる。

いいや、と登志矢は思っている。学科試験や実技の成績では、なんとか三番目に入っていたとしても、優秀生徒三人の決定には、素行の評価も加わるという。その点では、自分には不安があるのだ。

校長が、ひとり目の名を言った。

「プロトニク・セルゲイ・アレクセイヴィチ」

やはりセリョージャが呼ばれた。最初に呼ばれたということは、最優秀ということだ。生徒たちのあいだから、やっぱりという調子の声が漏れた。彼の名が呼ばれるのは当然だった。

あとふたり。自分の名は呼ばれるだろうか。

校長の顔を見つめながら、登志矢は自分が鉄道少年工科学校に入学を決めた日のことを思い出していた。

父が、仕事から帰ってテーブルに着くなり、登志矢に言ったのだ。

「少年工科学校、行くといい」

思わず登志矢は喜びの声をあげていた。

「父さん、ありがとう!」

登志矢の家族はそのころ、ニコラに住んでいた。郡役場のある町だ。収容所に運ばれるとき、列車に乗った町だ。

父は製材所で、兄は製粉場で働いており、妹はまだ学校に通っていて、収容所で亡くなった母の代わりに家事も全般をこなしていた。住居は市街地のはずれの木造の集合住宅、部屋はふたつ、ストーブはひとつだけという暮らしだった。ありていに言って、貧しかった。

戦争が終わり、日本に帝国統監府を置くという内容の講和条約が結ばれて、日本人を敵性住民として分類する皇帝令も撤廃された。州の中であれば、どこに住むのも自由だと、収容所から解放されたときに伝えられた。

父は、帰国することは端《はな》から考えなかった。一度は棄ててきた故郷だ。もう一度機会をもらえたのだから、そこそこ慣習にも風土にも慣れたこの地でやりなおしたほうがいい。そう決めていたのだ。

収容所にいるあいだ、父は何度か、かつての自分の夢を語ったことがある。自分の土地を持ち、自分で汗水垂らして働いた分の収穫を、そっくり自分のものにすることのできる暮らし。それを手に入れるために、帝国の入植者募集に応募したのだと。でもその夢は、故国が帝国と戦争を始めたために潰《つい》えた。一度失った土地や馬や農具を、あらためて買い戻すだけのカネはない。将来収容所を出たあとも、もういちど農家になることはないだろう。賃仕事で家族を支えると。

父は収容所の看守で親しくなった男に相談した。ウラジオストクに行って仕事を探そうと思う、と。するとその看守は助言してくれた。あの街はたしかに産業は集まっているが、いまは仕事を探す移住者や移民があふれている。これに、解放された日本人たちが加わる。仕事の口を探すのはたいへんな競争になっているし、買い叩かれる。部屋代をはじめ、物価も高い。ウラジオストクで仕事を探すのは避けたほうがいい。狙い目は、ウスリー鉄道の駅のある、郡府のような大きさの町だ、とのことだった。それで父は、この帝国での二度目の人生を、入植地にも近いあの郡府ニコラで築き直すと決めたのだった。

登志矢は郡府で暮らすようになって、あらためて初等国民学校に入って勉強し直した。しかし一日に数時間は貯炭場や製粉工場で雑作業をして働かねばならなかったので、ロシア人の子の倍の日数をかけて教科書を終えるのだった。国語と算数、それに理科の成績はよかったけれど、歴史と地理は苦手だった。十五歳で初等国民学校の課程を修了したが、さらに進学するという選択肢は、最初からなかった。クラスでもその上の学校に進むのは五十人ばかりの生徒のうち五、六人の、中産階級の家の男子生徒だけなのだ。

登志矢に選択できるのは、どんな仕事に就くかということだけだった。身体も半人前だし、何か技能を持っているわけでもない。年齢も中途半端だった。郡府では十五歳の男には、きちんとした勤め口はなかなかなかったのだ。

何か技能を身につけたい、とは収容所を出たとき以来の登志矢のひそかな夢だった。それも、もしかなうならば、鉄道に関われるような技能を。つまり蒸気機関とか鉄道車両の整備工とかがいい、と漠然と夢見ていたのだった。

その当時、州にはいくつか、働きながら学ぶことのできる学校ができていた。帝室鉄道が運営する鉄道少年工科学校がそのひとつだったし、大きな機械工場が持つ機械専門学校や、造船所が設立した造船工養成所もあった。

どれも、技能工や技師の不足を解消するために設立された私立学校で、生徒は一日の何時間かを働き、何時間かは生徒として専門学科や技能の研修を受ける。学費は無料だ。たいがい全寮制で、寮費や食費もかからない。だから、節約すれば職員としての手当の一部は親元に仕送りすることもできるのだった。卒業すれば、そのまま親会社の職場で、技能工、技師としての待遇を受けることになる。

こうした学校は、貧しい家庭の子でも、小学校の成績が悪くなく勤勉であれば、入学できた。もちろん学科試験と面接試験を受ける必要がある。学校によっては、出身町村の役場から推薦状をもらう必要もあった。

家には負担はかからない。父が、家を離れることを許してくれるかどうかが問題だった。父も、家にもうひとり働き手がいることを望むはずだ。少なくとも、妹が仕事に就くなり結婚するまでは。

初等国民学校を終えるとき、登志矢は鉄道少年工科学校への進学の夢を父に話し、教師の勧めの言葉もつけ加えた。絶対合格とは保証できないけれども、きみの成績なら、受けてみる価値はあるだろう。そう教師は言ってくれたのだ。

最初にその希望を伝えたとき、父は登志矢に訊《き》いた。

「そこを卒業すると、確実に帝室鉄道の技師になれるのか？」

「そうだよ。入学するときに補助職員として採用されて、卒業したら技能士として働くことになる」

「何を勉強するんだって？」

　登志矢は聞いている知識で答えた。

　生徒は最初、理科系の学科や工学の基礎を学んだあと、専門のコースに分かれる。蒸気機関、機械、車両、軌道、通信といった分野の技術を学ぶのだ。どれかひとつの分野の技術だけを学ぶわけではない。帝室鉄道は、人手が足りないときや非常時には、他の専門部署から応援を回すこともありうる。技師には最低限の多能性が求められるのだという。つまり蒸気機関の整備を学んだ者も、通信設備の補修作業の手伝いぐらいはやるということだった。卒業後は車両区や機関区のそれぞれの担当部署に配置される。ウラジオストク以外の拠点駅で働くこともある。

　父が訊いた。

「試験があるんだろう？　ウラジオストクまで出て受けるんだな？」

　登志矢は答えた。

「ああ。でもまず先に、書類を出すんだ。そこで選考があって、次に学科試験と面接試験を受ける」

「合格はいつ発表になるんだ？」

「試験を受けたその日のうちに」

「入学はいつになるんだ？」

「合格したら、すぐに寮に入るんだって」

「受かることを前提に、州都に行くことになるんだな」

「落ちたら、汽車賃が無駄になるけど」

「試験の前の日には州都に着き、旅籠《はたご》に泊まることになる。面接では、多少なりともい い身なりをしなければならないな」

それから父は、辛そうな顔で登志矢から目をそらし、言ったのだった。

「支度《したく》ができるかどうか、あちこちに相談してみる」

それはたぶん、勤め先から給料を前借りするか、質屋に何かを持っていくか、という意味だった。登志矢は父に希望を話したことを後悔した。父は登志矢の進学のための金策で、また苦労することになる。いや、兄や妹にもひもじい思いをさせることになるだろう。もしかするとそれは、収容所生活以上に惨《みじ》めでつらいものになるかもしれない。自分が幸福を求めるせいで。こんな夢は持つべきではなかった。

あきらめよう、と登志矢は決めた。そんな将来もあると考えたことも忘れよう。

父の、行くといい、という返事は翌々日のことだった。

父はテーブルの上で両手の指を組んで言った。

「支度のことも、汽車賃のことも心配するな。先生が勧めてくれるなら、大丈夫だ。お前はウラジオストクに行って、そのまま工科学校の生徒になり、帝室鉄道で働くんだ」

「ほんとうに、いいの？」と登志矢は思わず確かめていた。

「ほんとうに、ってどういう意味だ？　嘘なんて言わない」

「父さんに迷惑をかける」

「三年間は我慢できる。一人前の鉄道技師になったら、お前はこの家族のためにも働くんだ。いいな」

「うん」

登志矢は兄の入也と妹の伊々菜に目を向けた。登志矢の希望を知っているふたりは、うれしそうだった。兄のほうは、少しうらやましげであったかもしれない。

伊々菜が訊いた。

「ウラジオストクに行っても、帰ってくるんでしょう？」

「休みが取れたときは」

生徒も鉄道で働く職員である以上、長い休みがあるとは思えなかった。でも一年に一度くらいは、短い帰省ができるかもしれない。

兄が言った。

「おれたちのほうから、会いに行くさ」

「ウラジオストクで会うのも、素敵だね」

父は背中を伸ばしながら言った。

「入学しなかったお前を、もう想像もできないぞ」

三年前の初夏のことだ。

校長が、次の名前を発表した。

「ワインシュタイン・ダヴィード・ダニーロヴィチ」

百二十人の生徒の中でただひとりのユダヤ人、ドージャだ。彼も優秀だった。祖父が反帝室活動の罪でシベリア追放となった印刷工で、最後にこの州都にたどりついたのだという。父親は時計修理を生業《なりわい》としている。ドージャ自身も手先が器用で、機械部品の細かな補修の腕では、彼にかなう者はなかった。

講堂の後ろのほうがざわついた。ドージャの名への反応とは違うようだ。遠慮のない靴音が聞こえる。何人か男が入ってきたようだ。

数人が振り返った。

登志矢も顔を横に向けた。講堂の右手を、三人の男が歩いていくところだった。役人ふうの背広服を着てソフト帽をかぶった男たちだ。三人ともあまり愛想のいい表情ではない。周囲に敵意をあからさまにしているような顔と見えた。

鉄道のお偉いさんたちではないようだ。

校長も不審そうな顔で、男たちに目を向けている。男たちはやがて、学校の教師たちが並ぶ隅まで歩き、足を止めて帽子を取った。校長に顔を向ける格好である。

登志矢は、椅子に腰掛けている七、八人の教師の中で、顔に緊張をのぞかせている者がいることに気づいた。物理と地学の教師で、まだ二十代の男だ。コンスタンチン・イリイチ。西部の師範学校を出たと聞いている。銀縁の丸メガネをかけている。彼が、頬を強張《こわば》らせていた。

　もしかしたら、と登志矢は思い至った。やってきた三人と、コースチャが関係あるとしたら、あの三人は秘密警察なのではないか。

　コースチャは、授業の合間にときおり、社会についての意見を混ぜることがあった。農民たちの悲惨、労働者たちの貧困、富の偏在、過酷な刑法、貧弱な医療、一部の民族に対する差別、徴兵、巨大な軍備と果てのない戦争……。これらは是正されるか、あるいは即刻止めねばならないと。

　生徒たちに人気のある教師ではあるけれど、ああした社会の抱える問題についての発言は、かなり危ないものだと生徒たちは語っていた。もし校長の耳に入ったら、反帝室主義者だ、革命煽動者だとして、解雇の理由になるのではないかと。

　生徒の中には、いや、あのひとははっきりと社会民主労働党のメンバーだろう、と言う者もあった。社会民主労働党は非合法政党であり、メンバーであることがわかれば逮捕され、投獄されるか辺境追放となる。だからその社会民主労働党が、監視や弾圧をかいくぐって州都に存在するものかどうか、登志矢は疑問にも思っていた。ただコースチャは、社会正義についてまっすぐな意見を持ち、それを率直に口に出しているだけなのだと。

　入学して最初の物理の授業の後に、コースチャは登志矢に声をかけてきた。

「日本人なんだね？」

入学した日にわかったが、新入生の中で登志矢はただひとりの日系人だった。

登志矢は答えた。

「はい、父が入植者でした。ぼく自身はこの国の生まれです」

「戦争のあいだはどうしていたの？」

「みな、北の収容所に入れられていました」

「みなさんは元気？」

「母は収容所で死にました。父は元気です。兄と妹も」

「きみは、自分の家で働かなくてもいいんだね？」

「解放されたとき、開拓した土地には戻れませんでした。もう農家じゃないんです。父は北の郡府の製材所で働いています」

コースチャ先生は少し悲しげな顔になった。

「大変だったんだね」

それから物理学と地学を学んだ一年半のあいだ、コースチャは何かと登志矢の成績を気にかけてくれた。終業後の学校で、よく理解できなかった部分の補習をしてくれたこともある。二年次の途中からは実技の訓練が中心となり、コースチャ先生の授業はなくなってしまったけれど、自分にとって学校でもっとも尊敬できる教師と言えば、コースチャだった。

そのコースチャが、講堂の椅子から立ち上がった。ふいに何か急用を思い出したという様子だった。その並びにいた三人の男たちも、はじかれたように動いた。教官たちの前を、だっと移動した。ひとり、若い背広服の男は、コースチャの左側に回り込んで腕を取った。講堂の中が遠慮なくざわついた。

「どうした？」「何ごとだ？」の声が聞こえる。

「校長の話が途中だ」と、鋭く言う者もいた。校長自身は目を丸くして、コースチャたちの様子を見ている。

背広服の男たちがコースチャに何か言った。コースチャは騒がなかった。正面を見たままうなずき、いま男たちが入ってきた講堂の出入り口のほうへと歩き出した。コースチャの後ろには、若い背広服の男がついていた。

登志矢の周りの生徒たちが、小声で言っている。

「やっぱり秘密警察だよ」

「コースチャ先生は、革命党派だったのか？」

「危ないことを言っていたものな」

四人が出入り口の外に消えると、講堂はまた静まった。

登志矢はいま目撃したものに動揺しつつも、なんとか意識を切り換えようとした。卒業生の中の優秀者三人の発表はまだ終わっていない。もうひとり残っている。

校長が咳払《せきばら》いした。

「何が起こったのかよくわかりませんが、続けます。優秀卒業生、もうひとりは」

登志矢は息を呑んだ。右隣りにいる同級生が、ちらりと登志矢を見たのがわかった。お前ではないだろうと言ってきたのか。彼の顔色を読むことができなかった。お前だよ、と言ってくれたのか、お前ではないだろうと言ってきたのか。


校長が手元のノートから目を上げて言った。

「コジョウ・ハリトーン・ニキータヴィチ」

自分の正式のロシア名だ。

右隣りの生徒が、小さく言った。

「お前だよ！」

わかっている。たしかにいま校長は、自分の名を呼んだ。自分が、三人の中に入った！

登志矢の日本名は、漢字を使って書くなら小條登志矢だ。父親は小條仁吉。入学するときは、ロシアふうの名前で登録したのだった。父称も、これまでときどき使ってきた、いかにもロシアふうのものだ。

トーシャというのは、ハリトーンというロシア名の略称だけれど、どっちみち世の中では、ひとが正式の名や洗礼名で呼ばれるのは公式の場だけだ。ここでハリトーンと呼ばれても、聞いている者はさほど奇異には思わないだろう。

校長が言葉の調子を変えて言った。

「以上だ」彼はいまコースチャたちが出ていった出入り口に目をやってから続けた。「では諸君は、卒業しても、この学校の名をけっして汚したりせぬよう。職場ではあらためてきみたちに秘密労働組合に入るよう誘いが強くなるだろうが、労働組合は反帝室活動だ。いっさい関わらないように。卒業おめでとう」

生徒たちは一斉に立ち上がった。

仲のよい同級生が何人か寄ってきて、肩を叩いたり、拳を腹に突きつけたりと、登志矢の優秀卒業生入りを祝ってくれた。

その祝福を受けながら、登志矢はいま起こったもうひとつのことについて、考えざるをえなかった。コースチャ先生は、秘密警察に捕まって、今後どうなるのだろう。有罪となり、徒刑囚として北の辺境に行くことになるのだろうか。それとも、容疑が晴れてすぐに釈放されるのだろうか。いや、もしかしたら先生はすでにお尋ね者だった可能性もある。その場合は裁判抜きで、何らかの刑に服することになるのだろう。

コースチャ先生は、登志矢の名が呼ばれたことを知らないはずだ。秘密警察に連行される前に、先生には、登志矢が手にした名誉を知っておいてほしかった。先生はたぶん、そのことを自分の名誉のように喜んでくれただろう。

生徒たちはみな立ち上がり、講堂を出た。このあと、学校の中庭で卒業祝いの小さなパーティがあるのだ。昨日のうちからすでに中庭にはいくつもテントが張られ、テーブルがしつらえられている。今朝からは駅食堂の調理人たちが何人もやってきて、パーティ用の料理を作っているはずだ。たぶん、ジョージア産のワインも出る、と生徒たちは噂していた。なかなか飲む機会のないお酒だ。

登志矢たち名を呼ばれた三人は、中庭に出る前に教員室へと向かった。教員室の奥に、校長の机があるのだ。

校長の前に三人が並んで立つと、校長はいくらかもったいをつけた調子で言った。

「きみたち最優秀の卒業生は、全員、州都機関区、保線区に配属となる。今後は職場でもほかの工員や職員の模範とならねばならない」

校長から三人に、帝室鉄道少年工科学校の銀色のバッジが渡された。二コペイカ銅貨ほどの大きさで、大鷲の頭部と二条の鉄道レールを組み合わせた図案だ。最優秀卒業生にだけ授与される。作業服に付ける必要はないが、あらたまった席などには、上着の襟に付けて出る義務があるものだった。

校長は言った。

「明日から七日間の卒業旅行だ。きょうはあまり羽目《はめ》をはずしすぎないように。帰ってきたら、学校の寮を出てもらう。そのあとは職員寮に入るでもよし、家族と暮らすのでもいい」

登志矢の場合は、職員寮に入る以外になかった。たぶん機関区の北の操車場に隣接する寮のどれかに、部屋が割り当てられるのだろう。

「それだけだ。帰ってよし」

登志矢は訊いた。

「コースチャ先生は、どうしたんですか？」

校長の顔はとつぜん不快そうになった。

「反帝室活動家だった。東部でお尋ね者になっていたんだ。それが発覚して、きょう秘密警察がやってきた」

「学校にはずいぶん長いこと勤めていた先生かと思っていました」

「四年前に採用した。どこかで身分証明書を買って、コンスタンチン・イリイチ・リャザノフという理科の教師になりすましていた。あいつの教えたことは、みんなでたらめだったってことだ」

最優秀のセリョージャが訊いた。

「コースチャ先生が教えた物理や地学の中身も、でたらめですか？」

「一度授業を覗いたことがあるが、自然科学の知識はそこそこに持っていたな」

「習ったことは、間違いではありませんね？」

「自然科学については」

要するに、雑談で語っていた社会批判の部分は信じるな、ということなのだろう。

登志矢たち三人はそこで校長の前から引き下がった。

六月の陽光の中で、卒業を祝うパーティが始まった。もちろん、けっして格式ばってはいないし、豪華なものでもない。卒業の生徒たちも夏の外出着を着ているだけだし、教師たちも通常の仕事着のままだ。会場には、教師たちの家族も来ていた。さすがに夫人や娘たちは、正教会の聖体礼儀に出るとき程度には着飾っている。夏だから、女性たちの衣服は明るい色のものがほとんどだった。

テントの中に並べられた料理も、皿の数が多いというだけで、高価な材料を使っているわけでもなく、凝っているわけでもなかった。ピロシキ、ペリメニほか、シャシリクなどの立ったままで食べやすいものが多かった。

ペリメニは、父に言わせると、中国で言うところの蒸し餃子に似た食べ物だ。豚の挽き肉を、小麦粉で作った皮にくるんで、蒸す。登志矢の好物だ。

アコーディオン弾きとヴァイオリン弾きがいて、最初から中庭には音楽が流れていた。教師たちは数人ずつ固まり、あまり微笑することもなく語り合っている。コースチャの連行のことが話題になっているようだった。隅のほうで、暗い顔を近づけて話している教師たちもいる。その家族の者たちはみな屈託なく、夏の昼のパーティを楽しんでいるようであったが。

生徒たちは、自分たちが卒業したことを喜ぶ気分で一杯だ。もうコースチャ先生のことを気に留めている者はほとんどないようだ。登志矢自身、シャシリクを食べ、赤ワインを一杯飲み干したころには、頭を占めているのは、もうハバロフスクへの卒業旅行のことと、そのあとから始まる三級鉄道技能士としての生活のことだけになっていた。

ひとつのテントの下から、登志矢を呼ぶ声があった。目をやると、教師のひとり、マリコフ先生だった。蒸気機関学を担当している。灰色の髪に灰色の口髭、銀縁のメガネをかけている。四十を少し越えたぐらいの年齢だ。

マリコフ先生が言った。

「トーシャ。うちのペリメニはもう食べたかな」

「いえ」登志矢はテントに近づいた。皿の並んだテーブルの脇に、先生の夫人らしき女性と、子供が三人いた。

マリコフ先生は、長女らしき娘を示して言った。

「きょうのペリメニは、長女のリューダが全部作ったんだ。食べてくれ」

リューダと呼ばれた娘が会釈してきた。灰色の瞳と薔薇色の頬。ブルーの夏服に、リボンをつけた白い帽子をかぶっていた。登志矢と同い歳くらいだろうか。

「表彰されていたひとですね?」と、リューダが訊いた。

マリコフ先生が言った。

「わたしの自慢の生徒のひとりだ」

「ペリメニは、おいくつ食べられます?」

まっすぐに見つめられて、登志矢は少しどぎまぎした。

「ひとつ。いや、ふたつお願いします」

リューダが皿にペリメニをふたつ載せて渡してくれた。

「えぇ。でも、ぼくはこの国で生まれています」

「卒業、おめでとうございます」

マリコフ先生は、近くにきたドージャにも、登志矢にしたのと同じようにペリメニを勧めた。登志矢は、皿を持ったまま、リューダのいるテーブルから離れた。少しのあいだ、リューダは登志矢を笑顔のままで見つめてくれていた。

パーティが始まって十五分ほどしたころだ。校舎から中庭への出入り口のひとつに、ふいに何人かの教師やその夫人たちが集まった。誰か、新しい出席者が来たらしい。切迫した声がいくつか響いた。誰もが会話をやめて、出入り口のほうに目を向けた。

外出着の細身の女性がいる。二十代半ばくらいだろうか。驚きと恐怖とを顔に浮かべていた。その女性を囲む婦人たちが、肩を抱いたり、手を取ったりと、落ち着かせようとしているようにも見える。やがてその女性は悲鳴のような声を上げると、両手で顔を覆って膝を屈した。

アコーディオン弾きもヴァイオリン弾きも、演奏を止めた。

セリョージャが登志矢の横で言った。

「コースチャ先生の奥さんだよ」

ということは、奥さんはいま、先生が連行されたと知ったということだ。何かの用事で遅れて、学校に着いたばかりなのだろう。

ドージャが言った。

「奥さんも、この卒業祝いパーティを楽しみにしていたのだろうに」

登志矢はセリョージャたちと一緒に、奥さんたちのそばに近づいた。

校長が奥さんを囲むひとの輪に歩み寄って言った。

「早く帰してやりなさい。いまなら面会できるかもしれないから」

好意で言ったようには聞こえなかった。厄介だから立ち去れ、というのが真意なのだろう。

奥さんは左右から婦人客たちに支えられて、泣きながら立ち上がった。

「ああ、コスチェニカ！」と、奥さんは先生の愛称を口にした。「コスチェニカ！」
四、五人の婦人たちが、コースチャ先生の奥さんを出入り口の外へと連れ出していった。
さすがに中庭からは、浮ついた気分が消えた。誰もが、あらためて水でも浴びせられたような顔をしている。コースチャ先生の連行の衝撃がどうにか薄れていたところだったけれど、みな否応なくもう一度思い出したのだ。校長のあいさつの途中での秘密警察の闖入《ちんにゅう》。そして秘密警察が象徴する世の現実を。

登志矢は思った。この祝いの場が壊れたのは、これはコースチャ先生のせいではない。コースチャ先生は、これから登志矢が出て行く社会の過酷な姿を、身をもって示してくれたということだ。

アコーディオン弾きとヴァイオリン弾きがふたたび陽気な曲を演奏し始めたけれど、もうその場に満ちる黒い霧のような気分が消えることはなかった。

卒業旅行への出発日は、卒業式の翌日だった。登志矢は、ほかのふたりの卒業生と一緒に連絡便で機関区を出て、午前九時前にウラジオストク駅に入った。ウラジオストク駅は、帝国横断鉄道ができたとき、鉄路の西端、モスクワにある駅とまったく同じ設計、同じ意匠で建てられた建物だ。鉄骨の二階建てで、白い外壁に緑の銅葺《どうぶ》き屋根《やね》だった。建物中央部分は吹き抜けのホールとなっている。待合室は一等から三等まで、等級別だった。

この駅を出発する列車は、一日十一便だ。清国領ハルビン経由のモスクワ行きシベリア鉄道が一日に一本、夕方に出る。ハバロフスクまでの便は三本。ザバイカリスク線ハルビン支線との分岐であるウスリースキーまでの便が二本。ナホトカ行きの便が二本。ごく近距離の便が三便である。登志矢たちが乗るのは、九時二十五分発のハバロフスク行き急行列車だった。登志矢は工科学校にいた三年のあいだに、学校の実習の一部でいくつか近距離線に乗った経験があった。しかしハバロフスクまで乗るのは初めてだった。

きょうは三人とも、丈の短い夏用の上着に、鍔《つば》の短い帽子、背嚢《はいのう》を背負っていた。駅のホールでは、引率の教師が待っていた。五十代の、もともとは車両整備の熟練工だった男だ。ゲーシャという。

「羽目をはずすつもりだろうが」と、ゲーシャは言った。「大都会には悪い男が大勢、カモを狙っている。何か悪いことをしたいのだったら、おれに相談しろ。一銭残らず巻き上げられて路上に放っぽり出されないよう、忠告をやる。もしおれに相談できないようなことであれば、そいつは絶対にやっちゃいけないってことだ。わかるな」

　三人は神妙にうなずいた。

　教師は笑って、登志矢たちの持ち物や服装を点検した。

「背嚢を開けっ放しにするな。列車が停まっているときは、背嚢から目を離すな。財布は必ず上着の内側の隠しだ。途中駅で乗り遅れるな。三人揃って席を離れるな。便所は交替で行け」

　セリョージャが訊いた。

「ゲーシャ先生は、ぼくたちと一緒じゃないんですか？」

「お前たちは三等車だ。おれは規定どおりに二等車で行く」

　そのほうがありがたかった。生徒だけで気ままに会話できる。

　駅の中の売店で昼食を買った。登志矢は煙草もひと箱買った。これまでは喫《す》わなかったけれど、味を覚えても悪くないころだ。

　ホールに戻ると、ゲーシャは大時計を示して言った。

「さ、乗車できる。ホームに出るぞ」

　すでに一番ホームに列車が停まっていた。客車が八両の編成だった。蒸気機関車は、三軸動輪の中距離用アグーチン一九一二型で、石炭車の後ろに三等個室車が四両、二等寝台車が二両連結され、ついで食堂車、最後尾が一等寝台車だった。

登志矢たちがプラットホームに出た直後に、身なりのいい年配の男女もホームに出てきた。連れとして十代の子供が三人。それに召使かと見える中年の女性がふたり。ふたりの赤帽が、いくつもの旅行鞄を両手に提げてついている。

ゲーシャが言った。

「州知事とそのご家族だ。休暇に行くのだろう」

知事の家族一行は、列車最後尾の一等車に乗り込んでいった。

登志矢たちはプラットホームを蒸気機関車の方向に走った。最先頭の車両に乗るつもりだった。もうすでに、大きな荷物を持った客たちが、ホームから車両に乗り始めていた。

三等車の後部側乗降口から乗って、通路を歩いた。通路の左側が窓で、右側に個室のドアが並んでいた。三等車の個室は、定員六人だ。三人ずつ向かい合う形でシートが置かれている。

車両の前方に、ふたりの男が立っている。巡査の緑色の制服を着ていた。警備のために同乗する巡査なのだろうか。登志矢たちは、先頭の個室を目指して通路を進んだ。三人で独占できれば最高だった。

巡査たちのすぐ前まで行ったとき、若い巡査が登志矢たちの前に立ちふさがった。

「この先はもう一杯だ」

ドージャが、登志矢とセリョージャの後ろから言った。

「前の部屋、ふたつともですか?」

「そうだ。あきらめろ」

問答無用、という調子だった。登志矢が通路で振り返ると、後方の車両には次から次へと乗客が乗り込んでくる。ぐずぐずしていては、自分たちはバラバラに乗ることになりかねなかった。あわてて通路を後ろに戻った。後方寄りの個室に客がひとりしかいない部屋があったので、そこに三人は入った。すぐにまたふたりの乗客が乗ってきた。部屋は満席となった。三人のほかに、杖を持った老人がひとり、農民かと見える中年男がひとり、スカーフをつけた中年女性がひとりだ。

これじゃああまり気楽に会話もできないな、と三人は目を見交わし合った。

出発時刻近く、三人は通路に出て手近の窓を上に引き開け、駅舎やプラットホームに目をやった。

プラットホームの進行方向側、端近くにある建物から、七、八人の男たちが出てきた。半数近くは巡査だ。残りの男たちは、腹の前で両手を縛られている。全員が長いロープでつながれていた。四人? 巡査にどこかへ護送される犯罪者なのだろうか。列車に乗ろうとする客たちの目から、これまで隠していたようだ。

登志矢は驚いた。手を縛られた男の中のひとりは、コースチャ先生だ!

セリョージャもドージャも気がついた。

「あれは!」

「どこに行くんだ?」

手を縛られた男たちが、車両前部の乗降口から乗せられている。

ドージャが小声で言った。

「サポフスキーだ」

「誰?」と登志矢は訊いた。

ドージャは声をひそめて答えた。

「マクシーム・サポフスキー。社会民主労働党の活動家だ。手配されている」

その名は職場でも何度か聞いたことがあった。もともとは首都の機械工場の労働者だ。組合を組織しようとしたとして工場を解雇された。その後は、組合作りのために神出鬼没に全国を飛び回っているとか。もちろん労働組合は非合法だ。秘密警察はサポフスキーの逮捕に躍起になっていたはずだ。そのサポフスキーは、いまこの州にいたのか。

セリョージャが、やはり声をひそめて訊いた。

「どうして顔を知っているんだ?」

「組合の集会で、話していったことがある」

「お前、組合の集会なんかに出ていたのか?」

「保線区で働いていると、いやでも組合には関わる」

縛られた男たちは四人だった。全員が車両に乗り、最後に巡査が乗り込んだ。

登志矢はもう一度驚いた。その巡査は見た顔だったのだ。

収容所の、同じ八号棟の、足立という家族の次男だ。登志矢よりも一歳か二歳、年上のはずだ。彼がいま、巡査の制服を着て、政治犯を護送している。

名前も思い出した。シンジローだ。シンジロー・アダチ。三人兄弟の中でも、もっとも粗暴だった。体格は兄に劣っていたけれど、とにかくひとを殴ったり蹴ったりすることに躊躇《ちゅうちょ》しない少年だった。ひとの目のないところで、シンジローはことあるごとに登志矢に腕力をふるってきた。それでいて口も達者だった。同じ収容所の中の、兄貴分格の青年たちに取り入るのがうまく、看守たちとも仲良くやっていた。収容所で彼に苛《いじ》められていた少年たちは、彼のことをラースカ（イタチ）と呼んでいた。顔だちがイタチを想像させたのだ。ついでに言えば、仕種《しぐさ》や性格も、どこかイタチっぽいせいだ。

その彼が、収容所を出たあと、巡査になっていたのか。

政治犯たちは、三等車前部のふたつの個室に分かれて入れられた。ふたりずつだ。コースチャ先生は個室に押し込められるまでうつむいていたので、登志矢たちには気づかなかった様子だ。

個室には、巡査がふたりずつ入った。シンジロー・アダチは最前部の個室に入ったが、登志矢と目を合わせなかった。たぶん気づかなかったろう。べつの巡査が、壁から補助椅子を引き出して腰をかけた。

汽笛が甲高く鳴った。出発だ。ゴトリと車両が揺れた。蒸気機関車は、ウラジオストク駅を出発した。このあと列車は埋め立て地の市街地に掘られた溝のあいだを通って、市街地北方の一の川の谷に出る。それからしばらくは左手に湾を見ながら北上するのだ。次の停車は、およそ四十分後だ。

登志矢たちは、出発しても通路に立ったままで、すぐには個室には戻らなかった。

「先生たちはどこに行くのだろう?」とセリョージャが言った。「あの様子は、流刑地送りじゃなくて、監獄行きなんだろうな」

ドージャが言った。

「ハバロフスクの南には、新しい監獄がいくつもできている。日本人収容所の跡だ」

「何万人も放りこめる」

登志矢には、面白い言葉には聞こえなかった。

急行列車は、やがてウラジオストクのある半島を出て、完全に大陸の中に入った。東西の遠くに山並みが見えるものの、線路が敷かれている大地は大きな毛布を広げたような大平原である。線路はその大地のわずかな起伏を避けつつ、いくつもの小さな町を通って北に延びている。線路はだいたいのところ、ウラジオストクとハバロフスクとを結ぶウスリー街道と並行していた。三時間ほどのあいだ、ほとんど風景には変化はなかった。やがてわずかずつ鉄路に勾配がついて、丘陵地に入ったのだとわかった。

鉄路はやがてウスリースキーの駅を出たところで分岐する。ハバロフスクに向かうウスリー鉄道と、バイカル湖に至るザバイカリスク鉄道の支線、東清支線、別名ハルビン支線とに分かれるのだ。その支線は清《しん》国東北部を走り、ハルビンでザバイカリスク線となる。

ウスリースキー駅では、十五分ほどの停車となった。石炭と水を補給するためだ。家族が住んでいるニコラの町は、ここからさらに四時間北にある。

停車しているとき、広い操車場の左手に、装甲列車が見えた。大型の蒸気機関車が牽引する、黒い装甲の列車だった。装甲には、光沢止め加工が施されている。列車の脇には、兵士たちの姿が大勢見えた。どこへ向かう列車なのかはわからなかった。清国が租借地をめぐる条約について、不平等であったとして、条約の修正を求めているとも聞いたことがあるが、戦争には至っていない。それでも帝国は、もしこの地方で軍事衝突があった場合は、清国軍と戦闘も辞さずという構えらしい。この地方の軍事力も、この五、六年、毎年確実に増強されているはずである。だからこの装甲列車は、清国東北部のどこかに兵員を輸送するものなのかもしれなかった。

装甲列車のさらに向こう、操車場の端のほうには、滑空船を載せた車両があった。翼が畳まれている状態だから、船は表面が皺だらけの砲弾のような形に見える。

滑空船は離陸するとき、機関車に牽《ひ》かれて鉄路の上を直進し、十分な速度となったところで翼を一気に広げる。細い鉄の骨に、石炭から作った軽く丈夫な布が張られているのだ。砲弾が、一瞬で鳥の形となる。翼は揚力を受けて、貨物車両から浮き上がる。向かい風を受けて滑空船は後退しつつ上昇、ある程度の高度まで上がると、こんどは翼を細かに操作することで自在に方向を変え、空を上下できる。翼の下には、細長い船室があって、操縦士が船室最前部で船を操る。船は機関銃を搭載して地上の目標を銃撃することもできるし、爆弾を落とすこともできた。ただし、あまり速い乗り物ではない。追い風を捕まえることができる場合ならともかく、向かい風または無風の場合、水面を走るヨット程度の速度しか出せなかった。

また、周囲に障害物のない平坦地にしか着陸できないという難点もある。翼を畳んで再び起重機で車両に載せる必要があるので、実質的には鉄道の操車場か専用の飛行場にしか降りることはできなかった。滑空飛行できる時間は、いまもせいぜい二時間程度と言われている。しかし、空から地上の軍隊や要塞を攻撃できるという点では、強力な武器であった。

やがて急行列車は、給水と石炭補給を終えてウスリースキー駅を出発した。次の停車駅は、東部海岸への支線が出ているシビルツェヴォ駅である。

ところが列車は、出発から五分ほどで停車した。交換線のある信号所だ。ハルビン支線予備線への分岐点である。

どうしてここで停まるのだろう。登志矢は通路に出て、窓から外に目をやった。機関車の脇に覆面をした男たちがいる。三人だ。ひとりは、猟銃を鉄道職員の制服の男に向けていた。職員は必死の表情で何か機関士に話しかけているようだ。話に聞く列車強盗？　もうそんな者がいなくなって何十年も経つと聞いていたが。

巡査や政治犯の乗っている個室から、巡査がふたり、通路に飛び出してきた。ふたりともピストルを構えている。

「引っ込んでろ！」とひとりが登志矢に向けて怒鳴った。

登志矢は自分たちの個室に戻った。

「こっちを」

ドージャが、窓の外、駅舎とは反対側の敷地を指さした。やはり覆面をして、猟銃を持った男たちがいる。人数は三人か。列車の後方へ駆けていくところだった。

客車の通路後方から声が聞こえた。

「お巡りたち、ピストルを置いて、列車から降りろ！」

後方の乗降口から、覆面の一味のひとりがこの三等車に乗り込んだようだ。直後に破裂音。巡査のひとりが発砲したようだ。

個室の乗客たちが悲鳴を上げた。登志矢は身を縮めて頭を下げた。

すぐに反撃があった。銃声が響いた。ピストルの発射音ではなかった。猟銃を撃った音だった。

「わっ」と悲鳴が聞こえた。ピストルを撃った巡査の身体に、銃弾が当たったのだろう。

また車両後方から声がする。

「本気だぞ。ピストルを置いて、いますぐ降りろ。命は助けてやる」

巡査たちは返事をしない。何がどうなっているのか、把握しようと懸命なのだろう。相手がこけ威《おど》しにかかっていると踏めば、巡査たちは反撃する。登志矢たちは互いに目配せして、そのまま個室でじっとしていた。

一分ほどのあいだ、誰も動かない。銃声もなく、大声も聞こえなかった。どうなるのだろうと、登志矢は身を硬くしたまま事態が動くのを待った。

そのとき、客室側の窓の外に、三人の男が現れた。ふたりが覆面をして、ひとりが背広服の男を追い立てている。背広服の男は、ウラジオストク駅を出発するときに見た州知事のようだ。後ろ手に縛られている。三人は、ちょうど巡査や政治犯たちが乗る個室の真横まで来た。車両から七、八サージェン離れた場所だ。

知事は先頭近くの個室に顔を向けると、大きな声で言った。

「悪党どもが列車を乗っ取った。狙いは四人の政治犯だけだ。政治犯を残し、ピストルを置いて、列車を降りてくれ。そうしないと、無関係の乗客が死ぬ」

巡査の側から、声があった。

「降りて、どうなるんです？」

「このならず者たちは、政治犯を乗せて出発する気だ」

「どこにです？」

「知るもんか」

覆面の男が、知事の背中を強く小突いたようだ。

知事は、うっとうめいてから言った。

「早くしろ。こいつらは気が立っているんだ。お前たちに手をかけるつもりはないそうだ。だけど、引き延ばすと、何が起こるかわからないぞ。降りろって！」

言葉の最後は、ほとんど哀願のようにも聞こえた。

少しの間のあとに、いまのやりとりの声の男が言った。

「わかりました。これから降ります」

「政治犯たちの手縄も解くんだ」

「わかってます」

ドージャが小声で言った。

「サポフスキーは、想像以上の大物なんだな」

同じことを登志矢も感じたが、黙ったままでいた。

通路側で音がするようになった。

巡査たちが車両を降りていくようだ。登志矢は通路に出て、外を眺めた。シンジローを含めて、巡査たちが地面に降り立った。三人の覆面の男たちに猟銃やピストルを突きつけられている。ひとりは、タオルのようなものを右の手首に巻いていた。血が出ているると見えた。巡査たちは、信号所の建物の中へと追い立てられた。

そのとき、機関車からひとりの男が飛び下りた。機関士の制服を着ている男だ。線路に沿って駆け出していく。機関士が逃げ出したのか？　覆面の男がひとり、ピストルを持って追いかけたが、追いつけなかった。機関士の姿は、線路からはずれた草原の中に消えた。追いかけた覆面の男は、二、三分後に追跡をあきらめて列車に戻ってきた。

政治犯のいる客室が少し騒がしくなった。乗り込んできた覆面の男たちと、解放を喜び合っているようだ。

コースチャ先生の声が聞こえた。

「いや、無理だ。ぼくは物理を教えていたんだ。蒸気機関には、触ったこともない」

覆面の男がふたり通路を歩いてやってきた。ひとつひとつ個室のドアを開けて何か言っている。

「機関士はいないか？　機関車を操縦できる男はいないか？」

逃げていったのは、やはり機関士だったのだ。そして覆面の男たちの中にも、鉄道労働者はいないということだろう。

となると、この政治犯たちの奪還計画は頓挫する。逃げようがなくて、政治犯も実行した一味も、追跡してくる軍なり秘密警察に捕まる。このままでは、だ。

登志矢は、両手を縛られたコースチャ先生を思った。ついで、巡査の制服を着たシンジロー・アダチを。自分はそのどちらとも無縁だと、ここで知らんぷりをすることができるだろうか。自分はどちらにも属さず、どちらにも共感しないと、冷笑でやり過ごすことはできるだろうか。自分はこの場で、何もできない木偶《でく》の坊というわけではないのにだ。

その覆面の男たちは、登志矢たちの個室にも顔を出した。

「機関士はいないか？」

男の乗客ふたりが首を振った。女性客は、困ったように覆面男のひとりを見つめ返しただけだ。覆面の男たちは、通路にいる登志矢たちの脇を通り過ぎようとした。ひとりが登志矢の上着の胸のバッジに目を留めたが、なんのバッジなのかはわからないようだった。そのまま隣りの個室へ向かおうとする。

個室のドアの窓に、三人の乗客の顔が見える。なりゆきを注視していた。

登志矢は決めた。自分は、生きる側を選ばねばならない。自分の技能を通じて、自分の働き方を通して、自分が生きるべき側を。

登志矢は、ぱっと両手を上げて言った。

「いえ、ほとんど経験はないんです。鉄道少年工科学校も、昨日卒業したばかりなんです」

セリョージャとドージャが、目を丸くした。でも、すぐ登志矢の意図を察したようだ。ふたりもすぐに両手を上げた。銃を突きつけられて思わず反応したとでも言うように、だ。

「実習で動かしただけです」とセリョージャ。

「基礎しかわかりません」とドージャ。

覆面の男のうち、ピストルを持った男が、登志矢に言った。

「機関車に乗れ」

手を上げたまま、登志矢は言った。

「どうしてもですか？」

覆面の男は個室のドアを気にした様子となってから、ピストルを登志矢の胸に突きつけてきた。

「早く」

「はい」

登志矢は通路を前方に向かって歩きだした。

最前方の個室の前を通るとき、開いたドアからコースチャ先生と目が合った。驚いている。登志矢は目だけであいさつしてから、三等の客車を降りた。

覆面をしていない中年男が、機関車の乗降口の下で言った。

「走らせてくれ。できるだけ速く」

この男がリーダーのようだ。

「ハバロフスクに向かうんですか？」

「いや、ハルビン線の予備線に入る。その先のことは訊くな」

国境を越えるのだな、と登志矢は想像した。ハルビン線は、ハルビンでザバイカリスク鉄道に合流する路線だ。そしてこの予備線は、「虎の川」と呼ばれる国境の川を越えた先で、ハルビン線に合流する。一日一往復の列車があるだけの路線なので「虎の川」までは、おそらく反対方向からの列車を心配する必要はない。でも、そこから先はわからなかった。この一味は、それを知ったうえでこの襲撃を計画しているのだろうか。

登志矢は言った。

「反対方向からの列車が心配です」

リーダーは言った。

「信号所員に、連絡させた。暴走列車が西に向かったと」

それがきちんと伝わっているなら、対向してくる列車との正面衝突はないだろう。でも、後方にも不安要素がある。

「ウスリースキー駅には、装甲列車と、滑空船の運搬車が停まっていましたよ」

えっ、と男は驚いた。

「よりによってこんな日に、ウスリースキー駅にいたのか？」

「この信号所から、暴走列車が走り出したと連絡されれば、よその駅などからすぐにウスリースキー駅にも問い合わせが入ります。装甲列車も滑空船も、すぐに追いかけてくるのでは？」

「追いつかれるか？」

「可能です」

登志矢は説明した。ここから西の予備線へはゆるやかな上り勾配となる。「虎の川」

に出る手前では、この地方には珍しい四百メートル級の山地を横断する。途中にトンネルもあるような地形なのだ。この山地横断のとき、速度重視のこの機関車は、走ることに難儀する。

逆に装甲列車の蒸気機関車は、速度よりも牽引力重視の車軸配置だ。直径が小さめの動輪を四軸で動かす。この列車を追跡し、強制停車か破壊が目的なら、重い装甲車両や武装車両を牽引して走る必要はない。兵員輸送車両一両だけを連結して身軽になれば、上り勾配の線路でも、そうとうに高速となる。この列車に追いついたところで、機関車前面に搭載された重機関銃を撃てば、こちらの最後尾車両はすぐに壊れて脱線、へたをすると列車全体も脱線して止まることになるだろう。

リーダーは、難しい顔となって言った。

「急ぐしかないな。合図をしたら、出発してくれ」

「まだ何かするんですか？」

「乗客を降ろす。知事の家族以外は」

「こちらも身軽になってはいかがですか。この信号所を出た分岐の先で、後ろの車両を切り離すんです。そこまでは乗客は乗せたままで」

交換線もない場所まで移動して後部車両を切り離せば、追跡の列車を一時的に止めることができる。追跡してくる列車が、放置された列車を交換線のあるこの信号所に移動させて再出発するには、小一時間かかるだろう。つまり、それだけ時間を稼げることになる。

話を聞き終えると、リーダーは言った。

「レールをはずしてしまうというのはどうだ？」

「なかなかの手間ですよ。でも、車両を切り離すだけなら、一分ですみます。時間稼ぎできるのも、同じくらいの間ですし」

「少し待っていてくれ」

仲間に相談するのだろう。彼は登志矢のそばから離れていった。

登志矢は蒸気機関車の運転室に乗った。機関助士は三十代の男だった。登志矢を見て、驚いている。若すぎるとでも思ったのかもしれない。しかし登志矢の上着のバッジに気づくと、機関助士は納得したという顔になった。

登志矢は、運転室にあった手袋をはめると、まず計器をひとつひとつ見ていった。ボイラー水面計、ボイラー圧力計、蒸気室計、機関車と炭水車の水位計、それから振り返って炭水車の空気溜め圧力計。いつでも発進できる状態だ。さらに弁の位置やレバー類もひとつひとつ確認した。焚口レバー、ブロワー・ハンドルと蒸気弁、バイパス弁、シリンダー排水弁、手ブレーキ弁、真空ブレーキ弁、逆転機レバー、空気ブレーキ弁。まごつくのは、最初のうちだけだろう。水と石炭の補給も終えたばかりだ。少なくとも三時間は走り続けることができる。「虎の川」の鉄橋まで、余裕を持って到達できる。

リーダーらしき男が戻ってきて、運転室の登志矢を見上げてきた。

「動かせるな?」

「なんとか」

「分岐の先で、後ろの車両を切り離す。そこからは、突っ走ってくれ」

「みなさん、すぐに乗ってください」

「おれが最後だ」

彼は先頭の客車のほうに歩いていった。

登志矢は左側の後方を確認し、さらに右側後方も確認した。乗り遅れている者はいないようだ。信号所の建物の窓に、鉄道職員の姿がちらりと見えた。腕を組んでいた。

機関助士が焚口に石炭を何度か投げ入れてから、蒸気圧を上げて言った。

「蒸気圧、行けるぞ。指示してくれ」

登志矢は言った。

「じゃ、ブロワー止め」

「よし」

登志矢はバイパス弁を閉じ、続けてシリンダー排水弁を閉めた。

「いいかな?」

「ああ」と機関助士が応えた。「もしわからないことがあったら聞いてくれ。手伝う」

「ありがとう」

登志矢は天井近くから下がっている汽笛ハンドルを引っ張った。ピーという甲高い音が聞こえた。それは、歓声にも似ているように感じた。あるいは自分の卒業祝いの吹鳴であり、世に出た一日目が意義あるものになったことを祝う管楽器の音にも聞こえた。

登志矢は加減弁を回して、動輪をまずゆっくり一回転させた。ゴトリと連結器同士が引っ張り合う音が連続し、列車はゆっくりと動き始めた。

分岐線に入ってすぐに客車の大半を切り離した。セリョージャもドージャも、後ろの車両に移って残った。列車は身軽となった。列車は北北西へ、平原を貫く線路をひた走った。線路が山地にかかったのは、出発からおよそ一時間後である。線路は山間の川に沿って、細かにカーブしながら、山脈中の鞍部《あんぶ》をめざすのだ。やがて谷が広くなり、線路は大きな半径で右に曲がることになった。

この谷間を突き抜けたところに、この山地の中で唯一のトンネルがあって、列車はそのトンネルをくぐって山地の尾根の西側に出るのだ。トンネルに入る直前に、鉄橋がある。

機関助士が、登志矢の腕を叩いて言った。

「後ろ。後ろを見ろ！」

登志矢は機関助士と位置を代わり、助士席で振り返って右手後方を見た。ちょうどこの大曲りに入ったあたりに、白い煙を吐く蒸気機関車と、これが牽く数両の車両が見える。あの装甲列車だろう。予想どおり武装車両の大半を切り離して、猛速度で追ってくるのだ。いま双方の距離は十キロぐらいだろうか。あちらはたぶんこの列車の速度を上回っている。

登志矢はその列車の上空にも目をやった。黒い巨大な鳥のようなものが浮かんでいる。滑空船だ。ただし、距離はかなりある。まだ山地にはかかっていない。

登志矢は行く手に目をやった。山地の上空には風が吹いている。北西方向から吹く風が山地にぶつかって山腹を駆け上がり、尾根を越えてこんどは山腹を駆け下りる。上空の風は乱れている。滑空船が、この山地を越えて追跡してくるのは困難だろう。無視できる。

登志矢は、また汽笛を鳴らした。短く、三回。危険が迫っていること、なすべきことがあることを、客車の乗客たちに報せるためにだった。

レールを外す時機が近づいている、心構えをしておいてくれ、と。

「虎の川」にかかる鉄橋の手前で列車を停めた。信号所を出発してから、二時間後だった。川岸に先住民族の小さな集落がある場所だ。サポフスキーやコースチャ先生を含めた政治犯たちは、彼らを奪還した男たちと一緒に、ここから徒歩で鉄橋を渡り、清国領に入るのだ。清国領内に入ってしまえば、たとえ鉄道付属地の中であろうと秘密警察の手は届かない。捲土重来《けんどちょうらい》を期することができる。再び帝国領に戻るのも容易だし、亡命のために外国へ逃げることもできた。

コースチャ先生は、登志矢と目が合ったときに両手を広げて背を抱いてきて言った。

「卒業おめでとう。やっと言うことができた」

登志矢もコースチャ先生に言った。

「お元気で、としか、いま言葉が思いつかないんですが」

「十分だよ。きみも元気でな」

コースチャ先生たちは、鉄橋を渡り切ると、そのまま鉄路の上を清国領内へと歩いていった。しばらくのあいだ、登志矢は先生たちに手を振って放置された列車に戻った。

機関助士が、蒸気機関車の横に腰を下ろしていた。

「煙草ないか」

登志矢は上着の隠しから、まだ開けていない煙草の箱を取り出して、まるごと機関助士に渡した。機関助士は封を切ると一本だけ抜いて、登志矢に返してきた。

登志矢たちは機関助士の持つ一本のマッチで煙草に火をつけた。

鉄橋の東側、山地を完全に下りきったあたりに、装甲列車が見えてきた。切り離された車両を除けて、あらためて追跡にかかってきたのだろう。けっこう際どい逃走劇だったわけだ。

装甲列車の到着前に、コースチャ先生たちが逃げることができてよかった。

蒸気機関車の汽笛が聞こえた。警告の意味だろうか。追いついたぞ、逃げるな、抵抗するな、と。

登志矢は煙草の煙を、ふっと吐き出した。

連隊の喇叭《ラッパ》

機関車整備工場の中に、鐘が一回鳴った。

昼休み五分前の合図だった。

「ようし」と、班長の声が聞こえてきた。「昼だぞ」

登志矢は、車両整備工場の作業用の溝の中で、ふっと息を吐いた。大陸横断鉄道を牽《ひ》くアグーチン一九一二型蒸気機関車後部の、二軸台車部分を検査している途中だった。鋳鉄《ちゅうてつ》製の外枠の、内側部分を金槌で叩いて、音から異常の有無を確かめていたのだ。

仕事の区切りをつけるように、登志矢はもう一回だけ目の前の鋳鉄の表面を軽く叩いてから、金槌を腰の道具入れに収めた。

台車の反対側を受け持っている整備工が、登志矢を見て訊《き》いた。

「行くんだろう?　所長のところに」

登志矢は答えた。

「ああ。まず昼飯を腹に収めて、それからみんなで向かう」

「損な役回り、すまんな」

「いや、誰かがやらなきゃならないことだ。今回は、おれさ」

自分は車両整備部の工員のひとりとして、この昼休みのあいだに所長に会いに行くことになっている。職場の代表のひとりとしてだ。

帝室鉄道の工員たちのあいだに労働組合があるわけではないが、工友会、という名の親睦会はある。登志矢はその工友会の世話人たちから、きょう所長に面会を求めるので一緒に来てほしいと言われていたのだった。

その面会要求は、二週間ほど前、この車両基地で保線区員が機関車に撥《は》ねられて死んだことが理由だった。人手不足で深夜までの作業が続き、誰もが注意散漫になっているところの事故だった。死んだ保線区員は三十八歳、二十年帝室鉄道で働いてきた男だった。会社は、給料ひと月分の見舞金を遺族に渡して、それで会社との縁は切れたのだと通告してきた。見舞金の額も慣例だと。

その工員には、まだ小学校も出ていない子供が三人いた。会社に、せめて賃金半年分の見舞金を後家さんに出せと要求しよう、という動きが広がって、きょう、工友会の世話人たちが、昼休みに車両基地の所長に面会を求めることになったのだ。

もし面会が拒否された場合は、労働者たちは昼休みのあと、そのまま職場には復帰しないこととなっていた。つまり抗議の同盟罷業《ひぎょう》となるのだ。もちろん工員全員にはかられた方針ではない。始まってみなければ、罷業に参加する工員がどの程度になるかわからなかった。会社側が代表たちとの面会に応じた場合は、罷業は行われない。

この面会要求や同盟罷業の企ては、違法な労働組合運動だと決めつけられる心配があった。ただ、この車両基地では、それなりに会社側に道理を聞いてもらえたこともなくはない。こんどの要求も、慎ましいものだ。

でも最悪の場合、世話役や面会参加者たちは、労働組合を設立したとして解雇されるかもしれなかった。警察に逮捕され、非合法の団体との関わりが厳しく調べられることもあるだろう。だから工友会は、その要求が工員の多くに支持されたものであることを訴えるため、できるだけ多くの職場から交渉団に加わるようはかったのだ。車両整備部では、若手の登志矢にも、参加が要請された。

事故のことを聞いたとき、そして葬儀のあとの会社の見舞金のことを知ったとき、登志矢は職場ではっきりと会社への不満を口にした。慢性的な人手不足と、ほんのわずかな手当てがつくだけの超過勤務、そして事故が起こったあとの、工員遺族に対する会社の無慈悲さ。こんな過酷な労働はもう無理だ、工員たちを人間として扱えと、はっきり発言していた。

だから、交渉に加わるよう工友会の先輩工員たちから声をかけられたとき、迷ったのは一瞬だけだった。登志矢は独身で、資格を持った工員だった。もし解雇され、しばらく刑務所に送られることになったとしても、家族が路頭に迷うわけではない。犠牲は最小限ですむ。その点では自分は、車両整備部の年長のほかの工員たちよりも間違いなく恵まれていると言えるのだ。その境遇を、ただ自分だけの幸福のために使ってはならない。

　もし解雇された場合は、州都の造船所か、炭鉱や鉄鉱山でなんとか仕事を見つけることはできるのではないか。もちろん労働運動に関わった以上、低い待遇に甘んじるしかないかもしれないが、戦争が始まって以来の、若手の働き手がいないご時世では、二十歳の技能士にまったく仕事がないということはないはずだ。

　登志矢は、蒸気機関車の下から這い出て、腰を伸ばしながら整備工場の中を眺め渡した。工員たちはそれぞれの持ち場で、作業場の整理にかかっている。昼休みに入る前に自分の仕事の区切りをつけ、道具類を片づけ、交換前の部品などもいったん箱や台の上に戻しておかねばならない。工場の中に次の鐘が鳴ったときが昼休みの始まりで、そこでようやく持ち場を離れることができるのだ。みな洗面所で顔と手を洗い、それから洗面所の並びにある自分の着替え用の吊り鉤《かぎ》まで戻る。ほとんどの工員は、雑嚢《ざつのう》から弁当を取り出し、そのあたりの適当な箱などに腰掛けて昼食を取る。別棟の食堂でも、安い値段で昼食を取ることができた。全体の三分の一ぐらいの工員は、食堂に行く。昼休みは三十分間だ。

　道具類を片づけ終えたときだ。向かいにいた相棒が、何か気になるものを見つけたようだ。登志矢に、目で合図してくる。後ろを見ろ、と。

　登志矢は振り返った。

　工場の南側、大きく開いた出入り口の脇に、五、六人の男の姿がある。みな背広服だ。

ソフト帽やハンチング帽をかぶっている。昼休みに入ろうとする工員たちの様子を見ているようだ。この工場の事務員ではない。

もしかして、秘密警察か？

ということは、きょうの所長との面会要求の件や、同盟罷業の企てが、すでに反帝国活動だとみなされているということだろうか。へたをすると、交渉団が事務所に向かうところで、世話人のうちの何人かは検束される？

休憩時間を知らせる鐘が鳴った。工員たちはみな持ち場から離れた。登志矢も、まずは工場の北側にある洗面所へ向かおうとした。持ち場から離れた工員たちで通路がいっぱいになっている。登志矢は通路脇で立ち止まった。

通路の南側、工員たちの流れを追い抜く格好で、工友会の世話人のひとりが小走りに近づいてくる。登志矢と視線が合うと、世話役が何か言ったように見えた。用意はどうだ、とでも言ったのかもしれない。それとも、昼飯を早く食え、と言ったのか。

そこにひとり、背広服を着た事務員が近づいてきた。銀縁メガネの、髪を丁寧に横分けした三十男。手に封筒のようなものを持ち、急ぎ足だ。登志矢に目を留めると、歩きながらその事務員は訊いてきた。

「トーシャ・ニキータヴィチはお前か？」

「はい」と登志矢は答えた。

事務員は登志矢の前まで歩いてくると、登志矢の出身地である郡府の名前を出した。

「郡役場からだ。何か手違いで、会社に届いた」

「郡役場から？」

「たらいまわしにされてきたんで、届くのが遅れた」

工友会の世話人もすぐそばまで来ていたが、彼も足を止めて、数歩離れたところから登志矢を見つめてくる。通路を歩いていた工員たちの何人かも、興味深げに登志矢たちに目を向けてきた。

事務員がもう一度登志矢の名を訊いた。

「コジョウ・ハリトーン・ニキータヴィチに間違いないか？」

「そのとおりです」

事務員は、封筒を登志矢に突きつけてきた。

「徴兵だ。明後日、連隊本部に出頭しろ」

登志矢は瞬《まばた》きした。明後日までに連隊本部に？

事務員は続けた。

「きょうはもう仕事はやめていい。寮を片づけて、家族に会うならきょうのうちに家に帰れ」

自分は二十歳になるとき、やはり郡役場から、徴兵検査を受けるようにという指示の手紙を受け取った。だから会社の診療所で、身長、体重や、歯、視力聴力、それに身体の機能を調べてもらい、診断書を役場に送っていた。

徴兵は、二十歳の男子がすべて対象となるわけではない。検査を受けたあとじっさいに徴兵されるのは、二割から三割だ。とくに農家のひとりだけの男子とか、教育を受けた男子、資産家の子供は、徴兵されないことが多かった。兄の入也は、ひとりっ子でもないし、教育も受けていなかったが、徴兵されなかった。兄が二十歳になったときは、こんどの大戦争が始まっていなかったせいもあるだろう。

しかしいまは戦時だし、少年工科学校卒業という事実も、教育を受けたうちに入るのかどうかわからない。ただ職業訓練を受けたと分類されるのかもしれない。だから検査を受けたときに、自分は兵隊に取られるかもしれない、とは心づもりしていた。この夏の忙しさのせいで、すっかりそのことを頭から消していた。でもそれが、とうとう来たのだ。

徴兵の期間は七年だ。以前は十五年だった。その前に二十五年という時代もあったと聞いていた。その二十五年と比べる必要はあるまいが、それでも戦争が起きている以上、早めに予備役に回されることは期待できない。自分が工学校で受けた教育を生かすことは、向こう何年かは絶対に望み得なくなった。

工友会の世話人と目が合った。彼も事情を察したようだ。

彼は首を振った。きょうは交渉団に加わらなくてもいい、と言ってくれたようだ。工場を離れて兵役に就く以上、いまの登志矢にとってもっとも大事なことは、家族と会うことになる。誰も、それを後回しにしろとは言えない。

事務員が言った。

「このあと事務所に寄れ。給料を精算する」

登志矢は作業帽を脱いで、深呼吸した。

登志矢の出身地ということになるあの郡府ニコラは、沿海州軍管区に含まれる。入隊すべき歩兵連隊の本部は、ウラジオストクからハバロフスクに向かう鉄道の途中の町トロイツェコエフにある。そこから家族のいる郡府までは、さらに鉄道で一時間だが、このあとすぐに支度をして夕方三時二十二分発の急行列車に乗れば、夕方には家に帰り着けるし、明日の午後一時過ぎには、連隊駐屯地に到着することができる。

工友会の世話人に頭を下げてから、登志矢は通路を自分の着替え所に向かって歩き出した。

連隊に入れば、たぶん二カ月くらいの訓練を受けたあとに、戦線に向かうことになる。その連隊は極東の歩兵師団に含まれていて、師団はいまはるか帝国西部の戦線に派遣されているはず。自分もまた補充兵として、その西部国境、一年近く膠着《こうちゃく》したままの戦線に投入されるのだろう。はてしなく塹壕《ざんごう》の続く、夏は泥濘《でいねい》の、冬は凍土の戦線に。

車両基地の敷地の外にある寮に戻って荷物をまとめ、なんとか大きな帆布のバッグふたつに詰めた。

寮を出ると、登志矢は乗合馬車の停留所へと向かった。州都市街地まで乗合馬車が運行している。三時二十二分のハバロフスク行き急行には間に合うだろう。州都駅に着いて、切符売り場で郡役場からの徴兵の令状を示した。入営のための旅行ということで、無料で発券してもらえた。郡府経由連隊駐屯地までの、三等の切符だった。

やがてハバロフスク行きの急行列車が入ってきた。登志矢は待合室からホールを抜け、プラットホームに出た。三等車に向かおうとしたときだ、プラットホームに立っていた家族連れに気づいた。いくつものスーツケースを、コンクリートのプラットホームの上に置いている。年配の夫婦と、子供たちだ。

父親が登志矢に顔を向けてきた。灰色の髪に灰色の口髭、銀縁のメガネをかけている。鉄道少年工科学校の教師のひとりだ。蒸気機関学を教えていたマリコフ先生だった。

先生も、登志矢に気づいて頬をゆるめた。

「トーシャ。立派になったな」

「先生、しばらくです」

マリコフは、連れたちに目をやってから、登志矢に言った。

「家族だ。田舎家《ダーチャ》に行くんだ」

「いい季節ですよね」

「きみは、いま車両基地で働いているんだろう?」

「はい。車両整備部です。いや、さっきまでは」

マリコフが不思議そうに登志矢の荷物に目をやった。

「転勤にでもなったのか？」

さっき作業車の班長に言ったことを繰り返した。

「入営するんです。ぼくは、二十歳なんです」

「陸軍は、きみを徴兵するのか？　国家の損失だろうに」

夫人が横であわてたようにマリコフの背広の袖を引っ張った。

そのとき、子供の中の最年長と見える少女が、一歩前に出てきた。

リューダだった。卒業式のパーティに、とてもおいしいペリメニを作って持ってきてくれた娘。

リューダがまっすぐに登志矢を見つめてきた。背も登志矢とはさほど変わらない。細面の白い肌で、薔薇色の頬もあのときのままだ。

リューダが訊いた。

「一昨年卒業した方？」

「ええ」登志矢はその若い女に答えた。「ペリメニをいただきました」

マリコフが娘に言った。

「一昨年の最優秀卒業生三人のひとりだ。トーシャ・ニキータヴィチ」

「覚えています。卒業パーティが台無しになってしまったときですよね」

「先生のひとりが、秘密警察に引っ張られました」

「入営ということは、戦争に行くということなんでしょうか？」

「たぶん前線に送られるんでしょう」

リューダは、困惑した顔となった。こんな場合、どのように言葉を続けるべきか、わからないようだ。登志矢も、どう反応してもらったらよいのかわからない。

けっきょくリューダは言った。

「どうぞ、ご無事で、帰ってらしてください」

マリコフが言った。

「復員したら、また会社に戻るといい」

「七年後ですが」

「戦争はそんなに長くは続くまい。終戦となれば、予備役編入だ」

マリコフの夫人が、リューダの後ろから言った。

「さ、自分の荷物を持って」

登志矢は帽子の鍔《つば》に手をかけ、マリコフとリューダに会釈してから、三等車に向かった。

郡府ニコラの、家族の住むアパートに着いたのは、午後の五時半近くだった。夏至の前だから、まだほとんど昼間のような明るさだった。

町のはずれの、集合住宅の並ぶ一角を目指した。鉄道駅と教会のある広場から遠ざかるに連れて、町の様子はみすぼらしくなっていく。通りの両側に建つ木造の集合住宅も、いかにも安普請っぽくなっていった。

家には、四カ月前にも戻っていた。主の迎接祭の休暇だから、まだ厳寒の二月だった。この実家帰りの際、登志矢は郡役場からの指示で会社の診療所で身体検査を受け、診断書を町役場に送ったことを家族に話していた。ただこのときも、じっさいには徴兵されまいと父親や兄は言っていた。

いくら戦争が始まって兵士不足とはいえ、帝室鉄道で働く技能士を徴兵することはあるまいと。

家族の住む集合住宅は、中庭のついた方形の建物で、二階の住人は中庭にある階段を使って回り廊下に上がり、それぞれの住戸のドアから出入りすることになる。公道から中庭に入る通路は、建物に一カ所だけだ。

ドアをノックすると、脇の窓から妹の伊々菜が顔を出した。

「登志兄さん！」

登志矢は伊々菜に顔を向けて言った。

「兵隊に行くことになった。だから帰ってきたんだ。父さんたちは？」

「兄さんはまだ。父さんはもう帰ってきてる」

部屋に入ると、登志矢は妹を抱き寄せ、頬にキスした。父もテーブルの前から立ち上がって、駆け寄ってきた。登志矢は父とも抱擁しあった。いつのまにかこの習慣は、日系人の自分たちにも身についている。

テーブルに着くと、父親と伊々菜が向かい側の椅子に腰を下ろして、微笑してくる。徴兵が理由の実家帰りにせよ、ひさしぶりに家族と会うのだ。登志矢も微笑した。

少しのあいだ三人は、お互いの近況を語り合い、喜びあった。父親は製材所勤務を続けていたし、妹のほうは三年前から、仕立屋でお針子をしていた。家事も妹の役割だった。兄の入也はいま、道路建設の作業員をしているという。

話が一段落したところで、父親が言った。

「軍が、お前が技能士であることを承知して徴兵したのなら、お前は師団の工兵隊に入れられるんじゃないかな」

登志矢もそれを期待してはいるが、あまり楽観的にはならないほうがいい、とも考えている。

「いま前線でいちばん消耗しているのは、歩兵部隊だよ。軍はとにかく歩兵を必要としている。工兵のほうは最前線で戦うわけじゃない。消耗が少ないから、補充を送る必要もないんだ」

「歩兵が足りないからと言って、工場や農村の若いのを片っ端から駆り出していたら、世の中が動かなくなる」

「戦争に勝つことが優先するってことでしょう」

「兵隊が足りなくなっているってことは、この戦争、や[illegible]厳しいんだ。新聞はそうは書いていないが」

伊々菜が立ち上がりながら言った。

「晩ご飯、支度《したく》するね。いつものものだけれど」

登志矢は伊々菜と父親を交互に見てから言った。

「きょう、給料も精算してもらってきた。食堂に食べに行かないかい。父さん、お酒も飲みたいだろう?」

「そうだな」と父が同意した。「めかしこんで、写真を撮ろう。急いで焼いてもらって、一枚は登志矢が持っていく。食事は、そのあとだ」

そのときドアが開いた。兄の入也が帰ってきたのだった。

「帰ってたのか!」と、兄は登志矢の顔を見るなり言った。

兄はすぐテーブルまで駆け寄ってきたが、軽い抱擁のあとに言った。

「徴兵なんだな?」

「ああ。明日、連隊に入営しなければならないんだ」

入也は少し悲しげに首を振った。

「長男のおれが行くべきなのに」

「兄さんが二十歳になったとき、まだ戦争は始まってなかったよ」

「お前は鉄道で働くほうが、国のためだよ。鉄砲を撃つよりも」

父が言った。

「出るぞ。あまり気落ちするような話はしないで、明るいことだけを話題にするんだ」

　登志矢たちは集合住宅を出て、聖堂前広場に近い写真館に向かった。閉まるところだったけれど、事情を話して撮ってもらうことになった。料金を聞き、明日の朝までに二枚のプリントを受け取れるか確かめてから、家族はスタジオに入って写真を撮った。それから、集合住宅まで戻る道の途中、その近所ではいちばん評判のいい食堂に向かった。父親の注意にもかかわらず、食事も終わるころには、みなが沈んでしまっていた。父は登志矢の徴兵を悔しがり、せっかく工科学校を出たのに、と何度も何度もこぼした。

「だから徴兵される前に」と、父は言った。「工兵隊を志願すべきだったかもしれない。登志矢は工科学校を出ているんだ。軍は大歓迎だったろう」

　登志矢は首を振った。

「工科学校は、会社で働くことが条件で授業料が免除だったんだよ。工兵隊を志願するために、二十歳で会社を辞めることはできなかった」

　兄の入也は、自分が徴兵されてさえいれば、登志矢は勤めを続けられていたはずだと蒸し返し、どんどん申し訳なさそうな顔になっていった。妹の伊々菜も、いつものような屈託のなさはなくなっていた。身体の具合が悪いのかと登志矢が心配になるほどに、口数が少なかった。

　食事を終えて、集合住宅に帰る途中、登志矢に並んだ伊々菜がふいに訊いた。

「兄さん、好きなひとはいるの？」

　登志矢は面食らった。妹はいったい何を言い出すのだ？

　登志矢は答えた。

「いたら、兵隊に行くことがもっとつらかったろう」

「ウラジオストクなら、たくさん素敵なひとがいるでしょうに」

「一日十時間働いているんだ。どこで知り合える？」

「そんなものなのかな」

「伊々菜こそ、どうなんだ？」

「あたしはいない」

「いい歳だろう？」

「持参金も持っていけないし」

「そういうことを気にしない家の男もいる。おれの周りは、そういう男ばかりだ」

「紹介して」言ってから、伊々菜は悔しそうに言い直した。「兄さんが帰ってくるときまで待っていたら、行き遅れだって言われてしまう」

　登志矢は歩道を歩きながら、後ろの父たちを振り返った。

　父は、いまの伊々菜とのやりとりは耳にしていなかったようだ。ただ、胸の痛みにでも耐えているかのような表情だった。登志矢は、父が耐えている苦痛を思い、もう今夜は出すべき言葉がなくなったことを意識した。登志矢がいま何を口にしても、父を悲しませる。兄や妹を苦しませる。今夜はもうおやすみだけを言えばいい。

そして、明日の朝、家を出るときにも、言葉は短くていい。

「それじゃあ行ってきます。元気に帰ってきます」

それだけでいい。

翌朝、ニコラを出発し、午後の一時には、連隊の駐屯地に入った。

トロイツェコエフの町はずれにあるその駐屯地は、妙に寒々としていた。ひとの姿が少ない。連隊主力は西部戦線に行っているから、駐屯地に残っているのはごく少数の残留部隊だけなのだろう。

連隊本部の事務棟に着いて、事務室にいた士官に、入営命令を受けてきたと告げた。士官は、五十代と見える男だった。連隊の留守を預かる後備役《こうびえき》士官だろう。士官は、登志矢が提出した書類に目を通してから言った。

「日本族か？」

「はい」

「帝室鉄道で働いていたのか？」

「はい。三級技能士です」

士官は一瞬だけ怪訝《けげん》そうな顔となったが、とくにそのことに反応はしなかった。

登志矢は訊いた。

「わたしは、工兵隊に配属されますか？」

「知らん。師団司令部が決めることだ」それ以上の質問を封じるように士官は言った。

「訓練が八週間。それを終えて、西に向かう。大旅行だ。家族に別れは告げてきたか？」

「はい」

「きょうの三時には、全員が集まる」

登志矢が黙ったまま立っていると、士官は言った。

「退出していい。隣りの部屋に行け」

指示された部屋には、年配の下士官がいた。教練担当だという。軍曹のセドフといい、四十歳を過ぎたくらいの年齢と見えた。猪首《いくび》の、がっしりとした体格の男だ。

セドフが、まず私物をすべて出せという。

登志矢はすでに身軽に身ひとつで来ていた。着替えなどは持っていない。それでも雑嚢から私物をすべて出して、テーブルの上に広げた。

煙草、マッチ、五徳ナイフ、本が二冊。機械工学基礎の教科書と、工業科学用語辞典。鉛筆と手帳。

士官は、本と辞典を丁寧にあらためた。禁制の書物ではないかを確認したのだろう。教科書のあいだに、今朝受け取ってきたばかりの写真のプリントをはさんでいた。セドフはちらりと写真に目をやったが、何も言わなかった。

手帳には、一ページ目に州都駅の列車発着時刻が書かれている。それだけだ。大部分は白いままだ。

「持って行っていいですか?」登志矢は私物をまとめて雑嚢に戻した。

セドフはうなずいた。登志矢は私物をまとめて雑嚢に戻した。


セドフが衣類の詰まった棚を背後にして言った。

「軍服を支給する。靴は慎重に選べ。大きさが合わないと、死ぬ思いをすることになる」

なんとか靴を選んだ。革の長靴だ。二枚の下着を含めて軍服一式を受け取ると、セドフは木の札をくれた。

「営舎と、部屋と、寝台の番号だ。三時までに着替えておけ」

指定された営舎の指定された部屋に入ってみると、ひとりの新兵がすでに二段ベッドの下に腰掛けていた。両手を腿《もも》のあいだにはさむような格好をしている。知っている青年だ、とすぐに気がついた。収容所の別の棟にいた。さほど親しくはなかったけれども、アダチの息子たちとは違って、自分をいびったりはしていない。勇里という名前だったはずだ。ユーリ・ミヤカワ。小柄で、身体検査は基準ぎりぎりではなかったのだろうか。

勇里が登志矢を見上げて言った。

「あんたも一緒なんだね」

「戦線までは、たぶん」

「心細かったんだ。ぼくはあんまり身体が丈夫じゃないし。でも、もう安心だな」

「できるだけ助け合おう」

また部屋にふたりの青年が入ってきた。

午後の三時に、入営予定の新兵が全員揃い、部屋の中に整列した。まず軍曹のセドフが、軍服の着方を細かく点検しては、正しい着方になるまで直させた。ついでベッドや支給品の使い方を教えられた。さらに便所と洗面所の使い方。洗面所では、一日に使える水の量まで決められていた。

食事になる前に、セドフは言った。

「信号喇叭《ラッパ》を、とりあえずきょうのうちにふたつだけ覚えろ」

連隊の喇叭手が、まずひとつ、少し悲しげに聞こえる旋律を吹いた。

「消灯の合図だ。これで目をつぶって眠る」

ついで、いくらか快活というか、追い立てるような旋律。

「この喇叭で起床だ。朝は便所も洗面所も混む。すぐに起きろ」

さらにつけ加えた。

「訓練中、営内では、賭博は禁止だ。一切の賭け事を許さん」

こうして訓練の第一日目が始まったのだった。

夜、消灯喇叭の前に、勇里が小声で教えてくれた。

「私物検査でさ、カードを持ち込んで取り上げられた新兵がいたんだって」

登志矢は、唇に指を当てて、それ以上しゃべるなと指示した。そんなことを噂して、いいことはない。

連隊駐屯地で一緒に訓練を受ける新兵の数は、八十だった。

新兵のうち、農家出身の者は全体の六割ほどだ。大農家出身はほとんどいなかったけれど、それでも数人、家がわりあい裕福な農家で、男兄弟の三番目四番目という新兵がいた。残りは、工員や職人、作業員たちで、事務仕事に就いていた新兵はほんの数人だった。ということは、大部分が初等国民学校だけしか出ていないということだった。字がまったく読めない者も何人かいた。

新兵のうち、二割ほどは少数民族だった。もともとの沿海地方の先住民族や、朝鮮族、満州族の青年たちだ。日系人は、登志矢や勇里を含めて三人だった。

入営して三日目の朝だ。整列して点呼を受けているときに、軍曹のセドフがひとりの新兵の前に立ち止まって聞いた。

「その顔はどうした?」

登志矢の後ろの列、十歩ほど離れたあたりだろう。

「何でもありません」と、明瞭な声でその新兵が答えた。「転んでぶつけただけです」

「いかなる理由があろうと私的な争いは許さん。誰にやられた」

「転んだだけです」

「嘘をつけば、罰が二重になるぞ」

「何でもありません」

「男を売っているつもりか？」

「そういうつもりはありません」

セドフはそれ以上追及せずに、点呼を終えた。

点呼が終わったとき、登志矢はセドフに質問されたのが、ティムール、略称でティムという青年だったとわかった。左の頬骨のあたりが内出血している。誰かに拳で殴られたのだろう。営舎での裏のボスの座をめぐって、昨夜争いがあったということだ。

もうひとりは誰だろう。セドフが傷に気づいて理由を問うたのは、ティムだけだった。つまり相手は無傷で、ティムが負けたということだろうか。

でも、すぐに新兵たちのあいだの雰囲気でわかった。勝ったのはティムだ。ティムが裏のボスと決まったのだ。彼は相手の顔を傷つけることなく、痛めつけた。それだけ強く、かつ狡猾《こうかつ》ということだった。

ティムは大柄で、大人びて見える青年だった。肩幅が広く、筋骨がたくましい。馬車曳《ひ》きだったという。黒髪に黒い目だ。ティムが自分に目をつけてこなければよいがと登志矢は願った。自分はここで、ボスの地位になど、これっぽっちの興味もないのだから。

その夜、食事がすみ、靴磨きも終わってから、同じ部屋の新兵たちの一部が、ドアの最も奥の寝台のそばに集まった。何か遊びでも始めるのだろうと、登志矢は想像した。

登志矢自身は二段ベッドの下段、自分の寝台の上で機械工学基礎の教科書を開いて、工科学校での授業の様子を思い起こそうとしていた。

ひとりが、奥から歩いてきて登志矢に声をかけた。

「サイコロ、やらないか」

登志矢は驚いた。賭け事は禁止だと、入営初日に言われたばかりだ。

登志矢は無言で首を振った。

その新兵は、登志矢と隣り合う寝台の勇里にも声をかけた。

「サイコロ、やるか?」

勇里が言った。

「禁止でしょう」

「カネは賭けない。だから賭け事じゃない」

「賭けないのに、面白いんですか?」

声をかけた新兵は、勇里に答えることなく、奥のほうに戻っていった。けっきょく六人の新兵が、奥の寝台のあいだの床に腰を下ろして、サイコロを始めた。中心にいるのは、ティムだった。

カードを取り上げられたのも、と登志矢は思った。たぶんティムだ。そしていま彼は、どこかに隠し持っていたサイコロで、カネを賭けないというサイコロ遊びを始めた。ボスと認められた以上は、彼は営舎でたいがいのことは自由にできる。新兵の誰からも注意されることなくだ。

カネを賭けないでサイコロ遊びをすることの意味は、翌日になってわかった。朝食のとき、ティムの前に黒パンのかけらがふたつ三つ多く置かれた。パンが賭けられていたのだ。

訓練は着実に進んだ。十日ほど経ったときには、新兵たちはみな帝国陸軍制式銃のモシン・ナガンM一八九一を分解し、組み立てることができるようになっていた。

勇里がある夜に訊いてきた。

「登志矢は、腹が空かないかい？」

「腹はもう慣れた」と登志矢は答えた。「もともとそんなに食っていたわけじゃないし」

「ぼくもサイコロ遊びに入れば、たまには黒パンを多く食べられるんじゃないかな」

「どうして逆のことを考えないんだ？　誰かが負けるから、ティムは毎日多く食べてられるんだ」

「だけど、あれって、ズルはきかないだろ。ぼくが勝てるときもある」

「負けたときのひもじさは、倍になるぞ」

「運があれば、勝ち続けるかもしれない」

「もうよせ」と、登志矢は制した。

サイコロ遊びをしている連中のほうには目を向けなかったが、もしかしたらいまのやりとりは聞こえたかもしれない。少なくとも、この寝台の隣りの新兵たちの耳には、確実に入った。

塹壕《ざんごう》作りと有刺鉄線張りの訓練があった日だ。夜、消灯の少し前になって、とつぜん営舎の登志矢たちの部屋のドアが開けられた。入ってきたのは、セドフ軍曹と、後備役士官だった。

登志矢たちは立ち上がろうとした。

セドフが厳しい調子で言った。

「そのまま、動くな！」

登志矢は寝台に仰向けになったまま、動くのをやめた。ほかの新兵たちも同様だった。セドフと士官が二列に並んだ寝台のあいだを歩き、部屋のもっとも奥の寝台の横に移動した。ティムたちがサイコロ遊びをやっている場所ということだ。登志矢は身体をひねって様子を見た。ティムたちも、床に輪を作って腰を下ろしたままだ。誰も動かなかった。

士官が訊いた。

「そのサイコロは誰のものだ？」

ティムがすっと立ち上がって答えた。

「自分のものです」

ほかのときであれば、兵士の模範になるような速い反応であり、キビキビとした答え方だった。

士官が訊いた。

「入営の日、出さなかったな?」

「雑嚢の奥に入っていたことを忘れていました」

ティムは視線を士官には合わせていない。士官の背後を見ている。

「賭け事は禁じると言ってあったはずだ」

「カネを賭けてはいません」

セドフが床からマッチ棒を拾い上げ、ティムの真正面に立って訊いた。

「これは何だ?」

「マッチ棒です」とティムが、やはり視線をそらしてセドフに答えた。

「カネではない?」

「違います」

士官がその場の全員に言った。

「マッチ箱を出せ。この場の全員だ」

サイコロ遊びに加わっていた新兵たちは、顔を見合わせた。兵士たちはほとんどが煙草を喫《す》う。つまりみな、携帯用のマッチの小箱を持っていた。そのマッチ箱を取り上げられたら、煙草を喫うのに不自由することになる。

全員がしぶしぶという調子で、その場にマッチ箱を出した。

「預かる」と士官が言った。「誰か、ほかにもマッチ箱を差し出すべきだと思う兵士がいたら、いま言え」

セドフがまたティムの目をのぞきこんで訊いた。

「ほかには、マッチ箱を出すべき者はいないか？」

「いません」と、こんどはティムは答えた。

士官のうしろのほうから、おずおずとした声があった。

「申し上げます。自分も昨日……」

士官が、振り返ることもなく、怒鳴るように言った。

「訊いてはおらん！　この兵士はもうほかにはいないと言った。これで終わりだ」

士官は床に靴音を響かせて通路を戻り出した。

セドフがティムに訊いた。

「嘘はこれでいくつ目だ？　ティムール・イラリオーノヴィチ」

ティムは黙ったままだ。登志矢の位置からは、ティムが鼻で笑ったようにも見えた。

セドフはティムの答を待つことなく、サイコロとマッチ棒を持って、士官を追っていった。ふたりが部屋を出てドアが閉じられたところで、消灯喇叭が鳴った。

当番の新兵が、ドアの脇のスイッチを切った。部屋の中は真っ暗になった。誰も声を出さなかった。

翌朝、ティムは士官室に呼び出され、一日姿を見せなかった。食事抜きの罰を受けたらしかった。

その後、訓練が終わるまで、その夜のサイコロ遊びのことが話題になることはなかった。

ただ、勇里は一度、ふたりきりになったときに小声で言ったことがある。

「ティムはときどきぼくを睨むよ。まるであのとき密告したのはぼくだと思っているみたいに」

「もし何かあったら、すぐにおれに合図しろよ」

「訓練が終わってからのほうが怖いよ」

そうかもしれない、と登志矢も思った。


訓練は毎日、濃密だった。塹壕作り、テント張り、有刺鉄線張り、有刺鉄線に向かっての突撃や匍匐《ほふく》前進、曲射砲や手投げ弾の扱い、地雷の処理等、覚えることに終わりはないと思えるほどだった。有刺鉄線を乗り越えるための脚立のような道具の使い方も教えられた。

五週間目が終わったとき、補充兵の中から機関銃小隊が一個編制された。登志矢はそのまま歩兵である。師団の工兵部隊に行けという命令は、出なかった。

訓練期間の終わり近くに、師団の補充兵すべてを集めての演習があった。別の連隊の駐屯地近くの演習場で、三日間にわたって行われたのだ。塹壕作りから、塹壕陣地の防衛、そして塹壕陣地からの攻撃が、模擬弾や煙幕を遣って実戦さながらに実施されたのである。

演習に向かう前に、セドフが言った。

「戦場では、喇叭は使わない。突撃のときは笛を吹く。聞き逃すな」

セドフの言葉で、登志矢たちは自分たちが赴く戦場の様子を、あらためて想像することができたのだった。それほどに敵塹壕は近いのだ。

この演習のとき登志矢たちは初めて、セドフが露日戦争を体験している下士官だと知った。

勇里が素朴にセドフに質問した。

「もし敵があの戦争のときのように機関銃を並べて待っていたら、こういう突撃は成功するんですか？」

セドフの答は、一瞬だけ遅れた。

「当然だ」

入隊して八週間が経った。九月の初旬である。その朝、士官とセドフ軍曹が、本部棟の前の広場に新兵たちを整列させて、出発すると告げた。

セドフ軍曹が一歩前に出て言った。

「おれがお前たちを西部戦線の本隊まで連れてゆき、そのまま合流する。長い旅になる。支度をして、三十分後にあらためて集合」

出陣は前日のうちに告げられていた。新兵たちの多くは、みな家族に手紙を書いた。なんとか軍服姿もさまになった新兵八十は、装備一式を身につけて駅まで行進し、兵員輸送車に乗せられた。列車は特別編成で、沿海地方のいくつもの連隊から登志矢たちと同じような新兵たちを乗せて、西部戦線に向かうのだった。

最終的に列車には八百の新兵が乗った。列車はウスリースキーの町から東清鉄道に入り、ハルビン、満州里を経由して、帝国横断鉄道の本線に入る。それから帝国のヨーロッパ地方を目指すのだ。

兵員輸送車は、客車ではなかった。有蓋《ゆうがい》の窓のない貨物車で、中に三段の寝台が設けられている。ゆっくり走るときは、貨物車の横開きの扉を開ける。列車が徐行すると、新兵たちは、外の風景を食い入るように眺めた。みな、この移動が人生で最初の大旅行なのだった。

帝国の東部は、大地に起伏が少なく、植生も貧しかった。拓かれた農地もわずかだ。しかし大陸分水嶺を越えたあたりから、風景ははっきり違って見えてきた。大地はゆるやかに起伏を繰り返しており、その起伏は継《つ》ぎ接《は》ぎの大きな布のように色分けられていた。農地が拓かれ、畑の作物の違いによって、接ぎの色が一枚ごとに異なっているのだ。少し勾配のある丘の上は森に覆われており、ゆるやかな谷あいには村があった。遠くの山並みは近づいたり、遠ざかったり、また平原に沈みこんで見失われたりする。そんな風景が延々と続いた。

兵員輸送車に乗って十四日目に、帝国の以前の西部国境を越えた。そこから西は、かつては独立国だったポーランドだ。一世紀以上も昔に帝国に組み入れられた。しかし併呑後も繰り返し独立運動が盛り上がっては、そのたびに弾圧を受け、独立派が投獄されたり、帝国東部に流刑されたりしてきた。いまも地方によっては、独立派の地下活動が活発だった。

今度の大戦では、ドイツを中心とした同盟国側と呼応して一気に独立をはかろうと、義勇軍が数個師団結成され、同盟国側と共同の軍事作戦に当たっている。いまの戦線は、この旧国境から千露里《ヴェルスタ》ほど西にあった。

西部国境を越えて九日目の夕方に大きめの町に入った。標識から、ニルブールの町だとわかった。

ニルブールの町は、この地方の最大の都市であり、交通の要衝だった。開戦直後、ポーランドの西部国境を突破してきた同盟国軍は、一気に大平原を東進、このニルブールの町を奪おうとした。この町を手中に収めれば、帝国の旧西部国境まではひと息であり、国境に達したところで帝国との講和交渉に持ち込めるだろうという腹づもりだったらしい。もちろん帝国は後退しつつも頑強に抵抗、旧西部国境からおよそ千露里のところで同盟国側の進撃を食い止め、南北に長く布陣し、持ちこたえている。このニルブール西方の戦線に投入されているのは、帝国の第五軍であり、沿海州軍管区の二個師団も守備線防衛に配置されているのだった。

列車は町の住宅街を抜けて、操車場に入った。操車場は、列車で満杯だった。貨物列車がほとんどだったが、兵員輸送車もあり、砲を載せた武器の輸送車も、車両の一部に赤十字のマークをペイントした病院車もあった。

列車が操車場の中に入って停まると、士官や下士官たちが列車の脇を歩いて大声で指示を出してきた。

「乗り換えるぞ。別の列車に乗り換えだぞ」

ここから前線までは、装甲された兵員輸送車で運ばれるのだという。

その装甲列車を見て、登志矢は驚いた。二十両編成ほどのその列車は、兵員輸送車両の屋根にも重機関銃を並べているのだ。最後尾の車両は、銃身の長い砲を積んでいる。長距離砲と見えた。横腹から軽機関銃の銃身を突き出した車両もあった。

勇里が、その列車を見て言った。

「あの屋根の機関銃は、滑空船《かっくうせん》を警戒しているのか？」

登志矢は首を振った。

「飛行機だろう。戦闘機や爆撃機が、こっちでは当たり前に飛んでいるんだ」

登志矢も、この一年ほどのあいだに何度か、州都上空を飛ぶ飛行機の姿は見てきた。ちょうど浮揚艇《ふようてい》のような形をしていて、主翼は上下二枚となっていた。前部に機関銃を備えたり、二人乗りで後部席に機関銃を積んだ種類の飛行機もあるとか。胴体の下に爆弾を吊り下げ、機動性のある軽爆撃機として使われている飛行機もあるらしい。もちろん帝国の西部軍にも航空隊が編制されているが、こと飛行機の運用についてはドイツが勝っているはずだとは、鉄道の整備工たちのあいだでよく話されていたことだ。

装甲された兵員輸送車に乗り換え、そこから西に向かって移動した。翌朝、一面に墓標の立つ広大な墓地の脇を通った。墓標は正教会の様式の十字架で、丘の斜面ひとつが完全にその十字架で覆い尽くされている。味方の墓地ということだ。十字架の数がどれほどあるものか、見当もつかなかった。ニルブール西方の戦線では、開戦以来一年で十万が戦死したというから、少なくみてもその一割くらいの数の戦死者がここに埋められていそうに思えた。

最終目的地に到着したのは、その墓地の脇を通過してほどなくだった。貨車から地面に降り立ったとき、登志矢たちはみな息を吞み、声を失った。

瓦礫《がれき》に覆われ、砲弾の破裂した穴だらけの平坦地だった。ぽつりぽつりと、燃えた木が残っている。本来は列車が停まった場所の周囲には小さな町があったようだ。石造りの小さな建物が数棟、残っている。開戦以来、ここは何度となく砲撃を受け、あるいは空襲を受けてきたのだろう。空は、たまたまこの日がそうなのか、暗く重そうな雲に覆われている。

周囲にはほんのわずかしか緑がない。季節は初秋だから、本来なら周りにはもっと緑色が濃くてよかった。なのにここにあるのは、事実上、焦げた茶色、乾いた土の色だけなのだ。

線路の脇に給水タンクがあり、貯炭場があった。交換線も一本敷かれている。そしてその外側はテント村だ。サイズの揃った軍用テントが、整然と張られていた。その数はざっと三十以上はあるかと見えた。物資倉庫なのかもしれない。

空き地には荷馬車が十台ばかりと、トラックが二台停まっている。その後ろに並んでいるのは、金属製の釜の蓋《ふた》のような機械というか、乗り物だった。話に聞く亀甲砲車だ。上部と底を滑らかな曲線を持つ装甲で覆い、その装甲のあいだから砲身を少しだけ出している。亀、という愛称を持っている新兵器だ。かなりの重さのある乗り物だけれど、履帯《りたい》、つまり無限軌道を車体の左右に装備しており、穴ぼこだらけの地面でも難なく走破できるらしい。装甲は、重機関銃の銃弾には十分耐えられる強度になっていると聞いていた。そろそろ実用化されると工場では噂になっていたが、もう実戦配備されていたのだ。もっとも、帝国軍にこのような砲車が配備されているということは、ドイツ軍にも同じような新兵器がすでに配備ずみだと想像できるのだが。

セドフが近づいてきて、登志矢たちに指示した。

「向こうの荷馬車に乗れ。本隊が待っている」

そのとき機関車がふいに汽笛を鳴らし始めた。短く二度、三度と続く。なんだろう？　短急汽笛は五度繰り返された。危険の合図だ。

汽笛は今度は長く伸びた。非常事態の発生ということだ。つまりこの場合、空襲だろう。登志矢は頭をめぐらしながら耳をすました。飛行機の爆音が聞こえてくる。それも、二方向から、複数の爆音が。

セドフが大声で言った。

「早く降りろ。操車場から離れて、適当な穴に飛び込め！」

停車場は騒然とした。新兵たちは、どこにその適当な穴があるのか、右往左往しながら探している。

西の空に、いくつかの飛行機が見える。大きな灰色の飛行機の周りを、黒っぽい塗装の小さな飛行機が、機敏そうに飛んでいる。爆撃機と、護衛の戦闘機だ。

登志矢は振り返って東側の空を見た。味方の戦闘機が飛んでいた。接近する敵飛行機部隊を迎撃しようとしている。ただし、二機だけだ。

装甲列車の先頭貨車の重機関銃が火を噴き出した。二両目の貨車の屋根が開いて、砲身が持ち上がっていく。装甲列車は、高射砲も積んでいたようだ。

爆撃機の目標はこの装甲列車だ！

新兵たちが、蜘蛛の子を散らすように装甲列車から遠ざかった。登志矢は勇里に目で合図して、給水塔の北側、何もない平坦地の方に駆けた。

五十メートルも離れたあたりに、水の溜まった穴がいくつもある。まだ近い。もっと離れなければ。登志矢は土塊《つちくれ》の上を飛びこえながら駆けた。百メートルも離れたあたりで、空を確かめた。戦闘機同士が空中戦を始めている。爆撃機は、巨大だった。複葉で、四基の羽根車式蒸気機関を搭載した、ドイツ軍のゴータJ重爆撃機のようだ。登志矢はもちろん初めて見る。胴体部分は列車の客車並みの大きさで、上下二枚の主翼は幅が二十サージェン、つまり四十メートル近くもあるのだとか。翼も胴体も金属製で、四トンの爆弾を積むことができると聞いていた。機関銃は十二挺搭載されている。

味方の戦闘機のうち一機が、黒煙を吐き始めた。ほかには？　戦闘機はこれだけか？

敵戦闘機の一機が急降下してきた。装甲列車の真正面から銃撃してくる態勢と見えた。貨車の屋根の上の機関銃が、さらに激しく吠えだした。登志矢は目の前の爆撃跡の穴に飛び込んだ。

敵戦闘機が装甲列車を銃撃した。射線はわずかにずれていた。着弾は先頭の装甲車両の屋根を斜めに横切った。その戦闘機はすぐに上昇して、反転した。二機目が突っ込んできた。この戦闘機の銃撃は、列車の後部車両の屋根を縫った。ドンと、砲声があった。高射砲が最初の弾を放ったようだ。

直後にヒューッ、という風切り音が聞こえてきた。爆撃機が、爆弾を投下したのだ。登志矢は勇里の横で丸く背をかがめ、頭を穴の壁に押しつけて、両手で耳をふさいだ。どどんと地響きがした。二度、三度、四度。猛烈に激しい破裂音と、何かが粉砕される音が響いた。装甲列車の屋根の機関銃はまだ射撃を続けている。少し間を置いて、また爆発音。こんどはいくつもが重なるように聞こえた。地響きはいっそう激しいものになった。

まだ続くか？　爆弾はまだ残っているのか？

じっとしているうちに、爆音が少し遠のいたように感じた。装甲列車からの銃撃は続いている。飛行機の爆音はたしかに小さくなっていた。

登志矢は慎重に背を起こして、穴から首を出した。蒸気機関車は、いちおう形は残っていた。でも、機関の下から激しく白い湯気が噴き出している。機関が損傷したようだ。牽《ひ》いている車両の先頭と二両目は、木っ端微塵になっていて、その後ろの車両は傾いている。

空を見上げた。二機の戦闘機はまだこの停車場上空を飛んでいるが、爆撃機は東の空を遠ざかっていくところだった。

ふと横を見ると、そばの穴から顔を出しているのは、セドフ軍曹だった。彼は登志矢と目が合うと、苦々しげに首を振った。被害は大きいぞ、とでも言ったのかもしれない。それとも、最初からとんでもないことになったなという意味の表情か。

登志矢は穴から出て立ち上がった。列車のそばに、何十人もの新兵が倒れている。何がなんだかわからないうちに銃撃され、爆弾を見舞われてしまったのだろう。

自分は前線に来たのだ、と登志矢は意識した。ここが戦場だ。ここにあるのが、戦争だ。

そう自分に言い聞かせた。

新兵たちが連隊に補充されて、二カ月が過ぎた。塹壕陣地の中を行き交うことにも、とうに慣れている。

塹壕陣地は三段構えだった。前線塹壕と、支援塹壕と、予備塹壕。塹壕は一直線ではなく、ジグザグを描きながら、南北に長く延びている。ジグザグなのは、砲弾が塹壕のどこかで炸裂したとき、被害を最小限に留めるためだ。

前線塹壕から三十サージェンばかり後方に、支援塹壕の線がある。それからまた三十サージェンばかり後方に予備塹壕だ。予備塹壕から五十サージェンほど後方には、小隊の居住区があった。兵たちは将校の塹壕の周辺に横穴や盲腸のような塹壕を掘って屋根をかけ、分隊ごとにまとまって起居している。この戦線では、部隊は数日ごとに受け持ちの塹壕を交替する。小隊の居住区からおよそ五十サージェン下がったところに、中隊の本部があった。

塹壕をめぐって、小さな敵からの小さな攻撃は日常的にあった。敵の狙撃兵は、前線塹壕の見張り穴に銃の照準を定め、そこが陰れば撃ってくる。少しずつ攻撃用の塹壕も掘り進めてくる。先端部から曲射砲弾を撃ち込んでくる。曲射砲弾は塹壕の細い溝の中に落ちてくるから、撃ち込まれたら着弾点の周辺半径五サージェンほどにいる兵は死ぬ。もちろん味方も同じように曲射砲で反撃し、掘り進められた攻撃塹壕を叩く。敵がどこまで塹壕を掘り進めてきているか、斥候《せっこう》も出る。見つかれば、機関銃の掃射を受ける。

登志矢たち新兵が補充されて二カ月のあいだに、大規模な攻撃は二度あった。二度とも、早朝の一斉砲撃と、それに続く砲車を押し立てての歩兵の突撃だった。二度目のときは、敵の歩兵部隊は弾幕をかいくぐって、味方の塹壕にまで達したのだ。このとき登志矢は、目の前に飛び下りてきた兵士を、銃剣で刺し殺している。ドイツ兵ではなく、義勇ポーランド軍の兵士だった。登志矢が初めて、自分で殺したと意識できた敵がそのポーランド兵だった。このとき敵は最前列の塹壕をついに突破できず、退却した。登志矢は敵が消えたあとも、ポーランド兵の死体を見下ろしながら、ガタガタと震えていた。ひどく寒かった。二月の収容所の屋外のような寒さだとさえ感じた。十月の末、まだせいぜいみぞれが降るという季節であったにもかかわらずだ。

その攻撃のあとに、同じ分隊の先輩兵士たちは言ったものだ。

「次が総攻撃だ」と。

「やつらは」と、分析してくれる兵士もいた。「やつらの暦のクリスマスまでに、ニルブールを陥落させたいはずだ。十二月の早い時期に総攻撃がある。先日のは小手調べ。いま兵力をこの戦線に集めているところだ。準備が整ったところで、攻め込んでくるぞ」

べつの古参兵が言った。

「こっちも、冬になるまでに戦線を押し戻したいのは一緒だ。降誕節《こうたんせつ》には皇帝に、敵をビスワ川の西岸まで追い返したと報告したいだろう。総攻撃の準備をしているはずだ。準備をどっちが先に終えるかの勝負さ」

去年徴兵されたというまだ若い兵士が言った。

「その前に、腹いっぱいにさせてほしいな。このまま冬を迎えたら、立ち上がることもできなくなる」

十二月になり、別の分隊で歩哨の兵が凍死した、という話が流れたころだ。味方の総攻撃の手順が、噂として塹壕陣地に流れた。

まず飛行機による敵後背陣地と砲兵陣地への爆撃。橋と鉄道橋の破壊。

ついで当日朝、一斉砲撃。敵塹壕陣地を徹底的に叩く。その上で、百両の亀甲砲車で、この戦線を北と南から突破する。同時に、正面を歩兵部隊が攻撃、敵塹壕を確保して、敵主力を放逐する。

セドフから、明日総攻撃と知らされたとき、登志矢は思ったものだった。

敵機関銃座へのおとり部隊が、すでに決められているのだろう。反撃をその部隊に集中させておいて、攻撃本隊が敵の反撃の手薄となった地点に殺到する、という目論見のはずだ。そのおとり部隊は、連隊のうちどの中隊だろう。自分の分隊は、そのおとりに含まれているのだろうか。

前夜、砲撃が始まる前に、部隊の配置が少し修正された。自分たちの小隊は、前線塹壕でこれまで隣り合うことのなかった小隊と並ぶことになった。その小隊の中には、テイムのいる分隊が含まれていた。

砲撃が終わった瞬間に、セドフが笛を吹いた。短く、一度だけだ。

続いて、セドフは叫んだ。

「行くぞ！」

登志矢は勇里に一度目を向けてから、梯子を駆け上り、塹壕の外に出た。まだ太陽は上ってはいなかったが、十分に明るかった。曇り空で、季節には珍しい暖かさのある日だった。地面から霧が立ち上っている。

勇里が持ち上げてくる折り畳みの脚立状の梯子を左脇に抱えると、うおっと、空元気を出して叫び駆け出した。

自分は小隊の最初の突撃兵として味方の有刺鉄線に達し、梯子を有刺鉄線の輪の上に架けて橋を作る。続いてその梯子の上を腹這いになって進み、有刺鉄線の向こう側に飛び込む。ほかの兵士たちも同様にして続く。第一陣が味方の有刺鉄線を越えて、敵射手を撃っているところに、第二陣が有刺鉄線に達する。登志矢たち第一陣は新しい梯子を第二陣から受け取り、敵の有刺鉄線まで前進して、橋を架ける。架けたら乗り越えて敵塹壕まで前進する。命令はつまりそういうことだった。

砲撃が始まったときに、当然敵も突撃があることを予期していたようだ。機関銃が射撃音を立て始めた。駆けながら、登志矢はあらかじめ承知していたはずの銃座とは位置が違うと気づいた。銃座が増えているのか？

弾幕のあまりの厚さにひるんだ。左右で、ばたばたと味方の兵士が倒れていく。千切れ飛んでいく。有刺鉄線まではまだ距離がある。とてもそこまで行き着けそうもない。

登志矢は地面に伏せ、敵の銃座を確かめた。もやの向こう、やや右手方向で、機関銃が火を噴いているのがわかる。自分たちを撃っているのはあの銃座だ。登志矢は小銃を構え、その銃座に向けてたて続けに撃った。周りで同じように伏せた兵士たちも、その銃座に射撃を浴びせた。射撃音が止んだ。右手でやはり伏せていたセドフが、身体を起こしながら命じた。

「来い！」

登志矢は立ち上がりかけた。そのときセドフが崩れこんだ。正面方向の機関銃はまだ沈黙したままだ。小銃弾にやられた？

沈黙した銃座がまた射撃を始めた。いったん再突撃にかかった味方が、またなぎ倒されていく。登志矢の左側にいた古参兵も倒れた。登志矢はもう一度伏せた。

砲撃はほとんど効果がなかったのか？

もやの向こうで、いまはもう何百という小銃、そして何十もの機関銃が射撃を始めている。自分の左右、どこにも守備が手薄と見えるところはなかった。登志矢は弾倉を取り替えると、あらためて正面の機関銃座に向けて放った。

振り返ってみた。部隊は完全に釘づけだ。兵士たちは立ち上がることもできない。凍った土の上で、顔を上げた兵士がいた。ティムだった。ティムは、そろそろと膝であとじさりし始めた。

登志矢はあらためて右前方を見た。セドフが倒れている。ティムから見て、セドフの位置は十一時くらいの方向だろうか。距離はせいぜい三サージェン。

敵の射撃が一段と激しいものになった。斜め方向の銃座も、この中隊に向けて撃っているようだ。

無理だ。これ以上は進めない。

そう思ったときだ。後方から喇叭の音が響いてきた。退却だ。退却の指示だった。この総攻撃は開始してみて瞬時に失敗だとわかったのだ。無用な消耗を避けようということだろう。

登志矢は右手後ろにいる勇里に声をかけた。「軍曹を連れ戻す。手伝え」

勇里はうなずいてセドフのほうへと這い出した。登志矢もセドフのほうへと這った。

反撃の音が少し小さくなった。伏せていた兵士たちが、後退している。

セドフのもとにたどりつくと、登志矢は勇里と一緒にセドフの両手を取り、ふたりで引っ張りながら後退した。自分たちの塹壕までは十サージェンだ。

しゃにむにセドフの身体をひきずった。もやが晴れてきたのか、自分たちの周囲で弾着が続いた。登志矢は力を振り絞って地面を這い、塹壕の端に達したところでセドフから手を離して、塹壕の中に飛び下りた。数人の兵士が、セドフ軍曹を下ろすのを手伝ってくれた。セドフは意識を失っている。

担架が運ばれてきた。

「見てましたね？」と、登志矢は手伝ってくれた同じ分隊の兵士に訊いた。彼は登志矢の右手から塹壕を飛び出していたはずだ。

「何をだ？」と彼が訊いた。

「軍曹が倒れたところ。突撃していく途中です。一度伏せて、立ち上がったときに撃たれた」

「見ていた」

「正面の射撃が、一瞬休んでいたときです」

セドフは担架の上に横たえられた。勇里を含め四人の兵士が、担架を持った。

登志矢はまわりの兵士に聞こえるように言った。

「軍曹の身体を見てください。どこにも傷はない」

顔も、外套も、ズボンも、泥がついているが、孔《あな》は開いていない。血に汚れていない。

兵士たちの視線が、塹壕に戻っていたティムに注がれた。

ティムが首を振った。

「おれのすぐ前で倒れた。榴散弾《りゅうさんだん》の破片でも飛んでいたんじゃないのか」

「砲撃などあったか?」とひとりが言った。

ティムは小銃を背にかけ直すと、担架の左前の男と代わった。

「ぐずぐず言ってないで、病院まで運ばないか」

彼が歩き出そうとしたので、担架の棒を持つほかの三人も歩き出した。登志矢も続いた。

散発的に砲声が聞こえる。南の戦線の方角だ。師団主力のいるあたりになる。登志矢たちは腰を落とし、身を屈《かが》めて走った。

連絡壕伝いに中隊の本部まで戻った。ここは最前線の塹壕から百サージェンは背後ということになる。スロープから塹壕を出ると、登志矢たちはさらに大隊の本部のテントを目指した。そこに救護所がある。重態の負傷兵は、そこから師団司令部のある村まで送られるのだ。救護所からは、およそ二露里だ。

空の低い位置に爆音が聞こえてきた。駆けながら振り返ると、味方の戦闘機だった。高さはほんの五十サージェンくらいか。エンジンから黒煙を吐いて、登志矢たちの脇を通過していく。不時着できる空き地を目指しているようだ。

戦闘機はすぐに地上に接触した。そこは不整地だったのだろう。砲撃の痕が残っていたか。戦闘機はつんのめり、右側の翼を折って、倒立した。飛行士がひとり操縦席から転がるように飛び出てきた。

救護所のテントの前までくると、衛生兵が駆け寄ってきた。

彼はセドフの身体を一瞥してから、勇里に訊いた。

「負傷したのか?」

勇里が顔をひねり、軍曹に目をやりながら答えた。

「突撃のときに」

「傷はどこだ?」

兵士たちがその場に担架を下ろした。

衛生兵は少し乱暴にセドフの身体をひっくり返した。セドフはうめくこともなかった。

セドフの外套の背が汚れていた。右の肩甲骨の下あたりに銃創があると見える。衛生兵は傷口に触れ、ついでセドフの首筋に手を当ててから言った。

「遅かったな」

衛生兵は十字を切った。登志矢たちもならった。

衛生兵が言った。

「テントの脇によけてくれ。担架は持って帰っていい」

指さす先には馬車が停まっており、その横の地面に敷かれた板の上に、いくつもの死体が並んでいた。十以上あるだろう。

衛生兵はふしぎそうに勇里に訊《き》いた。

「この軍曹は、立ち上がって退却しているときに撃たれたのか？」

そのとき、すぐ近くで爆発があった。登志矢たちはみなさっと地面に伏せた。ふたつ目の爆発は、いま戦闘機が不時着した先だった。

三発目はなかった。登志矢は地面の上で身体をひねり、空を見渡した。右手で飛行機が一機、反転しているところだった。高度はせいぜい百サージェンか。主翼に黒い十字のマークが見えた。ドイツ陸軍航空隊の戦闘機だ。

ほかにもう飛行機はない。味方師団司令部の方向の空には、ぽつりとひとつ滑空船らしき影がある。

登志矢は立ち上がった。分隊のほかの兵士も、衛生兵もだ。

登志矢も勇里も、それについて説明をもらおうとティムを探した。ティムはもうその場にいなかった。首をめぐらすと、彼は師団司令部に続く道を全速で駆けていくところだった。

砲声が近づいてきた。間隔が密になってきている。

味方の砲兵隊の反撃はどうした？

どうやら、総攻撃が失敗しただけではないな、とようやく登志矢も理解した。相手も攻撃を仕掛けてきている。混戦となるのではないか？

この分では、と登志矢は思った。皇帝が降誕節にいい報告を受け取ることは、難しくなったな。

選抜小隊

過酷な冬が過ぎて、雪解け水が戦線一帯の大地をひたした。砲弾の破裂跡はすべて小さな池となり、無数のその池が、戦場一帯に濃密に広がった。

ありがたいことに、大地が泥濘《でいねい》であれば、敵も攻勢をかけようがない。この時期、戦線は小休止と言える静穏が続いた。真冬のあいだでさえ定期的に繰り返された砲撃もなくなった。

そしてようやく大地が乾いたという季節になって、中隊の再編制が行われた。戦死や凍死、疾病による後方送りなどで、登志矢の中隊は定員の三分の二まで減っていたのだ。沿海州から補充の新兵たちが到着して、登志矢の分隊は別の分隊とひとまとめにされ、小隊もまた編制し直された。勇里は別の小隊に配置換えとなって去っていった。

新しい分隊の下士官は、フェドート（ドーチャ）・ペトレンコという軍曹だった。三十代なかばの小柄な男で、ウラジオストクに近い町の出身だ。六年前、ウスリー川流域地方で満人による暴動が起こったとき、連隊はハルビン駐屯で、ドーチャは暴徒に占拠された鉄道管理局での戦闘で戦功を挙げ、聖ゲオルギイ四級章を受けている。その後、兵役が満期となるときに下士官昇進試験を受け、軍に残ったのだという。

再編制が終わったところで、連隊長による閲兵が行われることとなった。その日、兵士たちはみな塹壕《ざんごう》の両側に姿勢を正して、連隊長が来るのを待った。

連隊長のマシュコフ少佐は、副官と大隊長ふたりを従えて、塹壕を連隊本部のほうから進んできた。中隊長たちは、部下と一緒に塹壕の中で整列している。登志矢のような兵士たちにとっては、連隊長とはふだん顔を合わせることもない。目の前を通り過ぎるときには、全員が型通りに連隊長に敬礼した。

マシュコフ少佐は、代々軍人だという名家の出で、長身だった。軍服にはほんの少しの汚れもなく、長靴もよく磨かれていた。

マシュコフは、登志矢たちの分隊の位置まで士官たちの敬礼に応えながら歩いてきたが、分隊長であるペトレンコ軍曹の前まできて足を止めた。副官が何かささやいたのだ。

マシュコフはペトレンコに身体を向けて言った。

「フェドート・グリゴリエヴィチ」

ペトレンコ軍曹は、長靴のかかとを打ちつけて応えた。

「ペトレンコであります。連隊長殿」

「楽にしてくれ。きみのその勲章は、たしか」

「六年前の、ハルビン暴動の際にいただきました」

「あのときわたしは師団司令部付きで、現地には行かなかったが、激戦だったのだろう？」

「いえ。ネズミを追っ払った程度のことでした」

「頼もしい。またきみに、同じような務めを果たしてもらいたいと思っているんだが」

ペトレンコは不思議そうに訊いた。

「わたしに？　わたしの分隊に、ということでしょうか？」

「きみと、きみが率いる分隊に」

「中隊を離れて？」

「師団司令部直轄となる」

「どこでも、いつでも」

マシュコフは満足げにうなずいた。

「詳しいことは、中隊長から説明がある」

「はい」

マシュコフはまた塹壕の中を歩き出した。

閲兵が終わったあと、ペトレンコは中隊本部に呼び出されて、戻ってきたのは一時間後だった。

塹壕の一角で、登志矢たちはペトレンコを囲んだ。

ペトレンコは分隊の部下の顔をざっと見渡してから言った。

「おれたちは、司令部付きの特別部隊に編入されることになった。師団からのよりすぐりの四個分隊で、新規に一小隊を作る。特別の任務が言い渡される。きょう、これからおれたちは戦線を離れて、師団司令部のあるソジンの町に向かう」

ペトレンコはいったん言葉を切ってから、登志矢に訊《き》いてきた。

「トーシャ、お前は鉄道技師だったな?」

「はい」思いがけなく質問されて、登志矢は戸惑いながら答えた。もしかして、鉄道に関連する任務が言い渡されるのか? 「三級鉄道技能士です」

「小型の蒸気機関は、扱えるのか?」

「はい。自分は車両整備が専門でしたが、一応習っています」

ペトレンコは、もうひとりに声をかけた。

「ダヌーシャ」

「はい」と、もう兵役が五年目という上等兵が答えた。

「お前は、浮揚艇《ふようてい》の操縦士をやっていたので、間違いないか?」

「はい。入隊するまで、ウスリー川水運会社で働いていました」

「どうやらトーシャやダヌーシャも、特技を生かせる任務らしい」

ダヌーシャが訊いた。

「浮揚艇を動かすのですか?」

「わからん。中隊本部は、お前たちの経歴や技能を承知した上で、この分隊を司令部に送ると決めたようだ」ペトレンコは、パンと両手を打ち合わせて言った。「支度《したく》しろ。

十五分後に、師団司令部に向かって出発する」

分隊の面々は立ち上がった。どんな作戦に就くことになるのかはわからないが、塹壕の中で水に浸かり、あるいは泥にまみれて過ごす日々よりはましなものになりそうだった。


登志矢たちは、師団全体から選抜されたほかの三個分隊と一緒に、荷馬車でソジンの町に入った。最前線から距離でいえば十露里《ヴェルスタ》ほどだろう。

ソジンは、鉄道駅があり、中央の広場に面してカトリックの教会が建つ小さな町だった。この町も何度か空襲を受けているらしく、鉄道駅周辺には崩れたり、屋根が完全になくなった建物がいくつかあった。

鉄道駅に近い学校とその裏手の公園が、師団司令部として接収されている。学校の前庭には、数台のトラックや多くの荷馬車が停まっていた。

司令部の建物の一室で、小隊長として現れたのは、士官学校を出て一年も経っていないのではないかと思えるような若い将校だった。

彼はジェリドフ少尉だと名乗り、四つの分隊を前にして話し始めた。

「きみたちはきょうから、師団司令部の直接指揮下に入った。連隊とは別に、特別な任務が命じられる。これまでの訓練や実戦の経験では、こなすことのできない作戦に就く。あまり時間もないので、猛訓練となる。覚悟してもらいたい。訓練地は、この司令部からまだ少し後方に下がった場所になる。営舎もそっちだ」

ジェリドフ少尉は、後ろにいる従卒から、変わった形の銃を受け取って、みなの前に掲げて見せた。

「今年から分隊支援火器として制式銃となった短機関銃、突撃銃だ。知っているな？」

全員がうなずいた。その短機関銃が開発されたという話は、前線にも伝わっていた。でも、登志矢は初めて見るものだった。

この銃は二十五連発で、引き金を引き続けている限り、弾が発射される。いま支給されている小銃は六連発で、一発ごとに引き金を引かねばならない。ただしその短機関銃の欠点は、射程距離が短いことと、連射した場合、銃身がぴゅんぴゅんとはねるため、二発目以降の命中率が格段に落ちることだとか。

ジェリドフが言った。

「きみたちには、全員この銃が支給される。扱いに習熟してくれ」

ジェリドフがすっとペトレンコに顔を向けた。

「何かわかったという顔になったが」

ペトレンコはあわてた様子で言った。

「いえ、何も」

「遠慮なく言ってみろ。何がわかった？」

「いえ。ただ、想像すれば、その突撃銃が必要になる作戦が、自分たちに命じられるのだろうということです」

「具体的にはどんな作戦だと想像する？」

「近接戦かと」

「ペトレンコ軍曹。きみはハルビンで、暴動鎮圧に出動したことがあったな」

「はい。六年前のことです」

「きみがいまここにいるのは、その実戦経験があるからだ。そこから想像できるのは？」

ひと呼吸おいてから、ペトレンコは答えた。

「敵が占領する施設の急襲、破壊、あるいは制圧でしょうか」

ジェリドフがうなずき、短機関銃を従卒に返してから言った。

「訓練地へ出発する」

その部屋に、ジェリドフ少尉と同い歳くらいかと見える将校が入ってきた。背はジェリドフよりも少し低いか。

兵士たちは、顔を動かさずにその将校を見た。

将校はジェリドフの横に立つと、遠慮のない目で登志矢たちを眺め渡してから顔をしかめて、ジェリドフに訊いた。

「これが、その選抜した面々なのか？」

親しい友人同士のような口調だった。

ジェリドフが答えた。

「分隊単位で引っ張った」

「軍服を洗濯させろ。臭すぎる」

ジェリドフは、瞬《まばた》きしてからうなずいた。

その将校は、部屋の床に靴音を響かせて出ていった。

ジェリドフは少し鼻白んだような顔で、登志矢たちに言った。

「訓練地には一時間後に出発する。駅の近くでは、お茶も酒も飲めるし、公衆浴場もある。一時間後に、裏の広場に集合のこと。解散」

全員が姿勢を崩し、それぞれの分隊の下士官に目を向けた。


訓練地は、砲撃で破壊された小村だった。街道に沿って十数戸の荒れた民家が並んでいるが、ひとは住んでいない。周囲の農地も放棄されていた。かつては芋かライ麦を植えていた畑のようだった。

もっとも大きな民家が、教場になると伝えられた。残りの民家が、宿舎として分隊に一戸ずつ割り当てられた。登志矢たちの分隊の宿舎は半分崩れていたが、とりあえず全員が屋根のある寝床を確保することができそうだった。割り当てが済むと、登志矢たちの分隊もその民家に入り、背嚢《はいのう》を下ろして、めいめいが自分の寝床を作った。

食事はお昼に司令部から調理馬車がやってきて、一日分をまとめて配っていくのだという。民家の暖炉で、スープを温めることができるだろう。分隊のうちふたりが、薪集《たきぎ》めに出た。

翌朝、師団司令部から小隊長となったジェリドフがふたりの下士官を伴い、荷馬車でやってきた。荷馬車には木箱がいくつも載せられており、蓋《ふた》を開けると油紙に包まれた短機関銃だった。

最初に短機関銃がひとりひとりに支給され、下士官が教官となって、その扱いについての訓練が始まった。

午後には実弾を使っての射撃訓練である。村から離れた場所にある半壊の農家で、交替でその短機関銃を撃った。立射《りっしゃ》、伏射《ふくしゃ》、それに立って腰だめで撃つ訓練となった。

一日目はそれで終わり、翌日は格闘技の訓練も加わった。ナイフで敵兵と一対一で戦い、倒してゆく訓練だった。教官に手本を見せられたとき、登志矢はこの訓練がじっさいに役に立たないことを願った。去年の晩秋、塹壕に突入してきたポーランド兵を倒したときも、無我夢中だった。殺意などなかった。いま、明確な殺意をもって相手と組み合い、相手の息づかいや苦悶を肌で感じつつ殺すなんてことが自分にできるのだろうか。その場を考えたくはなかった。

この日以降、格闘技の訓練は毎日一時間が日課となった。

訓練の四日目に、ジェリドフは全員にピストルを支給した。士官のほか、亀甲砲車の乗員などが持つ武器である。小隊の兵士たちは一瞬喜んでから、顔を見合わせた。拳銃が支給されたのは、飾りとしてではない。勲章代わりに渡されたわけではないのだ。自分たちの任務には、拳銃が必要になる。目の前にいる敵と、それこそ相手の目を見ながら闘うことになるのだろう。

その日、ピストルの扱いについての訓練が終わったあと、教官の下士官は言った。

「お前たちは、必ずこれを使うことになる。ひまがあれば拳銃嚢から取り出して、手になじませておけ」

六日目になってから、新しい訓練が始まった。動く荷馬車の上から、地面に飛び下りるのだ。最初は身ひとつで飛び下りる訓練だった。膝を使い、前転して、着地したときの衝撃をできるだけ抜く。前転した後、すぐに早く駆け出せるように、一日に何度も練習させられた。全員が完全に問題なく飛び下りることができるようになってから、荷馬車の速度が速くなった。速歩《はやあし》で馬に荷馬車を引っ張らせて、飛び下りるのだ。少しずつ訓練の難度が上がった。

自分たちは走る列車から飛び下りることになるのだろうかとみなが考えたが、ジェリドフ小隊長は訓練の目的を明かしてはくれなかった。

少し風のある日の午後、訓練地に隣接する農地の上空に、滑空船《かっくうせん》が現れた。追い風を受けて、ごく低空での飛行だった。

登志矢たちが見ていると、滑空船は登志矢たちの目の前を風下に通りすぎ、次いで大きく船体を傾けて向きを完全に変えた。風上側に向いたのだ。それから船首を下げ、かなりの角度で降下してくる。そのままでは地面に激突するのではないかと、見ている者たちは息を呑んだ。

滑空船は民家の屋根ほどの高さのところまで降りてから、ふいに翼を立てた。ちょうど大型の猛禽《もうきん》が枝に止まるとき、ぐいと身体を起こすようにだ。翼が、帆船の主帆のように風を受けて、船に制動がかかった。一瞬、船は中空で止まったかと見えた。いや、止まって見えたのは、ほんのひと呼吸のあいだだったろう。船は少しずつ垂直に、ひとの背ほどの高さまで降下した。ついで船は、立てた翼に向かい風を受けて、後退しつつ上昇した。十分に後方へ上昇してから、船はまた傾き、向きを変えて、風下のほうへと流れながらさらに上昇していった。

登志矢は、滑空船の翼にこのような機構が加わったことを知らなかった。いまの船の翼は、大型の制動装置でもあったのだ。

ジェリドフ小隊長が、ペトレンコ軍曹に訊いた。

「滑空船が止まっているあいだに、後部ハッチから分隊全員が無事に飛び下りることはできるか？」

ペトレンコは難しい顔で答えた。

「荷馬車での訓練よりも高い位置でしたよ」

「しかし、止まっていた」

「あれ以上下げるわけにはいかんのですね？」

「地面に接触して船体を壊したら、もう飛び上がることはできない。航空士たちも、ずいぶん訓練してあれだけできるようになったんだ」

「止まっている時間は、やはりいまのが限度でしょうか。上昇し始めたら、もう飛び下りることは不可能です」

「走る荷馬車で訓練したのは、止まる直前に飛び下りるためなんだ」

ペトレンコは額に右手を当てて、少し考える様子を見せてから答えた。

「荷馬車で、もう少し訓練させてください」

翌日、荷馬車の上にさらに木箱を置いて、荷馬車が動いている状態で飛び下りる訓練をすることになった。高さは、あの滑空船が静止したときと同じほどになった。

登志矢の分隊が最初だった。

最初に飛び下りた新兵は、なんとかすぐ立ち上がることができたが、ふたり目は地面に足をつけたところで、あっ、という悲鳴を上げた。登志矢たちが駆けつけてみると、その兵士は足首を捻挫《ねんざ》していた。立てない。野戦病院に運ぶことになった。

ジェリドフ小隊長は頭を抱えて、ひとりごとのように言った。

「無理か」

そのあとは、高さはそのまま、荷馬車を止めた状態で、飛び下りる訓練を続けることになった。

兵士たちは、滑空船の低空飛行を見たおかげで、自分たちに与えられる任務が敵陣への急襲作戦であると知った。まだ爆弾を使う訓練を受けていないところから考えると、たとえば橋とか砲台を破壊する作戦ではないようだ。占拠するだけでいいのかもしれない。

しかし、どんな施設なのだろう。いまここで訓練を受けているのは、一小隊四十人。短機関銃で武装した、いわば軽歩兵がその人数あれば占拠可能な施設とは、何になる？

飛行場？

鉄道施設？

通信施設とか港湾だろうか。あるいは軍需工場。いや、それでは人数が足りない。

そして、誰もがそのことに気づいた。

敵陣内の施設を滑空船で急襲、兵士たちが飛び下りて占拠したとして、任務が終わった後、撤収はどうするんだ？　敵陣内からどうやって、自分たちは味方陣地に戻ってくるのだ？　友軍本隊が来るのを待つのか？

作戦の中身が知らされていない以上、それをジェリドフ小隊長に問うことははばかられた。

滑空船の飛行があった翌々日、登志矢を含む八人の兵士が、司令部に呼ばれた。半分はダヌーシャのように浮揚艇の操縦経験がある者だった。オートバイを運転できる者がふたり。そして蒸気機関を扱った経験のある者がふたりだった。そのひとりであるコレリスキーという伍長は、蒸気機関製造の工場で働いていた経験があるとのことだった。

浮揚艇を操縦する訓練があるのだろうと、登志矢は予想した。もしかすると、急襲は滑空船ではなく浮揚艇を使って実施されることになったのかもしれない。

いや、と思い起こした。新小隊の編制が決まったとき、すでにペトレンコは、この作戦で浮揚艇が使われると考えているようだった。少なくとも、自分たちの分隊が新小隊に選抜された理由として、浮揚艇の操縦経験者と蒸気機関に慣れた者がいるからだとわかっていたようだった。滑空船を使うという作戦が変更されたわけではない。

司令部からトラックに乗せられて行った先は、戦線の南西、ジノフ川支流にある船着場だった。浮揚艇が一隻、桟橋に係留されていた。

浮揚艇は帝国製ではなかった。ひと目見てわかる。ドイツ製で、ひとなら二十人を乗せることのできる浮揚艇だった。

桟橋を歩いてその浮揚艇の脇まで行くと、司令部からついてきた下士官が登志矢に訊いた。

「ドイツ製の蒸気機関を積んでいるが、動かせるか？」

登志矢は答えた。

「見せてください」

艇に乗って、後部機関室のハッチを開け、狭い機関室に身体を入れた。蒸気機関は艇体の大きさから想像していた以上に大きなもので、プロイセン邦有鉄道製だった。燃焼室は空で、丁寧に掃除がしてあった。ドイツ語表示は読めなかったけれども、蒸気機関の基本的な原理は同じだ。一回火を入れさせてもらえるなら、この機関に特有の機構や癖もつかめる。

登志矢は機関室から身体を出すと、下士官に言った。

「動かせます。火を入れていいですか?」

「やってくれ」と、下士官は言った。「ドイツ製のこの型の浮揚艇に慣れてもらわなきゃならん」

一時間後に、浮揚艇は桟橋から離れ、川の下流に向かって一露里ほど進んでから、水《みず》飛沫《しぶき》を上げてすっと浮き上がった。


滑空船にじっさいに乗っての訓練は、師団司令部のあるソジンの町からさらに後方二十露里ほどの町で行われた。

ここには、帝国陸軍の航空隊と滑空船隊の基地があり、登志矢たちが先日見た新型の滑空船も六機配置されているとのことだった。たぶん自分たちの小隊が急襲攻撃を行うときは、この基地の滑空船が使われるのだろう。

着いてみると、鉄道の直線路に、四軸動輪の蒸気機関車の牽《ひ》く滑空船輸送車が止まっていた。滑空船は翼を畳み、砲弾のような形に身を縮めている。

ジェリドフ小隊長が言った。

「きょうは、じっさいに滑空船から飛び下りる。午前と午後、一回ずつやれるだろう」

滑空船は基地の平坦地に着陸すると、翼を畳み、起重機で台車に載せて、専用輸送車まで運ばなければならない。複葉の戦闘機のように機敏には動けなかった。一日に二回の飛行が限度なのだろう。

小隊全員が、完全武装で順番に滑空船に乗り込んだ。登志矢は滑空船に乗るのはこのときが初めてだった。砲弾形とも円筒形とも言える船体は、狭くて窮屈だった。最前部に操縦士が乗っている。機体前面は、トンボの目玉を連想させるような、分割されたガラス窓で、操縦士は上空ばかりではなく、大地も広く見渡すことができるのだ。

左右にベンチが置かれている。五人ずつ乗ることができる。最後尾は、小さな窓つきの乗降用ハッチだ。ハッチ全体が、上に持ち上がる。ベンチの上には吊り革がぶら下がっており、揺れるときはこの吊り革につかまって、身体を支えるようになっていた。

全員が乗ったところで、滑空船を載せた列車が走り出した。かなりの速度になったと感じたころに、どんと胴体に衝撃があった。翼が一気に広げられたのだ。次の瞬間、浮遊感があった。滑空船は輸送車から切り離され、空に飛んだのだ。船の中で、分隊の仲間がわっと歓声を上げた。船はどんどん後方に上昇していく。前方の円形の窓を通して、次々と滑空船が上昇してくるのが見えた。

二分後、おそらくは半露里ほどの高さまで上ったところで船は安定した風をとらえ、編隊飛行に入った。

着地訓練も上出来だった。滑空船のほうも、地面ぎりぎりまで船体を下げ、下げ翼を精妙に扱うことで五秒ほどまで静止できるようになっていた。地上一メートルの高さで五秒止まっていてくれるなら、登志矢たちはひとりの怪我人も出さずに着地できる。じっさい、全員の着地に成功した。

その日の夕刻、ソジンの町に戻ったとき、ジェリドフ小隊長は、明日の訓練は昼から、と伝えてきた。その夜は町で羽目をはずして酒を飲んでも、遊んでもいいということだった。

解散したあと、ダヌーシャが登志矢に言ってきた。

「知っているか。鉄道駅の向こう側の民家で、酒を飲ませてくれるところがある」

小隊で噂されているのは知っている。少し糧食《りょうしょく》などを持っていけば、酒が飲める。カネを払うなら、ポーランド人の女が買える。そういう家が何戸かある。ダヌーシャは、一緒に行かないかと誘ってきたのだ。

「わたしは」と登志矢は言った。「司令部の並びにある店に行こうと思います」

割合大きな兵卒専用の店があった。どっちみち自分は酒は苦手なのだ。ウオトカをほんの少し飲むだけで、酔ってしまう。気分が悪くなる。悪所に行ったところで、楽しめるはずもない。

ダヌーシャがくすくす笑いながら言った。

「お前、まだなのか？」

「ええ」と、登志矢は正直に答えた。

「婚約者でもいるのか？」

「いませんよ」

「なら、大きな作戦の前には、すませておいたほうがいい」

「死ぬからですか？」

「女を知らずに死んでもいいのか？」

「知らなくて残念ということは、たくさんあります。それだけじゃない」

「ま、無理にとは言わない」

けっきょく分隊の三、四人の兵士たちが、鉄道駅の西側に出向いていった。

登志矢は兵士専用の居酒屋に行くと、いつもより多く酒を飲み、早めに酔いつぶれて、朝まで司令部守備隊の空いた寝台で眠った。

作戦が近いにしても、明日死ぬわけではない。

夜中に気分が悪くて何度か目を覚ましたが、そのたびに自分に言い聞かせた。

明日死ぬわけじゃない。


訓練が始まって翌日で二週間という日だ。訓練を終えた後にジェリドフ小隊長が言った。

「明日は、遠出して演習となる。朝食のあと、完全装備で師団司令部に向かう」

どこに行くのかは知らされなかった。

ソジンに着いたとき、駅では一個連隊ほどの部隊が兵員輸送車に乗り込んでいる最中だった。

乗車を待っている兵士の中に、知っている顔があった。勇里だ。ということは、自分たちの連隊だ。

「勇里」と呼んで、登志矢は訊いた。「移動命令なのか？」

「ああ。沿海州の軍は、この戦線から南東部に移るらしいんだ」

「南というと、ウクライナ戦線か？」

「ガリツィアらしい」

前年の中央同盟軍の攻勢で大きく負けた地域だ。いまポーランドの戦線は膠着しているし、ならば失地回復のために、南東部で攻勢に出るということだろうか。師団が移動するということは、自分たちの急襲作戦も、もしかしたらその一部なのか？

下士官の呼ぶ声が聞こえた。早く乗れ、と勇里を促している。勇里は手を振って兵員輸送車に乗っていった。彼の顔はもうすっかり一人前の兵士の顔だった。

司令部には荷馬車が二台用意されていた。向かったのは、北の方角だ。街道を一時間以上走ってから、荷馬車は前線側へと進路を取った。そこからまた田舎道を三十分以上だ。すっかり破壊し尽くされた小さな町を通り過ぎてから、田舎道の向こうに豪壮な邸宅が見えてきた。かつてはこの地の貴族の屋敷であったかと思えるような大きさだ。しかし、屋根が半分落ちている。壁にも砲弾が炸裂した跡があった。石造りではなく、木造の邸宅だった。

荷馬車はその屋敷の車寄せの前で止まった。すでに荷馬車が三台、前庭に止まっていて、馬はその横手の木立の中につながれていた。兵士たちが十数人、庭先に腰を下ろしている。登志矢たちの部隊の到着を待っていたようだ。

全員が荷馬車から降りると、ジェリドフ小隊長が言った。

「こういう屋敷の中に入ったことのある者はいるか？」

兵士たちは顔をめぐらした。誰か経験のある者はいるのだろうか。

別の分隊の一等兵がおずおずと手を挙げた。

「母がこういうお屋敷で働いていたので、台所には入ったことがあります」

つまり、事実上小隊の兵士の誰も、こんな邸宅には足を踏み入れたことはないということだ。小隊長自身はどうなのかなと登志矢は考えた。彼の生家は、やはりこのくらいの屋敷なのだろうか。

「ついてこい」とジェリドフが言って、真正面の両開きの入り口から中に入った。小隊が続いた。

そこは、玄関ホールと呼ばれる小部屋のようだった。真正面に階段がある。

ジェリドフは階段の脇を奥へと進んだ。広い部屋に出た。正面は大きなガラス窓が連続しており、裏庭を眺めることができた。窓ガラスの大半は割れている。家具や調度などは、あらかた持ち出されていた。

　全員が広間に入ったところで、ジェリドフが言った。

「ここが大サロン。パーティなどを開くところだ。正面のフランス窓から、外のバルコニーに出ることができる。右手に小サロン。客を招いてお茶などを飲む。ピアノが置かれるのも、ここだな。左手は食堂だ。わかっているだろうが、こういう邸宅では、飯を食う部屋と寝室は別だ」

　ジェリドフが右手に移動し、小サロンに続く細長い部屋に入った。壁に何枚かの肖像画がかかり、床に大理石の彫刻がいくつか転がっている。

「画廊だ。主人のコレクションを並べる」

　その廊下を突っ切って左側のドアを開けた。書棚に囲まれた部屋だ。ただし本はほとんど床にぶちまけられている。隅に暖炉がしつらえてあった。

「図書室だ。主人によっては、この図書室を自分の書斎にして、ときに親しい客も中に入れる」

　ジェリドフは図書室から玄関ホールに戻り、大サロンから続く食堂に入った。食堂にはあるはずの大テーブルもなくなっていた。

　ジェリドフは、食堂から、その奥のドアを開けて次の間に入った。

「ここが配膳室。そしてその向こうに厨房がある。通常ここには主人やその家族はやってこない。使用人たちが使う部屋だ」

兵士たちは興味深げに部屋の造りや調度に目を向けながら、ジェリドフについていった。

ついでジェリドフは玄関ホールから階段を上がった。二階には廊下があって、建物の中心部をぐるりと回っているようだった。ジェリドフは廊下から建物右側の部屋に入った。ベッドは枠だけだ。クローゼットが倒されていた。

「主人の寝室、そして浴室、化粧室が付属している。そっちの窓から、バルコニーに出ることができる」

ダヌーシャが小声で登志矢に言った。

「おれのうちは、あの化粧室ぐらいの広さの部屋に親子五人で住んでたんだ」

登志矢はダヌーシャにうなずいた。自分のうちも似たようなものだった。農家だったから、部屋は多少広かったけれども。

ひとりの兵士が、寝室の隅にある巨大な陶器の柱のようなものを指差して訊いた。円柱を縦に半分にしたような形で、青い模様が描かれている。

「これは何ですか?」

「ストーブだ」とジェリドフは答えた。「というか、ストーブの覆いだ」

「ストーブの焚口は、どこにあるんです?」

「部屋の裏手だ。隠し廊下があって、焚口はその廊下の側に向いている」

「石炭をくべるのに、いちいち隠し廊下に出なきゃならないんですか？」

「石炭をくべるのは、使用人の仕事だ。主人の目に入らないように、冬のあいだは石炭を燃やし続ける」

ジェリドフは二階の外側の部屋を順繰《じゅんぐ》りにめぐるように歩いた。兵士たちが続いた。

途中でジェリドフがまた言った。

「二階にはこのとおり、寝室が並ぶ。建物の片側に家族用の寝室。客用の寝室は反対側になる。それぞれ化粧室がつく」

主廊下に戻ってから、ジェリドフは言った。「この廊下の両側、壁の向こう側に、隠し廊下があるはずだ。使用人が使う。どこかにうまくドアが隠れているはずだが」

兵士のひとりが言った。

「ここの壁板が開きます」

ジェリドフが中に入って言った。

「隠し廊下だ。入れ」

暗かったので、兵士の数人がろうそくに火をつけた。幅の狭い廊下の片側に、三台の鋳物《いもの》製のストーブがあるとわかった。壁から奥へと引っ込めて置かれている。その向こう側が、さっき見たような陶器の筒となっているのだろう。

奥へ進むと階段室があり、細い階段があった。ひとがすれ違うのも難しそうだ。上にも続いている。

ジェリドフが言った。

「このくらいの邸宅には必ず、使用人だけが使う階段と隠し廊下がある。もし盗賊団などに襲われた場合は、主人一家が逃げるためにも使う。階段は屋根裏部屋にも続いている。使用人たちの部屋だ」

ジェリドフが階段を下っていく。兵士たちも続いた。

下った先は、配膳室の脇だった。配膳室の側からだと、そこに食器棚でもあるかのようにドアがついている。階段があるとはわからないようになっていた。

厨房の脇に、もうひとつ階段があった。これも二階のもうひとつの隠し廊下に続いているのだろう。

ジェリドフは厨房の窓に寄り、外に見える建物を指さした。

「この屋敷の場合、外に馬小屋と馬車小屋、フレーブ焼き小屋、それに石炭や薪を蓄えておく倉庫がある。この厨房の脇に出入り口があって、使用人たちが出入りするのはこちらの通用口だ」

兵士のひとりが訊いた。

「サロンの窓から、裏庭の右手にも建物が見えました。あれは何でしょう？」

ジェリドフが答えた。

「たぶん遊戯室だ。撞球《どうきゆう》の台とか、カードをするためのテーブルがあるはずだ。金持ちなら地下道をつけているかもしれない」

ジェリドフがもう一度大サロンに戻り、玄関ホールへと出た。彼は主階段の裏手に回ったところで、地下に続く階段を見つけた。建物に地下があるのかと登志矢は想像したが、その先にあるのはやはり廊下だった。廊下は、ちょうど建物の端の土台のあたりで、瓦礫《がれき》に埋まっていた。

ひととおり邸宅の内部がわかったところで、ジェリドフは小隊を前庭に出して言った。

「これから、ここでかくれんぼをする。建物は二個分隊で内外を守られ、中に重要人物がいる。きみらの任務は、建物裏手の林から邸宅に接近し、守備部隊を制圧、邸宅の中にいる重要人物を発見し、捕虜として、再び裏手の森へと戻ることだ。ここにいる二分隊が、敵役になってくれる」

ジェリドフは、守備隊役の兵士たちの中から、最年長と見える兵士を呼び出し、白いネッカチーフを渡した。

「これを首に巻いてくれ」

口髭の立派なその兵士は、首に白いネッカチーフを巻いた。

「二階の寝室にいてくれ。騒ぎが起こった時点で、好きなところに隠れろ。隠れ場所は、できるだけ見つかりにくいところがいいが」

「下見はすませておきました」

守備隊役のほかの兵士たちは、左腕に白いリボンを巻くことになった。

ルールが説明された。この演習では、当然ながら実弾は使わない。ただし、拳銃、短機関銃と銃剣は携行する。模擬の手投げ弾も。そしてじっさいの射撃の代わりに、発射音を口で出す。パンパンと。自分が気づいていない場所からそのように発砲された場合、そこで死亡である。その場にしゃがみこむ。接近戦となった場合は、先に発砲、もしくは相手の身体に触れたほうが勝ちである。

ペトレンコがジェリドフに訊いた。

「ネッカチーフ男が、拳銃なりなんなりで抵抗してきた場合は？」

「絶対に殺してはならない」とジェリドフは言った。「身を守りつつ、相手を降参させろ。大怪我もさせるな。気絶させるくらいはいい」

小隊のみなが笑った。

「じゃあ、頼んだ」とジェリドフは守備隊役の兵士たちに言って、小隊の全員に合図し、邸宅の裏手に向かって歩き出した。

兵士のひとりがジェリドフの後ろから訊いた。

「小隊長はこの場で、審判役をするんではないのですか？」

ジェリドフはうれしそうに首を振った。

「まさか。この演習をすませておかなければ、じっさいに指揮などできないじゃないか」

ペトレンコが驚いた顔で確認した。

「小隊長が、この作戦の指揮を執《と》るんですか？」

「立案した以上、指揮も執るさ。代わりはいない」

邸宅の裏手の木立の中で、ジェリドフは作戦を説明した。

小隊は二手に分かれ、建物の両翼から接近する。南翼側から正面に回り込んだ一分隊は、正面を守る守備兵を倒し、入り口を確保する。もう一分隊は、裏手側の守備隊を倒し、裏手を押さえる。建物の北翼側から接近した二分隊は、遭遇した敵を倒しつつ、通用口から中に突入する。そのうちの一分隊は、一階を調べる。もう一分隊は、二階に駆け上がる。

その分担が指示された。ペトレンコ軍曹率いる登志矢の分隊は、二階を受け持つことになった。

一階でも二階でも相手かたの白いネッカチーフを発見できなかった場合、二階を担当した分隊が使用人階段から屋根裏に上る。一階を受け持った分隊は、一階と二階とのあいだの、ふたつの使用人階段と廊下をあらためる。演習はネッカチーフの男を発見するまで続けられる。たとえ一時間、二時間かかろうとも。

ジェリドフは言った。

「わたしは一階を受け持つ分隊と行動する。必要な報告はわたしに。そのつど指示を出す」

下士官たちがいくつか質問した後、分隊ごとに集まって、下士官が部下たちに注意を与えた。

ペトレンコは登志矢たちに、鋭い調子の声で言った。

「おれたちが白ネッカチーフと遭遇する可能性が一番高い。パン、と撃つ前に、相手が誰かを確認しろ。無闇な発砲は厳禁だ」

「きょうはロシア人相手の演習だ。合い言葉を使う。敵か味方かわからないときは、鷹《ファコン》と言え。味方なら、同じように鷹と返せ」

「ひとりが部屋に突入したら、後ろの者は必ずすぐに援護の態勢を取れ。次の部屋に入るのは、二番手だ。これを順繰りにやる」

「しんがりは、後ろをしっかり注意しろ」

もう一度小隊は、木立の端にいるジェリドフのもとに集合した。

ジェリドフは腕時計に目をやり、いくつか数えてから笛を鳴らした。

「行くぞ」

ジェリドフが木立から腰をかがめて駆け出し、小隊が続いた。登志矢の分隊は、北翼側から通用口に接近した。まずは通用口に近い馬車小屋の焼け跡まで行くのだ。

馬車小屋の焼け跡から邸宅を窺《うかが》った。通用口にもふたりの兵士が立っている。

建物の陰、玄関のほうから、声が聞こえた。

「誰だ。止まれ！」

直後に、パン、パン、と口で発砲の擬音。ジェリドフ率いる班が正面の突破にかかったのだ。通用口に着いていた兵士ふたりが、背から銃をまわしながら、擬音のした方向に顔を向けた。

ダヌーシャが、廃材の陰から立ち上がり、短機関銃を腰だめにして、擬音を口にした。

「タッタッタッタ」

兵士ふたりが、あっ、と驚いた顔で身体の向きを変え、ダヌーシャに銃を向けようとした。ダヌーシャはすぐに身体を引っ込めた。

焼け跡の別の廃材の陰から、ふたりが撃った。

「パパパパーン」

兵士ひとりが、擬音の方向に顔を向けた。

「死んだ」と大声で言ってペトレンコが立ち上がり、通用口に向かって駆け出した。登志矢たちも続いた。

通用口にはドアはなかった。もうひとつの分隊の兵士たちが、転がるようにして飛び込んでいった。

奥で、またパンパンという擬音。いくつか重なったあとに、声が聞こえた。

「大丈夫だ」

この春に補充されたばかりのセーニャを先頭に、自分たちの分隊が飛び込んだ。登志矢は三人目だ。

厨房から大サロンに入って、すぐに右手に曲がった。玄関ホールにはもう味方がふたりいた。

ペトレンコが分隊に言った。

「階段。上を注意しろ」

先頭の階段をセーニャが上りかけたとき、上から擬音があった。

「パン」

セーニャは、足を止めて階段の上を見上げた。

「お前は死んだよ」と、上からの声。

セーニャはしくじったというように階段の脇によけた。

ダヌーシャが、階段を駆け上がる姿勢で言った。

「援護を」

登志矢ともうひとりが、階段に身体を投げ出すように仰向けに飛び出し、階上に向けて短機関銃を連射した。

そこでダヌーシャが階段を数段駆け上がり、振り返って二階の廊下に発砲した。

登志矢ともうひとりがダヌーシャを追いかけ、二階に姿を見せた兵士に向けて撃った。

その兵士は言った。

「あ、やられたんだな」

ダヌーシャはさらに駆け上がっていく。

登志矢たちも続いた。ダヌーシャは幅の広い廊下の奥で、壁に背をつけている。その向こう側に寝室のドアがふたつ向かい合ってついていたはずだ。

階下ではまだ、発砲の擬音が繰り返されている。画廊か図書室のほうで、撃ち合っているということなのだろう。

ペトレンコも廊下に上がってきて、分隊に指示した。半分ずつ分かれろ。時計回りに、ひと部屋ずつ見ていけ。

ペトレンコは、廊下の部下たちの中の四人を順に指差して、自分についてくるように命じた。

「残りは、ダヌーシャと一緒に」

登志矢はダヌーシャの後ろについて、客用の寝室を回ることになった。

寝室のドアの多くも、壊れるか完全にはずれてしまっていた。登志矢たちは先頭の者が腰を屈めて部屋に飛び込み、そこが無人であることを確認してから次の部屋へと、慎重に部屋をあらためていった。クローゼットの扉があれば開けて中を確かめたし、化粧室も浴室も同じようにだ。

廊下の反対側、主寝室のほうから、パンパンという擬音が数人分固まって聞こえてきた。あちらには守備兵がいたのだろう。

客用寝室をすべて見て、主廊下に出た。廊下の反対側に、ペトレンコたちがいる。ペトレンコが登志矢たちを見て、左手で天井を指差した。この建物の屋根は半分崩れているが、屋根裏部屋もいくつか残っているのだ。

登志矢は、隠しドアから使用人用の廊下に入り、さらに隠し階段へと向かった。

ここまで目標の白いネッカチーフが見つからないということは、もう屋根裏部屋にいると決まったようなものだった。おそらく護衛役もふたりぐらいは付いている。

登志矢は階段では先頭になり、そっと一段一段上りながら屋根裏に飛び出して床に腹這いになった。そこも廊下だった。ドアが並んでいて、その向こうはぽっかりと虚空だ。

「パン」と擬音。後ろだ。自分はやられたことになるのか？

分隊の古参兵、ヤーコフが、登志矢と同じように屋根裏の床に身を投げて、廊下の奥に発砲した。

ダヌーシャも屋根裏に上体を出して、擬音の方向に撃った。

開いたドアのひとつから声がする。

「ふたりやられたはずだぞ」

登志矢とヤーコフのことだ。ダヌーシャが屋根裏の床に転がり出て、あとふたりが続いた。

白いネッカチーフの兵士は、かろうじて残っていた屋根裏部屋の奥で見つかった。藁を敷いた寝台に腰掛けて、見つかったときは照れくさそうに笑っていた。

その兵士は言った。

「こんな廃屋だから、簡単に見つかった。きちんとした屋敷なら、隠れ場所はもっとあるぞ」

たしかに、と登志矢も思った。

ペトレンコが兵士の首からネッカチーフを取り上げると、階段の上から大声で言った。

「見つけた。確保したぞ」

もう階下からは発砲の擬音は聞こえてこないから、守備の兵士たちを完全に制圧したということとなのだろう。

十分以上かな、と登志矢は発見まで要した時間を考えた。自分は時計を持っていないが、あんがい手こずったかもしれない。

その兵士を主階段を使って階下まで下ろし、ジェリドフ小隊長に引き渡したところで、演習は終わった。開始から発見まで、要した時間は十三分だったという。

小隊は邸宅を守っていた二個分隊を全員倒していた。味方の損害は八人だった。損耗率は二割だ。

ジェリドフは、成功とは言えない、と講評した。犠牲が大きすぎたと。でも、自分たちは、次はもっと巧くやり遂げるだろう。

その翌日に、小隊にも移動命令が出た。

師団を追いかけて、南部の戦線に向かうのだ。兵員輸送列車は、沿海州軍管区の別の師団と一緒だった。かなり多くの師団が、南に引き抜かれているようだ。もう春も終わり、初夏という空になってきていた。砲撃痕だらけのこの前線でも、大地は緑に覆われつつあった。

新しい師団司令部は、ウクライナ西部のブナーダという町に置かれていた。前線までわずか八露里という位置だ。ソジン同様、地元の学校が接収されて、師団司令部となっていた。

師団の本隊は、すでに前線に投入され、敵方塹壕陣地に向けて、新しい塹壕を掘り進めているという。砲兵隊や工兵隊も増強されていた。また、亀甲砲車も二百両がこの戦線に集められているらしい。昨年の失敗は繰り返さないと、参謀本部では膠着した塹壕戦を徹底検証、新しい戦術で局面打開をはかる心づもりらしかった。

着いたその日、小隊は司令部の一室に集められた。

行ってみると、その部屋にはジェリドフ小隊長のほかに、五週間ばかり前にも見たあの将校がいた。登志矢たち前線にいた兵士たちの汚れた軍服に、顔をしかめた将校だ。

教室の壁には、ガリツィア地方の大きな地図が掲げられていた。教室の中央にはデスクが集められ、その上に白い紙を敷いて、建物の簡単な模型が置かれていた。半端な角材を使って、建物の形が立体的に示されているのだ。写真をもとにしたのだろう。塗料で描かれた窓の数などから判断するに、演習で使った屋敷よりも大きいものに見えた。

そこにふたりの佐官が入ってきた。ジェリドフが敬礼したので、登志矢たちもならった。佐官のひとりは登志矢たちの連隊長、マシュコフ少佐だ。ということは、もうひとりも師団の連隊長なのだろう。ふたりはジェリドフの後ろの椅子に腰を下ろし、足を組んだ。作戦の当事者というよりは、観察者の姿勢だ。部下の練った作戦を見に来たということのようだ。佐官たちが、ジェリドフにうなずいた。

ジェリドフが連隊長たちの合図を受けて、小隊の兵士たちに向き直り、ひとりひとりの顔をざっと見渡してから言った。

「明後日、天気が急変しない限り、作戦を実施する」

小隊の全員が、すっと背を伸ばした。

ジェリドフは続けた。

「明後日払暁《ふつぎょう》、小隊は滑空船に乗り込み、夜が明けきらぬうちに敵陣奥の目標地点に到達、着地する。目標は」

ジェリドフは地図を振り返った。

地図の中央近く、南北に走っている赤いラインが前線だ。

ジェリドフは前線の西側、ひとつの町を指さして言った。

「前線の西二十露里にクルーツという町がある。敵第四軍の司令部が置かれていて、司令官である上級大将レオポルト・フェルディナント大公がいる」

全員の目がジェリドフ小隊長の顔に集中した。

フェルディナント大公！

向こうの帝国の皇族のひとりだ。皇位継承権が何番目であったかは知らないが、状況次第では皇帝になる人物である。豪胆な軍人としても知られている。

紙焼きされた写真が回された。カイゼル髭で軍帽をかぶった中年男が写っている。

ジェリドフは言った。

「わたしたちの目標は、その大公を生け捕りにすることだ。そのためのきょうまでの訓練だった。大公を捕虜にできれば、少なくとも中央同盟のうちオーストリア・ハンガリー帝国とは講和に持ち込める。相手がドイツ軍だけとなれば、戦争には勝つ」

でも、と登志矢は心配した。大公で第四軍司令官となれば本陣の中にいるのだろうし、まわりは親衛隊のような精鋭が守っているのではないか。自分たち一個小隊で、拉致《らち》ができるものなのかどうか。

ペトレンコが何か言いかけた。

しかしジェリドフが制して続けた。

「司令官である大公を、そう簡単に拉致できるかと心配しているのだろう。そのとおりだ。しかし、我が間諜《かんちょう》からの情報では、大公は軍司令部の中で起居していない。町の外にある孤立した邸宅で起居し、毎朝馬で牧草地の中をひと駆けしてから司令部に出る」

第四軍の司令部は、クルーツの街の旧市街、かつてのクルーツ城の中に置かれている。司令部付きの守備隊は、街の東の外、前線側に配置されている。大公の居館まで、十四、五露里。何かあってもすぐに駆けつけられる距離ではないという。

「大公が」とジェリドフが続けた。「司令部にいる時間は、戦況が膠着している最近はせいぜい四時間だという。天気がよくて前線で砲声が聞こえなければ、猟に行くのだぞうだ」

兵士の何人かが、鼻で笑った。なんと貴族趣味なのか、ということなのかもしれない。

登志矢も思わず苦笑するところだった。

　ジェリドフがさらに説明した。

「大公は男盛り。首都を離れて前線に来ているとはいえ、癒しと気晴らしが必要だ。さいわい住んでいる邸宅は、かつてのガリツィア・ロドメリア王国の王家の血を引く、マリア・ルイーザ・ハールィチ夫人のものなのだ。同盟軍が接収したが、夫人はかつての王家のこの別荘の離れに」ジェリドフは含み笑いを見せた。「離れにいることになっている。大公も、この別荘で長い時間を過ごしたい理由があるのだ」

　ジェリドフが言葉を切ったところで、ペトレンコが言った。

「敵の帝室の一族で、第四軍の司令官という人物が住む屋敷としては、演習のときのような二個分隊の警備というのは手薄すぎませんか？」

　ジェリドフが答えた。

「大公は、無粋なものは見せるなと、警備の兵士を遠ざけている。この館は運河にかかった橋の奥にあるんだ。橋にも二個分隊が配置されている。前線からは二十露里あるし、油断もあるだろう。十分にわが突撃隊で制圧できる規模だ」

　何か質問はあるか、というようにジェリドフが兵士たちの顔を見渡した。

　べつの下士官が訊いた。

「首尾よく大公を生け捕りにしたとして、どうやって前線のこちら側まで、連れて帰るんです？　浮揚艇を使うんじゃないかという噂も聞きましたが」

こんどの訓練で、みながもっとも気にしているのはその点だった。自分やダヌーシャがドイツ製浮揚艇を見せられたことで、川を脱出路にするのではないかとは想像できていただろうが。

「そうだ」とジェリドフ。「この作戦には、もうひとつ、脱出のための浮揚艇を奪取するという重要部分がある。分隊のひとつを、これに振り向ける」

ジェリドフは壁の地図に近寄り、指で示しながら言った。

「クルーツの町の外を、トイスル川という川が蛇行している。領主館から真南に一露里弱のところに船着場があって、川船のほかに、つねに五、六隻の浮揚艇が係留されている」

クルーツから前線までは線路も破壊され、道路も寸断されたままだ。この地域では、船でしか物資を運べない。下流にある前線に、川船と浮揚艇が毎日大量の物資を運んでいる。蒸気機関に火の入った浮揚艇が、終日、いくつも浮かんでいる。

「そこの警備は？」とペトレンコ。

「一分隊程度、とわかっている。精兵ではない。町の船着場は、ここよりも上流だ。そちらのほうは、多少守備の規模は大きいが」

「浮揚艇を奪って川を下るとしても、途中方々に守備の兵がいますね？」

「障害を排除しながら下る。また川が前線にかかるところに、有刺鉄線が張られ、船止めのバリケードが設けられている。明後日、我々が戻ってきたとき、この障害は片づいている」

砲撃か空襲で、水面を掃除しておいてくれるということだろう。もしかすると、工兵が出るのかもしれないが。

ジェリドフは、口調を変えた。

「こういう作戦内容であるから、小隊をあらためて再編制する。浮揚艇奪取の班は、艇を扱える兵でまとめる」

ジェリドフが、浮揚艇奪取班の名を読み上げた。登志矢が入っていた。それにダヌーシャ。オートバイの運転ができるリク。ほか、先日ドイツ製の浮揚艇を動かした面々だ。分隊の指揮を執るのは、コレリスキー伍長となった。

ジェリドフが、浮揚艇奪取班に言った。

「滑空船は同時に離陸するが、きみらが本隊よりも五分先に船着場脇に着地する。現地を制圧し、浮揚艇をいつでも発進可能にしておけ」

登志矢は計算した。自分たちの着地から五分後に、本隊が邸宅近くに着地。それから大公発見まで、先日の演習結果であれば十三分。それから一露里弱の距離を本隊が移動して、船着場に到着する。この移動に七、八分だろうか。もし浮揚艇の蒸気機関に火が入っていなかったとしても、自分たちには二十五分の余裕がある。二十五分あれば、なんとか蒸気機関をかなりの出力まで持ってゆける。もっとも、それは制圧が一瞬でできた場合だが。逆に言えば、自分たちが船着場を一瞬で制圧しなければ、この作戦は失敗に終わるかもしれない。

もう質問もなかった。ジェリドフが、切り上げますがという顔で連隊長たちに目を向けた。ひとこと何か、という顔だった。

マシュコフ連隊長が、椅子に腰掛けたままで言った。

「きわめて重要な作戦だ。成功を収めて帰還することを期待するが、将校はきみひとりなのか？」

「わたしだけです」

マシュコフは、部屋にいるもうひとりの若い将校に顔を向けた。たぶん士官学校でジェリドフの同期だったのではないかと思える男。

「グリゴリー・ダニーロヴィチ。きみは、なぜこの作戦に志願しない？　思いついたひとりがきみだと聞いているが」

その士官が答えた。

「自分は、作戦の準備と後方支援のほうを受け持ちましたので」

ジェリドフが言った。

「そちらを、わたしから頼んだのです」

「英雄になれるものを」

グリゴリーと呼ばれた将校は黙ったままだ。

もうひとりの連隊長が言った。

「大公をお迎えに行くのに、この面々の軍服、汚なすぎないか」

　ジェリドフが謝った。

「連日、猛訓練をやってきたものですから」

「もし失敗したときも」その連隊長は、浮浪者という意味の語を口にした。「……みたいな連中を、大公拉致に放りこんだと笑われたくない。なんとかしろ」

「新しい軍服を支給してもらいます」

「いい報告を待っている」

　ふたりは椅子から立ち上がって、部屋を出ていった。

　登志矢たちは、あらためて邸宅の模型に近づき、その造りを子細に見つめた。

　明後日、この邸宅を襲うのだ。

勇者の帰還

滑空船が左手方向に滑り出したとわかった。

船体を傾けて、大きく進路を変えている。高度も下がっていくようだ。これまで編隊は、離陸後は北西方向に飛んでいたが、西へ、いや南方向に向かうのだろう。

もう空はかなり明るくなってきている。前方の丸窓ごしに見えていた地平線が、円の右上方へと消えようとしていた。船が完全に進路を変えて傾きが戻ったとき、南から東にかけての空は朝焼けだった。日の出少し前という明るさだ。

前方の丸窓ごしに、黒い大地を蛇行する川が見える。地図を確認するまでもなく、トイスル川だ。水面が、朝焼けの空をはね返していた。その川の下流方向にクルーツの町があり、その郊外に目標の船着場があるのだ。

登志矢はベンチの上で、痛くなってきた尻を動かし、丸窓の先に目をこらした。目標の船着場はいま操縦士には見えているのだろうか。

最後部に腰掛ける古参のストリギン上等兵が言った。

「後ろの船が、離れて行くぞ」

全員が胴体後尾に顔を向けた。後部ハッチには、小さな丸窓がひとつついているだけだ。登志矢の位置からは、後ろの三機の船の姿は見えなかった。その三機は、かつてのガリツィア・ロドメリア王室が持っていた別荘に向かうのだ。ロシア語の田舎家《ダーチャ》という語感よりも、ずっと豪壮な邸宅と説明されている。開戦後オーストリア・ハンガリー帝国軍が接収し、いま第四軍司令官のフェルディナント大公が起居しているという。自分たちが着地して五分後に、あちらの三機の滑空船から三十人の兵士たちが飛び下りる。

革の飛行帽をかぶった操縦士が、席から振り返って言った。

「もうじき目標に向かっての降下となります。上ったばかりの太陽を背にして、東北側から目標に接近します」

コレリスキー伍長が、船体の後部から訊《き》いた。

「あとどのくらいだ？」

「三十秒で降下開始。三分後に、目標脇の草原の上空ふた肘《ローコチ》」

コレリスキーが腕時計を見た。一昨日、貸与されたのだ。この作戦では、指揮官が時計を持っていることは必須の要件だった。コレリスキーは、昨日からしきりに腕時計を見ている。兵士たちは誰ひとり腕時計を持っていないから、みな少しうらやましげな目でコレリスキーのその顔を見つめていた。

滑空船はまた大きく傾いた。丸窓ごしに見えるのはまた大地だけとなった。いましがたまでとは違って、もう大地は黒一色ではない。無彩色に濃淡がつき、かすかに色が見えてきている。前線から十数露里《ヴェルスタ》後方のヴォルィーニの大地の地表は、爆撃や砲撃の痕もなく、六月の緑に覆われていた。

再び蛇行するトイスル川が見えてきた。前方が下流のはずだ。川幅が、いましがたよりも広くなっているように見える。滑空船がかなり降下しているということだった。地平線と船体の傾きはずれていない。船は進行方向にむけてぐんぐんと高度を下げていた。

操縦士が言った。

「左手に、町が見えてきました」

コレリスキーが、前方に視線を向けたまま訊いた。

「船着場は？」

「正面で、トイスル川が大きく北側に曲がっています。あのあたりです」

副操縦士が、地図と前方とを交互に見ながら言った。

「支流が合流していますが、その手前です。桟橋があり、川岸に倉庫がいくつか並んでいるはずです」

地表の細部が判別できるようになってきた。道路。木立。畑と牧草地。道路沿いの農家。牛囲い。

やがて船着場がはっきりとわかるようになった。浮揚艇が大小六隻、並んで係留されている。ほかに、ごく小さな川船が三艘《そう》。船着場の脇の川岸に小屋がふた棟あった。川に並行して道路が延びており、道路に沿って倉庫らしき建物が五、六棟と、民家が数軒見える。

　コレリスキーが、丸窓ごしにその船着場を見ながら言った。

「前線から十露里も後方だ。警備はせいぜい一分隊だろう。それも、精鋭じゃない。老いぼれたちだけだ」

　登志矢も、その船着場に目をやりながら思案した。あの浮揚艇の大きなほうは、何人が乗れるだろう。小隊全員は無理にしても、二隻を分捕《ぶんど》るなら、撤収には十分かもしれない。当然だが、二隻を動かすだけで十分なら、蒸気機関を最大出力にするまで、計画よりも短い時間ですむ。一隻に機関士ひとりずつが、かかりきりになれる。

「あと二分」と操縦士が言った。

　コレリスキー伍長が、部下に指示した。

「着地準備」

　分隊の兵士たちが、装備を点検してガチャガチャと音を立てた。登志矢も腹の締め具を確かめ、あらためて吊り革を持つ手に力をこめた。

　船体はまた傾き、左手に大きく進路を変えた。船体がごつりと音を立てた。登志矢は身体が前方に投げ出されるように感じた。吊り革を持つ手に力をこめ、姿勢を維持した。下向き翼が効いて、滑空船に少し制動がかかったのだ。

　副操縦士が立ち上がり、腰のロープを伸ばして、先端の鉤《かぎ》を天井に伸びたワイヤーに引っかけた。それからベンチのあいだを歩いて、後部ハッチの前に立った。

滑空船は、ごくごく浅い角度で地表に近づいている。速度はもう雪原を滑る馬橇《うまぞり》ほどだろうか。

副操縦士が、梃子《てこ》を使って後部のハッチを押し上げた。牧草地だ。船体の高さはいま、民家の屋根ほどだった。

操縦士が言った。

「あと十秒で、止めます」

登志矢は胸のうちで十まで数えた。数え終わったとき、操縦士が頭の前方にある横棒を両手でぐいと手前に引いた。またゴツンと船体に力がかかった。後方から強い力で引っ張られたような感覚だった。身体はさっきよりも大きく前方に傾いた。船体の前部が持ち上がり、丸窓の外には明け方の空しか見えなくなった。角度は十度くらいだろうか。操縦士が左手で操縦席脇の鉄のレバーを持ち上げ、横棒に先端の鉤の部分を引っ掛けた。カチリと船体が安定した。

コレリスキーが立ち上がり、開いたハッチの前に立った。

「立て」とコレリスキーが指示した。「訓練通りに、落ち着いてやれ」

登志矢は腰の締め具をはずしてベンチから立ち上がり、後部ハッチに目をやった。牧草一本一本が見分けられるほどの高さだ。

「いまです」と操縦士。

「行け」とコレリスキー伍長が、ストリギン上等兵の肩を叩いて言った。ストリギンがハッチから飛び下り、すぐに横転して次の兵士のために場所を空けた。

続いてふたり目、三人目。登志矢は五番目だった。後部ハッチから飛び出した。予測よりもほんの少しだけ高かった。牧草地の柔らかな地面に足がついた瞬間、登志矢は身体を左にひねり、牧草の上に尻をついて衝撃を逃がした。立ち上がると、数歩横に移動してから振り返った。

滑空船は大きく翼を立てて静止している。その格好は水鳥が着水するときのようでもあり、フクロウが小動物をいままさにその足でつかもうとしているところのようでもあった。

最後に飛び下りたのは、コレリスキー伍長だった。彼が立ち上がった直後、滑空船は正面からの風を翼の全面に受けて後退し、同じ姿勢のまま上昇した。滑空船は、登志矢たちの頭上を通過すると、みるみるうちに高度を上げ、再び前進に転じて大きく南方向へと飛んでいった。

コレリスキー伍長が訊いた。

「怪我は？」

誰も返事をしない。

「装弾しろ」

全員が、湾曲する弾倉を突撃銃に装着した。金属音が、少しのあいだその牧草地に響いた。

東北の空は朝焼けだった。ちょうど地平線上に日が昇った直後のようだ。地平線近くの雲間から、金色の光が差している。東の前線の方角では、砲声が断続的に響いている。飛行中は聞こえてはいなかったから、砲撃はいま始まったばかりなのだろう。味方の砲陣地から、散発的に撃っているようだ。総攻撃前の一斉砲撃の規模ではない。敵方の注意を前線に向けるが、しかし逆に総攻撃はないと安心させるための砲撃のようでもあった。

牧草地の南側に、上空からも見えていた倉庫が建ち並んでいる。五棟あった。

コレリスキーが、短く小声で指示した。

「二班は、上流側から。一班は、おれについてこい。倉庫のあいだから、船着場に向かう」

分隊は二手に分かれた。登志矢はコレリスキーの班に組み入れられている。二班が牧草地を左手方向に駆けだした。登志矢はほかの三人の兵士と一緒に、コレリスキーの後ろについて牧草地を突っ切った。

倉庫の裏手には、馬小屋や馬囲いもあった。駈け足で近づいていくと、馬小屋の中で馬がいななき始めた。異変を察知したのかもしれなかった。

コレリスキーはかまわずにその馬小屋の脇を抜けた。倉庫のあいだの通路ごしに、川が見えてきた。通路の出口でコレリスキーは班を止めた。前方右寄りに、船着場の小屋が見えた。小屋は船着場の管理人とか船頭たちの事務所であり、かつ休憩所でもあるのだろう。

いや、とコレリスキーやストリギンたちの肩ごしに見て、小屋の脇には馬車止め柵が固めてあるとわかった。桟橋への階段の脇には、胸の高さほどまで土嚢《どのう》も積んである。小屋には、守備隊がいるのかもしれない。

クルーツの町の中に、より大きな船着場があると教えられていた。そちらがもし空爆などで被害を受けたとき、町外れのこの船着場が代用されるのだろう。そのときのために、守備隊が置かれているのだ。

ストリギン上等兵が首を出して、左右を窺《うかが》った。道路の右手方向から、パラパラと靴音が響いてくる。

「味方だ」と、小声でコレリスキーが言った。

ひとりずつ、建物の陰になりながら接近しているのだろう。

正面方向の船着場の小屋から、ひとりの兵士が顔を出した。銃を持っておらず、上着はボタンがかかっていない。老兵だ。一班が接近する方角に、不審気な目を向けている。

二班の靴音が聞こえたのだろう。

コレリスキーが、小声で班の兵士たちに言った。

「三番で行く」

守備隊がいた場合、どのように制圧するか、作戦が三案、予定されていた。奇襲、強襲、詭策《きさく》、の三つだ。守備兵が二班の接近に気づいている以上、選べるのは強襲か詭策しかなかった。

コレリスキーが、班の兵士ふたりを苗字で呼んだ。

「ストリギン、ムラシェフ、先頭を行け」

呼ばれたふたりが、通路の先頭に出た。登志矢たちは銃を肩にかけ直した。

ストリギンとムラシェフが、笑いながら船着場の小屋に向かっていった。登志矢たちも続いた。何かの作戦を終え、気分も弛緩させて移動中の兵士のように、つとめてたるんだ歩き方を心がけた。

ムラシェフが船着場に近づきながら、ドイツ語でストリギンに言った。

「お前は馬鹿だ」

ストリギンが愉快そうに応えた。

「どういたしまして」

「おれは馬だ」

「ごめんなさい」

でたらめなドイツ語の単語を並べているだけだ。

守備兵が登志矢たちに顔を向けて、口を開けた。何が起こっているのか理解できないという顔だ。これは味方なのか？　それとも敵なのか。敵だとしたら、ずいぶん堂々と接近してくるが、と困惑しているのだろう。

老兵が、小屋の脇に立てかけてある銃に手を伸ばしながら、何か叫んだ。ハンガリー語だろうか。登志矢には、聞き取れない言葉だった。誰か？　とか、止まれ、の意味だろう。

コレリスキーが肩から銃を回して、その守備兵に向けた。

「手を上げろ」

登志矢たちも一斉に銃を持ち直した。

守備兵は瞬《まばた》きしてから両手を上げた。

ストリギンとムラシェフが守備兵に飛びかかり、小屋の前の板張りのテラスにうつぶせにした。

そのとき、小屋から兵士が飛び出してきた。こちらは少し若い。銃を手にしていた。ちょうど小屋に達した一班と鉢合わせした格好だった。その兵士は銃を構えた。発砲されるよりも先に、ストリギンが突撃銃を連射した。兵士はドアの前で崩れ落ちた。

老兵のほうは、うつぶせで押さえつけられたまま、大声で何か言っている。声の調子から、命乞いだろうと見当がついた。

二班の接近する方向でも、銃声が響いた。小銃の発射音、それに突撃銃の連射音。登志矢たちは身を屈めて、後ろを警戒した。その方向の民家か倉庫の中に、守備隊の残りがいたのだろう。

コレリスキーは、小屋の入り口に達して、中に怒鳴った。

「出てこい！」

て何か言った。
　それから小屋の天井に向けて短く一連射した。手を上げている老兵が、首をめぐらし
いない、とでも言ったのかもしれない。
　それでもストリギンとムラシェフが小屋の中に飛び込んでいった。
　また二班の突撃銃の音。倉庫の中の敵兵と撃ち合っているようだ。
　登志矢は桟橋脇の土嚢の内側に入ってから、周囲に目をやった。応援に行くか？　そ
れとも、ほかの伏兵を警戒すべきか。
　倉庫の並びの一軒の民家の窓に、ひと影が見えた。銃声で、目を覚ましたのだろう。
　小屋からストリギンたちが出てきて、もういないと報告した。
　コレリスキーが言った。
「あっちも、終わったようだ」
　二班の同僚たちが、道路に出てくる。前後左右に目をやりながら、小走りに船着場に
近づいてきた。
　到着したところで、一等兵のドルクーシンが言った。
「三人、いました。ひとりを倒し、ふたりを縛り上げてきました」
　コレリスキーが言った。
「まだいるかもしれん。警戒して、トーシャたちの作業を守れ」
「はい」と、二班は船着場のある川岸で全員が片膝をつき、三方に銃を向けた。

コレリスキーが登志矢とダヌーシャに言った。

「浮揚艇を、動かせるようにしろ」それから時計を見た。「あと二十分で」

登志矢は、係留された浮揚艇に目を向けて言った。

「大型のが二隻あります。二十人は乗れそうですが、あの二隻でもかまいませんか？」

コレリスキーも浮揚艇に目をやって言った。

「かまわん」

登志矢はダヌーシャに合図して、近いほうにつながれている大型浮揚艇に向かった。

浮揚艇は、後尾、キャビンの後ろに機関室があり、その後ろに操舵台、さらにその脇に機関の計器盤がある。すべての浮揚艇の蒸気機関に、種火が入っていた。機関士が、交替で火を見ていたのだろう。その機関士たちは近所にいるはずだが、さすがに出てはこない。登志矢たちは、小型の浮揚艇の機関からも種火を移して、二隻の大型の浮揚艇の蒸気機関の出力を上げた。

十分な出力に達した、と思えたころだ。倉庫の裏手のほうから、ひとの気配が近づいている。味方だろうか。それとも、敵か。登志矢たちは、あらためて小屋や引き揚げられている川船の陰に身を隠した。馬がまたいななき始めた。

ほどなくして、上流側の倉庫のほうから、声があった。

「鷹《ファコン》！」

ペトレンコ軍曹の声のようだ。船着場を制圧できているのかどうかの確認だ。

コレリスキーが返した。

「ファコン」

声のした倉庫のほうから、ペトレンコ軍曹らが姿をみせた。その後ろで、兵士四人が担架を持っている。負傷した者があったようだ。

川の下流側の民家の陰からも、味方が現れた。

先頭に立っているのは、小隊長のジェリドフ少尉だった。右手に拳銃を提げている。その横を歩いているのは、カイゼル髭の中年男だ。勲章だらけの見慣れぬ服に軍帽、長靴姿だった。フェルディナント大公だろう。とくに縛られたり、銃を突きつけられているわけではなかった。少尉が丁重に案内しているという様子だ。大公は、憮然とした顔だった。

ジェリドフ小隊長が船着場に近づきながら訊いてきた。

「浮揚艇は？」

「いつでも出せます」とコレリスキーが答えた。「負傷者は誰です？」

「戦死者だ。ナザレンコ二等兵」

登志矢がジェリドフに言った。

「大型の浮揚艇があったので、それを使うことにしました。二隻に分乗です」

「わたしが大公と一緒に乗る」ジェリドフは背嚢《はいのう》から帝国の旗と、オーストリア・ハンガリー帝国の旗を取り出した。「これを、船首のポールに掲げてくれ」

登志矢は思わず訊いた。

「どうして、敵帝国の旗まで？」

「司令官が乗る船だ。それが作法だ」それからジェリドフはつけ加えた。「大公が乗っているとわかれば、敵もこの船を銃撃することはない」

「旗だけでわかりますか？」

「銃撃をためらうだけでもいいんだ」

ジェリドフは、小隊をあらためてふたつに振り分け、二隻の大型浮揚艇に乗るよう指示した。登志矢はジェリドフ少尉と大公の乗る浮揚艇の操縦と機関を受け持つことになった。火夫として二等兵のリクがついた。腕相撲の強い、男前の兵士だ。ナザレンコ二等兵の遺体は、ダヌーシャの操縦するもうひとつのほうの艇に収容した。

登志矢は操舵台の前に立ち、計器とレバー類を確認してから、舵輪の中央に地図を留めた。トイスル川だけ、黒く太い線で目立たせたものだ。

全員が乗ったことを確認してから、登志矢は艇の艫《とも》にいる兵士に合図した。その兵士はもやい綱を解き、足で桟橋の柱を蹴った。艇は桟橋から離れた。兵士たちは銃を構えて舷側《げんそく》の内側にしゃがみ、ジェリドフと大公はブリッジの前のベンチに並んで腰を下ろした。

浮揚艇が川の中程まで出たところで、登志矢は浮揚艇の加減弁を徐々に開けていった。加減弁が全開になると、長円形の浮揚艇の船体の下に、水飛沫《みずしぶき》が上がった。浮揚艇はちょうど噴水に取り囲まれたような格好となった。ぐらりと艇が前後に揺れた。浮き場がったのだ。登志矢はレバーで噴射圧を四十パーセントまで上げてから、そろそろと艇を前進させた。ほどなくすっと舳先《へさき》方向の水飛沫が消えて、浮揚艇は滑らかに水面上を滑り始めた。

すぐ行く手に、本流との合流点が見えてきた。本流を左手に遡ると、川は大きく右手に蛇行して、クルーツの町の外を通る。そこにはもっと大規模な船着場がある。

合流点の低い丘の上に、監視哨《しょう》らしき塔が見えてきた。櫓《やぐら》の上に、数人の兵士がいる。接近する浮揚艇に気づいたようだ。あわてた様子で動いている。

合流点手前の川幅は、せいぜいが五十サージェンだ。できるだけ流れの遠い側を進んでも、監視哨からはゆうゆうの射程内だった。

ジェリドフが命じた。

「発砲するな。撃ってきても反撃するな」

兵士たちの一部が、怪訝《けげん》そうにジェリドフを見た。ジェリドフは、ブリッジの前に大公と並んで立ち、顔を監視哨に向けた。艇の船首のポールでは、ふたつの帝国の旗がはためいている。

監視哨の上で、兵士たちが双眼鏡を回し合っている。大公が、その兵士たちに向かってうなずいた。ひとりが背後の電話機に飛びついて、ハンドルを回し始めた。登志矢の操縦する浮揚艇は、監視哨の真横を通過した。発砲はない。オーストリア・ハンガリー帝国軍の兵士たちも、この浮揚艇に乗っているのは自分たちの司令官らしいと気づいたようだ。でも、なぜいま司令官が、こちらの帝国の旗も掲げた浮揚艇に乗って前線に向かうのか、その理由までは思い至っていないのだろう。それとも、もうどういう事情か、見当はついたのだろうか。

浮揚艇は、川の本流に出た。川幅が一気に二倍以上になった。監視哨は川岸の起伏に隠れて見えなくなった。ジェリドフが振り返って登志矢に合図してきた。右手を進行方向にひと振り。登志矢は艇の速度を上げた。

完全に日が昇った。川面は朝の空をはね返して、まぶしかった。両岸の荒れた農地や村々の様子が、鮮明に見えている。

やがて前方に、落ちた橋が見えてきた。川の中に石を積んだ橋脚が二基、立っている。艇はその橋脚のあいだを抜けることになる。

橋の両岸に、兵士たちが見える。それぞれ一分隊ほどだろうか。この浮揚艇の接近を待っているようだ。艇に銃を向けている。銃撃戦となれば、上から艇の甲板を撃てる敵方のほうが有利だ。

ジェリドフが命じた。

「みな、立って大公を囲め」

舷側に身を隠していた兵士たちが立ち上がり、銃を構えつつ大公を取り囲んだ。

北岸には、将校らしき男がいる。艇の接近を凝視していた。彼がもし一か八かの賭けに出るなら、つまり銃撃を受けてもこちらが大公を殺すことはないと読むなら、橋を通過するとき、この艇には銃弾が集中することになる。反撃したとしても、それまでに味方の三分の一は倒れている。

相手の将校がそのような賭けに出た場合、ジェリドフ小隊長はどうするだろう。ためらわずに大公を撃つだろうか。それとも、そこで作戦は失敗だと認めて、降伏するだろうか。

操舵台の登志矢の位置から、ジェリドフの右手が見えた。腰の拳銃嚢にかかっていた。息を殺したまま、登志矢は艇を進めた。両岸の敵兵たちは撃ってこない。登志矢は速度を緩めることなく、艇を橋脚のあいだに入れて通過した。

橋を抜けたところで、兵士たちの半数はさっと艇の後尾側に回り、銃撃に備えた。もう一隻の浮揚艇も、同じ速度を保って橋脚のあいだを抜けてきた。敵の射程から離れたところで、ジェリドフは大公の囲みを解かせた。兵士たちはまた舷側に寄って身を屈めた。

前方で川は右手に曲がっている。そこから東方向に七か八露里で、いまの前線の中間地点となる。双方が川の中に、船の進入を止めるバリケードを設けている。

その方角から、砲声が聞こえてきた。ジェリドフ少尉の言っていたバリケードを取り除くための砲撃が始まったか。あるいは滑空船による爆撃か。

川の幅が広がった。浮揚艇は沼の中を進むような具合となった。湿地帯のようだ。いくつもの沼を、川がつないでいる、という言い方もできそうだった。さすがにこの湿地帯には、敵の陣地は見当たらなかった。

湿地帯を抜け、前線の手前一露里ほどまできたところで、北側の岸に陣地があるのが見えた。土嚢が積まれている。兵士たちの影がいくつも見えた。小さな支流が流れ込む場所だ。ここでも敵兵は銃を構えてはいるが、浮揚艇の進むのを凝視しているだけだ。やはりあの監視哨から連絡が来ているのだろう。

やがて両岸は、砲撃の痕だらけの大地となった。一本の立木もなく、人家もなかった。一年前に、双方が激しく奪い合った土地だ。川岸の少し奥には敵の塹壕《ざんごう》陣地があるはずだ。

川が緩く左手に曲がったところで、前方の水面に数本、杭の頭のようなものが見えている。両岸には、廃材やら木っ端やらが寄せられていた。ついいましがた、このあたりが爆撃か砲撃を受けたのだろう。

ジェリドフが登志矢に訊いた。

「あそこを抜けていけるか？　まだ残骸が残っているかもしれん」

登志矢は前方に目をこらして答えた。

「右寄りなら抜けられそうです」

「慎重に行ってくれ。ここまで帰ってきて失敗したくない」

「はい」

登志矢は振り返り、後ろの艇のダヌーシャに手で合図した。右岸寄りを抜ける。少しだけ艇の速度を上げた。艇は、出力を上げるほど、水面から高く浮くのだ。

両岸に敵兵たちが展開している。銃を構えて、指揮官が合図すればいつでも撃てる態勢だ。艇を右岸に寄せながら、バリケードの残骸のない隙間の中心に進路を向けた。このバリケードの百サージェン先が軍事境界線であり、さらにその向こう百サージェンのところに、味方のバリケードがある。自分たちは、そのバリケードの手前で上陸することになるのだろうか。ジェリドフ少尉はとくに指示を出してこない。出撃まで、その点は煮詰まっていなかったのだろう。川を守る部隊の指揮官の指示に従うだけだ。

登志矢たちの浮揚艇は濁った川面を進み、百サージェンで、とりあえず味方の陣地に着く。大公はまだジェリドフ少尉と並んで、キャビンの前に立ったままだ。

息を殺すようにして舵輪を握り、目には見えない軍事境界線を越えた。前方のバリケードの左手、岸寄りに隙間がある。ちょうど浮揚艇が通れるほどの幅だ。岸辺の土嚢の上に、兵士の頭がひとつ見える。手で合図していた。その隙間を抜けろ、ということらしい。工兵隊が、自分たちのためにバリケードを一部撤去してくれたようだ。ということは、自分たちの上陸は、かなり味方陣地の奥に入ってからということになる。

ジェリドフ少尉が言った。

「あの隙間、大丈夫か？」

「ええ」

バリケードのあいだを抜けると、その先の水面に小型の浮揚艇が浮いていた。将校がひとりと、数人の兵士が乗っている。将校は、この作戦の後方支援を受け持ったあの士官だった。

火夫役のリクが、登志矢に言った。

「ラジンスキー少尉だ」

彼の苗字は、ラジンスキーというのだと、登志矢はいま知った。

ラジンスキー少尉が、ジェリドフ小隊長に手を振って、親しげに愛称で言った。

「ミローシャ、お帰り！」

「グリーシャ」と、ジェリドフも愛称で応えた。「帰ってきたぞ」

「きみの横にいるのは？」

「大公殿下だ」

「万歳！」とラジンスキー少尉は拳を空に突き上げた。「ゲルノの町の船着場まで、ついてきてくれ」

ゲルノと言えば、前線から二十露里は後方にあるはずだ。方面軍の司令部が置かれている町に近い。大公の身の安全を考えて、まずそこに向かうのだろうか。浮揚艇ならば、さして時間がかかるわけでもないが。

ラジンスキー少尉は、左手の川岸の土嚢の背後にいる兵士に声をかけた。

「司令部に連絡を。ジェリドフ小隊は、任務を果たして帰陣と」

兵士のひとりが背を屈めて、土嚢の背後を駆け出していった。電話をかけるのだろう。

ラジンスキー少尉の乗った浮揚艇が発進し、下流へ進み出した。登志矢も、その艇についていて川の流れの中心へ出て、追走した。

ジェリドフ小隊長が大公にベンチに腰掛けるよう促した。

「お疲れさまでした。どうぞ、楽にしてください」

大公は無言のまま、キャビンの前のベンチに腰を下ろした。

兵士たちも、ふっと吐息をついてから、銃の構えを解いた。甲板に座り込む者もいた。リクが煙草の箱を取り出し、一本に火をつけてから登志矢に渡してくれた。

登志矢は煙草を受け取り、煙を吸い込んだ。

リクは自分も煙草に火をつけてから言った。

「きょうはもう、完全に馬鹿になりたい気分だ」

神経を弛緩させたいという意味では、自分も同様だった。

ゲルノの町の船着場には、二、三十人の将校の姿があった。将校たちはみな、興味津々という顔で、登志矢たちの浮揚艇の接岸を待っていた。

栈橋の少し手前で登志矢は浮揚ギアを切り、加減弁を閉じて着水した。あとは舵の操作だけで、栈橋に着けることができる。

ラジンスキー少尉の乗った小型の浮揚艇が、桟橋の一番奥に接岸して、ラジンスキーが最初に飛び下りた。彼は船着場の階段を駆け上がって、待ち構えている高級将校たちに大声で言った。

「我らが選抜小隊、フェルディナント大公をお連れして、帰還いたしました！」

登志矢の横で、リクがつぶやいた。

「まるで自分が作戦を指揮したみたいな言い方だな」

登志矢の艇が桟橋に接触した。すぐに兵士のひとりがもやい綱を桟橋の兵士に投げた。相手の兵士は素早くもやい綱を桟橋の杭に結びつけた。乗っていた兵士のひとりが、舷側の乗降口の戸をはずした。

ジェリドフ小隊長が桟橋に降り、これに大公が続いた。

大公が桟橋の上でいったん立ち止まると、その場にいた将校も兵士たちも一斉に敬礼した。大公は鷹揚《おうよう》に敬礼を返した。

ラジンスキー少尉が大公の横に立って言った。

「方面軍司令官であるイグナートフ大将が、お迎えに上がっています。どうぞ、階段をお上がりください」

ジェリドフ少尉とラジンスキー少尉が先に立って階段を上がった。大公がふたりのあとについて、五段ほどの階段を上がり、船着場の広場の奥に進んでいった。その進行方向に立っている恰幅のいい将官が、イグナートフ司令官のようだ。

登志矢たちがその様子を見守っていると、衛生兵がふたり、階段を駆け下りてきた。

「負傷者はいないか？」

ペトレンコ軍曹が答えた。

「ひとり戦死。重傷者はいない」

「ほんとうか」その衛生兵は呆れたように言った。「演習から帰ってきたみたいなものじゃないか」

「ほんとうに行ってきたんだ」

「軽傷者を診させてくれ」

何人かが、衛生兵たちの前に出た。傷といっても、銃傷ではない。打ち身とか、ひっかき傷とかばかりだ。

栈橋に上がってきたダヌーシャが言った。

「まだ何か儀式があるのか？　腹ぺこで、喉がカラカラなんだが」

大公を乗せた乗用馬車が広場を出ていった。同じ馬車には、イグナートフ司令官も乗った。ジェリドフ少尉とラジンスキー少尉は、二台目の馬車だった。

ほかの将校たちも、残った馬車に分乗して広場から去っていった。

登志矢たち全員が広場に出ると、年配の軍曹がひとり駆け寄ってきて、ペトレンコ軍曹の前で敬礼した。

「ご苦労さん。兵隊たちは、沸き立っているぞ」

ペトレンコ軍曹が訊いた。

「もう知れ渡っているのか？」

「ああ。大公を捕虜にした。これで講和になる。少なくとも、オーストリア・ハンガリー帝国とは講和になるってな」その軍曹は、声の調子を変えて続けた。「そっちの荷馬車に乗ってくれ。司令部で、いろいろ儀式やら手続きがあるはずだ」

「朝飯がまだなんだが」

「司令部で食えるさ。ほどほどなら、酒も飲めるだろう」

荷馬車に向かうと、それまで登志矢たちから少し離れて見守っていた兵士たちが近寄ってきた。みなうれしそうだ。荷馬車に向かう登志矢たちの二の腕を叩いてくる。ご苦労さま、の意味だろう。それとも、ありがとう、なのか。いずれにせよ自分たちは、帰陣を歓迎されている。失望させていない。落胆させていなかった。

兵士たちの中には、登志矢たちの装備にうらやましげな目を向けてくる者も少なくなかった。自動小銃と、拳銃は、たしかに目立った。去年補充された二等兵としては、過ぎた装備なのだ。

ひとりの年配の上等兵が、ペトレンコ軍曹に並んで歩きながら訊いた。

「敵の司令部を襲ったと聞きましたが、たいへんな戦闘だったんでしょう？」

誤った情報も広まっているようだ。

ペトレンコ軍曹が答えた。

「いや、大公の寝起きしている屋敷を襲ったんだ」

「それにしても、前線のずっと奥だ。そこから、よくもまあ浮揚艇で帰ってこられましたね」

「大公が乗っているから、向こうも撃つに撃てなかったんだ」

「謙遜だと思いますが、それだとずいぶん簡単な任務だったように聞こえますよ」

「それでもひとり死んでる」

その上等兵は敬礼して、ペトレンコ軍曹から離れていった。

十五分ほどで方面軍司令部のあるロソーチウの町に着き、広場で荷馬車を降りた。空襲や砲撃をほとんど受けていない町と見えた。町並みは荒れていない。

司令部は、広場南側のホテルの中にあるのだという。大公はすでに司令部の中に入り、方面軍司令官やほかの将官たちと会っている。捕虜ではなく、賓客《ひんきゃく》としての扱いだとのことだ。

登志矢たちの周りに、周辺にいた兵士や将校たちがぞろぞろと寄ってくる。この作戦の成功はもう、司令部付きの将校や兵士すべてに伝わっているのだ。

司令部の中から下士官がひとり出てきて、ペトレンコ軍曹に言った。

「小隊長がいま、司令官に報告しています。小隊はこのまま、もう少しこの広場で待機しているようにとのことです」

ペトレンコ軍曹が言った。

「まず朝飯を食わせてくれないか」

「ほんの少しです。小隊長が戻ってきて、次の指示を出すでしょうから。そのあと営舎のほうで、ひと休みしてください」

方面軍付きの部隊は、町の中の学校を接収して使っているとのことだった。自分たちもそこに寝場所をもらえるらしい。

ペトレンコ軍曹は小隊のみなに、暫時《ざんじ》休憩、この広場から離れぬようにと指示を出した。いまいましげな顔だった。

登志矢たちは背嚢をはずし、舗石の上に腰を下ろして、壁にもたれかかった。

十五分もたったころ、広場の向かい側にある建物から、技師ふうの身なりの男が三人出てきた。ひとりは大きな三脚を担いでいる。写真師とその弟子のようだ。彼らは司令部のあるホテルの正面玄関の前に三脚を置き、写真機の用意を始めた。玄関そばから離れてくれと、写真師の弟子が登志矢たちに言った。登志矢たちは言われたとおり、玄関から離れた場所に移動した。

やがて建物の中から兵士たちが出てきて、広場の野次馬たちを玄関から少し遠ざけた。写真撮影がいよいよ始まるようだった。

ほどなくして、大公と、イグナートフ大将が玄関口に現れた。ふたりは写真師の指示で玄関の階段を下り、建物を背にして立った。イグナートフ大将は満面の笑みだ。大公のほうは、浮揚艇に乗っていたときよりは柔和な顔となっている。

イグナートフ大将が、広場の群衆たちに目を向けて大きな声で言った。

「レオポルト・フェルディナント大公を賓客として帝国にお迎えしたんだ。もう少しましな礼儀を見せてくれ。もっとここから離れるんだ」

兵士たちが群衆をさらに外へと押しやった。

しばらく写真師が撮影の支度《したく》を進めた。登志矢が想像している以上に、時間がかかった。将軍と大公は立ったまま、焦《じ》れったそうだった。

けっきょく十五分ほどの時間をかけ、写真師は将軍と大公が並んだ写真を二枚、マグネシウムを焚いて撮った。その撮影が終わると、将軍と大公はまた建物の中に引っ込んでいった。

そこにジェリドフ小隊長が現れた。小隊の下士官たちが囲むと、ジェリドフは言った。

「このあと、朝飯だ。ここで待機。飯のあと、マシュコフ連隊長がきみらをねぎらう。明日の朝、町の墓地で、ナザレンコ二等兵の軍葬だ」

いったん言葉を切ってから、ジェリドフは続けた。

「そのあと、二十四時間の休暇となる。休暇が終わったところで、小隊の特別任務を解く。明後日、諸君は通常の装備で原隊に戻る」

司令部前に集まっている見物人の中に、少し目を引く若い女性がいた。ふたり連れで、ふたりとも頭にスカーフをつけている。歳は二十歳過ぎだろうか。ひとりはいくらか南国的な顔だちで、目が大きい。明るい色のスカートにブラウス姿だった。もうひとりは細面で、一緒にいる娘よりもいくらかあらたまった身なりだった。ふたりはときどき顔を見合わせて、微笑しながらしゃべっている。

登志矢はリューダを思い出した。少年工科学校の卒業式で、教師のマリコフから娘だと紹介された若い女。自分が入営するときも、州都駅で会った。細面の子は、あのリューダに少し似ている。

目の大きな女と、何度か視線が合うようになった。最初は気のせいかと思ったし、別の誰かを見つめているのだろうかとも考えたが、どうもそうではない。

隣りに立っているリクが言った。

「さっきから、おれを見つめて愛想笑いしてくる女たちがいるんだ」

登志矢も言った。

「大勢並んでいるんだ。誰を見ているか、わかるもんじゃないぞ」

「いや間違いない。少し左側のあの目の大きな子と、その横の細面の子たちだ。ほら、笑った」

「ほんとにお前かな」

「間違いないよ。英雄を間近に見てうっとりしている」

「ただ物珍しいだけだ。ここはガリツィア・ロドメリア王国だぞ。おれたちが英雄のわけがない」

「いまは帝国の一部だ」

「二年前にいきなり攻め込まれた側だ」

リクは登志矢の言葉など耳に入らなかったようだ。まだ女に目を向けたまま言ってくる。

「お前、どっちが好みだ？」

「こんなに遠目だ。わからないよ」

「おれは、右のほうだな。あんな顔だちが好きなんだ」

そのうち見物人たちも、玄関前から引き始めた。あの娘ふたりだけは、まだその場に残っている。立ち去ろうとする細面の子を、もうひとりが引き止めている様子だ。

「行こう」と、リクが登志矢の脇腹を突ついてから階段を下りた。まっすぐあの娘たちに向かうようだ。ふたりのうち、南国的な顔だちの子のほうが登志矢たちに気づいて身体を向けてきた。

リクがふたりに近づいて言った。

「お嬢さんたち、ロシア語は話せますか」

ふたりは顔を見合せ、くすくすと笑った。十分通じているようだ。

リクは続けた。

「この町で、お茶やお酒が飲めるようなお店はありますか。あとで行ってみたいんですが」

ふたりは登志矢たちを交互に見てから、何かウクライナ語で話し始めた。どうしよう、どう答えたらいい、とでも言っているかのような顔立ちだった。

大きな目の娘のほうがロシア語で言った。

「兵隊さんたちがいる店がいいの？　地元のひとたちの店がいいの？」

この娘のほうが、小柄だった。

リクは答えた。

「兵隊がいない店がいいな」

そのときペトレンコ軍曹が、登志矢たちに声をかけた。

「朝飯だ。戻れ」

リクは、はい、とペトレンコ軍曹に応《こた》えてから、娘たちに言った。

「おれはリク、こいつはトーシャ。あんたたちの名前を訊いていいかな」

目の大きな娘のほうが言った。

「あたしはスーシャ。こちらはミーナ」

「スーシャとミーナ、よかったらあとでお茶を一緒に飲まないか。ごちそうするよ」

またペトレンコ軍曹の声がした。

「行くぞ、リク、トーシャ」

スーシャと名乗った娘が言った。

「お昼過ぎに、もしかしたら、またここに来る。来られなくても、悪く思わないで」

「お昼過ぎって、何時？」

スーシャは広場の西にある公会堂のような建物の大時計に目をやって言った。

「二時三十分」

「わかった」

登志矢はミーナと教えられた細面の娘を見つめた。一瞬視線がからんだような気がした。スーシャが、登志矢とミーナの視線に気づいたようだった。

ふたりから離れて、分隊の面々の後を追いながら、登志矢はリクに言った。

「慣れてるんだな」

リクが言った。

「大公たちの写真を撮っているときから、声をかけてもらいたがってた」

「ほんとうか？　ふたりとも、堅気《かたぎ》の娘さんに見えたぞ」

「べつに、買いたいと言ってるわけじゃない」

「そのつもりがないわけじゃないだろ」

「お茶のときの様子次第だ。兵隊が大勢いる土地だ。向こうだって、兵士がどんなものか知らないわけじゃないさ」

「この町には、そういう店は、また別にあるんだろう」

「おれはミーナな」と、リクが念を押すように言った。

司令部付きの部隊の営舎まで移動し、その裏手のテントで、やっと朝食を取ることができた。黒パンに赤カブとベーコンのスープはいつものとおりだが、ソーセージとイモも出たし、お茶にはたっぷりの木苺のジャムもついた。誰もが、豪勢だ、と口にした朝食だった。

午後の一時を過ぎた時刻に、連隊長のマシュコフ少佐が到着した。

ジェリドフ小隊長の号令のもとで、登志矢たちは整列し、連隊長に敬礼した。

マシュコフ少佐は、満足げだった。目を細めて隊員たちを見渡してくる。

「よくやった。半分は帰還できないかと思っていた。いや、大公を連れ帰ることも難しいだろうと、内心は思っていたんだ。それをよくやってくれた」

ジェリドフが言った。

「短期間の猛訓練をよく消化し、このような精鋭部隊となりました」

「我が連隊の誇りだ。よくやってくれた。わたしは師団長らに、きみらへの勲章授与を進言するつもりだ」

「光栄です」

マシュコフ連隊長は、ジェリドフ小隊長と一緒に営舎を出ていった。

スーシャたちの約束の時刻となるころ、ジェリドフ小隊長がまた営舎にやってきた。何か告げることがあるという表情だ。司令部で何か決まったことがあるのだろう。隊員たちがすぐに少尉を囲んだ。

ジェリドフは言った。

「小隊は、まるごと転属となった。明後日の原隊復帰はなくなった」

みなが、どういうことだろう、とジェリドフを見つめた。

ジェリドフは全員の顔を見渡してから続けた。

「小隊は、そっくりポレジャーエフ師団司令部直属となる」

西部軍管区の師団だ。この町の近くに駐屯していた。亀甲砲車部隊も配備された、この方面軍の主力でもある。

「どうしてまた？」とペトレンコ軍曹が訊いた。

「お偉いさんたちのあいだで話し合われた。特別に訓練して、これだけの戦果を上げた部隊を、前線に戻すのは惜しいという声が出たんだそうだ」

コレリスキー伍長が訊いた。

「小隊長も、一緒なのですね？」

「いいや」ジェリドフ小隊長は少し残念そうな表情を見せた。「わたしは、大本営に呼ばれることになった。大公を護衛して、皇帝陛下《ツァーリ》のもとに行く。そのまま大本営付きとなる」

いま大本営は、ベラルーシのマヒリョウという町にある。そこで皇帝と大公との会談とか交渉があるのかもしれない。

「後任の小隊長は？」

「ラジンスキー少尉だ」

誰も、反応を示さなかった。何か言いたいところをみなぐっとこらえたと、登志矢は感じた。

ジェリドフ小隊長が去っていってから、兵士たちは顔を見合わせた。

コレリスキー伍長と目が合ったので、登志矢は訊いた。

「喜んでいいことなんでしょうか？」

「どうかな」とコレリスキーは首を傾けた。「ポレジャーエフ師団司令部直属ってことは、これからしょっちゅう、きょう以上の危険な作戦に投入されるってことだぞ」

「向こうには、もう大公も何人もいないでしょう」

「やらされるのは、拉致《らち》作戦だけじゃないさ。要塞や橋の破壊とか、トンネルの爆破とか」

不安が首をもたげたが、登志矢は打ち消した。これで講和となると、誰もが言っている。もうきょうのような危険な作戦など、そうそうあるはずはない。次の出動命令が出る前に戦争は終わり、自分は故郷に戻ることができるだろう。

午後二時も四十五分となったころ、広場に駆けつけると、スーシャとミーナが待っていた。

スーシャが、登志矢たちの遅刻をとがめたりせずに言った。

「お茶もお酒も飲める農家があるの。夏のあいだだけ、夕方までお店もやっている。ここから少し歩くけど」

兵隊がいないという条件をつければ、この司令部から離れなければならないのは当然だった。

「かまわないよ」とリクが言った。「そこは、何か食事も出るのかな」

「パンとボルシチなら。お茶を飲むなら、スーシュキがある。ロシアのひとは好きでしょ？」

スーシュキは、お茶と一緒にたべる輪のかたちの乾パンふうの味の菓子だ。

「大好物だ」とリク。「ミーナ、さ、案内してくれ」

ミーナとリクが並んで、広場の北方向に歩きだした。その後ろを、スーシャと登志矢がついて歩くことになった。

広場を北に抜けて歩き出すと、スーシャが登志矢を見上げて訊いた。

「どこの出身？」

「東」と登志矢は答えた。「沿海州」

「顔だちが、少し変わっている。中国人？」

「両親は日本から来た。入植したんだ」

「農家なのね」

「でも、前の戦争のときに、入植地を追われた。そのあとは、父は田舎町で働いている」

「あんたは、戦争前はどんな仕事をしていたの？」

「鉄道員だった。三級の鉄道技師だった」

　スーシャが感嘆の目を向けた。

「学校に行ったひとなの？」

「ウラジオストクという町の、少年工科学校を出た」

　少し自慢げな声になったと、自分でもわかった。

「そんなひとでも、兵隊に取られるのね」

「それだけの大戦争なんだろう」

「この町にはずっといるの？」

「いいや。明日までだ」

「前線に戻るの？」

「別の師団に配属になった」登志矢はポレジャーエフ師団の名を出した。「司令部付きだそうだ」

「ここから近いわ。パニシュの駐屯地なら」

「どのくらい？」

「歩いて一時間」

　前を歩いているリクが笑って、振り返ってきた。あちらは会話もはずんでいるようだ。

登志矢はスーシャに訊いた。

「スーシャは何の仕事を？」

「なんでも。洗濯、裁縫、収穫の手伝い。うちは農家」

運河にかかる橋を渡ると、もう町のはずれだった。道路の両側は、家がまばらになってきた。

そこから食事もお茶もできるという農家まではすぐだった。母屋の裏手に回ると、裏庭にいくつかテーブルが並べてあって、数組の客がいた。みな近所のひとたちという様子だった。誰もがスーシャたちの知り合いらしく、ふたりにあいさつしてきた。中年の婦人が、エプロンをつけて客のあいだを回っている。

登志矢たちは、庭の奥のクルミの木の下のテーブルに着いた。客たちは必ずしも登志矢たちの占領軍の軍服に、嫌悪や拒絶の感情を向けてはいなかった。真っ昼間だから、まさか女を買いに来た連中、とは誤解されていないせいだろうか。なかには、登志矢たちに興味を示す者もいる。

スーシャが、そばのテーブルの豊かな顎鬚《あごひげ》の男に何か言った。客の中の最年長と見える男だ。フェルディナント大公、とか、写真、という言葉が聞き取れた。顎鬚の男は感嘆の目を登志矢たちに向けた。気がつくと、客たちの視線がすべて自分たちに向いている。

顎鬚の男が、自分のテーブルからワインのボトルを持ってやって来て、ロシア語で言った。

「聞きました。戦争は、これで終わるかもしれないんですな」

登志矢は首を振った。

「まだどうなるかはわかりません」

「講和によって、二年前のこの地が戻るなら、こんなにうれしいことはありませんよ」

どう答えるべきか、登志矢は少し考えてから言った。

「ぼくも、早く故郷に帰りたいと願っているんです」

「勇敢なおふたりに、一杯ごちそうさせていただきたいのだが」

スーシャが目で合図してくる。受けてちょうだいと。リクが、ありがとう、と言ってグラスを差し出した。

登志矢もひと口飲んで礼を言ったところで、スーシャが登志矢に小声で言った。

「もしおカネがあるなら、ここのお客さんにもお返しして上げて。みんな、有名なひとにごちそうしてもらったと喜ぶから」

これを聞いたリクがすぐに、エプロン姿の女主人に注文した。

「みなさんに、一杯ずつ差し上げてください」

おお、と裏庭の客たちがどよめいた。

四人でお茶やワインを飲み、ピロシキやペリメニを食べつつ談笑した。ミーナのほうは、口数が少なかったが、ロシア語があまり得意ではないせいかもしれない。スーシャはよく話した。話の中で、ふたりとも二十歳だとわかった。ミーナの家は町の中にあって、父親は町の商工組合の書記をしているのだという。

小一時間いて、帰ることになった。楽しかったとミーナが言い、リクはもう少しいたいと言ったが、スーシャが締めた。

「父さんにも母さんにも、兵隊さんとあまり親しくなるなって言われているの。昼間だし、ひとの目もあるところだから一緒にいることができたの。そろそろにしましょう」

四人は立ち上がった。食事の代金は、まとめてリクが支払った。あとで半分出してくれと登志矢に小声で言いながらだ。

帰り道は、来たときと同様、リクとミーナが先を歩き、あとに登志矢とスーシャが続いた。真っ昼間のワインのせいか、リクは妙にご機嫌で、ミーナにはろくに何も言わせずにしゃべりっぱなしだ。

運河にかかる橋を渡って町まで戻ったところで、登志矢は思い切ってスーシャに言った。

「また会えるかい？」

スーシャは微笑した。

「パニシュに移るんじゃないの？」

「一時間の距離なら、休みをもらえたら歩いてくる」

「休みはもらえる？　この二週間ぐらい、また総攻撃があるんだって噂されてた」

「昨日とは、事情が少し違ってきたし」

「だといいけど」スーシャは登志矢を見上げてきた。「お天気がいい日に、いまの店に来て。客の誰かがあたしを呼びにきてくれる。でなければ、いるところを教えてくれる」

「ああ」

「ひとつ約束して」

「なんだろう？」

「あたしといるときは、あたしを見て。ミーナじゃなくて」

登志矢は赤面する思いだった。きょうは、そんなにミーナを見つめてしまっていたのだろうか。スーシャが気づくほどに。

登志矢は動揺を隠して言った。

「ふたりで会いたいと言ってるんだよ」

「ふたりきりは駄目だわ。リクと来て。ミーナも呼ぶから」

「べつの戦友でもいいかい？」

「楽しいひとなら」

広場まで戻って、スーシャたちと別れた。スーシャはいま来たのと同じ道を歩いていった。ミーナは広場の南方向にある街路に入っていった。

リクは、広場の南へ歩いていくミーナの姿を見送ってから、赤い顔を登志矢に向けてきた。

「今夜は、そっちのほうの店に行かないと収まらないよ。一緒に行くか？」

「いいや。ミーナとはまた会わないのか？」

「きょうは楽しかった、ってこと以上は言ってもらえなかったよ」

登志矢は安堵《あんど》して言った。

「スーシャは、また会ってくれるってさ。一緒に来よう」

「いや」とリクは首を振った。「次はもっと堅すぎない女を探すよ」


夕食が終わるころに、営舎にまたジェリドフ小隊長がやってきた。

「いい知らせだ。小隊全員に戦功章が下される。明日の朝、ナザレンコ二等兵の軍葬の前に、マシュコフ連隊長からじきじきに渡されるぞ」

控えめな歓声が上がった。

翌朝、司令部付きの部隊の将兵たちが見守る中、営舎の中庭で勲章の授与式が行われた。小隊全員に、聖ゲオルギイ勲章が与えられたのだ。ペトレンコ軍曹はすでに四級章を持っていたから、三級章である。ほかの隊員たちは四級章だった。隊員の名前が読み上げられたあとに、マシュコフ連隊長がひとりひとりに声をかけ、勲章を渡した。戦死したナザレンコ二等兵には、二階級特進が発表された。

解散したあと、軍服の胸にその勲章をつけてから登志矢は思った。自分は戦場で大勢ひとを殺したことを顕彰されたわけではない。ひとを救うことになるかもしれない任務で、その働きを評価されたのだ。素直に喜んでいいのだろうな。

スーシャに見せたらなんと言ってくれるだろう、と、登志矢はスーシャの顔をいまいちど思い起こした。

革命の年

いくつもの靴音が響いてきて、橋の北詰めの瓦礫《がれき》の手前で止まったのがわかった。味方だろう。

顔が地面についている。うつ伏せのような姿勢で、自分は倒れていたのだ。登志矢は声を出そうとしてみた。しかし、荒い呼気としかならなかった。言葉が出ない。爆風で吹き飛ばされたときに、背中を打っている。大きな負傷はしていないと確認したつもりだったけれど、もしかすると自分は存外に重傷なのだろうか。

何人もの男たちがすぐそばに来た。背中や腰の上にある重たいものが取り除かれた。目をなんとか開けてみた。ぼんやりと影がいくつか見える。

「大丈夫か？」

「話せるか？」

登志矢は仰向けになるよう身体をひねり、顔を上に向けてもう一度口にしてみた。

「大丈夫だ」

目の焦点が合った。四人の男が自分を見下ろしている。帝国軍の軍服姿だ。

ひとりが訊《き》いた。

「ラジンスキー小隊か？」

「はい」なんとか登志矢は応えた。「コジョウ一等兵です」

「間に合わなかったんだな。鉄橋は真ん中が爆破されてる」

「守備隊の規模が、想定以上でした」それから訊いた。「味方は？」

「ここまで進撃した。鉄橋が駄目となると、ここでいったん足止めだな」

「全体では、どうなんです？」

「滑空船《かっくうせん》や飛行機は、味方のものしか見えない。主力は、クルーツの町を攻略したんじゃないのかな」

　自分たちの作戦は失敗したが、大攻勢そのものは成功したということのようだ。この方面の軍は、オーストリア・ハンガリー帝国軍の司令部のあったリヴォフの町、ウクライナ語ではリヴィウ、ドイツ語の名前ではレンベルクを奪うことが目標だった。司令官のフェルディナント大公を捕虜にした勢いを駆って、ガリツィア戦線で西に突出、相手かた前線をその南北二百露里《ヴェルスタ》にわたって崩壊させようという作戦だった。ただし、これまでの失敗の反省から、真正面作戦ではなく、敵前線を側面から撃破する軍をひそかにクルーツの町の北に移動させていた。そこはウクライナとベラルーシにまたがる広大な湿地帯の南端で、通常は大軍の移動は想定できない土地である。オーストリア・ハンガリー帝国軍側の防備も手薄だった。

電撃的な速度での進撃が肝となるが、そのためには味方が前進するためのいくつかの橋の確保が必要となった。方面軍司令部は、ラジンスキー少尉率いる小隊に、トイスル川支流にかかるドロホーチェの鉄橋の奪取を命じた。総攻撃の二日前には、真の目標がどこかを欺《あざむ》くべく、ドロホーチェ鉄橋の南三十露里ほどの位置にあるふたつの橋へ向けて空襲を行うことになった。もし相手がうまく騙《だま》されてくれるなら、ドロホーチェ一帯から守備部隊の多くが移ることになるだろう。

そうして今朝、登志矢たちの小隊、二週間前はジェリドフ小隊と呼ばれていた特殊作戦部隊は、四機の滑空船でドロホーチェ鉄橋を急襲したのだった。敵の守備隊は、想定の倍の規模だった。滑空船のうち一機は、兵士たちを下ろす直前に機関銃の射撃を受け、墜落、炎上した。

登志矢の脇に膝をついた兵士が言った。

「大怪我はないようだ。無理しなくていい。横になっていろ」

登志矢は訊いた。

「小隊は？」

「十人くらい、残っている」

四十人のうち、生き残ったのは十人くらい？　潰滅《かいめつ》した、と言っていい数字だ。自分が負傷していないのは、奇跡と言ってよいことなのだろう。

目の前に、もうひとつ影が現れた。

小隊長のラジンスキー少尉だった。彼も、無事だったのだ。将校の軍服は埃と泥で汚れている。

「トーシャ、負傷は？」とラジンスキーが訊いた。

「爆風で、気を失っていました」

「せっかく引き継いだ小隊だけど」ラジンスキーは登志矢のそばから離れながら言った。「このていたらくだ。解散だな」

あと生き残った者は誰なのだろう、と登志矢は、頭上に湧いている積乱雲を見つめながら考えた。運がよかった者は、天が護《まも》ってくれた者は？

味方の主力が到着したときに教えられた。

親しかった者の中で助かったのは？　ペトレンコ軍曹。ダヌーシャ。リク。それにストリギン上等兵。ムラシェフ一等兵だった。撃墜された滑空船に乗っていた分隊は、飛行士を含めひとりも助かっていなかった。

翌々日、野戦病院で登志矢は教えられた。ラジンスキー小隊は、師団司令部付きを解かれ、第一中隊に戻る。原隊に復帰する。連隊の駐屯地が新たに決まったところで、そこに行くようにとのことだった。前線は、二十露里西へ移動したという。勝利したということだ。もっとも、オーストリア・ハンガリー帝国軍がこれを敗北と判断しているかどうかはわからなかったが。

どうであれ、戦争は再び膠着して、そのまま八カ月が過ぎた。

四日間続いた寒波と吹雪が終わった。

午後を過ぎると、気温は零度を超えて上がった。空は曇り空となって、大気には湿気が感じられるようになった。ときおり小雪が降ったけれども、風はほとんどなかった。

前線の塹壕《ざんごう》のすべてで、こらえていた深呼吸が始まったようにも聞こえた。兵士たちはそれぞれの分隊の壕から出て、伸びをしたり、煙草に火をつけたりを始めた。吹雪のあいだはさすがに敵の砲撃もなく、ましてや突撃もなかった。双方の兵士たちは、生命のためには砲撃よりははるかにましな寒気の中で、凍死しないことだけを考えて身を縮めていたのだった。

この日、予備塹壕に配置されていた登志矢が伸びをして、自分たちの壕に戻ろうとしたとき、便所に行っていたリクが帰ってきた。

「トーシャ」とリクが呼んだ。

振り返ると、リクは紙切れを差し出してきた。

「便所にこんなものが落ちてた」

大きい活字で、文字が印刷されている。

登志矢はリクから受け取って、その煽動ビラを読んだ。

「これ以上戦争はごめんだ。即時講和を。

パンと平和を。

首都の市民と兵士は立ち上がった。

専制政治を打倒せよ」

どこの政党なり団体が発行したものかは、記されていなかった。でも、帝国の民主化を求めるグループが発行したものだろう。外から前線に持ち込まれているらしい。師団司令部のある町には、たぶん民主化運動の活動家たちが入ってきているのだ。将校からは、反帝国的な印刷物があったらすぐに届けるように指示が出ている。渡してくる者がいたら告発せよともだ。とはいえ、即時講和自体は反帝国的な主張とも思えない。兵隊たちのあいだでも最近は、とくに声をひそめることなく話されることだった。もっとも昨年、ラスプーチンとかいう僧侶が皇后とよからぬ仲だというビラが流れたときは、それは反帝室的な印刷物だとして、秘密警察は前線でも所持や配布を取り締まったという噂だ。昨年十二月にラスプーチンが殺された後は、そんな中身のビラの噂を聞くこともなくなっている。登志矢自身も、見たことがなかった。いや、このように講和を主張するビラだって、初めて目にした。

近くで煙草を喫《す》っていた古参兵のムラシェフ一等兵が、これを見とがめて、あわてたように言った。

「そんなもの、持って歩くな。見つかったらことだぞ」

リクはあわててそのビラを畳み、軍服の隠しに突っ込んだ。あとで処分するつもりなのだろう。

一九一七年の三月、クルーツの町の南方にある塹壕陣地だった。

前年、登志矢たちの小隊がレオポルト・フェルディナント大公の拉致《らち》に成功し、味方陣地に連れ帰ったあと、帝国軍はガリツィア戦線で大攻勢に出たのだった。司令官を捕虜にされてオーストリア・ハンガリー帝国軍は驚き、士気も落ちていたところに、帝国軍の大攻勢だった。前線は一気に二十露里も西に移った。その勢いで西ウクライナのリヴォフまで奪取できるのではないかと思えたのだが、帝国軍のブルシーロフ将軍は進軍を数日で止めた。講和への圧力としては、捕虜にしたフェルディナント大公と、リヴォフ直前までの進撃で十分という判断であったのかもしれない。登志矢の師団も、クルーツの町の南方四露里の丘陵地で前進を停止し、あらたに塹壕陣地を設けたのだった。

しかし、相手方帝国の大公を人質にしていても、オーストリア・ハンガリー帝国は、同盟を楯にして単独講和を拒絶した。代わりにと申し出たのが、ガリツィア戦線の帝国軍捕虜六万との交換である。交渉は主に、双方の大本営同士で行われたらしい。拉致からふた月後の八月、リヴォフ北方にある、トイスル川支流にかかるカソルの鉄橋で、大公と帝国軍の捕虜とが交換されたのだった。カソルの橋は、双方の砲撃や空爆により中央部が落ちていた鉄道橋だったが、オーストリア・ハンガリー帝国軍の工兵隊が短期間で列車が通れるよう復旧させた。交換にあたっては、帝国軍の兵員輸送列車がカソル橋の西側まで渡って捕虜を乗せ、前線の東側まで運ぶことを繰り返した。捕虜全員の輸送に丸三日かかった。

ほとんどがこのガリツィア戦線での捕虜だったので、帰された捕虜たちはすぐに原隊に戻った。だからあの夏以降、登志矢の中隊でもかなり見知らぬ顔が多くなっている。またこの攻勢以降、戦線は完全に膠着状態だった。双方、相手の移動や集結を牽制するように小規模な砲撃や飛行機による空襲は行うが、本格的に攻めこむ態勢は見せていなかった。

ムラシェフが、煙草を喫いきってから言った。

「首都の労働者たち、言うことがずいぶん大胆になってるな。パンをよこせ、だけじゃなく、最近は専制打倒とか、即時講和を、という要求も一緒だ」

リクが壕の中に入っていき、ムラシェフも続いた。

登志矢はいまのビラの文面を思い起こした。どこが配っているのだろう。

州都の帝室鉄道車両整備部で働いていたころ知った事実と、最近の噂から想像してみた。あのような中身のビラを出すグループは限られてくるはずだ。社会革命党か、社会民主労働党の少数派つまりメンシェヴィキか、多数派つまりボリシェヴィキか、といったところだろう。もっとも登志矢には、その三者の、現在の政策や訴えの違いはよくわかっていない。あるいは、自由主義者たちのうちの急進派の可能性もないではないだろう。また、いま帝国の主要都市には戦時工業委員会という労働者の動員組織ができているが、その中の一部は「国家の完全な民主化」や「人民に依拠した臨時政府樹立」をスローガンとしたはずだ。ただし、彼らは必ずしも戦争には反対していないとか。

どこが出したビラなのだろう。

中隊の本部のほうで鐘が鳴った。夕飯の配給の時刻だ。小隊の給食当番は、中隊の炊事班の天幕まで行かねばならない。今週は登志矢の分隊が当番に当たっていた。登志矢と、古参のストリギン上等兵が、きょうの給食当番だ。ひとりがスープのバケツを持ち、もうひとりが黒パンを運ぶのだ。

ストリギンはあまり愛想のよい男ではないが、大公を拉致したあの作戦以来、略称で呼び合える仲になっている。ヨーシフ・アンドレエヴィチ・ストリギン、つまりオーシャは、いま塹壕で見張りの位置についている。

登志矢は壕のドアを開けて、スープを受け取るためのバケツを持ち上げた。夕食だと思うと、ひもじさがあらためて意識された。この四日間、夜もスープ抜きだったのだ。吹雪のために、材料が届いていないと耳にした。給食当番がバケツを持って行ったことは無駄になったのだ。きょうもまたスープはないかもしれないが、でもバケツを持って行かないわけにはいかない。

スープがないことについては、べつの話もあった。吹雪のせいで前線まで材料を運べないのではない。帝国はいま、軍の食料を買えないくらいに財政が窮迫しているのだとか。開戦以来、食料の値が上がり、政府がいくら紙幣を印刷してもおいつかないのだという。というか、紙幣を刷りまくっているせいで、物価がどんどん上がっているという順序なのかもしれない。登志矢にはよくわからないが、年があらたまってからの食事の貧しさはたしかに、輸送遅れだけが理由ではないとも思えるのだった。だいたいスープの具材が、今年に入ってからははっきりと減っていた。ベーコンなんて、スープの中にひと切れ見つかれば僥倖《ぎょうこう》と言えるほどに、食事が貧弱なものになっていた。戦争が膠着しているのも、軍にはもうろくに砲弾がないからだとも噂されている。

分隊の壕を出たところに、塹壕の先の持ち場からオーシャが戻ってきた。

「寒気もだいぶ抜けたな」と、彼が言った。

「やっと春の兆《きざ》しですね」と、登志矢も同意した。

塹壕の中を前後になって歩き出してから、オーシャが半分だけ顔を後ろに向けて言ってきた。

「いま将校たちに緊急呼集がかかってる。師団司令部に集められているんだ」

その口調から、オーシャがあまりよいことを想像していないと判断できた。次の攻勢が決まって下達されるのだろうか。

オーシャが続けた。

「将校たちが飛んで行ったあとに、塹壕の中を噂が流れた」

「また総攻撃ですか？」

「いや。首都の暴動の件だ」

「さっきリクが、そういう中身のビラを見つけてきましたよ。首都では労働者と市民が立ち上がったとか」

「もっと新しい話だ。皇帝は集会や請願行進の鎮圧を首都守備部隊に命じた。ところが、軍は鎮圧命令を拒んだそうだ」

　登志矢は驚いた。

「将校も一緒になってということですか」

　軍が、皇帝の命に背くということがありうるのだろうか。一部の兵士が発砲を拒否した、出動を拒んだということならわかるが。

　オーシャは言った。

「詳しいことはわからない。いや、それがほんとのことなのかどうかもわからん。でも、将校が緊急に集められたのは、反乱が起こったからかもしれない」

「反乱が」

　だとしたら、それはたしかに一大事だった。

　中隊の炊事班の壕まで歩いた。壕の前には、夕食を受け取る当番の兵たちの列ができている。すでに受け取って自分たちの小隊に戻ろうとする兵士たちの顔は、不服そうだった。

　スープの鍋の前まで進んだところで、登志矢は炊事班の兵士に小隊番号を言った。

「第三小隊」

　炊事班の兵士が、大杓子で登志矢の差し出したバケツにスープを入れてくれた。半透明の、ろくに具の入っていないスープだった。

登志矢は思わず不平をもらした。

「やっと吹雪が収まったんだ。もう少しましなものを食べさせてくれ」

炊事班の兵士は登志矢の顔を見つめてから言った。

「どんな英雄だろうと、やれるのはこれだけだ」

「誰が英雄だって？　そんなことは言っていないぞ」

怒気と威圧の含まれた声となった。言ってから登志矢は、自分はいつから、このような調子でしゃべることができるようになったのだろうと思った。これが自分のふつうの振る舞いだったか。それとも自分はいま、あまりにもひもじくて、ついこんな調子で不平を漏らしてしまったのだろうか。

相手は、いくらか腹を立てたような表情となって言った。

「おれが裏で食ってるわけじゃないからな。材料がないんだ。文句は言うな」

後ろからオーシャが突ついた。いいから行こう、という意味だろう。

オーシャがズダ袋に黒パンを受け取って、また小隊の壕に戻ろうとテントの前から離れた。

そこで、「おい」と呼び止められた。

足を止めて振り返ると、二十代も後半かと見える上等兵だった。同じ大隊の兵だろうが、初めて見る顔だ。

「ジェリドフ小隊なのか？」とその上等兵が訊いた。「敵大公拉致の大手柄を挙げた」

登志矢はうなずいた。あのあとしばらくは、よくこのように呼び止められたのだ。握手を求めてきたり、肩を組んだりしてくる者もいた。

登志矢は言った。

「コジョウ一等兵です」

「あんたのおかげで」と、相手は口元だけ微笑を浮かべて言った。「おれはまた前線に戻ってきちまった。余計なことがなければ、おれは戦線のあっち側で、戦争が終わるまで農家を手伝っていればよかったのに」

大公の身柄と交換で戻ってきた兵士なのだろう。目には明らかに怒りがある。自分の悲惨の原因となった人間をようやく見つけた、という目にも見えた。登志矢は黙って身構えた。この男は自分に殴りかかってくるかもしれない。

そのとき、塹壕陣地の後方から、ひとりの兵士が駆けてきた。

「大事だぞ」とその兵士が言っている。「首都に、臨時政府ができた。皇帝が退位された！」

周辺にいたすべての兵士たちが、大声を上げた兵士に目を向けた。近くの兵士たちは、わっとその兵士を囲んだ。

「ほんとうか？」

「退位だって？」

「臨時政府って何だ？」

大声を上げた兵士が答えている。

「よくは知らん。大隊本部も騒ぎになってる。このあと、将校から伝えられるそうだ」

その兵士を囲む輪が、どんどん大きくなっていった。

オーシャが、登志矢に顔を向けてきた。

「将校の緊急呼集は、このことだったんだな」

登志矢は、よく呑み込めないままにオーシャに訊いた。

「皇帝が退位って、どういうことなんでしょう？　臨時政府って、誰が作ったんでしょう？」

「知るか。だけど、首都で起こっていたのは、想像していた以上に大きなことだったんだ」

「これって、もしかすると革命ってことでしょうか」

「まさか。いまの皇帝のあとを、誰かが継ぐんだ。弟殿下とか」

皇帝の長男は、まだ幼く、しかも病弱だという噂がある。二十歳まで生きられないだろうと医者が宣告したとか。となると、オーシャの言うとおり、次の皇帝は皇帝の弟殿下が継ぐのが妥当なのだろうが。

オーシャが言った。

「小隊が腹を空かしている。早く戻ろう」

登志矢はうなずき、バケツを持ち替えて、自分たちの壕へと向かった。

その日は、騒然とした中での夕食となった。誰も何が起こったのか事実を知らず、憶測だけが語られた。リクが、便所で見つけたというビラを持ち出すと、ほかの兵士たちの中からも三人、自分も拾ったというビラを持ち出した。どれにも断片的なことしか記されていなかったが、首都でパンと平和と民主化を求める市民・労働者の動きは、このひと月あまりのあいだに急速に燃え上がったらしい。軍に鎮圧の命令が下ったが、出動した軍は実力行使に出るのを拒んだ、というのもどうやら事実のようだった。かねてから民主化を求めていた首都の名士や政治家たちがまとまって、臨時政府を作ったのだろうとも推測できた。その臨時政府の要求で皇帝が退位を承諾したというのも、事実らしい。しかし、だからこのあと帝国がどうなるのか、戦争の行方はどうかということについては、誰にも見当がつかなかった。

夕食がちょうど終わったころに、下士官に呼集がかかった。たぶん軍のトップから事情の説明と、新たな命令が出るのだろう。

ペトレンコ軍曹が壕に戻ってきたのは三十分後だった。分隊の兵士たちが彼を囲んだ。

「伝えられたことを言う」ペトレンコは、ひとりひとりの顔を見渡してから続けた。「首都に、これまでの政府に代わる臨時政府ができた。臨時政府は皇帝に退位を要求し、皇帝はこれを受け入れて退位された」

どよめきが漏れた。噂は事実だったのだ。

ペトレンコはさらに言った。

「皇帝の弟君殿下が、帝位を受け継いだ。新帝のもとで、帝国はあらためて結束する。臨時政府は、早急に国会議員選挙を実施する。新しく選出される議員たちが新たな政府を作って、新帝のもとで帝国を民主的に改革する。軍は新帝に引き続き忠誠を誓う」

ペトレンコが言葉を切ったところで、兵士たちが異口同音に言った。

「戦争は？」

「戦争はどうなる？」

ペトレンコがつけ加えた。

「新帝も臨時政府も、帝国の外交と軍事の基本方針を継承する、とのことだ。帝国は引き続き協商側の一員として同盟諸国と緊密に連携し、勝利のために邁進する、と兵に伝えよと言われてきた」

こんどは一斉に落胆の声が上がった。

「終わらないのか」

「まだ続けるのか」

そのとき、壕のドアがふいに開けられた。全員が息を呑み、入ってくる者を見つめた。将校だった。小隊長のラジンスキー少尉だ。

全員がペトレンコを囲む輪を解き、一歩下がって敬礼した。

ラジンスキーはうなずき、さっと分隊の兵士たちの顔を見渡してから言った。

「軍曹から聞いたと思うが、いま帝国はこのような状況だ。しかし、軍は変わらず、自分たちの務めをまっとうするだけだ。動揺したり、くだらぬ憶測で本分を忘れてはならん。ひとこと言っておく」

ラジンスキーは、もう一度分隊員を眺め渡してから、再び口を開いた。

「帝国のこのような危難に乗じて、ドイツが帝国を併呑しようと策謀をめぐらしてくる。破壊活動分子がドイツの手先となり、帝国の分裂と解体を狙って謀略をしかけてくる。くれぐれもドイツの手先となるような真似はせぬように。帝政に疑いを持つ者はそれだけで破壊活動分子だ。重い処罰が下る。分隊の中にそのような者がいたら、すぐにわたしに直接言いに来い。対処する」

兵士たちが黙ったままでいると、ラジンスキーは強い調子で言った。

「わかったか！」

「はい」と全員が応えた。

ラジンスキーがすっと身体をひねって壕を出ていった。たぶんほかの分隊の壕でも、同じことを言うためだろう。

それにしてもと登志矢は思った。将校がわざわざ分隊の壕にまでやってきて、注意を口にしていく。将校たちも、そうとうに動揺しているということだ。もしかすると、反乱を心配し始めているのかもしれない。首都の軍が鎮圧命令に従わなかったという事実は、将校たちを不安にさせているのだ。自分の部隊でも同じことが起きやしまいかと。そのとき自分はどうすべきかと。

ドアが閉じられて数秒の後に、みなが気をつけの姿勢を解いて顔を見合わせた。たぶんほとんどの者が、いまの登志矢と同じようなことを考えたのだ。

銃声だ。

登志矢は驚いて目を覚ました。どこだ？　そんなに遠くではない。敵の陣地からのものではなかった。味方の、こちらの塹壕のどこかだ。

ついでまた銃声だ。こんどはふたつ三つと重なって聞こえた。近い。

登志矢は身体にかけた毛布をはね飛ばして、寝床から起き上がった。壕の中で、分隊全員が起きた気配だった。誰かが壕のドアを開けた。外はまだ暗いが、真夜中ではない。日の出まであと小一時間というところか。銃声が続いている。塹壕陣地のほうぼうで、多くの者が発砲している。

「万歳《ウラー》」という声も聞こえた。

万歳に、発砲？　いったい何が起こった？

「どうしたんだ？」と壕の奥で声がする。

「停戦？　講和かな？」リクの声だ。

外套をひっかけて壕の外に出た。

あちこちで発砲が続いている。ひとり塹壕の中を駆けて来る者がいた。中隊本部の方向からだ。

「どうしたんだ」と、登志矢はその兵士に訊いた。

訊かれた兵士は、少しだけ歩調をゆるめて答えた。

「皇帝の弟殿下は、即位を拒んだ。皇帝はいなくなった。帝国がなくなったんだ！」

兵士は、こんどは大声を出して、塹壕の先へと駆けていった。

「皇帝はいなくなった。帝国がなくなったぞ！」

壕の外に、分隊の全員が出てきた。小銃を持っている者もいる。

「まさか」

「ほんとうだろうか？」

みな半信半疑という顔だ。また中隊本部のほうで発砲があった。数人が撃ち、これに呼応したようにまた数発の銃声。ウラーの声も混じってくる。

また塹壕の奥から駆けてくる者があった。下士官だ。

ペトレンコ軍曹が声をかけた。

「ほんとうなのか？」

駆けてきた下士官は、ペトレンコの脇を抜けるときに大声で言った。

「ほんとうだ。おれのところの小隊長から直接聞いた。皇帝はいなくなった」

ひとりが訊いた。

「戦争が終わるということか？」

「たぶんんな。戦争反対の声に、皇帝は退位するしかなかったんだ」

壕の前で、ダヌーシャが叫んだ。

「講和万歳」

そして小銃を空に向けて発砲した。

発砲音は、どんどん重なっていった。

「講和万歳」「平和万歳」の声も大きくなっていく。

向こうの敵陣地では、何ごとが起こったのかとあわてふためいているのではないか。砲撃なしに帝国軍が攻撃に出たか、と勘違いしているかもしれない。

昨日のラジンスキーの言葉が思い出された。皇帝がいなくなったことをこれだけの兵士が歓迎しているのだ。彼の言葉がもし正しければ、軍の中にドイツの手先がこれだけいたということにはならないか？

その日、夜になるまでに、中隊から四人が脱走したという話が流れた。

眠りにつく前のひととき、壕の中での会話は、もう完全に講和となることが前提だった。まだそう考えるのは早いとたしなめる者はあったけれど、登志矢もその期待を抑え込むことはできなかった。会話には乗ってしまった。除隊となったらまた鉄道で働きたいと、つい夢をもらしてしまったのだ。戦場で未来の夢を語るのは、悪魔を呼び寄せてしまうことだ、という俗信は承知していながら。

リクは言った。

「おれは故郷になんて帰りたくないな。ミーナのところで、歓迎してくれないかな」

登志矢は思わず言った。

「ウクライナだぞ。帝国が消えたら、独立する。かつての宗主国の男が歓迎されるものか」

「だけど、おれはただの兵士だし」

「宗主国の男っていう箔がなくなったら、余計に洟《はな》も引っかけられるものか」

少し意地悪な気持ちになっていたのだ。自分はリクのようには、素直に自分の気持ちを口にはできない。正直になれない。だからリクがときどきうらやましくなるのだった。

ダヌーシャが言った。

「戦争が終われば、軍の浮揚艇《ふようてい》が余るよな。安く払い下げてもらえたら、おれは独立して水運会社を始めてえな」

「どこでだ？」とオーシャが訊いた。

「故郷だ。ウスリー川沿いなら、浮揚艇を使う仕事はいくらでもある」

「戦争が終わったら、浮揚艇を操縦できる男も余るぞ」

「もうよせ」と古参のひとり、ムラシェフが自分の寝床で言った。「帝室がなくなろうと、そう簡単には戦争は終わらないさ。ぬか喜びしていると、この後がやりきれないものになるぞ」

そこでみな話をやめた。

しかし目をつぶってからも、登志矢は考えていた。たしかに戦争はすぐには終わらない。二週間では無理だ。でも四週間後ならどうだ？　思い切り限界まで待つとして、八週間後なら？　ちょうど五月の頭ということになる。帰郷するには最高の季節だ。自分はそこまでなら待ってもいい。

そうしているうちに、半年近くが過ぎた。

三分ほど続いていた味方の砲撃が止んだ。

登志矢の隣りで、リクが小声で言った。

「いよいよかな」

「まだだ」と登志矢は答えた。

まだ暗いのだ。やっと東のほうの空の漆黒が薄れてきている。しかし塹壕の中にいる兵士たちの姿もよく見分けることができない。

いま小隊は全員、この塹壕陣地の第二線、支援塹壕で、小銃に着剣して待機していた。総攻撃が下達されている。きょうの砲撃のあとに、前線のすべてにわたって、歩兵部隊が突撃するのだ。登志矢たちの中隊は、第二陣だった。前線塹壕から別の中隊が飛び出していった後、すばやく連絡塹壕を移動、笛の合図で前線塹壕を飛び出して突撃に入る。そのあとに、いま第三線の予備塹壕に待機している中隊が突撃となる。たぶんほかの連隊でも、ほかの師団でも、同じような手順で攻撃が敢行されるはずだ。

経験から言えば、この暗さで攻撃の命令は出ない。照明弾を上げようとも、敵も障害物も見極められない中での突撃では危険が大きすぎる。こちらが戦闘開始のタイミングを決められるのなら、司令部も夜戦は避けるはずだ。もう少し、東の空が明るくなるまでは。ただ、司令部は作戦を策定したときにすでに、攻撃時刻も決めてしまっているかもしれない。登志矢たち兵士はその時刻を知らされてはいない。知らされていたところで、腕時計を持たない身だし、自分たちは攻撃の笛が鳴るのを待つしかないのだ。

八月である。

あの二月の革命から、半年が経っていた。しかし戦争はまだ終わっていない。

皇帝の退位で帝国がなくなったことも、戦争の行方には無関係だったのだ。帝国は共和国となったが、臨時政府は不安定だった。これまでに連立政権が二度発足したが、こんどの連立政権もいつまで持つかはわからない。最初、穏健な民主主義者中心の臨時政府は、帝国が結んだ同盟関係は受け継ぐと、単独での講和を拒否した。より急進的な社会革命党も戦争継続を主張、かつての社会民主労働党から分裂したメンシェヴィキもボリシェヴィキも、戦争をいまやめるわけにはいかないと言っていた。彼らは、いま講和の交渉を始めると、かつては帝国の植民地で、いまドイツや同盟側諸国の占領下にあるバルト諸国やベラルーシ、ウクライナなどの割譲を求められる、それは認めがたいということだった。政府や主要政党の中では、講和の機運は薄かった。ただ、二月革命の後に亡命先のスイスから戻ってきたボリシェヴィキのレーニンという男は、講和を主張しているらしい。ともあれ、最前線にいては、兵士たちのあいだの厭戦《えんせん》気分と、即刻の講和の要求は国の中枢には伝えられない。

リクがまた小声で言った。

「こういう総攻撃じゃ勝てないともうわかっているだろうに、どうして同じことを繰り返すんだ？　それも、ただの平原のほんの二百サージェンの奪い合いに」

登志矢もささやくように言った。

「兵隊は、機関銃の弾より安いんだ」

「男の子が兵士になるまで、二十年かかるのに、安いもんか」

「国の上のひとたちは、そんなふうには計算していない」

「トーシャ」とリクが苦しそうな声になって言った。「こういう突撃って怖いよ。お前は？」

「怖いさ」

滑空船で敵陣後方を急襲する作戦の場合は、なぜかさほどの恐怖は感じなかった。胃袋が縮んで痛むくらいの緊張はあったけれども、このような激しい恐れと怯えに押しつぶされそうな感覚は味わっていない。でもきょうは、始まるまで恐怖に耐えられるかどうか。三十分ほど前にウオトカが回ってきて、いくらかは救われた思いだった。酒で脳味噌を痺れさせなければ、とても機関銃が作る弾幕の中に飛び出していく気になどならないだろうから。でも、正直なところ、もう一杯ウオトカが欲しいところだ。

砲撃は、三日前から、短く断続的に行われていた。登志矢が初めて体験した総攻撃のときとは違い、歩兵部隊の突撃がいつになるか悟られぬよう、突撃を予告するような一斉砲撃は行われない。敵守備隊は一斉砲撃があればそのたびに退避壕に身をひそめ、砲撃が終わったところで突撃に備えて前線塹壕で配置に就く。突撃はかえって難しいものになる。

いまは、小規模な砲撃を戦線の各地でばらばらに実施するのだ。砲撃がやんで敵が退避壕から出てきたところに、また短く砲撃する。敵守備隊はもういちど退避壕に入る。砲撃がやむと、また突撃に備える。これを数日繰り返しているうちに、相手は疲れ切る。何度目かの砲撃が止んでも、攻撃があるとは想定しなくなる。そこに総攻撃の命令なのだ。

去年六月の攻勢のときも、同じ手が採られた。この手が功を奏して、帝国は前線を平均すると一露里以上も西に押し返したのだった。その成功を踏まえ、こんどはもっと大規模に行われるらしい。ガリツィア戦線だけではなく、戦線のすべてにわたってのものとなるという噂だった。

ただ、今年に入ってからは、敵方も似たように断続的な砲撃を続けてこちらの兵士を疲弊させ、けっきょく歩兵部隊の突撃を行わなかったということが数度あった。確実に双方が、塹壕戦の戦術を進化させている。疲弊させるだけでじっさいは総攻撃はしない、という戦術自体が、すでに見抜かれ、過去のものになっているかもしれなかった。

その場合、こんどの突撃が去年の攻勢のときのように成功するかどうかは疑わしい。

むしろ、登志矢が最初に体験して、味方の鉄条網に達しないうちに大損害を出したあの総攻撃の再現となるかもしれなかった。

案の定、また味方が砲撃を始めた。敵方の塹壕陣地で、榴弾砲弾が炸裂している。迫撃砲弾も混じっているようだ。これは、敵塹壕陣地の前線塹壕のあたりを狙っているものだろう。敵はいま身動きが取れない。

こんどの砲撃は、その前よりも少し長めだった。そのあいだに、空が白み始めてきている。急速に夜が薄れていきつつあった。

砲声と砲弾の炸裂音がやんだ。こんどかな、と登志矢は息を殺した。右斜め方向、前線塹壕の北の方角で、ふいに物音が響き出した。突撃が始まったようだ。うおっ、という声が聞こえてくる。

こちらの塹壕では、暗がりの奥から小隊長のラジンスキー少尉の声が聞こえた。

「まだだ。動くな！」

あわてふためいた声だった。

彼の声に重なって、登志矢たちの前面、前線塹壕のまだ敵陣寄りで、また迫撃砲弾が炸裂した。味方のものだ。後方からはふたたび砲声。まだ味方は、こんどの砲撃を終えていなかったのだ。

ペトレンコ軍曹の声がそばで響いた。

「まだだ。こっちの前線塹壕の第一陣はまだ出ていない！」

しかし、右手、北方向の部隊はもう最前線の無人の野を駆け始めているようだ。突撃の声が響いてくる。

敵の機関銃が火を噴き出した。

砲撃は、敵の塹壕にほとんど被害を与えていないということか？　敵はもうすでにこの瞬間、味方の突撃を待ち構えているということか。重機関銃を並べて。

機関銃の掃射音に混じって、味方の悲鳴が聞こえてくる。

突撃命令の誤りか、先走って塹壕を出てしまったために、機関銃弾を集中的に受けているのだ。もしかすると、味方の迫撃砲弾も受けている？　登志矢は耳をふさぎたい衝動に駆られた。

砲撃がやんだ。砲弾の炸裂音がしなくなった。

登志矢は数を数えた。三つ、四つ、五つ……

五秒以上空いたならば、たぶん砲撃は休止となったのだ。そしてそれが、総攻撃の時刻を示しているのかもしれない。

砲声が聞こえなくなったので、敵の機関銃の音はいっそうけたたましいものになった。嘲笑《あざわら》っているようにも聞こえる音だ。

味方の兵士たちの悲鳴はさらに厚みを増し、凄絶なものとなって、そこが地獄か、父から聞いた仏教の教えで言う修羅場となっているのがわかった。

登志矢は目をつぶり顔をしかめて思った。聞きたくなかった。同じ地獄が待っているにせよ、突撃の笛に無条件に反応して飛び出すほうが、ずっと恐怖は少なかったろう。心臓が収縮することはなかったろう。でもこの阿鼻叫喚《あびきようかん》を聞いてしまったいまは。

機関銃の掃射音や悲鳴に混じって、笛の音が鋭く聞こえた。これが突撃の合図だ。

ところが、前線塹壕は静かだ。そこにいるはずの小隊、中隊の突撃していく音が聞こえてこない。梯子を駆け上る音、地面を蹴る音がなかった。ただ笛の音が、切迫した調子で続いている。

塹壕の右手で、またラジンスキー小隊長の声がした。

「来い。前線塹壕まで、急げ」

ついで笛が鳴った。

そして、登志矢のごく近くで、ペトレンコ軍曹の笛も。

これはまだ突撃の命令ではない。いま、前線塹壕に突撃の命令が出たのだから、ほんの一分か二分で、前線塹壕は空になる。そこを第二陣に組み入れられた部隊が埋め、すぐに第二陣に突撃命令が出る。

登志矢は、前線に対しておおよそ直角に設けられた連絡塹壕を駆けた。もちろん連絡塹壕も一直線ではない。ジグザグの形で前方に伸びている。暗い中、もう前線塹壕に達するかという曲がり角で、登志矢は前を駆けていた兵士の背嚢《はいのう》にぶつかってしまった。前の兵士たちが動いていない。立ち止まっている。

行く手からは、切迫した響きの笛の音が断続的に聞こえてくる。地上では、やむことなく機関銃の掃射音。迫撃砲弾の炸裂音は、双方のものが入り混じっているようだ。

登志矢の背中にどんと誰かがぶつかった。

「あ、どうした?」

リクだ。

「前がつかえてる」登志矢は振り返らずに言った。

「いったん止まれ!」と、前方からラジンスキー少尉の声がする。

怒鳴り声が混じっていた。

「行け!」

「出ろ!」

「突っ込め!」

混乱が起こっているようだ。

ほどなく列の前のほうから、事情が伝わってきた。

「命令前に飛び出していった部隊があった」

「あっと言う間に、一個中隊潰滅だ」

「敵は応戦態勢を整えた。もう飛び出せない」

「士官や下士官が怒鳴っても、兵士は聞かないんだ。いやがってる」

「新兵は脅えきっているし、古参兵ははっきりと抗命だ」

耳にした言葉から、登志矢は思った。

それって、軍が組織的に反乱を起こしたということなのだろうか。二月の革命以降、厭戦の気分は日増しに強まっていた。革命以来三つ目の政府も戦争を続けるつもりのようだけれど、もう軍が持たない。みな、戦争が終わる日を期待して、それまでなんとか生き延びようと心に決めている。死ぬことが確実な命令に、おいそれと従うつもりはないのだ。軍法会議で営倉ものかもしれないが、自分の中隊全員が、いや小隊規模でいい、部隊がこぞって抗命するなら、処罰だってさほど重いものにはならない、と読んでいるのだ。

機関銃掃射の音がやんだときだ。将校らしき男の声がした。

「いまだ。わたしに続け！」

ほんの一拍遅れて、敵陣からいっせいに射撃音があった。続いて、機関銃の発砲音。それが二秒か三秒、続いた。そして静寂。その将校は塹壕を飛び出したのだろう。でもたちまち銃弾を浴びた。兵士たちは誰ひとり続かなかったようだ。

後ろから、あとの部隊の情報が伝わってきた。

「後ろが続いていないぞ」

「第三陣が動いていない」

「予備塹壕から移動するのを拒んでいる」

狭い連絡塹壕の中を、ひとりの兵士が後ろから走ってきた。強張った顔で、登志矢の脇を抜けていく。前線の将校への伝令だろうか。もう空は明るくなっていた。塹壕の中は、奥まで見通せる。

リクが言った。

「これじゃあ、中止だな」

それを祈っている、という口調だった。

ほどなくして、こんどは前線塹壕からまた兵士が駆けてきた。いましがた後方からきた兵士だった。彼の顔はいっそう強張っている。

その兵士が脇を通り抜けるとき、訊いている者もいた。

「どうなったんだ?」

「中止か?」

伝令の兵士は何ひとつ口にはしないまま、奥へ消えていった。

前面が静かになっている。

機関銃の掃射音も、迫撃砲弾の炸裂する音も聞こえない。怒鳴り声も、笛の音もなかった。いや、この戦線の左右、かなりの距離にわたって静かだ。ぽつりぽつりと、味方のものか敵なのかは区別がつかない砲声があるが、それは朝のあいさつ程度に、のどかにしか聞こえなかった。少なくとも、総攻撃はこの師団の受け持つ前線では、始まらなかったのではないか。

示し合わせての反乱だったとは思えない。あの早まって飛び出した部隊の潰滅を見たあと、抗命の気分がたちまち前線の両側へと延びていった。そうなるだけの素地はあったのだ。これは、自然発生のように、軍全体に一気に、誰の煽動も呼びかけもなしに広まったものだ。

空はもう西の空まで明るくなった。日の出まで、もう少しだろう。登志矢がそれを意識したとき、連絡塹壕の後方から、いくつもの軍靴の音が響いてきた。登志矢の前後にいる兵士たちはみな沈黙して、顔を後方に向けた。すぐ後ろの角から現れたのは、憲兵将校だった。拳銃を抜いた将校の後に、七、八人の一般の兵士が続いていた。憲兵将校の表情は、平静なものではなかった。はっきりと動揺が表れていた。

リクが言った。

「全員を営倉には入れられないだろう」

登志矢は首を振った。

「必要だと思えば、やるさ」

「いちばん重い処罰は、やはり銃殺か？」

「わからない」

けっきょくこの日、総攻撃はとうとう行われなかった。

夜までに聞こえてきた話では、憲兵隊は抗命で六十人の兵士、下士官の身柄を拘束したという。三つの師団にまたがっていた。

その冷えた朝、登志矢たちの小隊に、方面軍司令部に移動すると命令が出た。

司令部はクルーツの町の中にある。去年の攻勢で帝国軍が奪い返した町だ。去年あのフェルディナント大公を拉致した邸宅にも近い。司令部付きの部隊や憲兵隊は、町の北はずれの資産家の邸宅と、周辺の大地主の屋敷や農場施設を接収して使っている。営倉もそこにあるとのことだった。

登志矢たちを乗せたトラックは、その駐屯地に入る前に、クルーツの町の城壁の外にある鉄道駅の横を通った。かなりの数の兵士が空き地で休憩したり、鉄路脇の道路を移動中だった。一部は補充の新兵たちかもしれない。

鉄道駅の脇を通り抜けて、トラックでその駐屯地の中に入ったとき、登志矢は自分たちのきょうの役目が何かを悟った。駐屯の兵士たちが、登志矢たちを哀れむような、あるいは忌まわしいものでも持ち込んだかのような目を向けてきたのだ。

降りて駐屯地の中の施設を見渡していると、リクが小声で言った。

「軍法会議が終わったんだ。おれたち、銃殺隊に選抜されたんじゃないのか」

たしかにその気配だった。小隊の下士官たちが、司令部の建物に呼ばれていった。兵士たちは、レンガ造りの兵舎の一室で休憩するよう指示された。みな口が重くなっている。ほとんど冗談も出なかった。

やがて下士官たちが、小隊の兵士たちの前に戻ってきた。

ペトレンコ軍曹が言った。

「軍法会議を受けて、きょう、銃殺の判決が出た兵士たちの処刑がある。おれたちが、銃殺隊として選ばれた」

どよめきが漏れた。はっきりと嫌悪と拒絶の意志のこめられたどよめきだった。

「裏手に」とペトレンコ軍曹は続けた。「営倉の建物があって、その裏が処刑場となる。銃殺刑に処せられるのは、五名。小隊を五つに分けて、各班がひとりひとりの処刑を受け持つ」

多くの兵士が顔をしかめたが、声を出す者はなかった。

「何か質問は」とペトレンコ。

登志矢がさっと手を挙げて訊いた。

「銃殺刑に処せられる兵士の罪状はなんでしょうか」

「詳しい説明は受けなかった。知る必要があるか？」

「味方を銃殺するのです。理由を知りたく思います」

「軍法が定める最悪の罪を犯したということだろう。あの総攻撃が命じられた日に」

もう二カ月前のことになる。身柄拘束された兵士たちのうち、容疑の軽い者から順に軍法会議で裁かれ、処分が決まった。検察側が銃殺を求刑する兵士たちについては、陸軍省も優秀な弁護役の将校をつけて、かなり慎重に会議を進めた。首都の情勢が不安定なので、拙速に何人もの被告兵士に銃殺という判決は下せなかったのかもしれない。銃殺が兵たちを引き締めるか、それとも軍からの離反を促すことになるのか、見きわめがたかったのだろう。それで、十月も下旬というきょうまで、軍法会議は延びていたのだった。

　登志矢はさらに質問した。

「最悪の罪というのは？」

　横から声があった。

「わたしが答える」

　ラジンスキー小隊長が入り口に立っていた。いまのやりとりも聞こえていたのだろう。

「敵前逃亡と、抗命だ。突撃命令に従わなかった」

　登志矢はラジンスキーに顔を向けた。

「伺っていいですか？」

「言え」

「あのとき突撃しなかったのは、五人だけではなく、最初の一中隊を除いた全軍と見えていました」

「数人の抗命に感化された者が多数だ。周囲を巻き込んだ、とくに影響を与えた者について、軍法会議は慎重に軍法に照らし、五人の死刑を決めた」

「たった五人の兵士の振る舞いが、全軍に影響を与えたのでしょうか」

　ペトレンコ軍曹の顔が不安げになったとわかった。たしかに登志矢のいまの言葉は、任務遂行上に必要な質問というよりは、軍上層部の決定に対する揶揄《やゆ》であり、抗議だった。

ラジンスキー少尉は言った。

「その五人については、上官が名を呼んだ上で突撃を命じたにもかかわらず、これを拒んだ。突撃命令が聞こえなかったのではないし、周囲を真似たわけでもない。抗命が明快で意識的だった」

「将校が名を呼んで命じたことは、誰が証言しているのでしょうか」

ペトレンコ軍曹は身を固くしている。小隊のほかの戦友たちもだ。登志矢のラジンスキーへの質問が一線を越えるのではないかと案じている。いや、もう自分はすでにその一線を越えた。

ラジンスキー少尉が答えた。

「将校本人たちだ」

「その将校たちには、突撃の命令は出ていなかったのでしょうか」

「当然出ていた」

「なのに塹壕を出ていなかったということになりますか」

ラジンスキーの目がつり上がっている。怒りを爆発させる寸前だ。

「部下を督励することが務めだ」

ペトレンコ軍曹が割って入った。

「わかりました、小隊長。ひとつだけわたしにも教えてください」

「なんだ？」

「わたしたちが銃殺隊に選ばれた理由は、何でしょう。わざわざわたしたちの小隊が、です」

「我が小隊は、全員が聖ゲオルギイ勲章を受けたほどの勇猛の小隊だ。怯懦《きょうだ》で卑怯な兵士たちを処罰するには、お前たちこそがふさわしい。全軍が、称賛する」

「丸腰の味方の兵士を撃つことが、わたしたちにふさわしい任務でしょうか」

「軍法会議で銃殺が決まった者たちだ。すでに味方ではない。気に入らないのか？」

「もしわたしたちが銃殺隊となれば、むしろわたしたちは全軍の兵士から嫌悪されます。模範の兵士ではなくなります」

「いいや。栄光のジェリドフ・ラジンスキー小隊だ。誉れはいっそう高まる」

「自分には、この任務は、まるで勇猛に戦った罰のように感じます」

「軍曹！」

「逆らうつもりはありません。この銃殺刑、拙速に過ぎませんか。戦争の終わる様子もない以上、彼らはまだ汚名をそそぐ機会をもらえてよいのでは？」

「それ以上言ったならば、軍曹、わかっているな」

「自分の進言が分をわきまえていないとおっしゃるなら、処罰してください。自分の勲章を引き剝がしてから、憲兵隊に突き出してください」

それは、ラジンスキー少尉に対する痛烈なあてこすりだった。大公拉致の作戦のとき、彼は後方支援を担当したせいもあり、聖ゲオルギイ勲章は授与されていない。将校だが、戦場での戦いぶりについて、公の評価ではペトレンコにかなわないのだ。そのペトレンコの言葉が気に入らないと、ラジンスキーが軍法会議送りとすることなどできるか。

ラジンスキーが憤怒の顔でペトレンコの前に出ようとした。ほんとうに勲章をむしり取ろうとするのかもしれない。登志矢は思わず一歩前に出ていた。小隊のほかの面々も、動いた。一歩前に進んで、ラジンスキー少尉を見つめた。

ラジンスキー少尉は気圧《けお》されたような顔となった。

登志矢は言った。

「小隊長殿なら、司令官に処刑延期を進言しても問題はないのでは？」

「いまさら、できるわけがない」

「総攻撃も、あの時点で中止、延期となりました。絶対にできないことでもないかと思います」

ラジンスキー少尉は無言だ。懸命に計算しているようでもあった。

ここは断固として小隊を従わせるのがよいか。ただし、これは危険がともなう。帝国には革命が起きて、軍はもう半年前の秩序を維持できていない。将校の命令は皇帝の命令という論理は使えず、将校が兵士たちに対して絶対的な権威を持って君臨するわけでもなくなったのだ。非合理な、あるいは理不尽な命令に対して、きょうのように、それともあの総攻撃の朝のようにと言うべきか、これを無視する機運さえ出てきた。処刑場でラジンスキーの発砲命令が無視されることも想定できるし、その場合、小隊に処罰は下るだろうが、ラジンスキーも面目を失う。処刑に立ち会うはずの、もっと上級の軍人の前でだ。

ここは、登志矢やペトレンコ軍曹の進言を受け入れて、処刑の延期を具申するべきか、とラジンスキーは迷っているようだ。まだ皇帝が存在したころ、死刑囚はしばしば処刑の直前に皇帝の恩赦によって罪一等を減じられ、命を救われたという。皇帝の慈悲に感謝させるためだ。いま皇帝はいないが、政府と軍へのより強い忠誠を培うためには、それがあったっていい。

もしかして、と登志矢は思った。今回もそれが予定されているということはないか。処刑の直前、銃殺される兵士が絶望のあまり小便を漏らしたところで、恩赦が言い渡されるということはないだろうか。そもそもこの前線で、これまで抗命を理由に兵士の銃殺などなかった。司令部も、本気で銃殺までは考えていないのかもしれない。

入り口に、兵士がひとり現れた。彼は部屋の中の様子を見て、一瞬とまどった様子だったが、ラジンスキーに声をかけてから言った。

「銃殺隊は裏庭に、との指示です」

ラジンスキー少尉はその兵士にうなずくと、小隊に命じた。

「銃を持って、裏庭に集合しろ」

ラジンスキー少尉が出ていった。小隊の兵士たちが、登志矢やペトレンコ軍曹に顔を向けてくる。どうする、どうしましょうと訊いている顔だった。

ペトレンコ軍曹が指示した。

登志矢は、軍曹もぎりぎりでの恩赦の可能性を考えたなと感じ取った。であれば、裏庭にとりあえず銃殺隊のひとりとして並んでもいいだろう。

「裏庭に」

小隊が立ったのは、兵営の裏庭だった。重苦しい空の下、三方がレンガの壁で囲まれた細長い空間がある。壁は廃屋の一部のように見えた。かつては倉庫のような、窓のない建物だったのだろう。

奥のレンガ壁の前には土嚢がひとの背を超える高さで積み上げられている。その壁の前には、五本の丸太が立てられていた。この丸太に縛りつけられる格好で、顔にすっぽり黒い頭巾をかぶせられた兵士が五人並んでいる。

まず登志矢の分隊から、登志矢を含め六名が指名されて、処刑される兵士たちの前へと進んだ。処刑の最初は、右端に立つ兵士だった。登志矢たちは、兵士まで五サージェンばかりの距離に横に並んだ。新兵でもない限り、立射で絶対にはずさない距離である。

銃殺刑の兵士たちの反対側に、立ち会いの将校が並んで立っていた。三人だけだ。憲兵隊の将校。それに佐官がひとり。方面軍司令部の法務担当官なのだろうか。その隣に立つ若い将校は、その佐官の副官だろう。

その将校たちの後ろと、レンガ壁の右手には、憲兵が合計で十五人ほど立っていた。

登志矢たち六人の横には、ペトレンコ軍曹が立った。ペトレンコ軍曹のさらに横に、ラジンスキー少尉。

ラジンスキーがペトレンコ軍曹に訊いた。

「いいか？」

かすかに、いいえ、と返事をされることを懸念していたような声の調子だった。

はい、と答えてから、ペトレンコ軍曹が登志矢たちに指示した。

「銃をはずせ。装弾」

登志矢たちは肩にかけていた銃を身体の手前に出し、薬室に銃弾を装塡した。

まだか。恩赦が言い渡されるのはまだか？

「構え」

まだなのか？　もうあと、引き金を引くまでいくらの時間もないはずだが。

登志矢たちは銃床を肩に当てて、構えた。

ラジンスキー少尉が、ペトレンコに命じた。

「発砲を」

ないのか？　恩赦はないのか？

登志矢は、次の命令が出たときにすることを決めた。

ペトレンコ軍曹の声が響いた。

「撃て」

発砲音が重なった。いくつかの銃弾が土嚢にめりこんだ。この発砲と同時に、丸太に縛られた兵士たちがびくりと身体を痙攣《けいれん》させた。

最初に銃殺されることになっている兵士は、そのまま立っている。軍服に、弾の穴は開いていない。血も噴き出してはいなかった。

ペトレンコ軍曹が、登志矢たちに目を向けてきた。瞬《まばた》きしている。何が起こったのかわかったのだ。最初の銃殺を命じられた六人の自分の部下たち全員が、わざとはずした。そう理解している。

ラジンスキー少尉が、狼狽《ろうばい》した声でペトレンコ軍曹に鋭く言った。

「何をやってる。もう一度撃て」

そのとき背後で靴音がして、これに重なって大きな声が響いた。

「法務官、司令官から、至急お呼びです」

ただごとではないという声だった。

ラジンスキー少尉も立会人たちのほうに目をやってから、ペトレンコ軍曹に言った。

「ちょっと待て」

ペトレンコ軍曹が命じた。

「銃を下ろせ。休め」

壁の右手の憲兵たちも、戸惑っている。

ラジンスキーが憲兵将校に呼ばれたらしくその方向に駆けていった。

登志矢は振り返って、佐官や将校たちを見た。佐官とその副官らしき将校が、真後ろの建物の中へと大股に向かっていった。ラジンスキー少尉が、憲兵将校に何か言った。憲兵将校が、手を激しく動かしながら、何かラジンスキー少尉に応《こた》えている。なんだろう？　登志矢はいぶかった。恩赦が出たという様子ではない。何かもっと深刻なことが起こったように見える。

ラジンスキーが登志矢たちのほうに近づいてきて、鋭く言った。

「銃殺は、中止だ」

ペトレンコ軍曹が確認した。

「恩赦ですか？」

「いいや」ラジンスキー少尉は青ざめた顔で首を振った。「首都で、革命だ」

「また？」とペトレンコ軍曹が訊いた。

「昨夜、ボリシェヴィキが武装蜂起して、冬宮の政府はなくなった。元首が誰か、参謀総長が誰かわからない。軍は、様子を見る」

登志矢たちは顔を見合わせた。

十月二十六日の昼前だった。

復員列車

　どうやら春だ。

　登志矢は、塹壕《ざんごう》陣地の後方、分隊のテントの脇の日溜まりで日光を浴びながら、ひとりごちた。

「春だ」

　戦場で迎える三度目の春だった。沿海州のこの季節を思い返して思うが、この地の春の陽光は、濃い。質量がある、とさえ感じられる。

　北部の戦線はまだ凍った雪の中だろうが、すでにこの地方では、大地からほとんど雪が消えている。木立の中や建物の陰に多少残ってはいるが、前線の地表や草原にはもう雪はなかった。

　新暦では、もう三月に入っている。革命まではこの国ではユリウス暦が使われていたが、いまは西欧諸国と同じグレゴリオ暦を採用しているのだ。かつての暦よりも十三日進んでいる。今年一月三十一日の次の日が、いきなり二月十四日となった。

　首都でボリシェヴィキが武装蜂起して、新政権ができてからおよそ四カ月弱だった。

一月に憲法制定会議があったが、ボリシェヴィキはこれを解散させて、一党独裁体制を固めている。憲法制定会議で多数派だった社会革命党やメンシェヴィキは早期講和に反対していたから、前線を守備する軍の将兵たちは、このボリシェヴィキの政権奪取に対しては反発を見せなかった。兵士たちがこの一年以上ものあいだ、とにかく望んでいたのは「パンと平和」だった。戦争を続けようと主張する党派など、論外だったのだ。

それに、あの十月革命のあと、軍の中が大きく民主化された。それも兵士たちがボリシェヴィキを支持する理由のひとつだった。

革命後、復員は自主的に、というか、兵士ひとりひとり勝手に離隊を始めていて、それを上官も憲兵隊もとがめることはなくなった。去年三月に帝室がなくなったときから少しずつ散発的に起こっていたことだが、そのころはまだそれは手続き上は脱走とみなされていた。

十月の革命以降は、帝国領土の西側の軍管区の部隊などは、大隊か、ときには連隊単位でまとまって自主復員に入っているらしかった。そうした部隊はだいたい早々と将兵全員の選挙による軍評議会を結成していた。その評議会が鉄道労働者の評議会と交渉し、後方へ向かう復員軍用列車を仕立ててもらって、故郷に帰ったという。

だからいま前線には、十月革命以前の二割か三割の軍しか張りついていない、とも聞いていた。そしてその残存の部隊も、戦意があって前線守備についているわけではない。ただ、講和をめぐって連合国側と交渉が続いている。事実上の休戦状態なのだ。一月には北の戦線でドイツ軍が攻勢をかけたらしいが、大規模なものではなかった。ドイツにはいま、彼らから見て東部の戦線で積極攻勢に出るだけの余裕はないらしい。この戦線でも、とりあえず戦死の心配は遠のいていた。

だったら何もかもが不足する真冬に復員するよりは、春までは前線に残って、雪が融けてから組織だって復員するほうが、何かと好都合だ。講和を待つだけの余裕もできている。自分たち沿海州軍管区の師団のほとんどがそうであるように。

朝食が終わったところに、ペトレンコが現れた。

「中隊本部に集まってくれ」とペトレンコが言った。「中隊長から話がある」

彼は先日の指揮官選挙で、小隊長となっている。もっとも階級制が廃止されたので、尉官となったわけではなかった。役目としての小隊長を務めるようになったということだ。だから誰も彼にあらたまった敬礼などしない。

それだけ言うと、ペトレンコはすぐテントを出ていった。

何かいい知らせだろうか。ペトレンコはふだんから謹厳なので、いまの表情ではいい話が伝えられるのか、それとも逆か見当がつかなかった。

「何だろうな」と、ダヌーシャが言った。「休暇か、復員か、また革命か」

リクが言った。

「あらためて何かの選挙かな」

たしかにそれも考えられた。

つい先日まで、将校の大半は貴族出身だった。彼らは革命のあと、多くが軍を離れた。とくに佐官や将官級の軍人たちは、たいがいが皇帝と帝室に厚く忠誠を誓っていた。社会主義政権の軍隊になど、いられるものではないということだったのだろう。しかし尉官級の若い将校たちの中には、そのまま軍に残った者も多かった。彼らはこの国の遅れや不公正さを正確に認識していたし、西欧諸国のように国が民主化されることも歓迎していた。国民がボリシェヴィキの政体を望むなら、それに協力しようという意識も持っていた。

もちろん兵士の中には、貴族出身の将校に指揮されるのはもうまっぴらという空気もあった。しかし、軍という組織の運営や軍事作戦について、庶民出の兵士たちは知識もなく、教育も訓練も受けていない。それまでの将校たちの助けが必要だった。だから若い尉官たちは軍事顧問役となって、軍の司令部や前線で新しい指揮官たちを補佐している。

ただ、登志矢の小隊の隊長だったラジンスキー少尉は、指揮官の選挙で無役となることが決まった翌日に、部隊から消えた。どっちみちボリシェヴィキ政府のもとで軍務に就くことはできないと言っていた男だ。故郷に帰ったとも思えなかったから、耳に入ってくる反乱軍に合流したのかもしれない。デニーキンやコルニーロフといったかつての将軍たちは、ドン地方でコサック軍をまとめ、反乱を起こしたという。これに対し、政府の軍事人民委員トロツキーは軍に呼びかけ、革命を守るための赤衛軍を組織して反撃していらしい。

中隊本部となっているテントまで行ってみると、中隊長に選ばれている元文選工のギーチンが言った。

「戦争が終わった。昨日、ブレスト・リトフスクで、講和条約が調印された」

中隊の全員が、わっと歓声を上げた。

「落ち着け！」とギーチンが言った。「祝いの発砲なんてするなよ」

ところが、陣地の左右で発砲が始まった。同じことを伝えられた部隊の兵士たちが、空に向けて喜びの銃弾を撃ち始めたのだ。皇帝の退位が伝えられたときよりも盛大だった。

銃声がやみ、みなが落ち着いたところで、ギーチンが続けた。

「講和の条件は、国にとっては厳しいものとなった。フィンランド、エストニア、ラトビア、リトアニア、ポーランド、それにウクライナとカフカスの一部を失うことになった」

ダヌーシャがふしぎそうに訊《き》いた。

「ドイツやオーストリア・ハンガリー帝国にそれらの地方が併合されるってことか。無併合が条件だったでしょう？」

「無併合、無賠償が条件だった」とペトレンコが言った。「それが通らなかった。賠償金も要求されている。ぐずぐずしているうちに、もしかすると一番悪い条件で講和することになったんだろう。もっと早く講和しておけばよかったものを」

みな黙り込んだ。誰もべつにフィンランドやポーランドが故国の不可分の一部と思っているわけではないが、この講和は事実上の敗戦を認めたということだ。そして賠償の義務を負った敗戦は、飢えと窮乏が約束されるということだった。「パンと平和を」という国民の希望のうち、半分しか実現しないということになる。

ギーチンが、口調を変えた。

「そこはおれたちが悲しむところじゃない。もうひとつ、講和になったということで、おれたちの復員も決まった」

兵士たちの顔が再び明るくなった。

ギーチンは分隊員たちの顔を眺めわたし、少しもったいをつけてから言った。

「前線の大軍が、順繰りに特別の復員列車で連隊本拠地まで帰ることになる。おれたちの大隊も、今月中には故郷に戻る列車に乗れるだろう。列車のやりくりが必要なんで、まだ日は確定ではないが」

登志矢たちは互いに顔を見合わせた。

とうとう復員だ。

師団の評議会は、講和となったら逐次、大隊単位で復員すると決めていた。その復員列車の運行については、すぐに鉄道労働者評議会と打ち合わせて決められることになるのだろう。そして、講和となったということは、軍も縮小されるということだ。革命政府のもとで、完全になくなるのかもしれない。革命政府にはもうあの、一時は四百五十万とも言われた軍を擁しておく余裕はないはずだし、持ち続ける必要もない。

横にいたリクが肩を抱いてきた。

「ほんとうかな。ほんとうに帰れるのかな」

登志矢は、去年のことを思った。去年は二月に革命が起こって皇帝は退位、この国に帝室がなくなった。軍の中でも一気に民主的な改革が進んだ。軍評議会が結成されて、兵隊たちが待遇改善を要求できるようになったということだけでも驚きだった。それから半年たったときには、もう一度革命だ。こんどは軍の階級制がなくなり、指揮官は選挙で選ぶことになった。そしてついに講和だ。それがこの一年間の変化だ。

去年の一月まで、この国で誰が皇帝の退位を想像したろう。社会民主主義者が政権につくと予測したろう。そして十月の革命。より過激なボリシェヴィキが武装蜂起して、政権を奪取するとは。二月革命のあとの臨時政府でさえ反対していた講和が、とうとう現実のものとなったとは。

だからつまり、このあともまだ何が起こるかわからない。自分たちの故郷である沿海州までは、ずいぶん距離があるし、帰り着くまでには時間もかかるということなのだ。

登志矢はリクに言った。

「喜びすぎると、だめになったときのことが怖い。冷静でいたほうがいいぞ」

「だめになるってことがあるか？」

「反乱が起こっている。復員列車は、すんなりと国の反対側まで走れるかどうか」

「反乱は、ドン川の下流地方の話だ」

「それで収まるか？」

それでも登志矢はその夜、回ってきたウオトカを少し飲み、分隊の仲間とともに、故郷を思う歌を思い切り歌ったのだった。故郷では可愛いあの娘が、きっと待っていてくれるはずだ、と。

講和が成った後、最初に復員していったのは、同盟国・日本の軍隊だった。日本は露日戦争の後に結ばれた二帝同盟に基づき、この戦争に四個師団を派遣していたが、講和から十日目には撤兵、復員に入ったという。その事実が耳に入ったとき、小隊の仲間たちはみな日本軍を少しうらやんだ。


大隊の全員がその有蓋《ゆうがい》貨物列車に乗りこんだのは、大地や森に新芽が出始めた晴れた日の、午後二時過ぎだった。

列車は、前線の後方十露里《ヴェルスタ》の停車場から東へ向かって走り出した。停車場を離れても、あまり速度は上がらなかった。浮揚艇《ふようてい》の半分の速度も出ていないようだ。すぐに貨物車の中で賭けが始まった。沿海州の連隊本拠地に帰り着くのは何日後か、というものだ。楽天的に、予定どおりの三週間後と賭ける者は少数だった。夏至のころには、と賭ける者さえひとりいた。登志矢はその賭けには加わらなかったが、自分もふた月後くらいと賭けたいところだった。そう賭けておいて、三週間後に到着なら、自分は喜んで掛け金を支払う。

　三十分もたったころに、列車が停まった。平原の中の小さな停車場だ。

　その停車は水と石炭の補給かと思ったが、そうでもないようだった。待避線に停まっていないので、すれ違う列車を待っているようでもない。どの車両でも、復員兵たちは扉を開けて、外の様子を窺《うかが》っている。

　そのうちに、分隊長クラスの兵士たちが降りて列車の前方に集まり、鉄道員たちと話を始めた。登志矢もその様子を眺めたが、鉄道員の身振りではどうやら線路の行く手に何か障害がある様子だった。

　やがてペトレンコが登志矢たちの乗る車両の脇に立った。その後ろにいるのは、中隊長のギーチンだった。

　登志矢たちは車両の扉を一杯に開けて、ペトレンコたちの事情説明を聞こうとした。

　ペトレンコは、硬い表情で言った。

「この先で、強盗団が出たらしい。そいつらが消えるまで、列車は動けないそうだ」

　強盗団？

　この先、というのはどのあたりなのだろう。有蓋貨物車の中にいては、この列車がいまどこに停まっているのか、前線からどれだけ離れたのか、そしてどれだけ故郷に近づいたのかもわからなかった。

ひとりが訊いた。

「強盗が、線路でも爆破したんですか？」

ギーチンが答えた。

「ロソーチウの町を襲ったんだ。鉄道駅を占拠しているらしい。駅との連絡はいま途絶えている」

ロソーチウ、と聞いて、登志矢は驚いた。方面軍司令部のあった町だ。一昨年六月のクルーツ急襲作戦のあと、自分たちはあの町で数日過ごした。去年の夏の攻勢の後には、前線が西に進出したことに伴って、方面軍司令部も二十露里ばかり西に移動している。つまりいまあの町には軍はいない。そこを、強盗団が襲って駅を占拠した？

リクが登志矢を見つめてきた。彼も、あの町の娘たち、ミーナとスーシャのことを心配しているのだ。とくにたぶんミーナのことを。同じ分隊のダヌーシャが、ギーチンに質問した。

「その強盗団って、いったい何なんです？」

「よくわからないが、逃亡兵たちかもしれない。県から派遣された役人たちや駅員を人質にしているらしい」

「人数は？」

「はっきりわからない。四、五十人はいそうだとも報告がきているそうだ」

「守備隊はいなかったんですか？」

「いない」

「四、五十人の強盗団なら、機関銃ひとつあれば、あっと言う間に逃げ散るでしょう。要塞にこもっているわけじゃないんだし」

「武装した逃亡兵の一団だったら、そうはいかない。それに良民が人質になっているんだ。小銃弾一発撃つのも難しい」

登志矢は事情が呑み込めなかった。去年のうちに勝手に前線を離れてしまった兵隊たちは、もうとうに遠くに去っているはずだ。今年になってからは、復員は組織的に行われている。わざわざこんな前線近くで、強盗団となるだろうか。

これは何かの理由で前線のこちら側に取り残されたオーストリア・ハンガリー帝国軍ということではないだろうか。まだ講和がなったことを知らずに、作戦を続けているのかもしれない。その部隊がロソーチウの町で、県の役人たちと鉢合わせして衝突となったのではないか。

ロシアからの独立を目指すウクライナの愛国者たちが、決起したということも考えられるか。講和がなったことを引き金に、いまなら弱体化したロシアから独立できると、武装蜂起したのかもしれない。

すぐに思いなおした。ロソーチウの戦略的な価値はわからないけれど、愛国者たちが四、五十人で、まだ前線に残るロシア軍と戦おうとは考えないだろう。無意味だし、無謀だ。少し待てば、ロシア軍は少なくともウクライナとロシアの国境までは撤退する。

この可能性は小さい。

どうであれ、駅が占拠され、役人や駅員が人質となっているのだ。町の警察では対処できない。軍が出ていく必要があるのではないか。鉄道の安全を確保するためにも。

ギーチンが言った。

「とにかく事情がわからない。列車はここで、前方の事情が確認できるまで、待機するそうだ」

リクが言った。

「この列車には、うちの大隊が乗っているんですよ。強盗団がいて列車が動けないというのに、何もしないんですか？」

「だから、人質が取られている。数がいればいいってものじゃない。前線をはさんでの戦争とは違うぞ」

リクは登志矢を見てから、ペトレンコに目を向けた。リクの思いがわかった。やつは、ミーナとスーシャを案じ、自分たちがロソーチウに行きたいと志願しているのだ。自分たち、つまり、あの奇襲作戦を成功させた、通称ジェリドフ小隊が。自分たちであれば、駅舎を占拠しているという四、五十人ほどの強盗団なら、制圧できる。力まかせではない作戦をやってのけることができる。

ペトレンコがギーチンに言った。

「この特別列車も、定期列車の隙間を縫っての運行でしょう？　いったん予定が壊れたら、あらためて通す手配が大変になる。黙って待っていても仕方がない」

ギーチンが驚いた顔でペトレンコに訊いた。

「お前たちが、やると?」

「占拠された鉄道施設を解放するところまでは」

「どのように?」

「列車を町の手前まで近づけ、兵隊たちを降ろします。線路沿いに駅に向かいますよ。わたしの小隊が」

「わかった」ギーチンも決断は早かった。「さっきの鉄道員なら、ロソーチウの駅周辺のことに詳しいだろう。話を聞こう」

ペトレンコとギーチンは、列車の先頭のほうへ駆けていった。


列車は、ロソーチウの駅の手前一露里ほどのところにある林の中で停まった。駅からは、列車は見えないはずだ。乗っていた大隊のうち、登志矢たちの小隊ともうひと小隊が、駅を解放することになった。もうひと小隊の指揮を執るのはギーチンだ。彼らは町の北側から市街地に入って、かつて司令部のあった広場から駅に向かう。

登志矢たちの小隊は武装を整え、線路の両側に分かれ、腰を屈めてロソーチウの駅へと向かった。駅舎の二百サージェンほど手前でいったん止まり、駅舎のほうを窺った。

前方百サージェンばかりまで駅の付属施設があって、待避線が何列も並び、その外側に貯炭場や家畜の収容場、貯木場などがある。駅舎前の待避線には、貨物列車が停まっていた。その列車の蒸気機関車は、手前側にある。有蓋の貨物車を十両ばかり牽《ひ》いているようだ。その貨物列車の右、倉庫の建ち並ぶ側にひとが固まっている。一両の貨物車から荷を下ろしているようだ。数は五十人もいない。せいぜい三十人ほどか。ただ、女の姿も混じっている。

あれが強盗団？

登志矢はリクやペトレンコと顔を見合わせた。武装している者がいるようではない。ただの町の衆だ。

ペトレンコが背筋を伸ばしたので、登志矢たちもならった。線路両側に散開したまま駅に近づいてゆくと、荷物を下ろしている町民たちの中で、登志矢たちに気づいた男がいた。男は登志矢たちを見て指を差し、ついで振り返って手を大きく振り始めた。

するとその場にいた男女は、すぐに列車の後方へと駆け出した。逃げている。穀物の袋を背負った男がいたし、脇に抱えた者もいる。麻袋を肩から掛けている者もいた。

兵隊を見て逃げるとは、彼らが強盗団だったということか。武装もしていない、女まじりの集団が？

ペトレンコが指示した。

「慎重に行くぞ。ヤーコフ、お前の分隊はこのまままっすぐに。列車の最後尾まで確かめろ。一味が残っていたら、捕まえろ」

それからべつの分隊に指示した。

「駅舎に向かう。気をつけろよ」

登志矢はリクと並んで先頭を駆けた。もう強盗団の仕業とは思っていないが、女が混じっていることが気になった。

逃げていく一団は、走りながら次第次第に分散している。左右の建物の陰とか、停まっている貨車などの陰に消えていく。駅の敷地内から、とにかく外へ、町の中に逃げようとしているのだろう。ひとりの女が、すっと右手の貯木場のほうに消えた。その女が最後尾だ。

登志矢は、砂利の上でいっそう脚を早めた。リクが遅れまいと、すぐ後ろをついてくる。

女が消えた、と見えた貯木場に入った。少し先の丸太の陰に、その女がいた。長いスカートに短めの厚手の上着。スカーフをかぶっている。顔はよく見えなかった。銃を持ち直して女の前までさらに駆けようとした。そのときリクが登志矢の肩をぐっとつかんだ。登志矢はよろめいた。

女が登志矢たちを見て、驚いた声を出した。

「リク！」

登志矢は姿勢を直して女を見つめた。ミーナだ。目を大きくみひらいている。薄いブルーの瞳。視線はリクに向けられていた。

「ミーナ」と、リクがミーナに駆け寄っていった。

登志矢は動かなかった。彼女は、リクの名を呼んだ。自分が出る幕ではないのだ。

リクとミーナはいったん軽く相手を抱いてから、顔を突き合わせて話し出した。中身は聞こえない。ミーナは猛烈な早口で事情を説明しているようだ。

操車場のほうから、いくつもの靴音が聞こえてくる。砂利を踏みしめる音が、近づいてきた。

リクがミーナに言った。

「行け！　早く」

ミーナはリクに会釈し、登志矢にも目を向けてから、くるりと身を翻して貯木場の奥へと駆け出した。肩に掛けた麻袋が重そうだった。

そこに分隊の仲間が四人駆け込んできた。

「大丈夫か？」

リクが答えた。

「ああ。あっと言う間に散ってしまった。戻ろう」

仲間たちは操車場に戻ると、貨物列車の前を横切って、駅舎に近づいていった。

登志矢は小声でリクに訊いた。

「何があったんだ？」

リクが、歩きながら答えた。

「食料徴発隊に、農民たちが抗議していた。そのうち町民も加わって騒ぎが大きくなり、徴発隊をどこかに閉じ込め、穀物袋を運びだし始めたんだそうだ。ミーナの家族も、その話を聞いて、ここに駆けつけた。貨物車の中にこぼれていた小麦をかき集めて麻袋に入れていたところに、おれたちが到着したんだ」

「強盗じゃなかったんだな」

「荒っぽそうな、見知らぬ男たちも混じっていたと言っていた」

登志矢は、ミーナが貨物車の床に落ちていた小麦を拾っていたのだと知って、暗澹《あんたん》たる気分になった。いま食料はそんなに不足しているのか？　この豊かなウクライナで。あの二年前の夏、ミーナたちに連れられて行った農家のレストランでは、菓子さえ食べることができたのに。

登志矢はリクに訊いた。

「彼女とは、それだけか？」

「どういう意味だ？」

「いや、いい」

あれから二年経つのだ。彼女はもう嫁に行っていてもいい歳のはずだが。

施設の陰や貨物車の下などをあらためながら、駅舎に向かった。ちょうどペトレンコたちが、駅舎をホームの側から囲んだところだった。

ペトレンコが大声で言っている。

「味方の軍だ。強盗がいると聞いた。駅員はいないか？」

駅舎の中から、くぐもったような返事があった。

「中だ。縛られている。泥棒たちは消えた」

小隊は、駅の改札口と、駅事務室の通用口から駅舎の中に突入した。事務室の中に、制服を着たふたりの駅員がいた。背中合わせに、床に尻を落としている。グルグルとロープを巻かれていたが、その巻き方は素人のものだった。リクがそのロープを解いて、ふたりを解放した。口髭の年配のほうが、駅長なのだろう。

ペトレンコが駅長らしき男に訊いた。

「強盗団じゃないのか？　無事なのか？」

その駅員が答えた。

「町の連中や、近在の農夫たちだ。徴発された食料や穀物を奪い返しにきたんだ」

「奪い返す？」

「郡の食料徴発隊が一昨日からこの町に来て、徴発していた。徴発隊は今朝から、貨物車に載せる作業を始めていたんだけど、町民や農民とそこで騒ぎが起こった」

「徴発隊はどこにいる？」

「雇われていた人夫たちは逃げただろう。役人たちは、資材庫の中に閉じ込められてる」

ペトレンコは、ダヌーシャら部下の数人に資材庫に行くよう指示してから、また駅員に訊いた。

「怪我人などはないのか？」

「ああ。ないと思う。奪い返しにきた連中も、べつに武器を持っていたわけじゃない。飢えることになるんで、一部だけでも返してくれ、とまず懇願してたんだ」

「農民がそう言ってくるのはわかるが、町民も一緒だったんだろう？」

「このところ、腹を空かしているのは一緒だ。農民たちが徴発隊をふんじばって貨車から穀物を下ろし始めると、町民たちも殺到してきた」

ペトレンコは困ったぞという顔になり、首を横に振った。

「食料徴発隊を襲って食料を奪ったとなると、重罪だぞ」

「かなりの数の町民たちが加わっていた。首謀者もわからないだろう」

「町の巡査はいないのか？」

「多勢に無勢だ。手に負えなくなって、役所にこもってしまった。あんたたちが、騒動の首謀者を捕まえるか？」

「おれたちは復員途中だ。そういう任務は受けていない。強盗団がここを占拠しているというので、解放にやってきたんだ」

そこに、ダヌーシャたちが四人の男を連れて戻ってきた。中年の男が三人、初老の男がひとりだ。初老の男以外はみな、労働者の着る外套に帽子姿だった。初老の男は、下級役人だろうかという雰囲気がある。

初老の男は、ボンダレンコと名乗った。

「県コミッサールの命令により、ロソーチウ一帯に食料徴発に来ている。さっき、農民たちが暴徒となって、徴発した食料を奪っていった」

彼が引き連れているのは、郡の食料徴発隊の男たちということだった。

ペトレンコが訊いた。

「どうしてまた、襲われるようなことになったんだ？　この町だけ、割り当てが厳しかったのか？」

「よそと同じだ。ここの農民たち、革命政府のすることが気に入らないんだろう。せっかく自分の農地を手にすることになったというのに」

「べつに反乱を起こしたわけじゃないだろ」

「食料提供の拒絶は、反乱みたいなものだ。いま、都市はどこも飢えている。配給が間に合わないんだ。工場労働者も、もっと貧しい労務者たちもだ。なんとか無理を頼んで、食料を出してもらってる」

「農民が食うぶんくらいは残してやれ」

ムラシェフが横から言った。

「蒔《ま》くための分もだ」

「都市の住民は、とにかくこの春を乗り切らなくちゃならないんだよ。田舎であれば、まだ何かしら食うものはある」

「山菜もまだだ」とムラシェフ。「木の実や茸はもっと先だ」

　ペトレンコが言った。

「農家が穀物やイモを全部出してしまえば、この夏には全土が飢えることになる」

「県にも、地方コミッサールから徴発割り当てがくる。逆らうわけにはいかないんだ」

「手加減できないのか？」

「監獄行きだ。それにお前さんたち、軍隊に運ばれる食料は、農民たちがただで喜んで出してくれたものだと思っていないか？」

　ペトレンコはむっと顎を引いた。

「ふん」とボンダレンコは嘲笑《あざわら》って言った。「悪者になるのは、徴発隊だ。わたしたちがこの仕事を楽しんでいるなどと思わないでくれよ」

　ペトレンコは気を取り直したように訊いた。

「この件、どう報告するんだ？」

「事実を報告する。農民と町民たちに襲われ、奪われたと。空の貨物列車で帰って、横流ししたと疑われたら終わりだからな」

　となると、襲った農民や町人のうち何人かは、厳罰を食らうことになるだろう。

　駅長も困った顔だ。町民のひとりとして、これが事件として処理されることは望んでいないのだろう。できれば、穏便にすませたいのだ。

　登志矢は駅長に訊いた。

「最初、強盗団が出たと知らせを受けました。町民じゃない荒っぽい男たちもいたとか。

逃げてゆく男たちの中には、銃を持っていた男も見えたような気がしますが、あれはなんです？」

「それは言葉の行き違いかと」駅長はすぐに言い直した。「あ、そうだ。南の川向こうに、逃亡兵らしき男たちがいるんだ。何度か、あちらの地主の家などを襲ったと聞いたことがある」

「きょう、ここを最初に襲ったのは、その連中ではありませんか？」

年配の駅員は、ボンダレンコに顔を向けた。あんたが答えてくれという表情だ。

兵士たちもみなボンダレンコを凝視した。隊長の目に、かすかに脅えが走ったように見えた。

「きっかけは、そうだな、ならず者みたいな男たちが、煽ってきた。農民とは違う男たちだ」

ペトレンコが、いかにも無念そうな調子で言った。

「もう少し早く着いていたら、その強盗団を潰滅させることができたんだが。そうしたら、あんたたちも、務めをまっとうできたろう。すまなかったな」

ボンダレンコは、こほりと空咳《からせき》をした。

「逃亡兵の強盗団が襲ったと、あんたたちが証言してくれたと書いていいか」

「もちろんだ」とペトレンコ。

ボンダレンコは背から革の雑嚢《ざつのう》を回し、厚紙の表紙のついた帳面を取り出して言った。

「とにかく、被害を数えさせてくれ」

徴発隊の面々は、駅舎の外へと出ていった。奪われた食料はどのくらいの量なのだろうと、登志矢は考えた。統率者もいない群衆が、まさか列車全部の貨物車から食料を奪えたはずもないが。

ペトレンコは駅員に向き直って言った。

「復員列車、通過していいか？」

駅員はうなずいた。

「少し時間を。各方面と調整が必要だ」

駅舎にギーチンが駆け込んできた。拳銃を右手に提げている。

「大丈夫か？」

ペトレンコはうなずいた。

「もう済んだ。列車に戻ろう。すぐに再出発だ」

ギーチンは拳銃を腰の拳銃嚢に収めて、駅舎の外に戻っていった。駅舎の外には、残りの小隊が到着したのだろう。

二時間後に、復員列車は徐行しながら、ロソーチウの駅を通り過ぎた。

たぶんこれが見納めだろうと、登志矢はリクと並び、貨車の扉を少し開けて外を見つめた。駅は町の西側にある。そしてミーナは駅の東側の市街地に、スーシャは町の北はずれに住んでいるのだった。外を見つめていても、ふたりを目撃できるわけなどないことは承知していた。

ところが列車が駅を通過した直後だ。市街地に通じると見える道路の踏み切りの向こう側に、ミーナがいたのだ。この列車を待っていた?

「ミーナだ」と、リクが叫んだ。

リクは扉をもっと開くと、半身を外に出してまた叫んだ。

「ミーナ! ミーナ!」

叫び声が聞こえたか、ミーナがリクと登志矢に顔を向けた。顔に笑みが広がった。すぐに登志矢たちの貨車は踏み切りを通過した。

ミーナは手を千切れるような勢いで振ってくる。登志矢もリクの後ろから顔を出し、手を振った。

機関車が警笛を鳴らした。速度を上げるようだ。ゴトンゴトンと連結器が一基ずつ前方に引っ張られていく。列車はすぐに踏み切りから遠ざかり、ミーナの姿も見えなくなった。

列車が完全に巡航速度に入ってから、登志矢たちは扉を閉じて、貨車の床に座り込んだ。

リクが、情けない顔をして言った。

「ミーナには、もう一度きちんと会っておきたかったな」

登志矢は言った。

「復員するって日に会えたんだぞ。満足しろ」

自分に言い聞かせる口調となった。

「彼女、おれに気があったと思うか？」

「一緒にお茶しただけで、のぼせるな」

「冷たいな」

「長いこと前線にいたんだ。どんな女も、自分に微笑《ほほえ》みかけてくれると錯覚してしまう。目を覚ませ」

「そんなに冷静になれるお前がうらやましいよ」

登志矢はため息をつき、膝を抱えた自分の腕の上に頭を載せた。


列車は、ウクライナの南部を東に走る経路を取った。キエフやカニヴを通る鉄路が混んでいるためだ。ドニエプル川を渡るのは、ドニエプロペトロフスクの町からだった。鉄橋を渡ると、ウクライナのいわゆる左岸地方ということになる。

ロソーチウの町を出てから一時間ばかりで、テルノピリの駅を通過した。このあたりは戦争による被害はほとんどなかったようだ。町や村の建物は崩れ落ちておらず、焼け跡もなく、木々も焦げていない。大地には緑こそまだないが、砲弾に穴だらけにされてはいなかった。見るからに柔らかそうな、長いこと手入れされてきたとわかる農地が広がっている。自分たちはやっとたしかに後方に、それも春の後方に来たのだと意識できる風景だった。

日も落ちてから、ごく田舎の停車場で停車し、夕食となった。黒パンが支給され、兵士たちは停車場の水を汲んで飲み、それで夕食は終わりだった。食べ終えると、すぐに列車は出発した。

深夜、列車が長い鉄橋を渡ったのがわかった。ドニエプロペトロフスクの鉄道橋だ。このあと列車は炭鉱と製鉄所の町ユゾフカを通過して、ウクライナ地方とロシア本国との国境を越える。国境を越えてからは、おおよそヴォルガ川に沿う格好で北東に進み、サマラの町を通ってシベリアに入るのだ。

もとより臨時列車だ。夜のあいだも、何度か停まっては、定期の列車を先に行かせたり、あるいはすれ違うのを待ったりしたようだ。平均して、時速は二十露里以下だったかもしれない。

朝になり、大草原の中を徐行しているときに、寝藁《ねわら》を処分するように指示が出た。貨物車の隅は便所として使われており、ここで用を足した者も多い。臭気がひどくなってきている。登志矢たちは扉を一杯に開けて、汚れた藁を片っ端から外へと押し出した。

その作業が終わろうかというとき、ふと爆音のような音を聞いた。列車の後尾方向、左手寄りから聞こえてくる。

登志矢は手を止めて、空を見上げた。列車はいま緩やかに右への曲線にさしかかっている。

複葉飛行機が飛んでいる。かなり低空だ。大きさから見て戦闘機だ。

戦闘機はみるみる近づいてきた。思わず登志矢は首をすくめた。列車の上空、ほんの二十サージェンほどのところを戦闘機は通過していった。識別マークは、ロシア帝国の三色の旗にも見えた。白青赤。

戦闘機は機関車の上を通過したところで急上昇し、右手に曲がっていった。

登志矢の隣りで、ダヌーシャが言った。

「なんで帝国の時代の戦闘機が飛んでいるんだ？」

ムラシェフも不思議そうに言った。

「戦争も終わって、前線からも数百露里は内側ってところなのに」

登志矢は思った。もしかしたら、いまの戦闘機はデニーキン将軍やコルニーロフ将軍らの反乱と関係があるのか？　彼らの軍勢に、旧帝国陸軍の飛行機部隊がそっくり合流したということだろうか。そもそもウクライナ右岸、黒海沿いのオデッサには、アナトル航空工場がある。航空隊とか、その訓練学校もなかったろうか。反乱はもしかして、ドン川河口流域だけではなく、オデッサ周辺でも起こっているのかもしれない。

汚れた藁をすっかり押し出し、床を清掃してから、登志矢たちはいまの戦闘機の件を含め、世の中ではいったい何がどうなっているのかを話題にした。しかし、ずっと前線にいたのだ。自分たちが得ている情報は限られている。軍の委員や評議員を通じて耳にしたことしか、知らない。ほんとうのところがどうなっているのかは、よくわからないのだ。

やがて列車は小さな町の駅に入り、待避線で停まった。

機関士が下りて、復員兵の指揮官たちに声をかけたようだ。何か相談したいことがあるのだろう。機関車か車両の不具合だろうか。自分が役に立てることがあるかもしれない。登志矢も機関士のそばに近づいた。

見ていると、機関士は集まった指揮官たちに訴えた。

「飛行機が狙った。この先で戦闘が起こっているんだ。これ以上は進めない。無理だ」

ギーチンが訊いた。

「コルニーロフ将軍たちの軍と、ということか？」

機関士の目が吊り上がっている。必死の形相だ。

「たぶんな。次は確実に銃撃されるぞ。勘弁してくれ」

「こんなところで停まっていても仕方がないだろう。ユゾフカまで行ってくれ。飛行機は、さっき銃撃してこなかった。これを軍用列車だと誤解してはいない。安全に行けるはずだ」

「ここまで飛行機が飛んでいるんだ。ユゾフカの先は、確実に戦場になっているはずだ。もうルハンシク方面への通過は不可能だ。運行予定は駄目になったんだ。おれは降ろしてもらう」

機関車の運転席から、助手が顔をのぞかせてやりとりを聞いている。まだ若い男だ。不安そうだった。

ギーチンが機関士になお訊いた。

「あんたが降りたら、この列車はどうなるんだ？」

「ドニエプロペトロフスクまで戻るつもりがあるなら、誰か代わりの機関士に来てもらうさ。だけど、飛行機に狙われたんだぞ。そう簡単には代わりも来ない。戦闘が終わるまで」

「じゃあ、とにかくユゾフカまで行ってくれ。そこであんたが運行部と話し合って、下りるなり、経路を変えるなりしてくれ。おれたちは、ここで停められたら、腹をすかせて死ぬだけだ」

「ここから、運行部と掛け合ってやる。とにかくおれはもう先には行かない」

埒《らち》が明きそうもなかった。このやりとりを聞きにきたダヌーシャが、登志矢を見たのがわかった。ダヌーシャが言いたいことはわかった。

登志矢は機関士の前に進み出て言った。

「戦闘を心配するのはわかります。あなたはここで降りてください。わたしが運転します」

機関士は目を丸くした。

「できるのか？」

「戦争前は、帝室鉄道で働いていたんです。あとは引き受けますよ」

「機関車を、知らない男に渡すわけにはいかない」

「おれたちも、先へ進むしかないんです。ユゾフカの町には、大きな車両基地もあるんでしょう？　そこで鉄道評議会の支部と交渉しますよ」

「身動きが取れなくなって、もう一度戦争に巻き込まれるぞ」

「行って様子を見ます。まだ行くだけの余裕はあるはずだ。さ、代わりますよ。どうぞ、助手さんと一緒に、ここで降りて反対方向への列車に乗って戻ってください」

ダヌーシャが言った。

「おれが助手をやる。さ、乗ろうや」

機関士はため息をつき、振り返って運転室の助手を見てから言った。

「おれが運転する。ユゾフカまでだ」


そこから三十分ばかりで、線路の周囲の村や集落の密度が上がってきた。巨大な町が近いとわかった。そのうち煙突を持った煉瓦造りの建物や、労働者向けの集合住宅が目立つようになった。ユゾフカ郊外の工場地帯、工場労働者居住地域のようだ。

ほどなくして、列車は大きな鉄道施設の中に入った。貨物駅のようだった。操車場はかなりの広さがある。列車は待避線の一本に誘導されて停まった。

右手に、装甲列車が停車している。登志矢がこれまで見てきたどの装甲列車よりも重武装の列車だった。最後尾の車両に掲げられているのは、赤い旗だ。その周辺に、武装した兵士たちがいる。見たところ、ひと小隊ほどの数だ。

機関士が運行部と協議するとのことで、一時間停車になると伝えられた。登志矢たちは列車を降りて伸びをした。

煙草を取り出して煙を胸に入れてから、登志矢は装甲列車の兵士たちに近づき、戦闘が起こっているのかと訊ねた。これは前線に向かう列車なのかと。

ひとりの若い兵士が、いくらか誇らしげに答えた。

「赤衛軍の同志サポフスキーの特別列車だ。南西部の戦線に向かうところだ」

赤衛軍は、革命防衛のために革命政府が組織した軍だ。旧軍から志願兵を募って創設された。司令官は軍事人民委員、つまり閣僚のひとりトロツキーである。

でも、同志サポフスキーとは誰なのだろう。政府の高官たちの人事については、前線にはろくに情報が流れてこなかった。もしマクシーム・サポフスキーという名であれば、自分には記憶があるが。

それを訊くと、若い兵士は答えた。

「同志サポフスキーは、軍事人民委員の補佐官だ。こっちの戦線の指揮を執っている」

「もしかして、シベリアに流刑になっていたひとですか?」

そうであれば、その政治犯の国外脱出を自分は助けたことがある。少年工科学校の卒業旅行のときだ。流刑地に護送される途中のサポフスキーの乗る列車を彼の仲間たちが襲い、自分はその列車を運転したのだった。

「知っているのか？」

「沿海州で、同じ列車に乗り合わせたことがあります」

「同志サポフスキーは、二月革命の前に亡命先のデンマークから戻って、十月の武装蜂起部隊を率いた」

「南西部の戦線というのは何です？」

「コルニーロフ将軍が大将の反革命軍と、ドン・コサック軍だ。ウクライナ領へ進軍を始めている」

「いましがた、三色旗の戦闘機に遭遇しましたが」

「連中の偵察だな。ここが航続距離の範囲内に入ったんだ。ずいぶん早く進撃しているようだな」

「飛行機部隊も持っているんですね」

「寄せ集めだろうが」

装甲列車の反対側のほうで、歓声が上がった。

兵士が教えてくれた。

「同志サポフスキーが演説をしている。この駅にはちょうど、やはりガリツィア戦線からの復員列車がもう一本入っているんだ」

大隊のほかの兵士たちと一緒に、列車の反対側に回ってみた。数百の兵士たちが、装甲列車の一車両を背にした男の演説を聞いている。男は、車両の前に置かれた木の台の上に乗っているようだ。将校の軍服ふうの黒い長外套に、短い鍔《つば》の黒い帽子をかぶっていた。銀縁メガネの男だった。登志矢は、卒業旅行のときには彼を遠目でしか見ていない。あのときの男かどうかは確信が持てなかった。

登志矢の大隊の兵士たちは、すでにできている半円の外側に立った。登志矢はそこから少しずつ隙間を抜けて前進し、サポフスキーの顔がはっきり見える位置で止まった。

サポフスキーは、少し高い声で、右手をときどき胸の前で振ったり、拳を作って突き上げたりして話していた。

「放っておけば、彼らはまたこの地に、不公平と不正と、無慈悲と冷酷の社会を作り上げる。考えてみてほしい。一年前まで、われわれは住む町で、働く工場で、二等の市民として何もかもあとまわしにされ、飢えているときも、寒さに震えるときも、何ひとつ国から手を差し伸べられることなく忍従してきた。ひもじいと声を上げることさえ、できなかった。兵士たちは、将軍たちの思いつきの作戦に駆り出され、会ったこともなければ憎んだこともない者を敵として、殺戮《さつりく》を命じられた。理不尽な命令に逆らうこともできず、機関銃の弾幕の前に飛び出すことを強いられていたのだ。しかし」

サポフスキーはいったん言葉を切った。

しかし？　登志矢は思わず、少し前に詰めていた。

サポフスキーは続けた。

「革命後は変わった。地域に、職場に、軍の中に、いたるところに評議会ができて、われわれは自分自身の人生の主人となったのだ。われわれはいま生活の基本のところを、自分の意志で決めることができるようになった。農民は土地を、労働者は八時間労働を手にした。しかし革命からまだ半年も経っていない。われわれが長いこと望んできたものが、すべてすぐに手に入るわけでもない。学校、病院、仕事。何より、住む家と暖房も、まだまだ不十分だ。でもそれは、確実に明日は実現する。革命は着実にそれをひとつずつ現実のものとしている」

サポフスキーの視線が、登志矢がいるあたりに移ってきた。彼は言った。

「ただ、古い体制で権益と利得を存分に得てきた者たちの中で、この新しい世を憎む者たちが、われわれがせっかく手に入れたこの社会を破壊しようとしている。この地に、もう一度暴虐と圧政を敷き、人民の苦悶と涙の上に君臨しようとしている。そんなことが許されようか？」

兵士たちの中に、声に出すものがあった。

「嫌《ニエット》だ！」

サポフスキーは、兵士たちの顔を見渡し、ひと呼吸ついてから続けた。

「革命政府は、そして人民は、彼らのそんな企てに断固として立ち向かう。その反動的な野望を、打ち砕く。彼ら、死に損ないの将軍たちに、いまこそ死を」

こんどは兵士たちの大部分が、短く応えた。

「死を！」

サポフスキーがまた言った。

「革命の勝利を！」

「勝利を！」と兵士たちが唱和した。

「革命万歳！」

「万歳！」

サポフスキーは声の調子を戻した。

「諸君、革命は、諸君を必要としている。赤衛軍に志願してくれ！」

「おう！」と多くが、拳を天に突き上げた。

すぐ横で、聞いた声がある。

横を向くと、リクだった。

目が合うと、彼は照れくさそうに言った。

「まともなことを言ってるぞ」

そのとき、機関車が汽笛を三度鳴らした。切羽詰まった音と聞こえた。

装甲列車の屋根の上で、誰かが叫んでいる。

「飛行機だ！　東南から、二機だ！」

東南方向の空から爆音が聞こえてくる。兵士たちはわっとその場から散った。

登志矢は装甲列車の車両の下に飛び込み、反対側に出てから、自分たちの復員列車へと駆けた。同僚の兵士たちも、我先にと列車の下に飛び込んでいる。飛行機の機関銃で列車を銃撃されたら終わりだ。車両の下に身を隠すことは、いくらかましだった。ここが平原の中なら、とにかく列車から離れるのだが。

装甲列車の最後尾と一両目の車両には、機関銃座が備えられていた。その二基の銃座で、機関銃が火を噴き出した。接近してきた二機の戦闘機は、大きく東方向に向きを変えた。装甲列車の真正面、機関車側から攻撃する態勢のようだ。

装甲列車の機関銃は、短く間を置きながらも銃弾を吐き続けている。飛行機の前面で、光が点滅した。バリバリと激しい破壊音を立てて、装甲列車のちょうど中ほどの車両の屋根に金属の砕片が飛んだ。装甲列車のすぐ脇の鉄路でも、砂利が砕け、土煙が上がった。パン、パンと小銃音もする。兵士の中には、勇敢にも飛行機に向けて小銃を撃っている者がいるようだ。

装甲列車の機関銃の発射音が続く中、一機がふいに、ちょうど前のめりになる格好となった。次の瞬間、その戦闘機はバラバラになった。機関やプロペラや翼を四散させた。機関と胴体部分は慣性のまま装甲列車に向かって飛んできて失速し、駅構内の待避線の列の上に激突した。大きな衝撃音が響き、黒煙が上がった。

もう一機はその黒煙の手前で右旋回しながら、急上昇した。装甲列車に腹を向けたかたちとなった。そこに機関銃弾が吸い込まれた。二機目も瞬時に機体が四散した。機関部分がねじ切れたように胴体から離れた。ついで胴体も二つに分かれ、複葉の翼は押し潰されたようにひしゃげて、やはり四方に散った。胴体部分は、駅舎の奥のほうに落下していく。すぐに駅舎の裏手から、衝撃音が二度、三度と続いて聞こえてきた。

装甲列車の周囲にいた兵士たちがどっと歓喜の声を上げて、車両の下から飛び出した。

黒煙のほうを眺めていると、リクが近寄ってきて言った。

「塹壕戦って、いったい何だったんだ?」

「どうしてだ?」と登志矢は訊いた。

「こんなふうに戦って決着がつくものなら、最初から飛行機や装甲列車をもっと繰り出してやればよかったんだ」

「領土一寸二寸の取り合いだから、塹壕戦だったんだ」

「おれは、赤衛軍に入るぞ。決めた」

驚いて、登志矢はリクを見つめた。正気かどうかを確かめたつもりだった。

リクはうなずいた。

「さっきのサポフスキーの演説で、じつはその気になっていたんだ」

「故郷に帰らないのか?」

「帰ったって、どんな暮らしになるかはもうわかっている。復員は反革命軍に勝ってからでいい。もしかしたら、そのあとは首都に駐屯になるかもしれない。そうなったら首都に行くさ」

「首都に行ってどうする?」

「憧れないか？　一度は行ってみたいぞ」

「言っておくけど、ここはロソーチウの町から七、八百露里もあるぞ」

リクは笑った。ずばり本音を言い当てられたと思ったのだろう。

「それでも沿海州よりもずっと近い。お前もどうだ？」

「ごめんだ」

サポフスキーが、機関車の方向から数人の兵士と一緒に歩いてきた。いまの戦闘機の攻撃で、被害がないか見て回っているようだ。それとも、登志矢たちの大隊から志願兵を募ろうということだろうか。登志矢たちの列車からも、大勢の兵士が装甲列車とのあいだに出てきて、サポフスキーに目を向けている。政府の有名人なのだ。

すぐ近くまできたとき、リクが登志矢の肩を押して、サポフスキーの前に歩み出た。サポフスキーが足を止めた。

リクが言った。

「同志サポフスキー。いましがたの演説を聞いていました。赤衛軍に志願しようと思います」

サポフスキーは顔をほころばせた。

「きみたちの大隊も、沿海州に帰るところなのだろう？」

「反革命を見過ごして帰るわけにはいきません」

「心強い」サポフスキーは、復員列車の前後に目をやってから言った。「ガリツィア戦線で、フェルディナント大公を拉致《らち》してきた大隊かな？」

「まさにわたしたちの小隊です。当時の小隊長の名を取って、ジェリドフ小隊と呼ばれていました」

「その勇者が、志願してくれるとは」

リクが名乗ると、これをサポフスキーの横にいた兵士が書き留めた。

サポフスキーは登志矢にも目を向けてきた。お前もかという顔だ。

登志矢は言った。

「わたしは、家族のもとに帰ります」それからつけ加えた。「軍事人民委員、わたしは委員の乗る列車を、沿海州で運転したことがあります」

「わたしは委員じゃない。補佐だ」と訂正してから、サポフスキーは言った。「わたしが中国に逃げたときのことかな」

「はい。あの列車にたまたま乗り合わせていて、虎の川まで運転したのです」

サポフスキーは目を丸くした。

「きみの名前を訊いていいかな」

「トーシャ・ニキータヴィチ・コジョウです」

「きみも拉致作戦に？」

「はい。浮揚艇の操縦が任務でした」

「沿海州にも、いずれ赤衛軍が必要になるだろう。そのときは、ぜひ志願してくれ」

「いまはお答えはできないのですが」

サポフスキーはうなずくと、リクに言った。

「手続きをすませて、装甲列車に乗ってくれ。新しい制服を支給する」

それから三十分ほど後には、志願した兵を乗せて、装甲列車は操車場を出ていった。


復員列車は、やはりウクライナとロシアの国境付近の情勢が不穏とのことで、一日ユゾフカで待機した後、北に向かうことになった。ハリコフという町の北で国境を越えるのだ。かなりあと戻りという言い方もできる経路変更となった。機関士は交替する。ここまでですでに、予定より二日遅れとなっていた。

翌日ユゾフカを出発した列車は、ハリコフで機関車を交換して、さらに北に向かった。まずはクルスクを目指し、クルスクから九十度向きを変えて、真東のヴォロネジ、サラトフを経由し、トリヤッチでヴォルガ川を渡るのだ。渡った先にあるサマラの町からは、シベリア鉄道の路線を走ることになる。サマラから東方のウファの町の先で、列車は南ウラル山脈の南端を越えてシベリアに入る。シベリアに入って最初に通過する大きな町は、チェリャビンスクである。

チェリャビンスクの町の手前の操車場で、列車は停まった。前線を出発して七日目の昼過ぎだったが、ここでもまた機関車が換えられるとのことだった。

操車場の外、隣接する広場に、少し印象の違う部隊がいた。前線から復員の途中と見える兵士たちだ。登志矢のまったく知らない言葉を話している。

輪になって談笑している一団のそばに近寄って、どこの部隊か訊いてみた。

話しかけた兵士は、ロシア語を話さなかった。彼は片言で言った。

「自分、チェック人」

チェコ・スロバキア人部隊だとわかった。

チェコとスロバキアは、それぞれボヘミア、モラヴィアとも呼ばれている土地で、長いことオーストリア・ハンガリー帝国に支配されてきた。この大戦でも、チェコ人とスロバキア人からなる軍は、ロシア帝国との戦線に駆り出された。しかしもとより彼らは、オーストリア・ハンガリー帝国のために戦う意志など持っていない。一部の部隊は、緒戦ですぐに帝国軍の捕虜となった。彼らはむしろ、チェコとスロバキアの独立のために、ロシア軍側で戦いたいという希望を持っていた。ロシア帝国はチェコ・スロバキア人捕虜によって軍を組織し、ガリツィア南部の戦線に投入した。去年七月の攻勢のときには、彼らはゾボロヴァの戦線で敵陣の奥深くまで進入、三千人以上の敵兵を捕虜とした。帝国側の軍勢の中でも、果敢で知られている部隊だった。最初は大隊規模の義勇部隊だったが、講和のときは七、八万の軍団に成長していた。

それにしても、なぜチェコ・スロバキア軍団がチェリャビンスクに？

若い兵士と話していると、少しロシア語を話すという男が会話に加わってきた。クビシュという名の将校だった。どことなく教師とか研究者のような雰囲気があった。

「西部戦線に行くんだ」とクビシュは言った。「あっちでオーストリア・ハンガリー帝国軍と戦う。列車待ちなんだ」

「方向が違うぞ」と、話に加わっていたダヌーシャが言った。「西部戦線は、ウラルの西のずっと先だ」

クビシュは笑った。

「あんたたちの政府と、ぼくらの国の亡命政府大使館とが話し合って、ぼくらはウラジオストクから船で西部戦線に回ることになったんだ」

「遠回りだ」

「その通りだ」

登志矢は言った。

「せっかく講和となったのに、まだ戦争を続けるのか」

「祖国の独立のためだから」クビシュが逆に訊いた。「あんたたちは、どこに行くんだ？」

「故郷に帰るところだ。沿海州の師団なんだ」

「遠いところだな」

「列車が走り続けてくれれば、十日以内で着くと思う」

クビシュが煙草を差し出してきた。登志矢は一本もらうと、自分がマッチを擦って、クビシュがくわえた煙草に火をつけた。

翌日、登志矢たちの列車は沿海州に向けて出発した。

復員列車が清国領のハルビンに着いたのは、それから八日後のことだった。連隊の本拠地まであと二日である。

いったんハルビンの、かつての軍駐屯地に入った登志矢たちは、本部前の広場に集められた。何か重大な通達があるらしかった。

やがて、ハルビン市評議会の委員がやってきた。まだ若い男だ。銀縁のメガネをかけている。復員業務を担当しているのだという。

彼は言った。

「ウラジオストクに、日本海軍陸戦隊が上陸した。諸君は明後日にも連隊本拠地に着くが、すぐには除隊とならないかもしれない。覚悟をしておいてくれ」

兵士たちがどよめいた。驚きと、失望と、落胆の声が上がった。

「とんでもねえ」と、誰かが怒鳴った。「復員したんだ。もう軍はなくなるはずだ」

委員は説明をつけ加えた。

「手続きが少し遅れるというだけだ」

「どうしてだ」

委員は、少しためらいを見せてから答えた。

「ウラジオストクで、日本人がふたり、ロシアの軍服を着た男に殺害されたという。日本海軍は、居留民保護の名目でウラジオストクに陸戦隊を上陸させ、全市を占領したようだ。詳しいことはまだわからない。あちらの地方で、治安任務に当たる組織が必要になりそうなんだ」

委員は、それ以上のことは訊かれてもわからないと、その場から去っていった。

ムラシェフが左右に目をやりながら言った。

「どういうことなんだ？　どういう意味だ？」

ダヌーシャが、苦々しげに言った。

「こんどは国の東端で、戦争が始まったってことだろう」

「ウラジオストクにどうして日本海軍がいたんだ？」

「知るか」

「同盟国だぞ」

「革命が起こったから、同盟も解消したってことだ。きっと」

「それでいきなり海軍や陸戦隊を送ってくるのか」

登志矢は思った。

どうやら、革命ロシアは、周辺諸国から切り取り御免となってしまっているということか？

そして、あの収容所の日々が生々しく思い浮かんだ。敵性住民として入植地を追われ、収容所の柵の中で過ごした日々。もう一度あれが起こるのだろうか。
ついで思い浮かんだのは、サポフスキーの演説だった。

パルチザンの森

駅舎のほうが騒がしくなった。叫び声、怒鳴る声、軍靴が地面を蹴る音、これにカシャカシャという金属音が混じる。

登志矢は、作業の手を止めて、車両整備工場の建物から外へと出てみた。

軍隊が、この町に？　赤衛軍だろうか。ロシア国内の反革命派の軍、つまり最近は白軍と呼ばれている軍隊と、列強の軍が、かなりこの町に近いところまで達したとは昨日耳にした。もしかすると、赤衛軍が東方のトミ川の防衛線の攻防で敗北、敗走してきたのかもしれないが。

列強は、チェコの軍団がウラジオストクに向かう途中で赤衛軍と戦闘状態となったことを受けて、孤立したチェコ軍団の救出名目で出兵してきたのだった。戦闘は、些細な事件で革命政府がチェコ軍に武装解除を求めたことが発端だった。チェコ軍は武装解除要求に従わず、逆に赤衛軍を蹴散らしてシベリア鉄道沿線の主要都市を占領した。

列強は社会主義革命が自国に波及することを恐れていたが、このチェコ軍団の孤立を、革命干渉の絶好の機会ととらえた。十月革命後、ロシアとの同盟を解消した日本を筆頭に、アメリカやイギリスが軍をウラジオストクに上陸させて、白軍と共同歩調を取って鉄道沿いに内陸へと侵攻している。社会主義政権を打倒し、そのことでさらに、ロシアの権益も確保しようとしているのだ。日本の場合は、ロシアの領土分割、領有という野心があるとも推測されている。

登志矢は、町の東方向に目を向けながら考えた。

赤衛軍は、この町で態勢を立て直して白軍や列強の進軍を食い止めるつもりだろうか。つまり、市街戦とする？　市民に甚大な損害を与えるそんな作戦を、赤衛軍が採るとは思えないが。

線路の東方向からも、砂利の上を駆ける大勢の靴音が聞こえてきた。軍勢だ。赤衛軍が駆けて退却してきているようだ。

その背後、一露里《ヴェルスタ》ばかり後方で砲声がした。白軍は、かなり近くまで迫っている。市街地の端あたりにまできているのではないだろうか。

登志矢は、停車場とは反対側の操車場に目を向けた。チタに向かう貨物列車が待機中だ。あれは十五分ばかり後に出ることになっているが、もし赤衛軍がこの町の死守という方針を持っていないなら、あの列車で脱出すべきだが。

そのとき、その列車の蒸気機関車が汽笛を鳴らした。早くこの列車に乗れ、という合図かもしれない。鉄道員はおおむね革命政府を支持している。赤衛軍の苦境には、無条件で手を差し伸べる。

先輩のラファが、後ろから声をかけてきた。

「トーシャ、工場に入ってろ。危ないぞ」

そのつもりだった。登志矢は身をひるがえして、工場の入り口から離れた。また町の東のほうで、砲声が聞こえた。

復員して四カ月後の、夏の終わりだ。ブラゾフの鉄道整備工場である。


四カ月前、登志矢たち大隊の兵士たちは、沿海州のトロイツェコエフ連隊本拠地で武装を解き、晴れて除隊となったのだった。銃はそのまま持ち帰っていいと通達があったが、登志矢は置いてきた。自分はまた鉄道で働くのだ。銃は不要だ。

除隊したその日のうちに登志矢は、満員の列車で北に向かった。家族のいるニコラ町へ帰ったのだった。途中、リュビヤンスクからいちおう、復員途中だとは手紙を書いておいた。いつ帰郷できるか正確なところはわからないが、四月中には再会できるだろうと。じっさいに父、そして兄の入也、妹の伊々菜たちと互いの無事と再会を祝い合うことができたのは、四月の半ばすぎだった。当初の予定よりも十日遅れての帰郷だった。

父は顔をほころばせて言った。

「逞しくなったな。いきなり大人になって帰ってきた」

兄は無言で登志矢の背を抱いてきた。

「よかった。帰れてよかった」

伊々菜も、満面の笑みだ。

「お帰り、兄さん。無事で、何より」

その日の食事は、ささやかなものだった。軍隊の食事とさほど変わりはない。ただ、甘い菓子がひとつついただけが違いだ。

暮らし向きはよくないんだ、と父は暗い顔で言った。革命後、食料は配給制になった。公平に配られているとはいえ、子供の多い家や乳幼児のいる家は、闇屋で不足分を買う。それがとんでもない値になっている。市の評議会も、その闇取引を取り締まることができない。また新政府の紙幣はあまり信用されておらず、むしろ帝室の旧紙幣のほうが価値があった。つまり革命後も、いい生活ができているのは、旧紙幣を溜め込んでいた金持ちたちなのだ、とのことだった。

「お前は、どうする？」と父は訊《き》いた。

登志矢は答えた。

「また鉄道で働けないか、ウラジオストクまで行ってみる」

「あそこにも市評議会ができているが、混乱しているようだ」

「日本海軍の陸戦隊が占領したとか？」

「列強各国も集結しつつあるそうだ。反革命派を支援して、最後は首都の革命政府を打倒したいらしい」

「行くことはできるのかい？」

「検問はあるだろうが、鉄道は動いている」

もう一日だけ家族と一緒に過ごしてから、登志矢は州都に向かったのだった。

ウラジオストクの停車場に下りて出口に向かうとき、プラットホームで知った顔を見た。少年工科学校の教師だったマリコフだ。蒸気機関学を教えていた。鞄を提げている。同じ列車に乗っていたようだ。

マリコフも気づいて、声をかけてきた。

「トーシャ、帰ってきたのか？」

登志矢は近づいて報告した。

「なんとか無事で」

「どこの戦線だったんだ？」

「最後は北部ガリツィアです」

「沿海州の師団が、フェルディナント大公を拉致《らち》したことがあったな」

「あの作戦に関わっていました。ご存じなんですか？」

「大きく新聞に出たぞ。捕虜十万と交換だったとか」

「六万です」

「それでも大手柄だったな」マリコフが訊いてきた。「またここで働くのか？」

「働けるかどうか、車両基地に行ってみようと思っています」

そのとき、横手から女の声があった。

「お父さん」

登志矢も声のするほうを見た。

リューダだ。自分が入営するときも、この駅で会った。彼女は、乳母車を押している。中には赤ん坊がいた。

マリコフが、近づいてくるリューダを見やりながら、登志矢に言った。

「娘だ。結婚して、子供が生まれた」

「それは、おめでとうございます」それから気になって訊いた。「ご主人は、どんなひとなんです？」

「造船技師だ」マリコフは、少し得意そうにつけ加えた。「オデッサの工科学校を卒業した男だ」

「オデッサから、この町に働きに来たんですか？」

「ここの造船所が、高い給料を保証して引っ張ったんだ。革命で、その約束はあまり意味のないものになったけど。クライネフというんだ」

リューダがマリコフの前までやってきて、登志矢に目を向けた。

「もしかして、トーシャ？」

「リューダ」と、登志矢は微笑してうなずいた。「復員してきたんです」

「無事でよかった！」

くる。リューダは顔をほころばせた。乳母車から右手を離さず、左手で登志矢の背を抱いて頬が少しだけ触れた。

身体を離してから、登志矢は言った。

「結婚と、ご出産、おめでとうございます」

マリコフが言った。

「それじゃあ、トーシャ。車両基地で働くことになったら、うちに招ぶよ。みんな一緒に食事をしよう。リューダの亭主とも、きみは話が合うかもしれない」

マリコフとリューダは並んで駅の改札口へと歩いていった。

登志矢はなんとなく肩をすぼめて、ふたりを見送った。


鉄道公社の車両区に行ってみると、かつて先輩工員だった車両整備部の主任から、仕事はないと言われた。

「戦線から大勢が帰ってきている。ここにはないが、アムール州で働く気はあるか？」

ずいぶん遠くだし、内陸だ。鉄道の路線距離で言えば、ここから州境まで二千露里はあるだろう。

登志矢は、乳母車を押すリューダの姿を一瞬思い浮かべてから答えた。

「車両整備の仕事があるなら」

「ブラゾフの整備工場がひとり欲しがっていた。どうだ？」

ブラゾフは、内陸のアムール州の州都ブラゴヴェシチェンスクに近い町だ。シベリア鉄道の本線沿いにある。十年ほど前にブラゾフの町に近い山中で石炭の露頭が発見されてから、町は急に発展し、大きくなった。またシベリア鉄道本線は、戦争中にハバロフスクでアムール川に鉄橋がかかったため、ハルビン経由の東清鉄道並みに鉄道の輸送量が増えていた。働くには面白い町かもしれない。その町から州都と鉱山まで、両方向に支線が出ている。

登志矢は答えた。

「行きます」

登志矢は主任から推薦状を書いてもらい、また列車に乗って、北に向かった。家族のいるニコラの町は途中下車せずに通過して、ブラゾフの鉄道公社車両整備工場の門を叩いたのだった。鉄道少年工科学校の卒業と、ウラジオストクの帝室鉄道車両整備部で働いた経験があるということで、こちらの主任は興味を示してきた。

「戦争中に」と主任は言った。「ＢＬＷ社の模倣台車を使った車両が増えた。整備の経験は？」

「あの模倣台車なら、大丈夫です」

それが四カ月ほど前のことだ。

赤衛軍を乗せた貨物列車が出ていってから、小一時間ほどしたころだ。線路を兵士たちが進んできた。白軍のようだった。銃を構え、伏兵を警戒する態勢だ。
線路と並行する街道のほうでも、馬の蹄《ひづめ》の音がする。それも、数十騎という規模だ。アムール・コサックなのかもしれない。彼らは白軍の主力なのだ。その本拠地はこの町の南方にある、アムール川に面した広い谷で、四万人以上が居住している。革命後、アムール・コサックの軍は解散を命じられたが、コサックはこれに反発、白軍と合流していた。

白軍の一分隊が、整備工場の建物の中にまで突入してきた。登志矢たち工場の整備士たちは手を上げて、敵兵ではないことを示した。兵士たちは、工場の中をざっとあらため赤衛軍がいないことを確かめてから、出ていった。町の中心部に向かうようだ。

銃声はしていない。赤衛軍はあの列車で完全に退却を終えたのだろう。白軍はどうやらこの町を占領したのだ。

「仕事に戻れ」と主任が声をかけたが、みな集中できるものではなかった。あちこちでひそひそ話が始まった。

小一時間ほどしたとき、整備工場に工場代表から指示がきた。手すきの鉄道関係者は、広場に集まれとの命令が出たという。

登志矢は事態がどうなっているのか気になって、同僚たちと一緒に広場へと向かった。広場は停車場の北側、一ブロック歩いたところにある。正教会聖堂と町役場の建物が向かい合っていて、その間の空間が町の広場だ。

行ってみると、広場の外周は、コサック騎兵によって固められている。町役場の前には、二個小隊ほどの白軍兵士たち。町役場の外壁に下げられていた赤い旗が消えていた。いまあるのは、帝国の国旗であった白青赤の三色旗だ。

広場には、町民が数百人いるようだ。働き盛りの男だけではなく、女もいるし、子供もいる。老人たちも、また農民ふうの身なりの男女も少なくなかった。

町役場の正面の扉が開いて、兵士たちが姿を見せた。町の評議会の議長が腕を取られている。議長は、小学校の校長もかねた五十男だ。革命前、平の教師だった当時から社会主義の啓蒙活動をしていたという男だ。ボリシェヴィキなのかどうかはわからない。

その後ろから、白軍の指揮官らしき男が現れた。口髭を生やしており、佐官級の軍人と見える。

彼は議長を玄関前から追い立てると、広場の町民たちを見渡して大声で話し始めた。

「ロシア軍東シベリア軍団、イグルノフ中佐だ。ブラゾフの町は、ロシア軍によって解放された」

彼らは自分たちのことを、ロシア軍と名乗っているのだ。さすがに帝国がなくなったことは受け入れているのだろう。

イグルノフは続けた。

「暴徒による略奪、無秩序は、もうこの町には存在しない。当分のあいだ、ブラゾフにわれわれが軍政を敷く」

町民たちは、黙ったままだ。登志矢も、何を言われているかわからない。暴徒による略奪と無秩序とは、何のことだろう。この町では、革命のあとも平穏に、評議会への権力委譲があったと聞いていたが。

イグルノフがさらに言う。

「町を解放した我が軍は、暴徒によって奪われたものを、本来の持ち主に返還する。持ち主は、ただちに自分のものを取り返してかまわない。すなわち、土地、家屋敷、馬や馬車、工場や作業場だ。取り返すことがかなわない場合は、正当な対価を略奪者に要求することができる。この秩序回復に従わない者は、軍が逮捕し、処罰する」

こんどは群衆がざわついた。顔を見合わせて、声を出し始めている。

「土地が？」

「返すのか？」

「代金を払えって？」

イグルノフは、そのざわめきが静まってから言った。

「略奪されたものや権利を取り戻すことが難しい場合、兵士に訴えろ。兵士が手伝う」

ラファが青ざめた顔で登志矢を見つめてきた。

「おれの家族は、評議会が接収した屋敷のひと部屋に住んでいる。どうなるんだろう？」

人口が急に増えた町だから、住宅が足りなかった。新たに建てようにも、木材も、煉瓦も窓枠も不足しているし、革命後も建築資材などは炭鉱への納入が優先されている。

革命以前は、西の川沿いに掘っ建て小屋が密集する一角もあった。そこに住んでいた人々は、革命後は町の中の住宅の一室を割り当てられて住むようになったのだ。

登志矢は言った。

「まさかいまから追い出されることはないだろう。高い借間代を払うことになるのかな」

登志矢のすぐ隣りにいた若い娘が、横の中年男に言った。

「父さん、聞いた？」

「ああ」と、父親が答えた。「取り上げられるのか？」

娘と目が合った。

二十歳にはなっていまい、と思える娘だ。十七、八歳くらいだろうか。あのロソーチウの町のスーシャに似た顔立ちだ。スカーフからのぞく髪は黒く、瞳も黒い。

おや、という目になったように感じたが、はっきりはわからない。というか、ただ自分が見つめられていたことに気づいて、戸惑っただけなのだろう。スーシャを思い出したので、登志矢の視線がいくらか遠慮のないものであったかもしれない。

イグルノフが締めくくった。

「このあと、暴徒の略奪やそのほかの犯罪について、役場で訴えを聞く。町のほかの者にも伝えよ」

ボリシェヴィキや赤衛軍と通じる者を密告せよという意味でもあるのだろう、と登志矢は理解した。

「もうひとつ。今夜は、外出は禁止だ。歩いている者は問答無用で撃ち殺される。以上だ」

広場に集まった町民は、あまり話もせずに散り始めた。ここに集まっていたのは、大部分がイグルノフの言うところの暴徒の側の民衆だった。革命が富の配分を変えたおかげで、たしかにいくらかは暮らしを上向きにさせた者たちだった。その民衆にまた革命で手にした権利やささやかな資産を手放せと布令が出れば、明るい顔でいるわけにはいかない。

登志矢たちは広場を離れ、市街地を大回りして整備工場へと向かった。途中、屋敷が並ぶ一角を通る。かつての炭鉱会社の幹部や関連会社の所有者たちが住んでいた。いまはそれらの屋敷も、大勢の庶民が住む集合住宅となっている。革命のあと、金持ちたちの一部はこの町を離れたけれど、接収された屋敷の一部に住み続けている家族もいる。

すぐ先の屋敷の前で、騒ぎがあった。玄関口から、粗末な寝台やら小さなテーブル、木箱、椅子などが路上に放り出されているのだ。食器なども、地面に放り投げられて、片っ端から割れていく。放り出しているのは、屈強な男たちだ。女たちが数人、大声で泣いている。女たちのそばでは子供が数人、ぽかりとこの様子を見ていた。

登志矢は、騒ぎを見ている男に訊いた。

「何があったんです?」

男はちらりと登志矢を見てから言った。

「屋敷の持ち主が、あの住人たちを追い出しにかかっているんだ。世の中はもとに戻ったんだと」

女のうちのひとりが、泣き崩れて地面にうずくまった。別の女が、くるんだ毛布を放り出した男に突っかかっていった。男が女を振り払ったので、その女はよろめいて地面に倒れた。

「ひとでなし！」と、また別の女が叫んだ。

登志矢が、倒れた女を抱き起こそうとすると、手を貸してきたラファが言った。

「うちが心配だ。おれは戻る」

ラファは停車場の裏手に通じる道を駆け出していった。

女たちが、倒れた女の肩を抱いて、慰め始めた。登志矢はそっとそばを離れた。

自分は、工場の技師の家に下宿している。集合住宅の一戸分の区画の中の一室だ。自分はたぶん、追い出されることはないだろうが。

下宿先の家でも、その夜は白軍による軍政の話題で終始した。

ほんとうに世の中は、革命以前に戻ってしまったのか？　それとも、最後にはこの内戦と混乱に革命政府が打ち勝つのか？

誰もが何より知りたいことだったが、でも誰も答を持っていなかった。

その翌日だ。出勤して、朝にラファに確かめた。住まいはどうなったのかと。

彼は苦笑して言った。

「おれのところのもとの持ち主は、この復古がいつまでも続くとは確信が持てないらしい。うちの一家を追い出したら、あとが怖いんだろう。家賃をもらっていいかと、おずおずと言ってきたよ」

「どう答えたんです？」

「なんとか出せる範囲で、月々家賃を払うことにした」

昼前に、また軍から通知があった。駅に隣接する貯炭場で、町に潜《ひそ》んでいた赤衛軍兵士の裁判があるという。昨日の広場の布令のときと同様、すべての職場、地域から、最低でもひとりは集まるようにと。

裁判と聞いて、登志矢はいやなことまで考えた。政府を守るために白軍に敵対したという事実は、どの程度の罪なのだろう。これが国家同士の戦争であれば、兵士たちは捕虜になったところで、敵軍兵士であること自体は罪に問われない。捕虜ひとりひとりを裁判にかけたりしない。でも、これは内戦だ。白軍の軍政下で、敵の捕虜はどのように扱われるのだろう。

知りたくないという気持ちも強かったけれど、貯炭場に行ってみることにした。昼どきだし、整備工場からもごく近い場所だ。整備士たちのほとんどが、その貯炭場に出向いた。

貯炭場は、周囲が柵で囲まれている。その柵の内側に数十人の白軍兵士とコサック騎兵がいて、集まってくる町民たちに対峙していた。その隙間から、空き地のなかほどに立つ将校の姿が見える。昨日のイグルノフ中佐とは別の、若い将校だ。柵の外に見物に来ているのは、昨日とは違って大半が男だった。二百人くらいはいるだろうか。

やがて将校の前に、ひとりの赤衛軍の軍服を着た中年男が引っ張り出された。帽子はかぶっておらず、両手を腹の前で縛られている。無精髭が伸びていた。年齢は、五十歳くらいだろうか。昨日の列車に乗りそびれて脱出がかなわず、町のどこかに隠れていたのだろう。

なんとなく、その顔に見覚えがあるような気がした。

将校がその男に訊いた。

「お前の名は？」

赤衛軍の軍服の男は、感情のこもらない声で答えた。

「ニカノール・ラーザレヴィチ・ロージン」

その答が聞こえて、登志矢は思い出した。

ニカノールだ！

あの入植地に逃げてきた徒刑囚。自分を略称のカーナと呼べと言ってくれたあの脱獄囚だ。父を救ってくれた男でもある。

彼は入植地の強欲な連中を猟銃で撃ち、丸太の下敷きにしたあと、西の方角に逃げた。たぶんウスリー川沿いに、ロシアの中央へと向かったはずだ。父も、ビヤンカの町まで行けば代書屋があると、ニカノールに言っていた。代書屋とはつまり、身分証明書を偽造してくれる商売人のことだ。ニカノール自身も、西には縄がある、と言っていた。縄、とは脱走した囚人を匿《かくま》い逃がしてやる地下の繋がりのことだった。あのときはわからなかったが。

父は、ニカノールは悪人ではないのかという登志矢の疑問に、こう答えた。

「ひとの道にはずれたことをしたわけじゃない」

こうも言った。

「そのひとがどんな人間に嫌われているのか、それがわかれば十分だ」

空地の中央で将校が、ニカノール・ロージンと名乗った男に訊いた。

「何者だ？」

ニカノールは答えた。

「赤衛軍東シベリア軍団、ブトーリン連隊第一大隊指揮官」

「これまで、われらロシア陸軍部隊に対する赤衛軍の軍事行動を指揮してきたのだな」

「そのとおりだ」

「わがロシア軍の祖国回復のための戦いに、敵対してきたな」

「間違いない」

「反逆罪を認めるか」

「認めないが、お前たちから見れば、そう言えるのだろう」

「判決を言い渡すが、何か釈明するようなことはあるか?」

「ない」

「死刑だ。この場で、銃殺に処する」

「さっさとやるがいい」

それからニカノールは、ゆっくりと首をめぐらした。空き地を取り囲む群衆の顔を、見極めようとしたのだろう。彼を嘲笑しているか、それとも哀れんでいるか、多少なりとも同情と共感でこの赤衛軍指揮官を見ているかを。

登志矢は見つめた。目が合ってくれないかと祈ったが、合わなかった。合えば、あなたは正しく、この判決は不正だと目で伝えることもできたのだが。

そしてわかった。カーナは逃げ延びた後、混乱の時代に、殺人の罪による徒刑囚から革命家へと自身を変えていたのだ。ニカノール、つまりカーナ自身が登志矢に言った言葉が思い出された。

「世の中には、絶対に許しちゃいけないことがふたつある。弱い者をいじめることと、貧しい者から盗むことだ」

たぶん彼はいまでも、そのふたつを激しく、純粋に憎悪しているのだ。

将校が合図すると、ふたりの兵士がカーナを奥へと引き立てて、石炭の山の前に立たせた。

三人の兵士が、カーナの前に立って、銃を構えた。将校が短く撃てと合図した。乾いた破裂音が響き、硝煙が散って、カーナはその場に膝から崩れ落ちた。貯炭場一帯は静まり返った。胸の前で十字を切った町民たちも少なくなかった。

登志矢は胸が張り裂けそうな思いに、歯を食いしばって耐えようとした。

しかし、貯炭場の静寂を破って、新たにまた不吉な音が聞こえてきた。馬の蹄の音と、軍靴の響きだ。昨日、白軍がやってきた東の方角からだ。白軍の後続部隊なのだろうか。

そこにコサック騎兵が一騎駆け込んできて、怒鳴るように報告した。

「日本軍が到着した！」

貯炭場の一帯がざわついた。

登志矢はラファと顔を見合わせた。

白軍がこの州のこの小さな町まで、赤衛軍を蹴散らすようにして進軍してくるのはわかる。でも、日本軍まで？　チェコ軍団救出がいちおうの名目なら、進軍の経路が違う。ウラジオストクに先に着いていた先発のチェコ軍部隊は、ロシア内陸で孤立した味方を救おうと、チェリャビンスク方面に戻っているのだ。東清鉄道を使ってチェリャビンスクに向かえばいい。

四人の兵士が梯子を持ってきて、これにニカノールの死体を載せた。共同墓地に埋めるのだろう。処刑を見ていた群衆がその場を離れ始めた。登志矢もラファを促し、駅前に向かうことにした。

東からの街道は、鉄路と並行して延びており、停車場前で北に折れて、聖堂と役場とのあいだの広場に出る。コサック騎兵が停車場前の西側を封鎖していて、群衆はそのコサック騎兵の後ろや駅舎前の広場に集まっていた。

日本軍部隊はもうかなり停車場に近づいてきている。二騎の将校が先頭で、その後ろに薄茶色の軍服を着た歩兵が行進していた。歩兵の最前列には、軍旗らしき旗を掲げた兵士。

その軍旗を掲げた兵士の向こう側、隊列の外側を、兵士たちと歩調を合わせるように歩いている男がいた。日本軍の軍服ではなく、巡査の制服に似た服で、長靴をはいている。銃も担っていないが、顔だちは日本人のようだ。

その顔を凝視していて、思い出した。サポフスキーを護送していた若い巡査のひとりだ。名前も思い出せる。シンジロー・アダチ。収容所の同じ棟にいた一家の次男坊。日本軍と一緒に行進しているということは、彼は日本軍の軍属か通訳になっているということか。

登志矢たちの目の前で行進してきた部隊は直角に北に曲がり、広場方向へと向かっていく。

登志矢は遠回りして広場に向かうことにした。ことによると、また何か布令が発せられたりするだろう。

登志矢がラファと一緒に広場に着いたとき、日本軍は広場を埋めて整列したところだった。二個中隊、三百人ほどの規模の部隊と見えたが、まだ後に続いているのかもしれない。いずれにせよ、ウラジオストクからおよそ二千露里のこんな内陸まで、ずっと徒歩行軍だったかどうかは知らないけれども、ご苦労なことだと、登志矢は皮肉に思った。

広場の東側、役場の玄関口にはイグルノフ中佐が出ていた。

馬を下りた日本軍の将校と、イグルノフ中佐が敬礼しあった。それからふたりは何か話し始めたが、ふたりの向こう側に立って通訳しているのが、シンジロー・アダチだった。登志矢はできるだけ、ほかの町民の頭の後ろに顔を隠してアダチを見つめた。収容所の密告のことがある。もしアダチが登志矢の顔に気づいたなら、彼はまた同じようにあることないことを白軍か日本軍に密告するだろう。彼だって、自分が登志矢の家族に恨まれていることは承知のはずなのだ。ここで登志矢の存在に気づいて、無視してくるはずがない。

指揮官同士のあいさつが終わったようだ。ふたりは玄関から役場の建物の中に入っていった。アダチもつづいた。広場の兵士たちは、号令をかけられて列を作り直した。市街地のどこかで、宿営準備を始めるのだろう。

登志矢はラファと一緒に、整備工場へと戻った。ニカノールの銃殺刑と、日本軍の入城。気持ちが落ち込んでいる。胸の奥で、黒い雲のようなものが次第に膨らんでいるような気分だった。たぶんその黒い雲のようなものは、悲嘆であり、憤怒であり、そして憎悪というべきものなのだろう。自分には、それを押し留め霧散させることができそうにはないとも感じた。できるのは、激発の時機を多少なりとも御することぐらいだ。

三カ月経った。

登志矢は、雑嚢《ざつのう》を肩にかけ直すと、街灯のついたその通りに踏み込んだ。もとよりこの町には街路灯など停車場の前と広場周辺にしかなかったのだが、いまはこの通りに街灯が立った。加えて建物の窓から漏れる灯のせいで、通りは、三カ月前と較《くら》べてずいぶん明るくなった。窓からは女たちの嬌声も聞こえてくる。これに男たちの笑い声が加わる。駐留する一個連隊の日本軍のための飲食街なのだ。もっと言えば、娼窟《しょうくつ》の並ぶ通りとなっている。かつての宿屋街、下宿街である。

町の中心部寄りが将校用の店、北側の通りには下士官と兵卒用の店が並ぶ。働いている女たちは、ほとんどが日本の九州地方からやってきたという。

ひとつの店の前で、登志矢は和服を着た日本人女性から声をかけられた。

「兵隊さん、じゃないのね。でも日本人でしょ」

顔だちで日系人と見抜かれたのだろう。

女は二十代も後半だろうか。化粧が厚いので、はっきりとしたところはわからない。日本人はロシア人よりも若く見えると聞いているから、もしかしたら三十代の女性なのかもしれなかった。

左手の宿屋の玄関から、二組の男女が出てきた。将校ふたりが、それぞれ女の肩を抱き、大声で笑い合っている。ふたりとも、軍服のボタンをふたつみっつはずしたままだ。

女を連れて飲み直すのか、それとも別の宿に行くのか、登志矢にはこの通りでの作法がよくわからない。登志矢の目の前で将校のひとりが女の胸に手を入れたようだ。女が媚びるような声を上げて身をよじった。もうひとりの将校が笑った。

登志矢は軽く首を振って、通りを北へと歩いた。すれ違うのは、日本軍の将兵ばかりだ。すでに白軍とコサック軍は、赤衛軍を追って鉄道沿いに内陸のずっと西に移動している。この町に駐留する日本軍は、彼らの後方支援部隊として、この地方一帯で、パルチザン狩りを受け持っているのだ。

最初、日本軍は赤衛軍の協力者のあぶり出しと処刑を小規模に行っていた。しかし小作農が不在地主から農地を取り上げた村では、農民の多くが白軍による軍政と復古に反発、その手先とみなす日本軍の軍事行動を妨害した。食料徴発の分隊を襲ったり、橋を落としたり、夜間、山中からの射撃で兵士たちの恐慌を誘って疲労困憊にするという方法である。

日本軍のほうも、索敵中に反撃を受けるようになってから、次第にその作戦を苛烈なものにしていった。村のすべての家族をあらため、日本軍へ敵対活動する者がいたとなれば容赦なく銃殺、その家を焼く。となると、反日本軍の行動はより組織的なものとなってくる。この地方一帯には多くのパルチザン部隊が結成されて、日本軍を山や森の中で攻撃するようになった。

だからいまこの町には一個連隊が駐留し、毎日のように小部隊が近隣の村をめぐり森に分け入って、パルチザンを追い詰めようとしているのだった。村々では、武器の摘発だけではなく、家禽《かきん》や豚の徴発も行われている。そして彼らは駐留地であるこの町に帰ってくると、上から下までが、この娼窟街に繰り出してくる。

登志矢が目指したのは、その飲食街の中の安宿だ。革命以前からユダヤ人が経営しており、日本軍の進駐後も建物を接収されずにすんでいた。娼家にはなっていない。登志矢はこの町にやってきたその日、この宿に泊まっていた。

玄関の扉を開けると、すぐそこは酒場となっていて、いくつかのテーブルで旅人や地元の男たちが酒を飲んでいる。日本軍の兵士はいない。奥にいた宿の主人が、二階を指差して、口の動きで言った。

二号室。

登志矢は階段を上った。

迎えてくれたのは、ふたりの男だった。どちらも知らない。ひとりは中年の体格のいい男で、工員ふうだ。もうひとりは三十歳くらいか。復員したばかりだろうかという雰囲気がある。

中年のほうが、登志矢に訊いた。

「名前を教えてくれ」

登志矢は自分の名を、父の姓まで添えて伝えた。

中年男は、また訊いた。

「リクという男が戦友だったな？」

「同じ分隊でした」

「リクの苗字は？」

「ミハルコフ」

「おれは、レドネフ。首都から来た」レドネフと名乗った男は、足元の鞄を持ち上げた。

「リクから託されたものがある」

レドネフが本を一冊渡してきたので、登志矢は受け取った。

『熱球機関の構造と整備』と表紙に記されている。

オデッサにある機械工場が刊行した手引書だ。最近、ヨーロッパでは、この小型で構造がさほど複雑ではない熱球式の内燃機関が、普及してきているらしい。河川の小型船とか、農業用機械などに使われているとか。製造にあまり精度の高い工作機械が必要ないとも聞いていた。いずれ整備工場にも、簡便な定置機関として導入されるかもしれない。ありがたい土産だった。

開いてみると、扉に「トーシャへ、お前の仕事の参考になるかと思って。リク」と書かれていた。

さらにパラパラとめくってみると、中に紙が一枚挟まっていた。

こう書かれている。

「トーシャ、頼む。マクシーム・Φ・C」

登志矢は顔を上げた。マクシームというのは？　父称と苗字の頭文字Φ（エフ）とC（エス）とは？

「マクシーム・ファリドヴィチ・サポフスキー」とレドネフが言った。

あのサポフスキーのことだ。

「マークシャはユゾフカであんたと会っている。五年前には、沿海州でも」

「頼むというのは、何のことです？」

「それも一度話したことがあるそうだ」

赤衛軍に志願しろということだろうか。いや、赤衛軍はいまは赤軍と呼ぶのが正しいのかもしれない。半年前のような志願兵の軍ではなく、徴募で組織されているはずだ。もちろん志願兵も受け入れているだろうが。

サポフスキーからわざわざこのシベリアの自分に軍への誘いが来るということは、つまり内戦がより深刻になっているということなのだろう。この町を通っていった白軍も、ウラル山地の東麓までは達しているはずだし。

登志矢は言った。

「わたしは鉄道の整備士として働いています。内戦という事情はわかりますが、いま鉄道の整備工場を離れることはできません」

ふたりは顔を見合わせた。驚いている。まさか登志矢に赤衛軍入隊を断られるとは思っていなかったようだ。リクが、確実だ、とでも保証していたのだろうか。

レドネフがまた登志矢に顔を向けてきた。

「家族はいるんだったか？」

「独り身です。そういう意味なら」

「翻意は無理か？」

「無理です」

「軍事人民委員補佐官サポフスキーの懇願でも」

「ええ」相手が次の言葉を出せずにいるので、登志矢が訊いた。「わたしがこの町で働いていると、どうして知ったのです？　リクとは手紙のやりとりもしていなかったのですが」

「ウラジオストクの車両基地に問い合わせた」とレドネフが答えた。「ここにいるとわかった」

そのときドアがノックされた。ふたりがびくりと身を固くした。

若いほうが椅子から立って、ドアに顔を近づけて訊いた。

「誰だ？」

「ミーロだ」と、ひそめた声が返った。

若い男がドアを開けると、大柄な三十男が入ってきた。髪も顎鬚《あごひげ》も伸びている。農夫のような身なりだが、偽装かもしれない。

レドネフが登志矢を示して言った。

「これがトーシャだ」

ミーロが訊いた。

「加わるのか？」

「それは断られた」レドネフは、ミーロと名乗った男に訊いた。「何かあったという顔だぞ」

「またバルカニで、四人がやられた」

バルカニというのは、この町の南東方向にある寒村だ。

レドネフが顔をしかめた。

「小銃を十二挺送ったばかりだ」

「その銃を味方のところに届ける途中で、馬車が検問にあったんだ」

「堂々と街道を進んだのか？」

「重い木箱がふたつだったんだ。しかたがなかった。ひと月前に日本軍があの街道沿いの村を順繰りにあらためていったし、もう大丈夫だと思ったようだ」

「また、同じ街道沿いでパルチザン狩りがあるぞ」

「もう一度送ってくれ」

「だんだん難しくなっている。受け取る者がいてくれるなら、なんとか算段したいが」

登志矢は割り込んで言った。

「わたしは、耳にしないほうがいい話ですよね。帰っていいですか？」

レドネフが登志矢に顔を向けた。

「志願してもらうことはあきらめるが、ささやかに協力してもらうことはできないか？」

「たとえばどんなことです？」

「きみの職場に、ときどき手紙を届ける」

「郵便ということですか？」

「列車の乗務員が直接きみに届けるかもしれない」

「その手紙を、どうしたらいいんです？」

「受取人が来たら、渡してくれ」

「職場に来るんですか？」

「下宿に来られるよりも、そのほうがいいだろう？」

つまり中央の赤軍と地方のパルチザンとのあいだの連絡網の中に入ってくれということだ。それは自分をすっかりからめ取られることになるような気もしたが、せめてそのくらいは役に立ちたいという気持ちもある。リクからの本は、賄賂としてはじつに効果的であったし、サポフスキーの直筆のメモにも、正直なところ、はい《ダー》と答えたい気分にもなったのだ。

「そのくらいなら」と登志矢は約束した。

レドネフが立って、部屋のドアを開けてくれた。

階段を一階の酒場に下りていくとき、帳場の主人と目が合った。何か言いたげな表情と感じた。べつに瞬《まばた》きしたり、唇を動かしたわけでもないのだが、ただ目の色でなんとなくだ。この通りが、日本の将兵で賑う歓楽街であることを意識した。

警戒して階段を下り、素早く酒場の中を見渡した。客はロシア男ばかりだ。数組が陽気に飲んでいる。

勘違いだったか。

登志矢は酒場の中を突っ切って、宿屋の玄関口のドアを慎重に押した。さっきよりも、ひとの流れが少し減っている。

通りをはさんで、少し北寄りの建物の陰に、ひと影が見えた。いや、兵士の影だ。遊びにきた兵士のようではない。何か任務についていると思える姿。銃は見えないが。

その兵士の向かい側、つまり通りのこちら側に目を向けた。ここにも、ひとりの男の影がある。巡査の制服だ。彼も、酒を楽しんで通りに出てきた男のようではなかった。向かい側の兵士のほうに顔を向けている。横顔を凝視して気づいた。

シンジロー・アダチ。

登志矢は一歩下がり、ドアをそっと閉じて振り返った。壁に時計がかかっている。時刻は午後七時四十二分。登志矢は階段を一段ずつ飛ばして二階に上がり、二号室のドアを叩いた。開けてくれたのは、レドネフだった。

登志矢は部屋に入ると、ドアを背にして言った。

「日本軍が、この宿に突入する。すぐに逃げろ」

レドネフが訊いた。

「見たのか？」

「ああ。この正面を押さえるところだ」

ミーロが「あっ」という顔になってから、くやしそうに言った。

「町に入ってきたときから、おれはつけられていたのか」

登志矢は言った。

「早く。裏手にドブ川がある。川沿いに停車場に向かうんだ。給水で停まっている貨物列車がある。ハバロフスク行きだ。八時には出る。無蓋車《むがいしゃ》にでも飛び乗って。早く」

レドネフは躊躇《ちゅうちょ》しなかった。登志矢の言葉を吟味しようともしない。すぐに壁にかけた上着を手にして、鞄を持ち上げた。あとのふたりも続いた。

登志矢は早口で注意した。

「一階に下りるな。廊下の突き当たりに、外階段がある」

登志矢が部屋を出て、脇によけた。レドネフが最初に、廊下の奥のドアへと向かっていった。

登志矢はもう一度階段を下りた。

外でいくつもの靴音がする。

遅かったか？　登志矢は玄関には向かわずに、テーブル席の空いた椅子に腰を下ろした。

その直後に玄関のドアが開いて、巡査の制服の男が入ってきた。サーベルをつけてはおらず、代わりに腰のベルトには拳銃嚢があった。やはりシンジロー・アダチだった。彼は酒場の中をざっと見渡してくる。登志矢は視線をそらした。アダチが、登志矢に目を留めたのがわかった。登志矢はしらんぷりをした。

アダチは、主人に訊ねた。

「顎鬚を伸ばした男がきたはずだが」

主人は答えた。

「二階に上がっていきましたよ」

「部屋は？」

「さあて。泊まり客じゃありませんので」

アダチは玄関口まで戻ってドアを開けた。銃を持った日本軍の兵士たちが入ってきた。客たちが会話をやめ、目を丸くした。兵士たちはいったん酒場の中央の隙間を埋め、客たちを睥睨《へいげい》した。最後に入ってきたのは下士官だった。アダチが下士官に、無言のまま天井を指さした。顎鬚の男、つまりミーロは二階にいる、と伝えたのだろう。下士官はうなずき、兵士たちに階段を指で示した。兵士たちは、やはり靴音を立てぬように二階へ上がっていった。とはいっても、鋲《びょう》を打った靴は響くし、装備同士が触れ合ってガチャ、ガチャという音も立てるのだが。

レドネフたちはもう廊下突き当たりの外階段から逃げただろうか。いましがたの通りの様子では、日本軍もこの建物の裏手まで押さえるだけの余裕はなかったようだが。

最後に下士官が上がってゆくと、ほどなく二階でドアを叩く音、ドアを開けろとロシア語で怒鳴る声が聞こえてくる。客たちが不安そうに天井に目をやった。ひと組の客は椅子から立ち上がって、店を出る様子となった。

アダチがそのふたりに、動くな、と厳しく命じた。

こんどはアダチと完全に視線が合った。アダチは登志矢を凝視してくる。見た顔だと、記憶を探っている。

二階で、兵士たちが騒然となっている。

「逃げた！」「裏手だ！」と、日本語が聞こえる。

下士官が駆け下りてきて「裏口はどこだ？」とアダチに訊いた。

アダチが主人に顔を向けた。主人は、階段の横手通路の先を指さした。兵士たちはどっとその裏口のほうへと突進していった。

兵士たちが店を出てしまってから、アダチは床に靴音を響かせて登志矢のそばに歩いてきた。登志矢は身を固くした。自分のテーブルには、グラスひとつ置かれていない。酒を飲みに来た客でないことは、一目瞭然だ。

アダチは登志矢の横に立って、日本語で言った。

「どこかで見たことがあるな。名前は？」

日本語がわからないふりをしようかと思った。しかしアダチはこう続けた。

「収容所八号棟の、コジョウじゃないか？　登志矢といったろう」

アダチも思い出したのだ。もうしらを切るのは無理だ。

登志矢はアダチを見上げた。

「アダチだよな。久しぶりだ」

「ここで何をしている？」

「飯を食いに来た」

「注文もしていないのか」質問ではなかった。アダチは横柄な調子で訊いた。「旅行中なのか？」

「ここで働いている」

「ここのどこそこで働いている、と答えろよ」

「鉄道公社の整備工場で働いている」

「自分は何者だと言うときは、身分証明書を見せるものだ」

お前は何者だ、と訊き返したいところをこらえて、登志矢は鉄道公社の身分証明書をポケットから出した。

外は騒がしい。兵士たちの何人かは、ドブ川にかかる細い橋を渡っていったようだ。並んでいる建物の裏手でも、探索が始まっている。出てこい、誰だ、といった日本語が聞こえてくる。

身分証明書をあらためてから、アダチが訊いた。

「誰と会っていた?」

「誰とも」

「酒も食事も注文せずに、ずっとここにいたというのか?」

「これから注文しようと思っていた」

「雑嚢の中を見せてくれ」

登志矢は椅子にかけた雑嚢をテーブルの上において、中のものを出した。手拭い。昼食の黒パンを包んだ綿布。軍用のブリキのティーカップとスプーン。折り畳みの五徳ナイフ。

そこまで出したところで、アダチがさっとナイフをテーブルの端によけた。

それから、受け取ったばかりの本。『熱球機関の構造と整備』。

アダチはその手引き書を取り上げて、パラパラとめくっていった。登志矢は身を固くした。

周囲のテーブルの客たちは、黙したまま登志矢たちを見つめている。不穏なことが起きていると感じているのだ。それが自分の身に降りかかるようなことなのかどうかについては、見極めがつかずにいる。

外の兵士たちは、この宿から少し離れたようだ。怒鳴り声や靴音が小さくなっている。

アダチは手引書をテーブルに戻すと、はさまれていた紙だけを手にして凝視し、それから訊いた。

「このマクシーム・Φ・Cって男は、何者だ?」

「戦友だ」登志矢は答えた。「仕事を手伝ってくれないか、と頼んできた」

「どんな仕事なんだ?」

「おれは車両整備の三級技能士だ」

「答になっていないぞ。このCは、なんていう苗字のことだ?」

同じ小隊にいた男の名を咄嗟《とっさ》に答えた。

「サイフーリン」

「そういえば、おれもじつは」とアダチが、からみつくような口調で言った。「マクシーム・Φ・Cなる男のことを知っている。政治犯で、五年前にウラジオストクで逮捕された。護送任務を言いつかったことがある。マクシーム・ファリドヴィチ・サポフスキーという男だ。いま、革命政府の人民軍事委員補佐らしいな」

登志矢は黙ったまま雑嚢の中身を戻した。あのサポフスキーからのメモ以外はすべて。

アダチが言った。

「護送途中に列車が襲われた」声の調子が変わっている。何か重大なことを思い出したようだ。「あのとき、機関車を運転したのは、たまたま乗り合わせていた帝室鉄道の職員ということだった。犯罪者どもに脅されてしかたなく運転したのだとか。五年前の六月、お前は何をしていた?」

「帝室鉄道少年工科学校に通っていた」

「詳しく話を聞かせてもらったほうがいいな」
そう言いながら、アダチは腰の拳銃嚢に手をかけた。周囲の客たちがわっと立ち上がった。
「ああ」
「ウラジオストクの?」

登志矢もバネ止めを外したように立ち上がり、右手の拳でアダチの鼻面を払った。アダチは拳銃嚢のボタンをはずすのに手間取っていた。防御できなかった。よろめきながら拳銃を抜こうとした。登志矢はアダチの後頭部を両手で押さえると、右の膝をアダチの顔面に叩きつけた。アダチの口の中で何かが砕ける感触があった。登志矢は腰を折ったアダチの右腕に手を回し、背中へとひねった。アダチは、ギャッと悲鳴を上げた。

登志矢は拳銃を奪い取ると、雑嚢の中に収めて、周りに目をやった。みな登志矢を、突然闖入《ちんにゅう》したアムール虎でも見ているかのような目で見た。自分でも、この場でこのように瞬発的に反応できたことが意外だった。蒸気機関の圧力弁をいきなり開放したかのように、自分の身体が動いたのだ。登志矢は大股に玄関へと歩くと、ドアを開けた。

左右を見渡したが、任務中の兵士はいない。軍服の酔漢や和服姿の女が何組か見えるだけだ。さっきの分隊の連中はすべてこの通りの裏手、ドブ川方面に行ってしまったのだろう。その方向からも、叫び声や怒鳴り声はしなかった。登志矢は足早に通りを突っ切って、広場方面に通じる中通りに入った。

もうこの町に留まることはできなかった。自分も、レドネフたちに勧めた貨物列車に乗るしかないだろう。いまは白軍支配下のハバロフスク行きだが、あの規模の町であれば、なんとか潜んでときを待つことはできるのではないか。

大股になって歩きながら、考え直した。ときを待つ？　誰かが自分を解放してくれる日をか？　こいつは罪人じゃないと誰かが保証してくれる日を、ハバロフスクの暗がりで身を潜めてただ待つのか？

駅に入り、操車場の貨物列車に近寄った。

周囲にミーロたちを追っている兵士の姿はない。ミーロたちをすでに捕縛したか？　それとも完全に別方向を捜索中なのだろうか。

蒸気機関車が汽笛を鳴らした。列車が重い音を立てて発進した。登志矢は進み出した列車に沿って逆方向に歩きながら、無蓋車の列が横にくるのをまった。やってきたところで、登志矢は車体外の手すりに手をかけ、ぐいと身体を引き上げて、無蓋車の内側に転がりこんだ。無蓋車の中は空っぽだった。板の床の感触がある。

列車が信号灯の脇を通ったとき、そこにひとが乗っていたとわかった。影がすっと離れていく。レドネフたちか？

登志矢は言った。

「トーシャだ。あんたたちは？」

ふっと先客たちが安堵の吐息を漏らした。

レドネフの声がした。

「レドネフだ。こっちも、無事にこれに乗れた。何があった?」

「日本軍の手先が、ぼくを逮捕しようとした。この町にはもういられない」

「どうするんだ?」

「地下で、協力する」

町の方角で、銃声が聞こえた。

すぐにそれにかぶさって、機関車がまた汽笛を鳴らした。

一帯は、トウヒの純林だ。トウヒは常緑樹なので、見通しがさほどいいわけではなかった。

三月であり、いくらか寒気もゆるみだしていたとはいえ、雪はまだ一サージェンぐらいは積もっているだろう。

登志矢は雪面艇の運転席で加速把手《ハンドル》を絞り、熱球機関の連動機を切った。森の中で機関の音が少し低くなった。この雪面艇には、二台の曳《ひ》き橇《ぞり》をつなげてある。ハバロフスクから同行した仲間三人が、艇と橇に分乗していた。雪面艇の前には馬に乗ったパルチザンがひとりいて、最後尾の曳き橇の後ろには三騎のパルチザンがいる。

ブラゾフの町から北西方向二十五露里ほどの距離にある原生林の中だ。一帯は広い谷で、中央をゼヤ川が蛇行して流れている。谷間は緩い起伏の大地の広がりだが、起伏には明瞭な方向性がなく、慣れぬ者が森の中に入ってしまえば、自分の位置を見失ってもおかしくはない土地だった。

登志矢たちは一昨日、四十露里東方向にある場所でその貨客列車を降りたのだった。鉄橋を渡ったところで、パルチザンが線路に障害物をおいて待っていた。車掌車には日本軍の兵士四人が列車の護衛として乗っていたが、パルチザンはあっさりと列車を制圧した。

登志矢とパルチザンは、貨物車から手早く荷物を下ろした。ハバロフスク方面から西に向かう列車は、荷物の検査もおざなりなのだ。

登志矢はハバロフスクで、木箱六つを蒸気機関一式としてこの列車に積み込んだ。発送先はブラゾフ炭鉱となっている。じっさいは、登志矢がハバロフスクの地下工場で制作した熱球機関と、分解した雪面艇、曳き橇、それにハバロフスク近郊の旧軍倉庫から運び出された銃と弾薬だった。

列車を再発進させたあと、木箱を開けて、まず雪面艇と曳き橇を組立てた。雪面艇は熱球機関を使った動力式雪舟で、曳き橇はブリキの板を底に貼った、ごく軽量の荷物運搬具だ。組立てが終わると、銃と弾薬の木箱を曳き橇に積み、騎馬のパルチザンに案内され、雪原の中を進んできたのだった。馬橇は馬車と同様で、それ自体の重さのせいもあり、開かれた道路以外は通ることが難しい。でも雪面艇は重さがふつうの馬橇の五分の一ほどしかなく、雪原でも雪の斜面でも森の中でも、かなり自在に進むことができた。

登志矢たちは列車を止めた地点からパルチザン本隊との合流地点まで、雪原の中を二日で走破したのだった。

登志矢にとって、雪面艇を使っての武器の移送はこれが三度目だった。こんど送る武器の中には、経験がないと使えないものもある。なので今回は、移送任務としては最後になるかもしれなかった。移送先のパルチザン部隊に、そのまま加わることにしている。

先頭にいるパルチザンが、前方の森の中に向けて、フクロウの鳴き声のような声を発した。それを二回、左方向にも二回。

耳を澄ましていると、左手の木立の奥でカチリと金属音がした。小銃の薬室に弾を送り込んだ音、いや、小銃のボルトを戻した音かもしれない。いずれにせよ、ひとが近くにいる。

気がつくと、後方の木立の奥から、分厚く防寒着をまとったひとが出てきた。三人いる。みな小銃を手にしていた。

左右からもひとが姿を見せた。気がつくと、一行は二十人ばかりのパルチザンに囲まれていたのだ。

馬を下りて、雪の中を進んでくる男がいる。彼が隊長かもしれない。

案内してくれたパルチザンが、登志矢を目で示して彼に言った。

「トーシャ・ニキータヴィチ・コジョウだ」

近づいてきた男が言った。

「ゼヤ川パルチザンの、クリフチェンコだ。ルカーシャと呼んでくれ」

帽子を目深にかぶっていたが、三十歳ぐらいだろう。

ルカーシャは、雪面艇と曳き橇を見て、感嘆したように言った。

「こんな乗り物があったのか」

「わたしが作った」

「で、支援物資は？」

「黒パンが五プード（約八十二キログラム）。小銃が二十四挺。弾薬が二千四百発」

「希望者全員に銃を支給できる！　まだ加わるな、と村に留めている若い衆もいるんだ」

「それに」と登志矢はつけ加えた。「ルイス軽機関銃が一挺と、円形弾倉が三個。弾が五百発」

ルイス軽機関銃は、帝国陸軍にも配備されていたイギリス製の火器だ。

ルカーシャは困惑を見せた。

「扱えるかな」

登志矢は、後方の曳き橇のほうに首を傾けて言った。

「みな戦争帰りだ。扱いの訓練は受けている」

ルカーシャの目尻に皺が寄った。

「なら、いつでも報復ができる」

「どの件を言っている？」

パルチザンが白軍や日本軍に対して報復を決意するだけの事件は、枚挙にいとまがない。パルチザン狩り作戦に出た白軍と日本軍は、ひとりでもパルチザンがいるとみなした村を徹底的に殲滅《せんめつ》する。無抵抗の村で男たちを殺し、食料を徴発し、最後には民家に火をつけ、村を丸ごと地上から消してしまうのだ。

ルカーシャが言った。

「今年に入って、この地方のマサノヴァ村とか、ソハチノ、インノケンチェフスカヤ、イワノフカといった村が襲われ、村人の大半が殺されて焼かれた」

「ひとの被害は？」

ハバロフスクにも、情報は伝えられていた。ただ、誇張された数字ではないかと登志矢は感じていた。

ルカーシャが言った。

「インノケンチェフスカヤでは百人以上。イワノフカ村では、乳飲み子から九十六歳の爺さんまで、およそ三百人」

登志矢は顔をしかめた。

「本当だったのか。で、やったのは？」

「第十二師団だ。ついてきてくれ」

ルカーシャが馬に乗って、森の中を進み出した。登志矢も熱球機関の連動機をつなぎ、ゆっくりと加速把手を回した。

村に着いた翌日だ。

登志矢はトウヒの森の中の、屋根を雪の下に隠した丸太小屋から出て、空を見上げた。寒気は厳しいが、このところ太陽の光には少し力強さがましてきたように感じる。もう三月も下旬なのだ。日中は、零下でも十度くらいまでは上がるかもしれなかった。

このパルチザンのキャンプは、森の中の緩い斜面上にあった。トウヒの木立の中に、大小七つ八つの丸太小屋が散らばっている。昨年秋に谷のいくつかの村から集まったパルチザンたちが、小屋を一棟一棟足していったのだ。小屋のどれにも窓はなかったが、川の丸石を積んだ暖炉がそれぞれに設けられていた。キャンプにはほかに炊事場がある。街道からかなり離れた森の奥なので、煙が発見される心配は少なかった。

ルカーシャが率いているのは、百人ばかりの部隊だが、この谷にはほかに三つ四つの部隊があって、それぞれ森の中に潜んで、この冬を越している。しかし、地元の彼らにとってもこの冬は過酷だった。ひとりが一月の酷寒《マロース》の中で衰弱死している。かといって、南の地方に移動するという選択肢もないのだ。南は白軍とコサックの支配地だ。ただ、いったんなんとか敵の主力を撃退できれば、あとは大きな殲滅戦は控えられるのではないかという期待がある。だから、ルカーシャたちは、次の作戦で完全にパルチザン狩りの主力部隊を撃破したいと熱望しているのだった。

用を足して、なんとなくキャンプ地の周辺を歩きたくなった。雪はしばらく降っていないとかで、森の中には踏み分け道がかなりはっきりとつけられている。トウヒを切り倒した空き地もあった。少し風が吹いて、トウヒの枝がさわさわと音を立てた。

その中に、かすかに鈍い唸《うな》り声が混じっているような気がした。耳を澄ました。風が止んで、森が静かになったときに、それは爆音だとわかった。音は南方向からだ。南の空に目を向けた。逆光ぎみであるし、音のする方向には何も見当たらなかった。

すっと近づいてきた者があった。女だ。このパルチザンの中には、女も四人いる。男たちは、ふだんは必要以上に女性パルチザンに近づかないようにしているという。

「どうかした？」と、女が訊いた。帽子を目深にかぶり、襟巻を鼻まで引き上げているが、その目元には見覚えがあるような気がした。

登志矢は答えた。

「飛行機だ。爆音が聞こえる」

女も、南の空を見つめた。

「あ、飛んでくる」

「みなに教えるんだ。飛行機だ、小屋に隠れろと」

女は空き地をキャンプのほうに駆けていった。登志矢も、大声で空き地を横切りながら言った。

「飛行機だ。接近してくるぞ」

キャンプからひとの影が完全に消えたことを確かめてから、登志矢は自分たちの小屋に飛び込んだ。飛行機はもう、たぶん一、二露里まで近づいている。

　小屋の中でしばらくじっとしているうちに、やがて爆音は向きを変えて、東方向に遠ざかっていった。完全に音が消えてから小屋の外に出ると、炊事場の脇に隊員たちが集まっている。

　ルカーシャが東方向の空に目を向けていた。

　近づいていくと、ルカーシャが言った。

「見つかった。くるぞ」

「どうするんだ?」

「これを待っていたんだ。敵はここに向かってくる。待ち伏せる。道は一本しかない」

　朝飯を食べたら集会小屋に集まってくれとルカーシャは言って離れていった。

　振り返ると、さっき自分に声をかけてきた女がいた。いまは額を出し、襟巻も下げて、顔だちがはっきりわかる。黒い髪に、黒い瞳の娘だ。

「名前を訊いていいかな」と、登志矢は訊いた。口調が少し馴れ馴れしかったかもしれない。

　女はいくらか無愛想にも聞こえる声で答えた。

「オレーシャ。オーリャでいいわ」

「どこかで見た覚えがあるんだ。ブラゾフの町にいたことはある?」

「いちばん近い町だから、ときどき行っていた」

「白軍がきた日は？」

「広場にいた」

あの娘だとわかった。

オーリャと名乗った娘はつけ加えた。

「白軍が村にも来て、うちは住む家を失くした。あなたは、ヤクート人？」

「両親は日本人だ。トーシャだ」

彼女は微笑し、少しのあいだ登志矢から視線を離さなかった。


待ち伏せ攻撃の二日目が終わった。

四つのパルチザン部隊合同の作戦だった。パルチザン・キャンプの撃滅作戦にブラゾフから進撃してきた日本軍第十二師団の二個中隊は、前年に焼いたスレヤの村までできて、行く手に少数のパルチザンを発見した。一個小隊がそのパルチザンを追ったが、トウヒの森の中で包囲攻撃を受けて、ほぼ潰滅した。負傷して生き残ったふたりの兵士だけが退却、十露里ほども後方にいたスレヤの村の本隊に報告した。本隊は一夜明けてから、攻撃を受けた森へと野砲一門を牽《ひ》いて進撃したが、出発が遅れた中隊が行く手を阻まれて隊は分断された。後方の部隊は軽機関銃を持ったパルチザンに攻撃され、潰滅した。先に出発した部隊は、挟撃されると気づいて引き返したが、スレヤの村まで戻ったところで、こちらも包囲攻撃を受けた。軽傷の四人がブラゾフ方向への脱出を見逃された。

ほぼ三百人の部隊が、二日で潰滅したのだった。

パルチザンは、およそ二百五十が合同でこの待ち伏せ作戦を実行したのだった。被害は軽微だった。死者はなし。負傷者が四人だが、軽傷だ。日本軍がほとんど何も反撃らしい反撃ができなかったのは、おそらく彼らがシベリアの冬に不慣れだったせいだろう。寒気の中、装備も不十分で、足も凍え満足に行軍もできなかったのだ。無抵抗の村で略奪と放火をするだけならともかく、戦闘は無理だった。手は凍え、さらには凍傷にもかかって、銃を操作するのも覚束ない。罠にはまったとわかった瞬間に、戦意も消えていたのではないか。

いまパルチザンたちはすべてスレヤ村の焼け跡にいる。日本兵の死体をあらためているのだ。銃は取り上げてひとまとめにしている。まだ息のある者も多かったが、パルチザンは息の根を止めることはしなかった。弾の無駄だ。日が暮れれば気温はまたマイナス十度以下となる。負傷者は、やがて体温が下がって、苦しむことなく眠るように意識を失い凍死するのだ。

ルカーシャが、軽機関銃を雪面艇に載せようとしている登志矢のそばにやってきて言った。

「軍人じゃない日本人がいる。ロシア語ができないようだ」

登志矢はルカーシャについて、その日本人が倒れているという村のはずれまで行ってみた。無精髭に雪がくっついているが、シンジロー・アダチだとわかった。

足を負傷しているようだ。身体の下の雪が赤く染まっているが、意識はある。

彼も登志矢に気づいた。

「登志矢か」

返事をせずにいると、アダチは請うような目となり、日本語で言った。

「登志矢、助けてくれ。おれは日本兵じゃない。脅されてしかたなく通訳をやっているだけだ。わかるだろう」

ルカーシャが、登志矢の顔を見た。こいつは何を言っている？　と訊いている。

登志矢はルカーシャに言った。

「シンジロー・アダチ。日系人で、白軍の協力者だ。ロシア語もできる。日本軍の事情など、詳しく知っているはずだ」

アダチが悲鳴のような声を上げた。

「知らないって。何も知らない！」

ロシア語だ。

「ほらな」と登志矢は非情に言って、その場を離れた。

もう彼のことなど知ったことか。きょうのこの一方的な虐殺めいた戦闘のせいで、自分はささくれ立っている。余計なことは考えたくない。とにかくこのすさんだ気持ちを鎮めたいのだ。

四月の蜂起

市役所は、黒河沿いに延びる大通りに面していた。

木造二階建ての建物で、板壁には青いペンキが塗られており、屋根は銅板葺きだ。正面のバルコニーの手すりには、二週間前から赤旗が掲げられている。それまでの白青赤のロシア臨時政府の旗に替わったのだ。いま、アムール州の州都ブラゴヴェシチェンスク市は、労農兵士コサック代表評議会臨時執行委員会が掌握している。

オーリャが登志矢の手を離し、役所のエントランス・ホールから真正面の階段を駆け上がった。

彼女は、農村育ち、この州都にさえ来たことがなかったという田舎娘だ。北の街道から州都の市街地に入ったときは、目を輝かせていた。初めて観る都会なのだ。市街戦がなくてほんとうによかったと、何度も言っていた。

登志矢たちの後を歩いてきたルカーシャが、からかうようにオーリャに言った。

「亭主を置いて、どこに行く気なんだ？　オーリャ」

階段の上の手すりから、オーリャが顔をのぞかせて言った。

「誓いの部屋だよ。早く、トーレニカ。早く」

オーリャが登志矢のことを愛称で呼んだ。結婚する仲なのだ。ひと前でオーリャが登志矢を愛称で呼ぶのは自然だったが、少し照れくさかった。

ルカーシャが言った。

「お前にべた惚れだな、オーリャは」

登志矢は弁解した。

「戦闘が終わったんで、少しはしゃいでいるんです」

きょう、登志矢とオーリャは、解放されたこの州都の評議会議長の前で結婚の誓約を交わすのだ。パルチザンの中には正教の信仰を持った戦士も多いが、登志矢たちは新しい世の中になったことだしと、神の前ではなく、同志や友人たちの前で、夫婦となることを誓うことにしたのだ。

ここに家族を呼び寄せることができるのであればもちろんそうしたいところだったが、オーリャは家族すべてをパルチザン狩りで失っている。ひとりいる叔母の村は遠すぎる。登志矢のほうも、郡役場のあるあの町から家族を呼び寄せるのは大変だった。とりあえずは同志たちのあいだで結婚を誓い、おいおい家族と会う機会ができたときに、オーリャを紹介するのでいいだろうと考えていた。

十分後、評議会議長の執務室で、議長が宣した。

「ふたりを夫婦と認める」

登志矢はオーリャを見つめ、微笑してその両方の赤い頰に何度も何度も接吻した。オーリャも、同じように登志矢に接吻を返してくる。オーリャは、パルチザンの戦士の格好のままだ。軍服を仕立て直したジャケットに革のベルト、ゆったりしたズボンと長靴。首に巻いた青いスカーフは、登志矢が昨日町の洋服店で買って贈ったものだった。

登志矢たちは、評議会の議長のデスクの上で、結婚登録証にサインし、さらにルカーシャと、オーリャの友人のもうひとりのパルチザン女性兵士ミルカが、保証人としてサインした。

あの日本陸軍の二個中隊を潰滅させた戦闘から、およそ一年経っていた。この一年のあいだに、白軍も日本軍も、鉄道沿線を離れての索敵や掃討作戦はできなくなっていた。強行すれば返り討ちに遭う。兵士たちの士気も下がって、州内で徴集された白軍兵士たちの中にはパルチザンに投降する者や脱走する者も出てきていたのだ。

そうして年が明けてから、州内各地のパルチザンおよそ三千が集結し、白軍が根拠地としてきたこの町を包囲した。アムール・コサック軍を中心とした白軍は、パルチザン部隊との戦闘を避けて氷結した黒河を渡り、中国領内へと逃れた。駐屯していた日本軍も、町が包囲された時点で中立を表明、シベリア鉄道を使ってハバロフスク方面へと撤退した。パルチザン部隊は、およそ二週間前の二月十六日に入城したのだ。

アムール州はこれで、孤立しているとはいえ、東シベリアに於ける革命政府側の支配領域となった。パルチザン部隊はいま、州の町や村と鉄道路線の防衛に当たっている。

大部分のパルチザンは、雪解けを待って故郷の村に帰り、農作業に勤《いそ》しむことになる。新たな侵略者や略奪者が登場してこない限りはだ。いずれ民警もあらためて組織され、パルチザンの一部からはこれに志願する者、応募する者も出るだろう。

役場を出て、登志矢たちの一行は町にあるホテルのひとつへと向かった。ホテルのレストランで、このあと登志矢とオーリャの結婚を祝う宴《うたげ》が、ごくつましく催されるのだ。

春が近い好天のせいか、それとも市街戦が回避され、平和が確かなものとなったせいか、町の空気は晴れやかだ。道を歩く市民の表情も明るく、屈託がなかった。赤ん坊を乗せた橇《そり》を押す母親たちの姿も目立つ。

レストランへ向かって雪の大通りを歩いているときに、ルカーシャが訊《き》いてきた。

「このあとはどうするんだ？　オーリャの村に行って、農業に就くのか？」

「わからない」と登志矢は答えた。「春まで様子を見たい」

決めていない、というのが正直なところだった。内戦が終わるのであれば、自分はまた鉄道で技師の仕事に就きたいと思う。しかし、いまだ東シベリアの状況は、落ち着いていない。オムスクを根拠地にしていたコルチャーク提督率いる白軍は敗退したし、コルチャーク自身がイルクーツクの政治センターに捕らえられた後、銃殺されたという噂も入ってきている。かといって白軍が消滅したわけでもない。チタ周辺はいまだセミョーノフ将軍が率いる白軍の支配地であり、これを日本軍が支援している。シベリア鉄道の運行は、チタで押さえられているのだ。

チェコ軍団は紆余曲折の果て、どうやらウラジオストクに移動を終えたようだが、日本軍はチタのほか、ハバロフスクとニコラエフスク、それにウラジオストクにもいる。最近は大きな軍事行動のニュースを耳にしないが、いつ何がきっかけで戦闘が開始されてもおかしくはない。アムール州のこの平和も、春先の黒河を覆う氷のように危ういとも言えるのだった。

シベリア鉄道が回復していない以上、東シベリアでは鉄道技師の口は少ない。ブラゾフ駅も、人手は余っているだろう。となれば、この町で何か機械を扱う仕事に就いて、鉄道の仕事が見つかるまでをしのぐという手もあるかと考えていた。

ルカーシャが訊いた。

「春には、内戦が終わるという予測か？」

登志矢は答えた。

「予測できるほど、世界の事情を知らない。終わって欲しいとは願うけれども」

「この数日、この町の共産党などの活動家たちと少し話をしてきた。極東共和国ができるかもしれない」

政権を掌握した旧社会民主労働党多数派ボリシェヴィキは、いまはロシア共産党と改称している。

「それって、本当なんだろうか」

登志矢は、州都に入ってから耳にした噂を思い起こした。チェコ軍団の救出を名目にロシアに出兵した列強の本音は、社会主義革命の波が自国に及ぶことを阻止することだ。この大戦が終わったときに、世界は激変した。ロシア、ドイツ、オーストリア・ハンガリー、トルコと、世界に覇を唱えていた四つもの帝国が滅びた。いくつもの植民地が独立した。次は自分たちの国だ、と列強が恐怖に駆られているのも当然だった。だから彼らは、公然と白軍を支援して革命政権の打倒を狙った。列強の支援を受けた白軍は去年前半は優勢で、東からモスクワを窺《うかが》う勢いだった。モスクワの革命政府も軍事的には敗北必至と見て、政府指導部は亡命までも考えたという噂だ。いま、各国から承認されていたオムスクの反ボリシェヴィキ政権は瓦解したとはいえ、これからもまだ列強は革命に干渉を続けてくるだろう。革命ロシアを潰すことはかなわぬとしても、革命の拡大だけは絶対に阻止してくるだろう。

だから、革命政府が完全掌握できない東シベリアには緩衝国家が必要なのだ、という理屈だった。

歩きながら、言葉を選んで登志矢は続けた。

「モスクワの政府が、ロシアの分裂を承諾するなんて、信じられないんです」

ルカーシャが言った。

「分裂を認めるというよりは、革命政府を守るために、列強も承認する民主的な緩衝国家を作るのはやむをえないということだ。レーニンもトロツキーも同じ主張だそうだ」

「東シベリアにも、社会主義の国を望む民衆は多いのに」

「時間を稼ぐためだ。革命に干渉できないくらいに国力をつけるまでの」

「十月革命の後も、すぐに講和となるかと期待したのに、少しでも有利な条件でと講和と交渉を長引かせて、そのあいだにずいぶん戦死者も出た。無意味に時間を使ってしまったじゃないですか」

「おれに言うな。あのときの外務人民委員はトロツキーだった。彼の判断だ」

ホテルに着いた。大通りの裏手にある、質素な商人宿だ。

登志矢は振り返った。オーリャは、女性パルチザンたちに囲まれて、談笑しながら歩道を歩いてくる。登志矢はルカーシャと先にホテルに入った。

宴が始まるまで、少し時間があった。ルカーシャが、お茶を飲もうと誘ってくれたので、テーブルに腰を下ろした。

ティーポットとカップ、それにサモワールが出たところで、入り口に青年が姿を見せた。誰かを探しているようだ。登志矢と目が合うと、青年はウシャンカ帽を取って近づいてきた。

「コジョウさんですか？」と青年。

「トーシャ・コジョウなら、ぼくだ」

「鉄道車両区に郵便が届きました」青年は外套のポケットから封筒を取り出した。封筒はかなりよれて、皺が寄っている。

受け取って宛て先を読むと、ブラゾフ駅車両区のトーシャ・ニキータヴィチ・コジョウ宛となっている。ブラゾフ駅のかつての同僚が、いまは州都にいるはずと転送してくれたのだろう。

「ありがとう。たしかにおれ宛だ」

青年がロビーを出て行ってから、封筒を開けた。厚手の粗末な便箋が一枚入っているだけだ。

「親愛なる同僚技師トーシャ・ニキータヴィチ・コジョウ。

スーチャン渓谷の炭鉱では、優れた技能を持った鉄道車両技師を緊急に必要としています。わたしたちを助けてくれませんか。必要な工具類はこちらで用意します。もし来ていただけるなら、三月十五日までに、ウスリースキー駅のトローシンを訪ねてきていただけないでしょうか。もし助けをお願いすることが無理であれば、この手紙を読んですぐに、駄目だとお返事をいただけるとさいわいです。

スーチャン炭鉱鉄道部車両班

フユードル・サーヴィチ・トローシン」

読み終えると、ルカーシャが興味津々という顔で見つめていることに気づいた。

登志矢は便箋をルカーシャに渡した。

ルカーシャは便箋にさっと目を走らせてから、難しい顔になって言った。

「スーチャン炭鉱と聞いて、連想するのは何だ？」

「パルチザン」と登志矢は答えた。

スーチャン炭鉱は、ナホトカの北、スーチャン渓谷にある。渓谷一帯は、日本軍が侵攻してきてからパルチザンが組織されて、頑強に抵抗を続けていた。日本軍が何度も大規模な掃討作戦に出ていたが、いまだこの谷を制圧するには至っていない。炭鉱は、パルチザンの根拠地のひとつで、朝鮮族の炭鉱夫も多く働いている。

ルカーシャが言った。

「これは、技師が欲しいという手紙じゃないぞ。技師が欲しいなら、炭鉱か鉄道部の幹部の名前で手紙をよこしたはずだ」

登志矢も同意した。

「部隊に加わってくれ、と頼んできたように受け取れる」

「期限を切ってある。何か大きな作戦があるんだな」

「でも、どうしてぼくに助けを頼んできたんだ？　アムール州のパルチザンの指揮官は、あんたを含めて大勢いる。百人で来てくれ、というならわかるけれど」

「人手よりも、トーシャの技能ってことかな」

「戦闘用の車両整備の？　自分のところにも、技師はいるだろう」

ルカーシャはもう一度便箋に目をやってから言った。

「作戦参謀とか、助言者として来てほしいんじゃないか。もしかすると、あの谷のパルチザンには、戦争経験者が少ないのかもしれない」

「山岳戦で、負け知らずだろう」

「土地勘のあるところではだ。それに、沿海州には赤軍は組織されていない」

ルカーシャの言葉の意味を少し考えてから、登志矢は言った。

「大きな作戦だとして、何だろう」

「迎撃ではなく、日本軍の拠点に打って出るとか?」

「だとしても、ウスリースキーまでどうやって行ける? ウスリー鉄道に乗るには、日本軍のいるハバロフスクを通らなきゃならない」

「ただの無害な旅行者を装うか、強行突破か」

またロビーに入ってきた客がいた。四十代の、メガネをかけた男だ。ルカーシャの顔を見て、会釈してきた。ルカーシャが、ちょうどいい、と言ってそのメガネの男を手招きした。

ルカーシャは小声で言った。

「昨日も会っていた、左翼社会革命党の、クルシンスキーという活動家だ。ウスリースキーから来ているんだ」

登志矢はさっと手紙の上にティーポットを置いてから言った。

「この件には触れないでくれ」

クルシンスキーが同じテーブルに着いた。

ルカーシャが登志矢を紹介してから言った。

「ひとつ教えてくれないか。このトーシャは沿海州の出身なんだが、いま帰っても大丈夫だろうか」

クルシンスキーは微笑を登志矢に向けてから言った。

「ナホトカ地方は、パルチザンが強い。ハバロフスクとウラジオストクは、微妙な均衡状態だな」

「というと？」とルカーシャが訊いた。

「ハバロフスクは先月パルチザンが入城、日本軍は中立を守って一切軍事行動に出ていない」

「鉄道で検問もしていない？」

「やっていなかった。それにウラジオストクも、一月末に白軍の猟兵部隊や士官学校隊も抗命、首班のローザノフ少将は日本軍に助けを求めて亡命した。パルチザン部隊が入って、市内を掌握、日本軍は中立を守った」

ルカーシャが訊いた。

「日本軍が中立となったのは、例の極東共和国ができるせいか？」

「ああ。そっちに乗ったほうが得だと思っているんだろう」

「ウラジオストクの共産党は、中央よりも過激だと聞いたような気がするが」

「確かだ」クルシンスキーはうなずいた。「三月になってすぐ、すでに成立していた沿海州自治政府に対して、共産党は評議会化すると宣言、自治政府の性格がより社会主義的なものになりつつある。日本軍は、穏健な極東共和国を作る約束だと、反発している」

登志矢が訊いた。

「となると日本軍は、自治政府の転覆をはかるということですか？」

クルシンスキーは周囲の耳を気にしたようだ。登志矢は、クルシンスキーの声が届く範囲には誰もいないと目で教えた。

クルシンスキーは言った。

「そういう読みがある。チェコ軍団がもうじきウラジオストクから出国を終えるだろう。アメリカ軍も撤兵する。だけど、日本軍は、そう簡単には撤兵しない」

ルカーシャが訊いた。

「アムール州から追い払われたってのに、日本はまだ懲りないのか？」

「ロシア東部の土地も資源も、あの山だらけの小さな島国にとっては、たいへんな魅力なんだろう。それに、ロシア帝国がなくなって、皇帝一家が処刑されたことに彼らは恐怖している。社会主義が海を渡って広まることを、彼らは死ぬほど心配しているよ」

「じゃあ、モスクワはこれまで通り戦いを続けるといいだろうに。緩衝国家なんて作らずに」

「モスクワには、内戦を続ける余力はない。外国とも戦えない。ロシアを分けてでも、ヨーロッパ・ロシアのほうを守り抜きたいんだ。欺瞞《ぎまん》で時間を稼ぐ」

登志矢が割って入って訊いた。

「じゃあ、ウラジオストクで起こりそうな軍事衝突に対して、あの街の共産党はどう対処するんです？」

クルシンスキーは登志矢に顔を向けて、皮肉っぽい笑みを見せてから言った。

「地方委員会は、日本軍は軍を動かすはずはないと見ているようだ。緩衝国家構想など無視して、一気に沿海州を評議会化できると、極東委員会の大勢は信じている」

ルカーシャが怪訝《けげん》そうに訊いた。

「それって、中央の方針に逆らうということだろう？」

「その通り。中央と現地とが、緩衝国家構想をめぐっては対立している」

ロビーの奥、階段のほうから女たちの声がした。オーリャの声も混じっている。登志矢は声のするほうに視線を向けた。四人の女性パルチザンに囲まれて、オーリャが姿を見せた。登志矢は目を丸くした。戦闘服ではない。スカートに短いジャケット姿。農家の娘の格好だった。花嫁衣裳ではなく、冬の普段着だが、まだ新しい。仕立て上がったばかりと見える。登志矢はオーリャのそんな姿をたった一度しか見たことがない。

オーリャが登志矢に気づいて、近づいて来た。照れながらだ。

「びっくりしないで」とオーリャは、登志矢の数歩前で立ち止まった。「きょうのために、みんなが用意してくれていたの」

クルシンスキーが、自分はこれで、とテーブルを立っていった。

登志矢は言った。

「そういう姿も、素敵だな」

オーリャはスカートの脇を摘んで持ち上げ、くるりと身体を回転させた。

「ずっと戦闘服だったから、鏡を見ても、自分じゃないみたい」

ほんのり頬を赤らめ、はにかんでいた。

ルカーシャが言った。

「オーリャが登志矢と結婚したんで、パルチザンには泣いた若者が十人はいるんだぞ」

オーリャがティーポットの下にある封筒と便箋に気づいた。

「ご家族から？」

止める間もなく、オーリャは便箋を手に取った。この一年、一緒にいるあいだに、登志矢は彼女に請われて筆記体を教えてきた。いまは、彼女は手書き文字が書いてあればなんでも読もうとする。

登志矢はオーリャの反応を見守った。花嫁になったばかりの女性に、この手紙を読まれてはならなかったかもしれないが。

オーリャは、読み終えてから真顔になって登志矢を見つめてきた。文面の真意を理解しているという顔だった。登志矢はどう反応すべきか、迷った。

オーリャが言った。

「まさか、あたしを置いていくんじゃないでしょうね？」

登志矢は言った。

「これ、鉄道技師の招請状じゃないんだぞ」

「スーチャン炭鉱と書いてあれば、あたしだって何の用件の手紙かわかる」

「パルチザン戦の支援の話だ」

「どうしてトーレニカひとりで行くの？」

「何も決めていないよ。簡単に行ける状況でもない」

「トーレニカが断れないことを知っている。あんたは行くのよ。だったらあたしも行く。あんたの女房なんだから」

「向こうが必要としているのは、戦闘員だ」

「あたしが、きょうまでやってきたことは何？」

オーリャはたしかに、部隊で一、二の狙撃手だが。

「一緒に来るって言うのか？」

「あたし以上に頼りになる同志が、ほかにいるなら言って」

「ハバロフスクを通るんだぞ。もう日本軍はパルチザン狩りや検問をやってはいないらしいが、情勢は変わるかもしれない。その場合でもおれひとりなら、なんとかハバロフスクを迂回して行ける。だけど」

オーリャは、つんと鼻を天井に向けて言った。

「夫婦者の旅行なら、日本軍は通してくれると思う」

ルカーシャが、呆れたように首を振りながら言った。

「祝宴が始まるまでに、夫婦喧嘩は収めておけよ」

それはべつに夫婦喧嘩ではなかった。自分たちの今後について、少しばかり夫と妻のあいだに意見の相違があるというだけだった。しかしその相違も、宴が始まる前には、片がついていた。登志矢は、オーリャと一緒にスーチャン炭鉱に行くことにしたのだ。夫婦者なら検問もゆるい、というオーリャの意見は、確かにその通りだと思えたこともある。それに、夫婦になったいま、自分たちがしばらく離ればなれになることには耐えられなかった。自分が戦死する可能性もけっして低くはないとき、オーリャと離れたくはなかった。

二日後、登志矢たちは、いったんハバロフスクに向かう夫婦として列車に乗った。ブラゾフを経由してハバロフスクでウスリー鉄道に乗り換え、待ち合わせ場所に指定されたウスリースキー市に行くのだ。

列車は速度を落としながら、雪原の中のウスリースキー駅に入った。記憶にある通り、平原の中のわびしげな駅だった。市街地が駅から少し離れているせいもあるだろう。シベリア鉄道の短絡線、ハルビン支線つまり東清鉄道との分岐駅であり、貨物の積み下ろしも多い駅なので、鉄道の敷地は広かった。車両の整備工場も、ブラゾフ駅のものよりはずっと大きい。

登志矢は日本兵の姿を探したが、見当たらなかった。ウスリー鉄道沿線の主要駅を確保するだけの力がもうないのかもしれない。小部隊を沿線に分散させるのではなく、いったん急があれば、ウラジオストクから大部隊を派遣するという方針なのかもしれなかった。

三月十五日である。

登志矢たちはブラゴヴェシチェンスクから五日かけて、この町に至ったのだった。内戦中でなければ、もう一日二日は短い旅行になったろう。登志矢は、工員ふうの服装、オーリャはいかにもその女房という格好だ。

ウスリースキー駅のプラットホームから駅舎に入ると、正面にふたりの男が目についた。登志矢たちを見つめてくる。どちらも二十代後半ぐらいの歳と見えた。目をそらさないので、このふたりが迎えなのだ。

登志矢たちはふたりの前に進んだ。ふたりは、登志矢が女性を連れていることに驚いた様子だった。

ひとりが登志矢の前に歩み出てきて言った。

「スーチャン渓谷のトローシンだ。コジョウさんを待っている」

登志矢は手袋をはずし、手を差し出して言った。

「トーシャ・コジョウです。女房のオーリャと一緒に来ました」

トローシンは、オーリャに目を向けてかなりまごついた様子だった。

「もしかして、手紙が誤解されたろうか。日本軍に押収されたときのことを考えて、鉄道技師が必要だと書いたけど、じっさいは」

登志矢は言った。

「パルチザンとして支援がほしいということなんでしょう？　女房も、北ブラゾフの渓谷で一緒に戦ってきました」

オーリャが愉快そうにトローシンに訊いた。

「スーチャン渓谷には、女性パルチザンはいないの？」

「いますが、その、地元の女性たちです」

登志矢は言った。

「オーリャは、腕の立つ狙撃手です。ぼくの大事な相棒でもある」

トローシンは、うなずいてから自分の連れの男を紹介した。

「こちらはキム」

アジア系の顔だちだ。名前から想像するに、朝鮮族なのだろう。スーチャン渓谷には多いと聞いている。

キムと紹介された男が言った。

「荷物を持ちましょう。町まで馬橇《ばそり》で行きます。宿があります」

「スーチャン渓谷には、明日？」

その谷には、この駅から支線が出ている。たしか炭鉱まで、百二十露里《ヴェルスタ》ほどの距離のはずだ。

トローシンが答えた。

「いえ、おふたりには、この町に留まっていただくつもりです。今夜、同志たちが集まるので、助言をください」

馬橇に乗って町に向かうあいだに、トローシンたちのことを少し聞くことができた。キムはやはり朝鮮族の移民の子だという。炭鉱労働者だ。トローシンは、農家の次男だが、ウラジオストクの造船所で働いていた経験があった。十月革命の後にパルチザンに身を投じたとのことだ。ふたりとも、徴兵されたが、戦闘の経験はほとんどないという。徴兵された後いちおう前線に送られたが、塹壕《ざんごう》にいたあいだには総攻撃はなかったり、後方任務についていたりしたのだ。あの大戦でも、連隊によってはそのような好運に恵まれたのだろう。

登志矢自身、塹壕戦での総攻撃への参加は二回だけだった。ポーランドで一度。ガリツィアで一度。それに敵襲を受けたことが二度。ジェリドフ小隊での奇襲攻撃参加が二度。

それを話すと、トローシンとキムが感嘆の声を漏らした。

「たいへんな戦歴ですよ！」とトローシン。

オーリャがつけ加えた。

「復員してからは、トーシャはパルチザンとしても戦ってきたわ。何度も日本軍を迎え撃った」

少し得意気だ。

「心強い」と、トローシンが言った。「わたしたちは、作戦の立案さえ、手探りなんです」

登志矢は言った。

「みなさんの果敢な戦いぶりは、アムール州にも聞こえていますよ」

「小規模な待ち伏せ戦がほとんどです」

前方に、市街地が見えてきた。雪の積もった寄棟屋根の民家の向こうに、正教会の尖塔が見えている。その上に広がる青空はもうすっかり春のものだった。

その日の夜だ。

髭面《ひげづら》の男が、登志矢を真正面から見つめ、まるで自分の余命を告白するような調子で言った。

「日本軍は、ウラジオストクと州南部で、総攻撃に出る」

部屋に集まっている十人ばかりのパルチザンたちは、とくに反応を見せない。すでに何度も聞いてきた言葉なのだろう。彼らは当然、この男、沿海州パルチザン総指揮官に選出されたばかりだというソゾン・バブーリンから、その判断の根拠も聞いている。

市街地を東に出てすぐのところにある、農機具置き場の一室だった。そのスペースだけ、壁も天井も居室並みにしつらえられており、鋳鉄《ちゆうてつ》製の石炭ストーブが焚かれている。ひといきれのせいで、軽く汗ばむほどの室温だった。

登志矢は黙ったままで、バブーリンからのいっそうの説明を待った。

ひと呼吸してから、バブーリンは続けた。

「アメリカ軍の出港は四月一日と決まった。日本軍だけが、革命干渉軍としてまだ留まるということになる。彼らは、世界の目も妨害もなくなるこの日を待って、ウラジオストクと州南部一帯で、市内治安維持に当たっているパルチザン部隊を攻撃する。さらに革命派活動家、その支援者たちの掃討作戦に出る」

「日本軍の規模は？」

「少なくとも二個連隊。はっきりわからないが、一個師団はいないはずだ」

それでも五千近い兵力ということになる。

「彼らが作戦に出る理屈は何です？」

「市内のパルチザンに発砲されたとか、不穏な動きがあるので自衛上やむなくとか、軍事行動に出る理由はいくらでも作るだろう」

「そんなにはっきり、向こうの計画がわかっているのですか？」

「ああ」バブーリンはにこりともせずに言った。「日本軍の高官たちがひいきにしている女たちから伝えられている。彼らは、ロシア女が好きだ」

ちらりとオーリャを見た。彼女は聞こえなかったふりだ。

「その伝聞だけで、軍事行動があると決めつけるのは、無理がありませんか？」

「軍の移動が激しくなっている。とても撤兵を待っている様子ではないんだ」

バブーリンは、テーブルの上に広げたウラジオストクとその郊外の地図を示した。

「日本軍は、港の市営埠頭の奥、スヴェトランスカヤ通りのチューリン商会を接収して、司令部としている。百貨店だ」

「知っています」

「そうか。州都には住んでいたことがあるんだったね」

「ペルヴァヤ・レーチカに。鉄道の車両基地で働いていた」

バブーリンは説明を続けた。

「商会の建物の外には土嚢《どのう》が積まれ、警戒は厳重だ。連隊は、港の東寄り、帝国海軍の兵営だった将校村、水兵村にいる」

「白軍は、完全に市内からいなくなっているんですか？」

「いいや。一月に武装解除したが、日本軍のいる兵営に、百か二百ぐらいが残っている」

「いつでも日本軍から武器を支給してもらえるんですね」

「そうだ。日本軍はゾロトイ・ローグ湾の海軍埠頭の奥の倉庫もすべて接収して、軍需物資を貯め込んでいる。このひと月のあいだに、日本の運送船が二隻、海軍埠頭に接岸してかなりの量の軍需物資を運びこんだ」

トローシンが言った。

「チェコ軍団の装甲列車も、日本軍が接収して、車両工場で先日補修を終えた。いまこの装甲列車は、ウラジオストク駅にまわされて、引き込み線に入っている」

「いちばん気になるのが」とバブーリンが言った。「先月、日本軍の少なくとも二個小隊ほどが、町の北にある要塞のひとつに入ったことだ」

その要塞群のことは登志矢も知っている。露日戦争のころに建設されたのだ。町を囲むように全部で十二の要塞があって、内陸側、海側、両方からの攻撃に対処できるようになっている。内陸側の要塞はウラジオストク北側の山地に並べて設けられた。海側の要塞群は、半島先端に浮かぶルスキー島に配置されている。どれも厚いコンクリート製の、地下要塞だという。

北側要塞群の西端にあるのが、第七要塞。通称アレクセイ皇太子要塞だ。この要塞は、ウラジオストクに通じるウスリー街道とウスリー鉄道を守るためのものだ。もし北から敵が進撃してきた場合、要塞砲はセダンカ川にかかるセダンカ橋を落として軍用列車の進入を止め、街道を進軍する敵歩兵部隊にも砲弾を撃ち込むことができる。要塞群の中でも、要《かなめ》と言っていい要塞がここだった。この山地の第四、第五、第六要塞は、この第七要塞防御のための支援要塞だと言えた。ただ、講和の後、これらの要塞の守備隊はすべて撤兵、要塞は封印されていたはずだ。

バブーリンが、登志矢を見つめた。

「いま、なぜ北の要塞に兵を入れる？　本来なら、アメリカに続いて、撤兵の準備を始めなければならないはずなのに」

登志矢は腑に落ちぬままに言った。

「そうした事実が重なっているからと言って、軍事行動まで予測するのは無理があるように感じますが」

トローシンが言った。

「問題は、ウラジオストクの州政府や、共産党の地区委員会が、極東共和国構想を無視しようとしていることなんだ。極東共和国ができるなら、日本軍は撤兵する。できないなら、留まって沿海州革命政府の成立を全力で阻止する」

そのとき、部屋のドアが激しく叩かれた。中にいた者たちがドアに目を向けた。ひとりがドアを開けると、帽子を取りながら、三十代の男が中に入ってきた。道を駆けてきたらしい。息が荒かった。

部屋の全員が注目している中、その男はバブーリンに顔を向けて言った。

「ニコラエフスクで、戦闘が起こった。パルチザンと、日本軍だ」

部屋の中がざわついた。そのアムール川河口の町には、先月末にパルチザンが入城している。そこでも日本軍は中立を守っていたはずだが。

「落ち着いて話せ」とバブーリンが言った。「誰から聞いた話なんだ?」

「いま入った貨物列車の車掌だ。ハバロフスクに伝わったそうだ。日本軍は武装解除を約束していたのに、十二日正午期限の武装解除に応じず、パルチザンと戦闘になったそうだ。市街戦になって、市民に相当の被害が出ている」

「決着はついたのか?」

「日本軍は、潰滅した。日本人居留民も、ずいぶん死んでいるらしい」

「居留民も?」

バブーリンとトローシンやキムたちが顔を見合わせた。口を開け、大きく目を見開いている。

部屋の中も、沈黙している。誰も声を出さない。

やがてバブーリンが、苦々しげに言った。

「トリャピーツィンが、やってくれたな」

それはアムール川下流域のパルチザンの指揮官の名のはずだ。猛々《たけだけ》しい指揮官という評判を聞いたことがある。

トローシンも、誰かが自分の家に火をつけた、とでもいうような口調で言った。

「もう予測の段階じゃない。居留民も巻き込んでいるとなれば、ウラジオストクの日本軍は確実に報復攻撃に出てくるぞ。極東共和国ができるかどうかは、もう問題じゃなくなった」

バブーリンが登志矢に顔を向けた。

「先手を打つしかない。コジョウ、助言をくれ。おれたちは、どう戦えばいい?」

登志矢は答えようとしたが、喉が乾いていて声にならなかった。いったん咳払いしてから、登志矢は言い直した。

「市内には、日本軍や白軍残党と戦えるだけの戦力があるんですか?」

「市内に残っているパルチザンの数は、せいぜい三百」

「市の外から支援に駆けつけられるパルチザンは？」

「スーチャン渓谷から二千」と、キム。「渓谷からこの町まで、列車で三時間だ」

　バブーリンが言った。

「沿海州南部から千。ただし、動員には少し時間が必要だ。十日ぐらいは」

「それでも合わせて三千ですね。日本軍より劣勢だ」

「それであんたに、助言をもらいたいんだ。わざわざアムール州から来てもらったのは、そのためだ」

「装甲列車はありますか？」

「ない」とバブーリンは首を振った。

　キムが言った。

「スーチャン炭鉱から石炭運搬列車を一本まるごと拝借することは可能だ。装甲列車の代わりになるかどうかはわからないけど」

「野砲はありますか？」

「ない」とバブーリン。

「曲射砲はどうでしょう」

「二門」

「機関銃は？」

「ルイスが二挺」

　トローシンが言った。

「市街戦は絶対に避けたい。四十万の市民が密集して住んでいる町だ。攻撃対象は軍と軍事目標だけにしたいが」

　登志矢はうなずいてからさらに訊いた。

「滑空船《かっくうせん》はありますか？」

　部屋の奥のほうから声があった。

「以前の陸軍駐屯地に、滑空船を積んだ車両が三台ある」

「飛ばせるひとは？」

　バブーリンが答えた。

「三人でいいなら、探し出せる」

「浮揚艇《ふようてい》は？」

「ない」

「港には、日本の軍艦は？」

「いまはいない」

「ウスリー鉄道の労働者から、協力をもらえるでしょうか。当日、この町からウラジオストク駅まで、列車の突入に合わせてポイント切り替えを頼めるといいんですが」

　バブーリンが答えた。

「大丈夫だ」

　登志矢はテーブルの上のウラジオストクの地図を凝視した。かつて働いていた町だ。よく知っている。

　バブーリンやトローシンが、どんな策があるのかと登志矢の横顔を見つめてくる。

　登志矢は、ウラジオストク駅とその北側の操車場を示した。駅のすぐ東側は、旅客船の岸壁であり、この岸壁のある埋め立て地と直角に、貨物船の着く市営埠頭がある。アドミラル埠頭と名前がついているが、民間埠頭だ。軍港は湾のさらに奥にある。日本軍司令部が置かれたというチューリン商会は、アドミラル埠頭に面して建っている。木骨石造りの四階建ての建物だ。

　登志矢は訊いた。

「部隊の一部は、あらかじめ市のパルチザンと合流できますか？」

　バブーリンは、顔をしかめた。

「武器を持って、集団で市内に入ることは無理だろう」

　トローシンが、地図を示して言った。

「前日に、ペルヴァヤ・レーチカに入れたら、山道を通って当日の朝までに町の東側に入ることはできる」

「日本軍は、いまここには？」

「駅にはいる。検問をしているが、車両基地のほうは空っぽだ」

「一個中隊、行けます？」

「二個でも、大丈夫だ」

少し考えてから、登志矢は言った。

「部隊をふたつに分けます。本隊は作戦当日に列車でウラジオストク駅操車場まで突入。別動隊は、前日にここを出発、徒歩で町の北の山を越えて、日本軍駐屯地の東側に集結します」

「本隊の数は？」と、バブーリン。

「二千」

キムが言った。

「石炭運搬車が最低でも二十両必要になる。でも、確保は可能だ」

登志矢は続けた。

「列車が操車場で停車すると、日本軍司令部は、市場の向こう二百サージェン先です。機関銃と曲射砲とで一瞬にして制圧できます。自治政府庁舎は操車場の西側。日本領事館は海岸通りから一本裏手。ここもすぐに制圧できる」

「駐屯部隊とは、どうなる？」

「駐屯地は、駅の操車場から二露里東。パルチザンは列車が停止したところで石炭運搬車から飛び下り、山の裾を迂回して、兵営を北と西から攻撃する。別動隊は、東から兵営を攻撃。ぼくの記憶では、兵営はとくに要塞化されていない。攻撃には弱い」

バブーリンが言った。

「町に向かう途中、列車は第七要塞から砲撃されないか。知らせが入って、セダンカ橋を落とされても、作戦は終わりだ」

「列車の突入前に、滑空船で第七要塞を制圧します」

「滑空船で制圧？」

「奇襲です」登志矢は自分の最初の特殊作戦を思い出しながら答えた。「戦闘経験の多いパルチザンが三十人志願してくれたら、やれます」

「たぶん、募ることはできるだろう」

「薄明時に要塞の裏手に着陸して、爆弾で地下要塞を機能不全にできれば、列車は町に突入可能です」

「突入後、市街戦にならないか？」

「港に面した日本軍司令部から兵営までの、狭い区画だけです」

「列車が操車場に入ったところで、日本軍に降伏を勧告して、すんなり応じてくれたらいちばんなんだが」

「いま、ニコラエフスクの戦闘の話を聞きました。降伏には応じないでしょうね。たとえ武装解除を約束しても、信じるわけにはいかない」

トローシンが、思い出したというように言った。

「アムール湾に面したセミョーノフスキー埠頭の北にも、砲台がある。そこには一個小隊が駐屯している」

　登志矢は言った。

「列車を砲撃できる位置じゃありません。無視していい。ともあれ、やると決まれば、準備を始めなければ」

　バブーリンが、手帳を開いて、カレンダーを取り出した。二年前にユリウス暦から変わったグレゴリオ暦のカレンダーだ。

　バブーリンは言った。

「四月一日に、アメリカ軍が撤兵、出港。この日までは、日本軍は動かない。しかし、アメリカ軍が消えたならば動く。ニコラエフスクの情勢が、いま伝えられたとおりだとしたら、絶対にだ」

　トローシンがつけ加えた。

「二日から四日まで、沿海州の勤労者評議会が、この町で代表者会議を開く。モスクワの極東共和国構想を支持するかどうかが中心議題となる。四日に採決だ。採決の結果は、沿海州臨時政府にも、大きな影響を与える。日本軍はこの様子を見るんじゃないだろうか」

「共産党の地区委員会は、極東共和国の樹立に反対していたが、先月末に方針を転換した。中央に従うということだ。だけど、勤労者評議会が反対でまとまれば、地区委員会も勢いを得る。そうなると、日本軍が出動する。州政府関係者や共産党地区委員を片っ端から検挙するだろう」

キムが言った。

「つまり日本軍の軍事行動は、遅くても四月五日だ」

バブーリンは、手帳にもう一度目を落とした。

登志矢はバブーリンを見つめた。決行の日にさほど選択の余地はない。その日までにもし準備が整わなくても、やらねばならないということもありうるだろう。

バブーリンが顔を上げた。部屋の全員が息を詰めたように、登志矢には感じられた。

バブーリンは部屋にいる面々を見渡してから言った。

「三日だ。評議会が結論を出すその前日、四月三日の朝にウラジオストクに突入、解放する」

登志矢はオーリャを見た。彼女は、少し緊張し、青ざめている。登志矢がこの作戦でどんな役割を担うのか、心配になっているのかもしれない。たしかに自分は、この助言だけでアムール州に帰るわけにもいくまい。

蜂起の準備は、スーチャン渓谷のパルチザンが中心となって進められていった。登志矢は滑空船によるウラジオストク第七要塞奇襲攻撃の準備のために、オーリャと一緒にスーチャン渓谷に赴いた。いくつもの炭鉱が拓かれた渓谷には、帝政復古派や白軍の影はなかった。パルチザンは町や村から離れた山中に互いに連携するいくつものキャンプを設けており、日本軍が掃討に渓谷に侵攻してくるたびに即座にキャンプに隠れ、ゲリラ戦で抵抗しているのだった。

登志矢はパルチザンの中から隊員を選抜して、実際に三機の滑空船を使っての演習を繰り返した。操縦士には、炭鉱で坑内運搬機を運転している者を選んだ。また炭鉱で発破の作業に携わっているパルチザンも多かった。その中から奇襲隊員を選ぶことができた。演習を始めて四日目には、作戦の成功を確信できるだけの練度となった。こんどの場合、ガリツィア戦線での大公拉致《らち》作戦のときとは違って、船を要塞背後に着陸させることができれば、作戦はもう半分成功したも同じなのだ。

蜂起の五日前、三月二十九日には、登志矢はオーリャと共にウスリースキーの町に戻った。

このあいだに、部隊やグループの配置、役割について、バブーリンやトローシンたちが細部を詰めていた。登志矢とオーリャは、当日ウラジオストクに先鋒として突入する役割が当てられていた。オーリャも、狙撃手として参加するのだ。ふたりが希望して、先鋒に組み入れられたのだった。

ただし市内のパルチザンには、まだ蜂起計画の細部は伝えられていない。市内のパルチザン・リーダーや革命支持者から、日本軍が検問を強化し、市内要所要所に部隊を配置していることが何度も連絡されるようになっていた。同時に懸念と不安も伝えられた。このままでは、ウスリースキー市での極東共和国樹立をめぐる議論が終わる前に、日本軍は沿海州制圧作戦に出てしまうと。その懸念は十分に根拠のあるものとなってきた。

三月三十一日となった。

三日後の蜂起決行に向けて、すべての参加部隊の準備が完全に整った。一部は数日前からすでにウスリースキー市に向けて移動を始めている。ようやく市内のパルチザンに、作戦を伝えられるところまできた。蜂起にあたっては、市内のパルチザンの呼応と、共同での作戦遂行が必要だった。

ところが連絡要員として市内から来てもらうことになっていた活動家が、この日には到着しなかった。どんな理由で来られなかったのかはわからない。監視が厳しすぎて、列車に乗るのを諦めたのかもしれない。あるいはすでに拘束されたか。このままでは、市内のパルチザンが蜂起の準備にかかれない。外から誰かを市内に送らねばならなくなった。

しかしウラジオストクの革命派活動家やスーチャン渓谷の主だったパルチザンの名は、白軍がほぼ把握している。検問が厳しくなっているといういま、名の知れた活動家を連絡のために市内に送り込むことは避けるべきだった。もしパルチザンだと発覚するか疑われた場合は即座に身柄を拘束され、厳しい尋問を受けることになる。拷問が待っている。作戦が知られて、日本軍の作戦を誘発してしまうことになるのだ。

翌朝、農機具置き場のその部屋に主だった者が集まったところで、トローシンが言った。

「待ってはいられない。市内に、こちらから誰かを送る。作戦を伝えなければ」

バブーリンが同意した。

「ニコラエフスクで戦闘があった以上、日本軍も、ウラジオストクでの蜂起を予測している。すでにパルチザンの事前検挙を始めているんだ」

「まだ正体が知られていない市内パルチザンには、二日間身を隠してもらう必要が出てきたな」

「誰をやる？　誰なら、検問を通過できる？」

その場の全員が、オーリャを見た。

登志矢は驚愕した。そんな危険な役を、自分の妻にやらせるというのか？

オーリャも戸惑いを見せた。

登志矢はオーリャと目を合わせてから、言葉にはせずに懇願した。断ってくれ。そんなことはできないと、きっぱり。

オーリャが言った。

「いいわ。あたしが行く」

登志矢は、止めようと、愛称でオーリャに言いかけた。

「オーレチカ、ちょっと」

オーリャが首を振った。

「ほんとうは、解放されたウラジオストクに、まずトーレニカと一緒に行きたかったけど、かまわない。順序がちょっと変わっただけ」

危ない、と言いかけたが、かろうじてそれは止めた。それを理由に潜入を止めたら、では、誰なら行っていいのだ？　すでに事実上この作戦の参謀のひとりとなった自分は、誰にやらせるべきだと指揮官に具申すべきなのだ？

登志矢は言葉を選んで言った。

「ウラジオストクをよく知っている誰かが行ったほうがいい」

「パルチザンの男には無理なんでしょう？　あたしは、女だわ。パルチザンに見える？」

たしかにそうだ。彼女は優秀な狙撃兵だが、パルチザンには見えない。働きもので、陽灼けした、農家の娘だ。

登志矢は、誰か男が志願してくれるのを待った。自分が行く、と。女には行かせるわけにはいかないと、誰かが名乗りを上げてくれるのを。でも声は出ない。立ち上がる者はいない。もうオーリャが行くことで、決まったとでも思っているようだ。

「教えて」とオーリャがバブーリンに訊いた。「誰のところに行けばいいの？」

バブーリンが言った。

「セミョーノフスカヤ通りの四七九」

トローシンが続けた。

「ゴーリキー書店の、店長のクリフチェンコさん。灰色の髪で、メガネをかけている痩せた中年男」

バブーリンが言った。

「頼んでおいた本をいただきに来た、と言えばいい。相手は何か本を渡して、これをどこそこに届けてくれという。その場所に行って、いまここで決まったことを伝えてもらいたい」

オーリャがうなずいて言った。

「そして、夕方の列車で帰ってくるのね」

「そう。向こうからも、伝言があるだろう」

「何か困ったことが起こった場合は？」

トローシンが、手元にある紙に鉛筆で少し書きつけると、オーリャに渡した。

「列車の中で、覚えてしまうんだ。何かの拍子に夕方の列車に乗れなくなった場合は、ここにいるクライネフという男を訪ねる。ぼくのかつての職場の知り合いだ。フュードル・サーヴィチ・トローシンの友人だと言ってくれ」

オーリャはさっとその紙に目を落としてから、スカートの内側の隠しに入れた。

登志矢はオーリャを見つめると、軽く抱き寄せて目を見つめた。

「無理はしないでくれ」

オーリャは言った。

「ほんとのことを言うと、大都会に行くのでわくわくしてるの。でも、あたしが行ったきりになった場合は、トーレニカも無事に来てね」

「大丈夫だ。すぐに会える」

オーリャと二度三度と接吻してから、身体を離した。身を引き裂かれる思い、というのはこんな気持ちを言うのだなと、登志矢は思った。

バブーリンが言った。

「そろそろ駅に行かねば。列車の時刻だ」

オーリャが登志矢を見つめたまま、あとじさった。お互いの右手の指がしばらくからみあった。

行くな、と言いたい衝動に駆られたが、かろうじて抑え込んだ。自分たちは、すぐに再会できる。ウラジオストクの、海の見える高台かどこかで。平和な四月の空の下で。

四月一日の朝九時だ。

機関車の前に、武装し軍服を着た男たちが立ちはだかった。帽子には赤いリボンがついている。赤軍の兵士たちだ。彼らは、昨日ハバロフスクから着いたのだ。二十人ばかりいる。

そして機関車の牽《ひ》く車両の先頭、有蓋《ゆうがい》の貨物車の脇にも、十人ほどの赤軍兵士たちが小銃を構えて並んでいる。

四月三日、未明である。気温はまだ零度以下だ。蒸気機関車の排気口からは、白い煙がもくもくと湧き立っている。

列車は、滑空船運搬車を牽いている。滑空船は、突入部隊を乗せた列車に先立ち第七要塞を奇襲する。滑空船を離陸させたあと、この列車は突入の先導車として、本隊を乗せた列車の前を走り、橋やポイントなどに日本軍がいた場合これを排除しつつ、あるいは攻撃を引き受けつつ、ウラジオストク市街地に突入する。この列車が出発しない限り、本隊二千のパルチザンは、ウラジオストクには突入できない。登志矢はこの列車に乗る突入第一陣のひとりだった。

赤軍兵士たちの前には、四人の私服姿の男たちが立っている。勤労者評議会の参加者と見えなくもないが、秘密警察の職員という雰囲気もある。さっきからバブーリンとやりあっているのは、四十歳ぐらいの、口髭を生やした背の高い男だった。ヤグージンと名乗った。赤軍極東軍団の政治委員《コミッサール》だという。つまり共産党員だ。すでに登志矢たちと、数分、激しい言い合いになっている。

男は、もう我慢も限度だという調子だ。声が半分裏返りかけている。

「これだけ言っても、わからないと言うのか？」

バブーリンが首を振りながら、なかば哀願するように言った。

「もう市内には、同志たちが入っている。この駅の手前には、二千のパルチザンを乗せた列車が待機している。二時間後には、要塞もひとつ、我々の手に落ちる。ここは、作戦をこのまま実行するのが道理にかなっている」

「党中央は、認めん。六日には、ヴェルフネウジンスクで極東共和国の成立が宣言される。この極東共和国を成立させなければ、革命は死ぬんだ」

「こんどの作戦で、完全に日本の軍隊は消える。極東共和国なんて欺瞞を使わなくても、革命政府が生まれる」

「欺瞞と言ったか？」

「どうせ時間稼ぎだろう？　ならこの作戦を実行したほうがいい。何年も節約できる」

「駄目だ。共産党は、貴様らの暴走を許すわけには行かない。日本軍の攻撃や再侵攻を誘発することになる。お前たちのやろうとしているのは、ただの冒険主義だ」

「日本軍は昨日、自治政府に対して武装解除要求を出している。ウスリー鉄道沿線三十キロの範囲から、すべての武装勢力を引き揚げろと」

それはウラジオストクから急派されてきた自治政府の委員たちから伝えられた。要求を突きつけられた委員たちは、四日まで回答の猶予をもらったという。

しかしヤグージンは言った。

「武装解除の要求は、軍政を敷くことと同じじゃない。居留民の安全を保障しろということだろう」

「いいや、日本軍は一気に軍事制圧に出るぞ。状況証拠が揃っている」

「極東共和国ができるのに、連中がそれをやるとは思えない」

「絶対にやるって。武装勢力を排除にかかる。先手を打つしかない。そしてその作戦はもう始動したんだ。いま出発しなければ、大勢の同志たちが市内で死ぬことになる」

「中央政府が倒れるよりはましだ」

「言葉が通じないのか」バブーリンはもう一度大きく首を振り、窓から顔を出している機関士に向けて言った。「出発するぞ」

ヤグージンが腰から拳銃を抜き出した。

「話は終わった」ヤグージンはバブーリンに拳銃を向けて、彼の後ろに立つ赤軍兵士たちに命じた。「この男たちを拘束しろ。反革命分子だ」

登志矢は呆然としてヤグージンを見つめた。

いま何と言った？　おれたちが反革命分子？　一年以上ものあいだ、白軍と戦い続けてきたおれたちが、反革命分子だと？

赤軍の兵士たちが素早く前に出てきて、登志矢とバブーリンを取り囲み、銃を突きつけてきた。

両腕を取られて、駅舎のほうに引っ張られるとき、脳裏に浮かんだのはオーリャの顔だった。彼女は一昨日ウラジオストクに連絡のために入ったが、戻ってきていない。何か市内で起こっているのだ。列車は動いているし、異変を知らせる情報は何も伝わっていないが、しかし何か異常事態が。パルチザンの女戦士の身に何か起こるような事態が。もしもの場合、行くことになっていたトローシンの同僚の家に逃げ込んでいるのかどうかもわからなかった。

赤軍の兵士のひとりが、登志矢に銃を突きつけてきた。登志矢は肩に掛けた雑嚢と弾帯を外して、足元に置いた。別の赤軍兵士が、その雑嚢と弾帯を足で脇へよけた。登志矢は次いで腰の革帯の留め金を外した。

拘束されて、自分たちはどうなるのだ？

反革命分子と決めつけられたから、裁判もなしに銃殺なのか？ それとも銃殺に至るまでには多少はまともな手続きを踏むのか？ 日本軍がもう明日か明後日には軍事行動に出るというこの時機ではあるが。

その翌朝だ。ドアが激しく叩かれた。

登志矢は椅子の上で顔を上げた。拘束され、駅舎の一室に閉じ込められて丸一日がたっている。いまは四日の朝だ。計画通りであれば、ウラジオストクが解放されて二日目のはずだった。

ドアが開いて、政治委員のヤグージンが姿を見せた。後ろに、赤軍の兵士がふたり。

「コジョウ、出発だ。支度《したく》をしろ」

椅子から立ち上がりながら、登志矢は訊いた。

「どこへ？」

「とりあえずウスリー鉄道からはずれる」

外套を着込んで、さらに訊いた。

「ウラジオストクはどうなった？」

「日本軍が、市内でパルチザン狩り、赤狩りを始めた。貴様らの挑発で、反撃に出てきたんだ」

「挑発などしていない。あんたが止めた」

「昨日、兵営近くで、パルチザンが発砲した。日本軍は応戦、パルチザンは殲滅《せんめつ》された」

「一方的な日本軍の言い分だろう」

「セルゲイ・ラゾも検挙された」

ラゾというのは、ウラジオストクの過激な社会主義者のはずだ。自治政府にも大きな影響力を持っている。ただし、評議員には選ばれていない。

気になって訊いた。

「ハバロフスクの日本軍は？」

「あっちもだ」と、怒鳴るようにヤグージンが答えた。いくらか冷静さを欠いている。目が吊り上がっていた。「あっちでも、日本軍が軍事行動を起こした。パルチザンや赤軍と衝突している」

「じゃあ、やっぱりわれわれの作戦とは無関係に、日本軍はやる気だったんだ」

「いいから早く！」ヤグージンは続けた。「日本軍の装甲列車が迫っているんだ。やつらは、この町でも共産党員狩りとパルチザン掃討をやる気だ」

装甲列車が、この町に向かっている？　町の外には、二千のパルチザンを乗せた石炭運搬列車がまだ待機していると思うが。日本軍はそれだけではなく、この町に集まっている勤労者評議会の面々や、革命支持者たちの一斉摘発にかかるということか。アムール州でやっていたような、活動家とその家族を分けることもしない徹底的な掃討作戦を。

登志矢は言った。

「釈放しろ。おれはパルチザンと一緒に戦う」

「駄目だ」とヤグージン。「貴様は、取り調べを受ける。もう戦う資格なんぞない」

「お前たちは、どうするんだ?」

「兵士たちは、残る」

プラットホームのほうで、蒸気機関車の汽笛の音がした。ウスリー鉄道からはずれるというこの列車は、もう出発の準備を終えたのだろう。スーチャン渓谷に向かうつもりか。いや、パルチザン掃討から逃れるつもりなら、あちらも危険だ。ひょっとしたら、東清鉄道に入るのか? その先に、赤軍の小部隊が安全にいられる場所があるかどうかはわからないが。

駅舎の一室から外に出て、その列車の後方の貨物車両に乗せられた。中にはすでに、バブーリンのほか、トローシンとキムがいる。彼らも赤軍に逮捕されていたのだ。

みな沈痛な面持ちだ。ウラジオストクを日本軍から解放するための蜂起は、始める前に失敗したのだ。しかも、パルチザン狩り、赤狩りが始まり、日本軍の大部隊が装甲列車でウラジオストクから向かっている。大規模な戦闘が勃発する。

トローシンたちの横に座り込むと、貨物車の扉が閉じられた。ほとんど同時に、機関車がまた汽笛を鳴らした。ゴトリと車両が揺れた。列車が発進した。

暗い中で、バブーリンが言った。

「聞いたか？　市民やパルチザンに大変な犠牲が出ている。おれたちは、これを招いた責任者として、裁判を受けるんだそうだ」

登志矢は訊いた。

「裁判を、どこで？」

「共産党の組織があるところだろう。ハルビンに向かうのかもしれない」

ハルビンになら、清国領内とはいえ、その組織はあるはずだ。

「そこで、ロシアに移送できるようになるまで拘束かな」

「ぼくらに、この事態の責任がありますか？　彼らに妨害された。何もしていないのですよ」

「モスクワは誰かを生贄《いけにえ》にする。おれたちは、モスクワの方針に従わず、一気に日本軍を追い払って革命州政府を作ろうとした。その結果がこうだと、モスクワは」

「モスクワの共産党政府は」と、登志矢はバブーリンの言葉を正確に言い直した。

ふんとバブーリンは鼻で笑ってから言った。

「責任者の首を必要とする。おれたちだ」

ため息をついてから、登志矢は目をつぶった。

市内ではパルチザン狩り、赤狩りが始まっている……。

オーリャももう無事ではいまい。日本軍に拘束されただろう。ゴーリキー書店か、あるいはトローシンの友人とのつながりで、パルチザンと見なされたにちがいない。そうして、パルチザンの戦士と疑われた女には、何を知っているか、何が起こるのか、尋問が行われる。何かの刻限が迫っているらしいとなれば、その尋問は過酷なものとなるはずだ。

登志矢は歯を食いしばり、身震いして、声に出さずに言った。

オーリャ、お前をウラジオストクにやるべきではなかった。行くなら、一緒であるべきだった。一緒に行くべきだった。

列車は加速を始めた。蒸気機関車がまた汽笛を大きく鳴らした。

一九二〇年四月四日だった。

遠い眠り

長い廊下を歩いた。

靴音が、耳障りなまでに大きく響いている。

登志矢の両隣りにいるのは、看守たちだ。ふたりともすでに警棒を抜いている。登志矢の手には、独房を出るときに手錠がかけられた。

この監獄に移されてから二年以上経つ。その前は秘密警察管轄下の施設に収容されていた。死刑の判決を受けた後、この監獄に移されたのだ。

一九二二年の六月も末に近い日だった。西シベリアのオムスク郊外である。

獄舎から、それまで使ったことのない渡り廊下を通るときに、ガラス窓から中庭が見えた。小石を敷きつめた、庭球場の半分ほどの何もない空間。ここが処刑場なのだろうかと考えた。しかし、そこにはとくに銃を持った男たちの姿もない。

渡り廊下を抜けると、また長い廊下に入った。この廊下には窓はなかった。錆の浮いた鉄の扉が、五、六メートル置きにあるだけだ。取り調べ室なのかもしれないし、何かの保管庫かもしれない。いずれにせよ、登志矢をいまさらすくませるようなものでもない。判決を受けたときに、登志矢は自分の感情を殺した。悲しむこともないし、怒ることもない。笑うという感情などは、もうとうに忘れてしまった。恐怖さえも、いまはないのだ。

廊下を曲がってまた渡り廊下に入った。両側に窓があって、少し広く刑務所の敷地内が見えた。いま自分は、管理棟に向かっているのだとわかった。管理棟では、あらためて正式に処刑が伝えられるのかもしれない。

あの日、ヤグージンとその部下たちに拘束されていた自分たちは、東清鉄道を使って中国領内に入った。国境で、トローシンとキムが解放された。取り調べを受けるべき責任者は、バブーリンと登志矢ふたりでいい、ということだ。四人の男たちでは、四人の容疑者の連行は無理だという判断もあったのかもしれない。

ともあれ東清鉄道に乗せられて登志矢たちは満州里に向かい、成立したばかりの極東共和国を通過してロシア共和国に抜けることができたのだった。ロシア政府と極東共和国とのあいだで、捕虜交換のような手続きがあったと後から聞いた。

オムスクに着いて、ひと月以上取り調べを受けた末に、裁判を受けた。バブーリンとは別の、単独での裁判となった。

最初の取り調べのときに初めて、あの日ウラジオストクで何があったかを知ることになった。

日本軍は四日の朝から、ウラジオストクで一斉に軍事行動に出て、共産党員を始めとする革命派市民や、パルチザンの隊員たちの検挙にかかった。抵抗する者はその場で殺された。革命派の指導者のひとりセルゲイ・ラゾは市内で逮捕された後、白軍に引き渡された。さらに日本軍は装甲列車でウスリー鉄道沿線に進出、ウスリースキー市ほかでパルチザン部隊の掃討戦に出た。四日から、戦闘が一段落した六日までのあいだで、日本軍は少なくとも二千五百の市民、パルチザンを殺したという。

五月になってから、ラゾの最期の状況が明らかになった。彼は生きたままで蒸気機関車の罐《かま》に放り込まれて焼かれたのだ。

ウラジオストクで日本軍が軍事行動に出たのと同じ日、ハバロフスクでも同様に、日本軍は革命派市民やパルチザンの検挙、掃討作戦を実行した。日本軍は、この二都市とウスリー鉄道周辺を、完全に制圧、掌握した。

登志矢は取り調べを受けているときに、オーリャという女性パルチザンがどうなったか知らないかと取調官に訊《き》いたが、伝えられていなかった。ゴーリキー書店やクリフチエンコという書店主の消息もわからない。ただ、パルチザンとつながっていると疑われた者で、生き延びた者はごく少数だろうと想像できただけだ。

けっきょく裁判では、内乱予備罪で死刑が求刑された。一応ついてくれた弁護人は、登志矢が沿海州パルチザンの成員でも、ましてや指揮官でもなく、助言者であったこと、内乱を首謀できる立場にはなかったことを訴えたが、四月のあの惨事と被害の大きさの前では、それは瑣末な問題だとされた。

判決は、死刑だった。

バブーリンにも死刑判決が出た。判決が出てからほどなくして、バブーリンは処刑されたと耳にした。

それから一年以上が経った。登志矢は、自分の処刑がずるずると引き延ばされていることを最初はいぶかった。死刑囚を必要以上に精神的にさいなむことはあるまいとも感じた。そのうちに、処刑を待つ、ということを止めた。自分の感情をとことん鈍麻《どんま》させて、ありとあらゆる刺激や、日常の秩序の崩れに反応しないようにと、自分の胸の一部を凍らせたのだ。

禁固状態だったから、ほかの囚人たちと言葉を交わす機会もほとんどない。その姿勢を続けることは可能だった。だから、引き延ばされる「処刑前の日々」にも、精神を根底から破壊されることなく生き延びて来られたのだった。

管理棟に入り、二階へと上がって、刑務所長の部屋に入れられた。

机がふたつある簡素な部屋で、窓を後ろにした大きな机には、禿頭《とくとう》の刑務所長が着いている。ドアに近いほうの机に着いているのは書記官のようだ。所長の机の右手に、ふたりの男が立っている。

ひとりは、赤軍の高官の軍服姿だ。銀縁のメガネをかけている。

サポフスキーだった。サポフスキーは微笑してきた。

驚いて反応できないまま、その横に立つ私服姿の若い男に目をやった。この男も知った顔だ。男はにやりと口元をゆるめた。同じ連隊にいたティムことティムールだ。自分たちの最初の総攻撃のあと、前線から脱走した兵士。下士官を後ろから撃ったのではないかと疑われた男。

刑務所長が、登志矢に言った。

「もったいをつけたくない。トーシャ・ニキータヴィチ、お前の刑について、政府は再考の用意がある。お前の気持ちを確かめたいそうだ」

サポフスキーが言った。

「コジョウ、忘れたか？　サポフスキーだ。きみがわたしの懇願を聞いて、東シベリアのパルチザンに入ってくれてほんとうに助かった。きみは東シベリアの革命を守った英雄のひとりだ」

その言葉は事実とは違う。でも登志矢は黙ったままでいた。サポフスキーは、何か意図があってそのように言っているのだろう。でも、自分はここで敬礼ぐらいはすべきだろうか。自分は彼の部下であったことは一度もないのだが。

「しばらくです」ようやくその言葉が出た。

サポフスキーは微笑したまま言った。

「きみがあの沿海州の事件で起訴されたと知ったとき、何かの間違いだろうと思った。ポーランド国境にいて身動きが取れなかったが、なんとか救えないものかと手を尽くした。裁判はあっと言う間に終わってしまい、判決言い渡しを阻止することはできなかったが、処刑をなんとか引き延ばすことができた」

サポフスキーの尽力のおかげだったのか。刑務所長は顔色を変えない。そのとおりなのだろう。その点では、サポフスキーの言葉には嘘も誇張もないのだ。

「極東共和国はもうじきなくなる」とサポフスキーは言った。「とはいえ、あの事件を検証し直しての再審は難しいだろう。でもわたしとしては、きみときみの今後について、少し話をしたいという思いがある。処刑を避ける方法についてだ」

刑務所長が、椅子を使えと言ってから、書類を数枚、手で揃えて机の横に滑らせた。

登志矢は遠慮なく脇にあった椅子を引いて腰をかけた。

所長がサポフスキーに自分の机の椅子を譲った。サポフスキーはその椅子に腰をかけると、机の上で両手の指を組んで言った。

「取り調べのあいだ、きみは奥さんのオリガさんのことを気にしていたと聞いた。最近、ようやくあのときウラジオストク市内で、奥さんをめぐって何があったのか知ることができた。そこに、知り得た証言がある」

登志矢は書類を持ち上げて、書かれていることを読んだ。あのとき、突入の二日前にオーリャは市内の協力者のもとに出向き、蜂起の決行日を知らせ、パルチザンはその日の朝まで身を隠すよう指示を伝えることになっていた。しかし、彼女はその日のうちには戻って来なかった。トローシンが、何かあったらここに、とかつての同僚の住所を教えていた。そこに匿《かくま》われていたらよいと願っていたが。

報告を二度読み、自分が目眩《めまい》など起こさないようにと足を床に踏ん張った。感情を殺したはずの自分なのに、その報告の衝撃は耐えがたかった。胸を覆っていた駝鳥《だちょう》の卵のような殻に、ひびが入ったようにも感じられた。

「お気の毒だ」とサポフスキーが言った。

登志矢は机の上に書類を戻した。自分の顔から血の気が引いているのを意識した。

サポフスキーが訊いた。

「そこに出てくるクライネフという家族は、きみとは関係のあるひとたちなのか？」

登志矢は、なんとか平静を保ちつつ答えた。

「少年工科学校の恩師の、その娘さんの家族です」

トローシンが同じ造船所にいたクライネフと言っていたのは、リューダの亭主のことだったと、いま読んだ報告書で知った。二年前に気づくべきだったが、自分は鈍すぎた。マリコフ先生が自慢気に言っていたオデッサからやってきたという技師が、革命の熱い支持者だとは考えなかったのだ。

サポフスキーが言った。

「きみにかけられた内乱予備罪は、冤罪だ。むしろきみたちの作戦は、誰にも止められることなく実行されるべきだった。いまならそれがわかる。しかし、さっきも言ったように、再審は面倒だし、結果は不確実だ。わたしはきみと取り引きすることを中央に具申して、了解を得た」

取り引き？　死刑囚と、どんな取り引きができる？　銃殺のとき、革命万歳とでも叫べと言うのか？

そのとき、サポフスキーに並んで立っているティムールと目が合った。

彼はいま何をしている？　なぜここにいる？　私服で立っているところを見ると、彼は秘密警察のような機関で働いているのか？　サポフスキーは続けた。

「極東共和国は消える。この秋には、日本軍が完全にロシアから撤退すると決まった。短い命の国家だった。そしてトーシャ・ニキータヴィチは、手続き上、処刑される。書類上、と言ってもいいかもしれない」

登志矢にはサポフスキーの言っている言葉が理解できない。何か事情が変わったと言っているのか？　書類上の処刑とはどういう意味だ？　自殺しろと言っているのだろうか？

サポフスキーは、登志矢をまっすぐに見つめて訊いてきた。

「新しい名前で、日本に潜入しないか？」

やっとわかった。

「共産党の組織を作れと？」

「違う。きみは共産党員ではないし、組織工作はきみの資質とは違う」

「では、スパイになれということですか？」

「それも少し違う。潜伏工作員として、指示を待っていて欲しいんだ。日本は今後ともロシアにとって脅威であり続ける。だからロシアの安全上何か絶対に、決定的に必要なとき、きみに指示を送る。それを実行して欲しい。指示は、おそらく一度だけ。一度きみがそれを実行してしまえば、きみはそれ以上日本にいることはできなくなるだろう。そのぐらいの重大な指示を出す。もっとも、多少は細かな協力も、頼むことになるかもしれないが」

登志矢は思いついたことを口にした。

「誰かの暗殺ですか？」

「いまはわからない。何か施設の破壊か、重大情報の通報か。ただ、そういう事態がくることは予測できる。そのために、日本に行って、東京でごくふつうの市民として生きていってほしいんだ。きみが東京で困窮せず、自由に生きていくための支援はする。東京に作られる組織なり機関が、きみの活動を助ける。あとはきみがどんな日常生活を送ろうと、どんな関係を取り結ぼうと自由だ。われわれは関知しない。ただ、その日を待って、指示がきたら躊躇《ちゅうちょ》なくそれを実行してほしいんだ」

そこでティムが口を開いた。

「外国に出稼ぎに出ていた男として暮らすといい。勤めることもなく、時間が自由になる生活の手立ては考える。毎日酒を飲める。女も持てる」

登志矢はティムの言葉を無視してサポフスキーに訊いた。

「いつまでです？」

「期限はない。ただ、三十年なんていう時間のことじゃあない。十年、長くても二十年だろう」

「断れば？」

「再審を請求して、死刑判決が覆るのを待つか？　請求が通る前に、処刑命令が出るかもしれない。まだまだ革命は安定していない。断った場合、きみの明日も、わたしには保証できない」

「返事をする前に、もうひとつだけ教えていただけませんか？」

「何だ？」

「わたしの家族がどうなっているかを知りたいのです。あの蜂起を準備していたとき、沿海州のニコラという町に住んでいたのですが」

サポフスキーが瞬《まばた》きした。動揺している。

なぜ？と怪訝《けげん》に思って見つめていると、サポフスキーは手元の書類に目を落としてから所長に訊いた。

「伝えていないのか？」

所長は、面倒臭そうに言った。

「余計なことを知らせてもと思いまして」

サポフスキーが、登志矢にまた目を向けてきた。困惑しきっている。質問への答は想像がついた。

サポフスキーが言った。

「二〇年の四月のそのとき、トーシャ・コジョウというパルチザンのリーダーを匿い逃がしたとして、きみの父親、兄さん、妹さんは日本軍に捕まって銃剣で刺し殺されている」

少しのあいだ、その言葉の意味が腹に落ちるのを待った。父も、兄も、妹も、あのときに殺されていたのか。この自分がパルチザンのリーダーだからという理由で。

登志矢が黙ったままなので、サポフスキーが言った。

「もう伝わっている事実かと思った。お気の毒だ」

「そのときの日本軍の責任者の名前はわかっているんですか？」

「ニコラの町のパルチザン殲滅《せんめつ》を受け持った部隊と、指揮官の名前はわかっている」

サポフスキーがそれを教えてくれた。

登志矢は少しだけ顔を横に向け、サポフスキーの後ろの窓に目をやった。外にシベリアの初夏の空が見えている。白樺の木々の葉が、陽光を明るくはね返していた。風がその葉をさわさわと揺らしている。こんなものが自分のいる世界に存在していようとは考えたこともなかった、と登志矢は思った。その世界には光があり、色がある。大気は動いている。考えたこともなかった。

三十秒以上、沈黙が続いた。サポフスキーは、登志矢に返事をうながすこともなく、黙って待っていてくれた。

登志矢はサポフスキーに視線を移した。

「選択の余地はありませんね」

「決まったな？」と、サポフスキーは小さく安堵《あんど》の吐息を漏らして言った。

「ひとつだけ。わたしは委員の指示にだけ従います」

サポフスキーは顔をしかめた。

「ここでそんな呼び方はよしてくれ」

登志矢は言い直した。

「同志サポフスキー以外の、ほかの人物の指示は受け付けません」

「わたしは部署を異動になるかもしれない。不慮の事故に遭うかもしれない」

「その時点で、わたしに指示を出す者はいなくなります」

「引き継ぐ者を、事前に伝えておくようにするのでは？」

諒とすると言ってくれと、サポフスキーの目は請うている。

彼をそれ以上追い詰めるべきではなかった。処刑延期に尽くしてくれた恩にも報いたい。

「わかりました。それでかまいません。東京に行きます」

サポフスキーはティムを示して言った。

「彼とは同じ連隊だったらしいな。このイラリオーノヴィチが、大連を出港するまで、きみの面倒を見る」

ティムがわざとらしく微笑した。彼が監視役ということなのだろう。その任務はおそらく、東京でも誰かに引き継がれる。ほんとうに登志矢が眠ったふりをしているか、それとも日本政府か軍に寝返っていないか、その監視が途絶えることはないのだ。

サポフスキーが刑務所長に言った。

「手続きしてくれ。わたしはコジョウと一緒に、ここを出たい」

「すぐです」と刑務所長。「彼の処刑執行指示書と報告書は、もうわたしがサインするだけだ」

つまり、自分はここで法的には死んだということになるのだろう。

登志矢は、刑務所長に訊いた。

「ウラジオストクの四月事件の調査書、いただいてかまいませんか？」

所長はサポフスキーに顔を向けた。サポフスキーは怪訝な表情をしながらもうなずいた。

登志矢はあらためて書類を引き寄せ、三つに畳んで右手に持った。

いま、自分の胸のうちで、ありとあらゆる種類の感情が甦ってきている、と登志矢は意識した。角質化し、固く縮こまってまるで無機物のように凝固していたものが、あらたに血液を呼び込み、かすかに脈動を始めている。

自分は一度死んだ？　書類上だけではない。自分は確実に一度死んだのだ。死刑判決を受けたときに、自分は死んでいた。この二年、自分は、屍《しかばね》だった。

しかしいま、生き返った。サポフスキーとの取り引きのおかげで。でも前と同じ登志矢としてではない。違う人格、違う人間として生き返った。たぶんここにいるティムにも近い何者かとして生き返ったのだ。

いま自分には、生きねばならぬという強い義務感がある。使命感にも似た思いが、自分に生きよと言っている。生きる意味、生きる目的が自分には与えられた。自分は、僥倖《ぎょうこう》として受け取った新しい生命を、その目的遂行のために捧げるだろう。首尾よく、完璧にやり遂げるだろう。

もしかしたら、いま自分は微笑したか？　幸福を感じて、頬をゆるめ、目を輝かせてしまったか。

目の前に立つ軍服姿の男も、登志矢の顔を見つめてうれしそうだ。彼はたぶん登志矢の幸福の理由を勘違いしているが、あえて自分はその誤解を解かない。自分は彼の期待にも、よく応えるだろう。派遣される先で。眠るようにして生きることになる都会で。

俄然それが楽しみになってきた。

ふと、遠くに砲声を聞いたような気がした。瞬きしたが、幻聴だろう。この部屋の誰も、砲声を聞いたという顔をしていない。

自分だけが聞いたのだ。それは遥か遠くからの、未来からの、弔《とむら》いの砲声だった。

エピローグ

港は、口がすぼまった湾の内側、西寄りにあった。船はいま大きく進路を変えて、港の横付け桟橋に向かい始めている。湾の東寄りには、投錨《とうびょう》する大型の貨物船や貨客船が十隻以上あった。軍艦らしき船影もある。この国の海軍の駆逐艦か巡洋艦なのだろうか。正面から左右に、白っぽい街並みが広がっている。街並みにはぽつりぽつりと、原色の壁を持った建物も混じっていた。強い陽光に、壁やオレンジ色の瓦が照り映えている。山の濃い緑との対比が鮮やかだった。

日差しは強烈だ。日除けの下から出ると、すぐに肌がちりちりと灼《や》けていくのがわかる。

北緯十六度なのだ。北緯四十三度のウラジオストクとは、陽光の強さが違う。うっかり袖まくりしたり、無帽で外にいないほうがいい。

登志矢は、自分の横にいるサチに目をやった。彼女は明るい色の洋装で、船の手すりに両腕を置いて、港の様子に見入っている。目に入ってくるものすべてに魅了されているようだ。

視線に気づいたか、サチが登志矢を見上げてきた。

「ほんとに来てしまったんだね」サチは、いくらか感極まっているかのような声で言った。「この国を一緒に出るって言われたときは、信じられなかったのに」

登志矢は微笑して言った。

「あんなこと、嘘では言わない」

「突然過ぎた。言われて次の日には、東京を出ていたんだから」

「知り合いにきちんとあいさつもさせなかった」

「それはいい。少し寂しくも感じるけど、登志さんが一緒なんだから」

岸壁と上屋と、岸壁の上に並ぶ自動車が大きく見えてきた。帽子をかぶった男たち、少数の女たちが、この船の接岸を見守っている。

登志矢たちは、遊歩デッキから、船が接岸するまでを見つめていた。タグボートに押された四千トンの貨客船は、軽く揺れて接岸した。すぐに船首と船尾から係留ロープが岸壁に投げられた。岸壁の作業員がこのロープを拾い上げると、すぐに繋船柱《けいせんちゅう》に結びつけた。ロープはゆっくりと巻き上げられ、ピンと張って、船は動かなくなった。舷側《げんそく》からタラップが下りていった。

登志矢はサチに言った。

「さ、入国審査だ」

登志矢たちは甲板の遊歩デッキから船内に戻り、階段を下りて、乗降口の前のロビーに入った。乗降口の扉はもう開いており、ちょうどふたりの入国審査官が上がってきたところだった。ふたりとも口髭を生やし、半袖の肩章付きの制服を着ている。

乗降口の左右に机があって、その前に入国審査を受ける乗客の列ができている。この船の五十人ばかりの乗客は、メキシコ人とフィリピン人が大半だが、何組かアメリカ人客もいた。ロビーの横には、旅行鞄が整然と並べられていた。今朝のうちに乗客たちが部屋から出していたものだ。これは下船のとき、港のポーターたちが岸壁まで下ろしてくれる。自分たちは、身の回りの荷だけ持って乗降階段を下り、入国すればよいのだ。

入国審査官たちは、左右の机に着いて鞄をその上に置いた。入国審査が始まった。

審査は手際よく進んでいき、すぐに登志矢たちも審査を受ける列の先端に達した。

登志矢とサチは、それぞれの旅券を中年の係官に渡した。上海で闇商人に頼んで不正入手した中華民国の旅券だ。中華民国の旅券の様式に従い、民族名も記されている。大和族、と。この旅券では、登志矢は自分の苗字を本来の小條に戻した。サチも小條という苗字で自分の旅券を作った。

あの翌日、登志矢は月島にある一切のものを捨てて、サチと一緒に列車で門司に向かった。〈隼〉には大連に行けと指示されており、それは満州国を縦断してソ連に脱出しろという含みだった。もし登志矢の任務遂行が意味を持たず、開戦していたとしてもソヴィエト連邦とは地続きであり、脱出はさほど困難ではないだろう。しかし登志矢は、その任務にかかる前に、指示には背くと決めたのだった。どっちみちそれが最後の任務だった。〈隼〉やそのソ連邦には何の義理もなくなる。行く先は自分で選ぶ。

大連のある満州国に行くには、日本人は旅券は不要である。出港時に煩瑣《はんさ》な手続きもない。出国を急がねばならぬ登志矢たちには、大連行きの船に乗るのはもっとも合理的な選択だった。

しかし大連に着くと、〈縄〉には接触せずにこんどは上海行きの船に乗ったのだった。上海も、日本人は旅券不要な土地である。身分証明書さえあればいい。それに大連・上海の航路は、神戸、長崎出港の日華連絡船のように戦争激化に伴って特別高等警察の検問が厳しくなったりもしていなかった。上海に行くには、遠回りではあるが、これが安全な経路だった。

上海で下船しても、開戦の報道はなかった。自分の果たした務めが、と登志矢は願った。北進を主張する側の勢いをいくらかでも削いだのであって欲しいと。

上海では、登志矢たちは共同租界のホテルに滞在し、旅券を扱う商人にふたりの旅券の取得を頼んだ。その旅券で次は中華民国の市民として、フィリピンの短期滞在の査証を取ったのだ。ただ、上海では最終目的地の査証を取るのは面倒だった。とにかくまずフィリピンに行こうとマニラ行きの船に乗り、マニラに着いてから目的地の長期滞在可能な査証を申請した。少し時間がかかり、マニラでは丸々一カ月近くも滞在することになった。マニラにいるあいだにも、開戦の報道は聞かず、日本政府は北進をあきらめたのかもしれないと、やっと思えるようになった。そうして四週間前に、やっとメキシコ船籍の貨客船に乗ることができたのだった。

係官は登志矢とサチの旅券と査証をさっとあらため、スタンプを軽く一回押した。

それからまずサチに旅券を渡して、陽気な調子で言った。

「セニョーラ・コジョウ、ビエンベニーダ、メヒコ！」

登志矢は小声で、係官が何と言ったのか伝えた。

「小條の奥さん、ようこそメキシコへ、と」

係官は、登志矢にも旅券を返してきた。

「セニョール・コジョウ。ビエンベニード！」

係官の前から離れて、サチが言った。

「小條の奥さんだなんて、いつになったら慣れるだろう」

「すぐに慣れる。いい響きだ。セニョーラ・コジョウって」

乗降口の手前まできて、サチがまた登志矢を見上げてきた。

「ひとつだけ訊いていい、登志さん」

「ん？」

「メキシコに来たのって、ここは当面戦場になりそうもないからと言っていたけど」

言葉は途切れた。

質問ではなかったので、登志矢は黙っていた。問いがその後に続くのだろう。

サチは登志矢を見上げたまま続けた。

「もしかして、何かほんとうの理由を隠しているんじゃないのかと思うの。東京に住んでいたのと同じような」

その顔は、必ずしも不安そうではなかった。咎《とが》めているようでもない。むしろ、それでもいいのだと許してくれているかのような目だ。

前の客がタラップを下りていった。登志矢も、サチの腕を支えるように進んだ。乗降口を抜けて船から一歩出ると、外の光がまばゆかった。登志矢は目を細めた。

いまのサチのその問いには、この瞬間に答えなくてもいいだろう。答える機会はこれからもある。いましばらくは、サチとこの脱出が成功したことを喜び合いたい。

登志矢はサチの左手を取ると、タラップを下りだした。

下りながら、登志矢は砲声を聞いた。近くではない。遠くのものだ。一発だけだった。午砲か。この港の砲台でも、午砲を撃つ習慣があるのだろうか。午砲だとすると、港から遠すぎるように思えるが。それとも、停泊中の軍艦の砲のものか。いや、違う。方向が違う。

思わず首をめぐらしていた。方向が違う？　どっちからだった？

サチが下りながらふしぎそうに登志矢を見てきた。その表情で、砲声は自分の幻聴だとわかった。二十四、五年も前の戦場の記憶から、その音だけが甦って響いたのだろう。きっかけが何であるのかはわからないが。この幻聴を、十九年前のあの日、自分が一度死ぬことを受け入れた日にも聴いた。未来からの弔《とむら》いの砲声だ、とあの日の自分は理解したのだった。

「なんでもない」とサチに言って、登志矢はそのままタラップを下りきり、岸壁に両足をつけた。サチと同時だった。

メキシコ合州国の太平洋岸、アカプルコの港だった。グレゴリオ暦一九四一年の十二月七日午前十一時だ。

解説

杉江松恋

自分には何ができるだろうか。

佐々木譲『帝国の弔砲』は、その単純な問いを突き詰めた男の物語である。

スリーパーとは、目的地に入り込んで民間人として生活し続ける工作員のことだ。正体を隠して平凡に生活する、つまり眠ることが仕事の大部分を占める。それゆえスリーパーである。その期間は長ければ何十年にも及ぶ。仮面を被って生きれば、当然どんな人に対しても自らを偽らなければならなくなる。スパイ小説にはスリーパーを扱ったものの一ジャンルがあるが、その中ではしばしば欺瞞から生じた悲劇が描かれた。

本作の主人公・登志矢は、スリーパーである。プロローグでは、彼が目覚めて、本来の姿を露わにするまでの一昼夜が描かれる。任務を遂行するためには当然、それまでの生活で築いてきたすべてを捨て去らなければならない。非情に徹しようとしつつ、登志矢は人間としての心が覗いてしまう自分を律しきれないのである。

実は本作が『オール讀物』に連載された際、このプロローグと呼応するエピローグ、その前の「遠い眠り」の章は書かれていなかった。二〇二一年二月二十五日第一刷発行の奥付で単行本化された際、加筆されたものである。登志矢が東京で目覚めるのが一九四一年七月、その時制で綴られるプロローグとエピローグで過去の物語を挟んだ構成になっている。第一章「入植地の裁き」の舞台は、一九〇三年九月、シベリアの日本人入植地である。八歳の登志矢は、ある男が不当な裁判にかけられる場面を目撃して、社会にはびこる不正、強者が弱者をないがしろにする構造の存在を知ることになる。ある人物との出会いが起点となり、登志矢本人には見えないところで歯車が回り始める。

次の「収容所八号棟」で、登志矢たちの小條一家は理不尽な処遇を受けることになる。ロシア帝国と日本の間で戦争が勃発したため、すべての日本人が敵性住民に認定され、収容所送りとなった。入植地で苦労して蓄えた財産はすべて奪われ、見知らぬ土地での生活を余儀なくされるのである。挿話の最後で登志矢は、自分には何ができるだろうかと考え始めるようになる。運命の輪を自分で回し始めるのだ。このとき十歳、続く「少年工科学校」では、登志矢が鉄道技師になるための勉強を始めたことが明かされる。

主人公が自分のなすべきことを探して歩いていく道筋が物語の縦糸となっていく。用いられているのは教養小説のプロットだが、社会動乱の時代に舞台が設定されている点に本作の特徴がある。一九〇四年に日露戦争が勃発、その後一九一四年に始まった第一次世界大戦の最中にロマノフ王朝は倒れ、帝政が終了して一九一七年に世界初の社会主義政権が誕生することになる。登志矢は否応なくこの時代の流れに呑み込まれていくのだ。物語の半ば、徴兵された登志矢は前線に送られてドイツ側と闘うことになる。鉄道技師になるはずだった青年は塹壕の中から第一次世界大戦の泥濘を見ることになった。その先に何があるのか。どのような道筋を辿れば、東京でスリーパーとして偽りの人生を送ることになるのか。その関心が物語を強力に牽引していくのである。

登志矢の運命がよじれているのは、歴史改変が行われているからでもある。一八九一年、日本を訪れていたロシア帝国の皇太子ニコライが警備の巡査に斬りつけられて負傷するという事件が起きた。物語の中では、日本政府が慰撫の意味もこめて、帝国の東シベリア開発に協力を提案し、三万戸の開拓農民を送ったことになっている。その後、前述の通り両国の間では戦争が起きる。開拓農民に加わった小條一家が収容所送りの辛酸を舐めた遠因は、日本によるロシア融和政策なのだ。日露戦争の結果は一家をさらなる苦境へと追い込むことになる。

もし日本からシベリアへの移民が行われていたら、という歴史改変が物語の根底にある。この着想により、ロシア革命のただなかに主人公を送り込むことが可能となった。一九一七年から始まる動乱は、帝政の旧弊が打破されて新しい時代が到来したというような単純なものではない。覇権を奪い合う闘争や政治的駆け引きが行われ、数知れない裏切りや野合が行われた。その中で辛苦を味わったのは弱い立場の者、一般の人民だったのである。その残酷さを等身大の視線で目撃させるために登志矢という主人公はいる。

第一次世界大戦で小條一家に起きたことは、第二次世界大戦においてアメリカの日本人移民が受けた差別政策とほぼ同じである。架空の出来事ではあるが、実際の事件を転写したものでもあるのだ。国家が個人の権利を奪い、収奪してきた近代史が本作の中には凝縮した形で詰め込まれている。歴史改変というSF的技巧がそれを可能としたのだ。

自国の経済圏を可能な限り拡大する。その目的の前には侵略も正当化される。差異は無視され、単一の価値観に従属させることが美徳となる。二十世紀を支配した帝国主義とはそうしたものである。国家は肥大し、個人の権利が限界まで制限される。そうした非人間的なありように立ち向かう者たちを描いたのが、二十世紀の冒険小説であった。

世紀の終りに冷戦構造の崩壊など国際社会を規定していた枠組みのいくつかが崩壊したが、二十世紀的な非人間性は形を変えて残存している。そこから目を背けて二十一世紀の冒険小説は成り立つわけがない。佐々木譲はそのことに最も意識的な書き手であり、時に新しい技巧に挑戦しながら、人間が人間らしくあるためにはいかに生きるべきか、という唯一かつ至高の主題に向き合い続けている。帝国の揺らぎの中であらゆる辛酸を舐め尽くす登志矢は、そうした佐々木の問題意識を体現した主人公なのだ。物語の終盤で、彼は未来から轟く弔砲の音を聞く。帝国という非人間的な機構が存在を否定されていく時の流れを表したものとして私は読んだ。

さて、ここからは物語の結末に触れることになるため、本文をまだ味わっていない方は読み終えてから目をお通しいただきたい。すでに味わっていただいた方には、ちょっとしたデザートにでもなれば幸いである。

エピローグで、登志矢は当初の予定を変更している。大連から〈縄〉を頼って満州国を移動しソ連国内に戻るという脱出経路ではなく、上海に渡ってマニラ経由でメキシコへと向かっているのである。この目的について登志矢は言及していないが、ことによると意味を取り損ねた読者もいるのではないかと思う。蛇足を承知で補っておきたい。

プロローグでは、モスクワから登志矢に指示を出していた男が音信不通になり、その後メキシコで殺されたと記されている。この人物こそ、十代の登志矢と出会って生きる指針を与え、後には彼の命を救ったサポフスキーなのである。その彼が非業の死を遂げた地に登志矢がやって来た以上、目的は復讐しかありえない。東京で長い眠りに就いていた時期にも、登志矢は自分の家族や恩師の娘らを虐殺した相手に私的な復讐を遂げてきた。これも同じで、私的な闘争であろう。サポフスキーがメキシコに移った理由は、党から排除されたためだと考えられる。その復讐を行うのは、ソ連と袂を分かつことに等しい。

サポフスキーは架空の人物だが、レフ・トロツキーと重なり合う部分がある。本作の中でトロツキーは、赤衛軍を率いて革命の反動勢力と闘う人物として少し登場している。トロツキーはその後独裁体制を強化していくボリシェヴィキ主流派と対立して失脚し、一九二九年に国外追放された。メキシコを拠点として活動していたが、党の実権を握ったスターリンが放った刺客によって一九四〇年八月二十一日に暗殺されたのである。国家は自らに従わない個人を粛清していく。その波に呑み込まれた者たちのために一矢を報いる存在としてエピローグの登志矢は登場するのだ。

ここまであえて書かなかったが、『帝国の弔砲』は日露戦争で日本が敗北したもう一つの未来を描く物語でもある。本作に先行する形で佐々木は、ロシア帝国の統治を受けた占領下の東京を舞台にした警察小説の連載を開始、これは『抵抗都市』（二〇一九年。現・集英社文庫）として単行本化された。その続篇が『偽装同盟』（二〇二一年。集英社）で、両作内では第一次世界大戦中から帝政廃止までの時間が描かれる。『抵抗都市』と『帝国の弔砲』の連載が並行していた時期には、共通する歴史改変設定を一方は戦争に負けた被支配国側から、もう一方は戦勝国側から描くのだろう、くらいの認識で私は読んでいた。完結後に振り返って初めて、より長い期間を扱った『帝国の弔砲』は、国によって個人が蹂躙されるという悲劇を描く大きな物語であったことが理解できたのである。

歴史改変の導入によって描けたことがもう一つある。革命の混乱に乗じ、日本軍はシベリア極東部に侵攻してくる。この行為の不誠実さは、第二次世界大戦末期に満州国を襲ったソ連軍とまったく同じである。立場が変われば日本もソ連と同じ非人道的行為に出るということだ。この展開により、日本もまた個人を圧殺する国家の一つであるという見解が明示されるのである。なんという徹底ぶりか。

国家という巨大なものに抗い続ける男の肖像を本作で佐々木は描いた。それはいまだ現在の姿を写し取るための素描さえ確立できていない同時代人への叱咤激励のようにも感じられる。このように生きる男を私は描いた。あなたはどうする。佐々木のそんな声が聞こえる。

（書評家）

文春文庫

帝《てい》国《こく》の弔《ちょう》砲《ほう》

定価はカバーに
表示してあります

2023年12月10日　第1刷

著　者　佐《さ》々《さ》木《き》　譲《じょう》

発行者　大沼貴之
発行所　株式会社　文藝春秋

東京都千代田区紀尾井町 3-23　〒102-8008
TEL　03・3265・1211(代)
文藝春秋ホームページ　http://www.bunshun.co.jp

落丁、乱丁本は、お手数ですが小社製作部宛お送り下さい。送料小社負担でお取替致します。

印刷製本・TOPPAN

Printed in Japan
ISBN978-4-16-792140-8